山河为歌

蝶衣 著

北京燕山出版社

BEIJING YANSHAN PRESS

图书在版编目（ＣＩＰ）数据

山河为歌 / 蝶衣著 . -- 北京：北京燕山出版社，
2022.12
ISBN 978-7-5402-6742-1

Ⅰ. ①山… Ⅱ. ①蝶… Ⅲ. ①中篇小说—中国—当代
Ⅳ. ① I247.5

中国版本图书馆 CIP 数据核字 (2022) 第 213275 号

山河为歌

作　　者：	蝶　衣
责任编辑：	王　迪
出版发行：	北京燕山出版社有限公司
地　　址：	北京市丰台区东铁匠营苇子坑 138 号
邮政编码：	100079
发行电话：	（010）65240430
印　　刷：	北京建宏印刷有限公司
开　　本：	880mm×1230mm　1/32
印　　张：	15
字　　数：	432 千字
版　　次：	2022 年 12 月第 1 版
印　　次：	2022 年 12 月第 1 次印刷
书　　号：	ISBN 978-7-5402-6742-1
定　　价：	58.00 元

目 录　◀Contents

我的名字叫中国人

天空下着雨，这雨已经淅淅沥沥下了好几天。如今正是乍暖还寒的季节，冰冷的雨丝冷不丁打在裸露的肌肤上，让人全身都一阵阵战栗。

张润泽一个人走在西雅图寂静的街道上，现在已经是午夜十二点多了，街道上空无一人。他在一家意大利人开办的番茄酱厂勤工俭学，工作非常辛苦，薪水也不高，每天下班都是这个时间点。他裹了裹身上的衣服，紧紧搂着双臂大踏步往前走着。

他来到这个异国他乡虽然已经有三年的时间了，可还是不习惯这种潮湿、阴冷的海洋性气候。相比较起来，他更喜欢上海那种亚热带季风气候，四季分明，日照充足。更因为上海是他的家乡，那里有他全部的童年记忆。

张润泽是作为交换生才来到西雅图上大学的。他从小学习成绩一直很优异，可是那年高考的时候却因为发挥失常，与他心仪的大学失之交臂了。

以他当时高考的成绩只能上个好一点儿的大专院校，为此他把自己关在房间里，谁也不愿意见。

张润泽的父母是去新疆支边的青年知识分子，后来享受了国家政策才得以返回上海。但是他们离开上海多年，要想找一份好的工作非常不容易，便在工厂里当了一辈子的工人。

他的母亲身体一直不太好，这些年来断断续续生病，几乎花光了家里所有的积蓄。

综合家里的现状，张润泽经过几天的思想斗争，终于做出了痛苦的抉择。

所以当张润泽的父母想让他再复读一年，来年再考的时候，他非常坚定地表示："爸爸、妈妈，现在咱们国家非常欠缺技术工人，每年有几千万的缺口。反观每年拥入人才市场，找不到工作的大学生又比比皆是。所以上一所好的大学绝对不是唯一的出路，我已经决定上大专院校了。到时候选一个好的专业努力钻研，我一定会成为这个专业的顶尖技术人才。"

后来张润泽用他的实际行动证明了这句话，他以优异的学习成绩获得了学校的免费交换生名额。但是因为想要减轻家里的负担，他就一边上学一边勤工俭学。

张润泽低着头完全沉浸在对往事的回忆之中，丝毫没有注意到两百米以外，有两个鬼鬼祟祟的身影一直尾随在他身后。

等他听到身后急促的脚步声，想要回头张望的时候，就看到一个黑乎乎的布袋迎面套了下来。他用英文大叫了一声："Stop it! Who are you？（住手，你们是谁？）"

但回答他的却是一阵猛烈的拳打脚踢。

因为头上被蒙着黑色的布袋，张润泽根本没有办法闪躲。等他好不容易从密集的拳脚之中挣扎着扯掉布袋，想要进行反击的时候，突然看到一个黑洞洞的枪口顶在他的脑门上。

张润泽被人强按着脑袋，没办法看到这两个人的面孔。他的目光停留在两个人的脚上，他们一个人穿着陆战鞋，另外一个穿着运动鞋，鞋码在45码左右，小腿粗壮，通过这些细节他判断出这两个人身高均在185厘米以上，并且身材魁梧。

就算是对方手里没有枪，他也不一定是他们的对手。

这两个人是谁派来的？为什么会针对他？他们究竟想要做什么？

正当张润泽脑海之中胡思乱想的时候，其中一个人操着生硬的中文说道："我……老板……让我转告你……少多管……闲事，不然……下一回可就没有这么幸运了。我……会一枪打爆你的脑袋。"

虽然身处劣势，但张润泽仍然毫不畏惧，奋力挣扎着大声问道："你老板是谁？他为什么要这样对我？"

说话之人"嘿嘿"狞笑着，拿起一块废砖头，用力拍打在张润泽的脑门上，阴声说道："上次质问我的人……如今已经变成……一具尸体了……"

张润泽惨叫了一声，他感觉脑袋上传来一阵剧烈的疼痛，紧接着一股温热的液体顺着他的脑门流了下来。殷红的血液流进了他的眼睛里，他用力眨了眨眼睛，再次睁开的时候，入目皆是一片血红之色。

这时，空寂的街道尽头突然亮起了一道刺眼的灯光，紧接着耳畔响起了阵阵摩托车的轰鸣声。

等两个匪徒反应过来的时候，摩托车已经到了近前。

张润泽看到骑在摩托车上的是一抹纤细的身影，穿着紧身的黑色皮衣，把苗条的身材衬托得玲珑有致。

两个匪徒嘴里骂骂咧咧挥了挥手里的匕首："Fuck off and mind your own business.（滚蛋，管好你自己的事情。）"

摩托车上的女子发出一阵嘲讽的轻笑声，用力一加油门，摩托车的前车轮忽然站了起来，女子来了一个原地大飘移，摩托车巨大的惯性把两个匪徒都撞得飞了出去。

两个匪徒惨叫了一声，摔得满头满脸都是鲜血。他们哇哇大叫着，恼羞成怒地想要去捡手枪。女子见状加大油门，摩托车像离弦的箭一般，朝着两个匪徒冲了过去，并且丝毫没有减速的迹象。

两个匪徒前面吃了大亏，知道一时半会儿打不倒这个女子，再加上摩托车制造出来的噪声非常大，很快就会引起其他人的注意。反正他们的目的已经达到了，便招呼了一声如丧家之犬一般飞快地离去了。

女子冲着他们的背影吹了一声响亮的口哨，把摩托车停在张润泽面前，沉声问道："中国人？"

"你也是中国人？"张润泽听着对方流畅的汉语，马上激动地问道。

女子摘下头盔露出及腰的长发，以及清秀的面孔，她一手抱着头盔，一手打开摩托车的后盖，从里面拿出一条干净的白毛巾丢给了张润泽。

女子眯着一双杏眼，看着他问道："能不能走？"

"可以，我的家就在前面。"张润泽用手捂着脑袋上的伤连忙答道。

"中国人是不会轻易被打倒的！"女子深深看了张润泽一眼，又骑上摩托车准备离去。

张润泽见对方要走，连忙大声喊道："姑娘，请问你叫什么名字？你救了我的命，我会报答你的！"

那女子身体僵了僵，她没有回头，沉默了一会儿才缓缓说道："我的名字叫——中国人。"说完骑着摩托车扬长而去。

张润泽望着她远去的背影，久久站立在远处，脑海之中全是她说过的话："中国人是不会轻易被打倒的……"

"是的，我们中国人是不会轻易被打倒的……"他大声重复着这句话，瞬间浑身充满了力量。

他乡遇故知

张润泽回到自己的出租屋，那是一个只有 30 平方米的小房间，房东是一对 70 多岁的老夫妻。

为了不吵醒他们，张润泽没有开灯，悄悄回到了自己的房间，房间里有独立的卫生间。他脱下身上湿透了的脏衣服，在花洒下擦拭着身上的瘀青，皱着眉头琢磨着今晚这两个匪徒是哪些人派来的。

自打几个月前，张润泽写了一篇关于意大利番茄酱的调研报告并以论文形式？发表出来之后，他就像捅了马蜂窝一样，时不时有各种奇怪的人前来找他麻烦。

有的想用钱来收买他，有的则威逼恐吓，像今天这种把枪都带来的事情实属少见，也着实把他给吓坏了。

其实张润泽这篇论文里也没有写什么特别的东西，他只是根据调研结果，实事求是地写明了意大利生产的番茄酱之所以能畅销欧美、日本等国家，完全是因为使用了新疆物美价廉的优质番茄。

但是他在论文里又非常犀利地阐明了自己的观点，既然这些原料来自中国新疆，那为什么产品标识上没有显露出任何中国新疆的字样，反而都变成了意大利的本地原料呢？

原本对于这篇论文张润泽也没有抱太大的希望，毕竟这只是一篇学术论文，又能引起多大的轰动效应呢？顶多就是他针对这种不公平，发出一些微弱的呼声罢了！

可是令张润泽没有想到的是，就是他这样一个名不见经传之人写出来的论文，竟然被有心之人给利用了，这些人打着热爱中国的旗号大肆宣扬，并且做了一些过激的行为，让他的论文在西雅图甚至整个欧美都迅速爆火了起来。

因此自打他的论文在网络上爆火了以后，就陆续有各种人前来找他麻烦。

通过这些陌生的面孔，也让他逐渐明白了在幕后炒作的，原来是美国当地的番茄酱厂，他们想利用这样的信息打垮意大利的番茄酱厂，从而抢占更大的国际市场，并且获得更大的利益。

在这一场利益之争的背后，没有人关心意大利的番茄酱是不是用了中国新疆的番茄，各方在意的只是能得到多少利益。

而张润泽就这么稀里糊涂卷入了这场战争，还因此变成了人人喊打的过街老鼠。

今晚下班的时候，他勤工俭学的意大利番茄酱厂老板，就勒令他再写一篇洗白意大利番茄酱的文章，否则就让他滚蛋。但是被张润泽严词拒绝了，没想到下班回来的路上就遇到了持枪的匪徒。若不是遇见了那个姑娘，今晚就是不死也会掉层皮。

张润泽躺在床上辗转反侧，一直到天蒙蒙亮才睡了过去，可是刚睡下没多久，就听见房门被咚咚地敲响了。

门外传来约克翰夫人沙哑的声音："He hasn't got up yet.（他还没有起床。）"

"Sorry about the noise！（对不起吵到你们了！）"丁妍妍的声音清晰地传了过来。

丁妍妍是苏州人，与张润泽是校友，但不是同一个系。张润泽学的是食品安全专业，丁妍妍则选择的是工业设计专业。

那天张润泽去丁妍妍打工的餐馆吃饭，碰上她被两个喝醉酒的美国男人纠缠。同为中国人张润泽勇敢地站出来替丁妍妍解了围。

从那以后他们两个便熟悉了起来，在这异国他乡，两个孤寂的灵魂互相慰藉，自然而然就在一起了。

不过，通常他们都是放学以后才在一起，丁妍妍很少这么早来找他。

张润泽感觉浑身酸痛不已，他费了很大力气才从床上挣扎着爬了起来。

丁妍妍手里拎着早餐，看到他打开房门，连忙把早餐举到了他的面前，面带微笑说道："我是不是来早了？害怕你肚子饿，所以给你送早餐来了。这可是正宗的上海小笼包，我跑了好几条街才买到，你快趁热吃。"

张润泽疲惫的脸上露出一抹温暖的笑容，在约克翰夫人的注视下，他一把将丁妍妍给拉了进来，并且礼貌地关上了房门。

"呀！你怎么受伤了？你身上怎么这么多伤？发生什么事情了吗？你快点儿跟我说一下啊？"丁妍妍放下早餐这才发现张润泽满身的伤痕，不由得焦急万分地问道。

"没事……都过去了。"张润泽不想丁妍妍为他担心，便敷衍了过去。

丁妍妍皱着眉头一脸担忧地看着张润泽。最近都发生了什么事情，没有人比丁妍妍更清楚了，最近他们两个可是一直在提心吊胆地过日子。

丁妍妍沉默了一会儿，忽然开口说道："润泽，你有没有想过干脆我们提前结束学业回中国去吧？这里有什么好的呢？我一点儿都不喜欢，早就想回中国了。"她说完噘着嘴，做出一副委屈的模样。

但是张润泽心里却很明白，来美国学习、工作是丁妍妍一直以来的心愿。她眼下这么说是因为担心自己的安危。

张润泽把她拉到怀里，用双手轻轻环绕着丁妍妍，叹了一口气说道："要回也是我回，你在这里好好读书。不能因为我放弃你的梦想。"

就在这时，张润泽的手机铃声突然急促地响了起来。不知道为什么，他听到这样的铃声心里不由得一阵发紧，直觉告诉他怕是有什么不好的事情要发生了。

张润泽掏出手机一看，见电话是他父亲张刚强打来的。

他连忙接通了电话："爸！您下班了吧？家里没事吧？我妈她还好吗？"张润泽问了一连串问题。

"唉……"张刚强沉默了好一会儿，幽幽地叹了一口气。

张润泽搂着丁妍妍的右手不由得一紧，他吞咽了一口吐沫，担忧地问道："是……家里出了什么事情？"

张刚强又叹了一口气，这才缓缓说道："儿子啊！我知道你在国外求学不容易，可是有件事情，我想来想去还是要跟你说一声。"

第三章

母亲病危

"爸，您有什么事情就尽管跟我说。虽然我不在你们身边，但是等我学成回国，一定会好好孝顺你们的。"张润泽感觉自己说的这番话非常苍白无力。

眼下他在西雅图捅了这么一个大娄子，差点儿连命都保不住了，还谈什么学成归国？

"唉！儿子啊！你妈她……住院了……"张刚强说了这句话以后，便长叹了一声，陷入了长久的沉默。

张润泽的心里一紧。

虽然母亲身体不太好，从来没有断过药，就算是住院，也是住些日子就回来了。

怎么这一次说起母亲住院，父亲的语气竟然这般沉重呢？

张润泽张了张嘴没有发出一点儿声音，有些话他根本不敢问出口。

"医生说你母亲她……得了肺癌，已经是晚期了。原本我希望你母亲能配合医院好好进行化疗，可是你母亲说反正也没有多少日子好活了，她不想受那个罪，她怕疼，非要让我带她回家休养。"

"你母亲不让我告诉你，她怕耽误你的学业，毕竟离得这么远。可是她真的很想你啊！她每次因为疼痛陷入昏迷的时候，还不停地喊着你的名字……我怕她突然就走了，所以瞒着她跟你说一声。"

"儿子啊！爸没有别的意思，只是想告诉你这件事，免得你妈走了，日后你埋怨我……"张刚强说完这番话之后，已经是泣不成声了。

张润泽的母亲还这么年轻，可是谁能想到竟然突然得了这样的病。他们老两口相互扶持走了这么多年，从未红过脸，他得知这个消息的时候，都有一种晴天霹雳的感觉，一夜之间头发就白了一半。

可是在张润泽的母亲面前，张刚强还要装出一副笑脸来，半点儿情绪都不敢露出来。也只有在这个时候，才能露出软弱的一面。

听着父亲在电话里压抑的抽泣声，张润泽捏着手机的手指微微有些泛白。

他嘴唇哆嗦了半天，才努力找回了自己的声音："爸……"他的声音有些沙哑，一句话没有说完就泣不成声了。

"儿子……你也不要太担心了，你妈这边我会好好照顾她的。你一个人在外面要照顾好自己啊！回头我让你妈和你打个视频，你可千万别说知道她生病的事情了。"张刚强用力吸了吸鼻子，按捺住心中的悲痛说。

张润泽握着手机沉默了好一会儿，忽然开口说道："爸，您不要担心，我买明天最早的航班回去……和您一起照顾妈妈！"

"可是，你的学业怎么办？"张刚强声音里透着浓浓的担忧。

"在西雅图这三年我一直都不习惯，我觉得还是我们中国好，我们中国的空气都是甜的。不管什么样的学业，与母亲的病情相比都不重要……"张润泽答非所问地说道。

原本这几个月经历了这么多事情，已让张润泽产生了要回国的决定，只是一直在犹豫。眼下母亲病重这件事情，越发坚定了张润泽回国的决心。

张润泽挂了父亲的电话，一脸歉疚地抓着丁妍妍的手说道："妍妍，对不起，没跟你商量我就做了决定。以后不能陪你了，你一个人在这边要照顾好自己……"

他说着说着就红了眼眶，一边是病危的母亲，一边是未完成的学业和朝夕相处的爱人。他心里分明还有这么多的不甘心，可如今这种种不甘心，都化成了对回国的渴望。

"傻瓜，我要是想你了就飞回去看你啊！我又不是不回国了！伯母的病情是大事，父母那一辈人太苦了，作为儿女我们应该孝顺他们的。你放心吧，我会照顾好自己的。我来给你看看票……"丁妍妍说着拿起手机低着头翻来翻去。

过了不一会儿丁妍妍便抬头看着张润泽说道："润泽哥哥，我已经把机票发给你了，你明天要早点儿起来哦！不要误机了。好啦，我就不耽误你收拾行李了，我走了！"丁妍妍说完也不管张润泽是什么表情，拉开房门像一阵风似的离去了……

张润泽望着丁妍妍的背影有些回不过神来，不知道为什么，他感觉对于这一次分离，丁妍妍好像一点儿都不难过，反而有一种很开心的感觉……

想到这里，他用力摇了摇头。

虽然张润泽与丁妍妍在一起才半年多，但在这异国他乡，这样的感情实属难得。丁妍妍又怎么会不难过呢？一定是他想多了……

丁妍妍给张润泽买的是第二天早上六点的航班，所以张润泽三点多就起床，收拾完行李准备赶往机场。

他打开聊天软件看了一下，见他昨晚上发给丁妍妍的机票钱，她一直没有收。张润泽给她的留言她也没有回。

想来是因为心里难过，一个人偷偷躲到哪里哭去了。

张润泽长长地叹了一口气，用语音给丁妍妍留了一段话，叮嘱她按时吃饭，好好照顾自己……便拉着行李箱朝门外走去。

张润泽原本想和约克翰那对老夫妇道个别，从他来到西雅图以后，这对老夫妻对他表示了极大的善意。

这对老夫妇膝下没有子女，晚年生活比较孤独，自打张润泽到来以后给他们带来了许多欢乐。所以这对老夫妇对张润泽是格外照顾。这三年来他们相处得非常融洽。

老夫妇让独在异国他乡求学的张润泽，感受到了难得的温暖。

但是想着这么晚了，还是不要打扰他们了。便留下一张字条，站在门外和他们道了别。

第四章

回到祖国母亲的怀抱

张润泽上了飞机，他旁边的位置是空着的，一直等到飞机里播报即将关闭舱门的时候，才看到一个姑娘拎着一个手提箱，穿着一套米黄色的修身开衩连衣裙，头上戴了一顶宽边的太阳帽，脸上架着一副大大的太阳镜，遮住了半边脸，气喘吁吁地上了飞机。

他看了一眼觉得这个姑娘有些眼熟，总感觉好像在哪里见过。

不过张润泽也没有在意，他拿起报纸遮住了半边脸，很快就被报纸上的新闻给吸引过去了。

在报纸的头版头条上，赫然刊登着这样一则新闻，内容大体是说中国新疆的番茄大肠杆菌和沙门氏菌等严重超标，使用了以后会严重危害人的身体健康，因此呼吁国内大型超市、商场等抵制中国新疆生产的番茄进入欧美市场。

这家报纸虽然只是一个小报社印刷的，但是张润泽还是感觉心中非常气愤，他用力一拳头砸在了前面的座椅背后，发出咚的一声闷响。

"先生麻烦您让一下，我的位置在您的里面。"这时，他的耳边传来一阵悦耳的声音。

张润泽觉得这个姑娘的声音有些耳熟，便放下报纸，抬头看着她一脸歉意地说道："很抱歉……"毕竟在公共场合之下发脾气，是十分不礼貌的行为，所以他站起来让座的时候，特意说了道歉的话。

这时，就听见那姑娘"扑哧"一下笑出声来，随即说道："这书呆子的性格还真是一点儿都没改，你这样的小白兔独自出门，我都害怕被大灰狼给抓走了。"这姑娘说完脱掉帽子，摘了眼镜，露出本来的样貌来。

张润泽看着眼前突然出现的丁妍妍，目瞪口呆的有些回不过神来。

他嘴巴张了半天，才结结巴巴开口问道："妍妍，你怎么会出现在这里？你不应该在学校吗？"

丁妍妍嘻嘻笑着，从张润泽身边挤了过去，一屁股坐在靠窗的座位上，伸了一个懒腰说道："你都不在这边了，我还留下来干吗？实话告诉你吧！昨天买票的时候，我就一块买了两张。这不是想给你一个惊喜吗？所以就没有告诉你。"

她说完像只小猫一样抱着张润泽的肩膀，用力蹭了几下，脸上露出倦怠的神色来。

丁妍妍昨天从张润泽家里告辞以后，就忙着回去收拾东西，又打包邮寄回国。女孩子的东西本来就多，她一直忙到半夜才总算收拾停当。早上为了赶飞机又起了一个大早，她这会儿早就困得不行了。

丁妍妍舒服地趴在张润泽的肩膀上，眼皮一会儿就开始打架了。

张润泽一见，连忙拍了拍她的脸问道："你跟我回国，你的学业怎么办？"

"我办休学了，等以后有机会再来继续学习吧！若是没机会就算了，不就是一张毕业证吗？我就不相信国外的毕业证能比国内的值钱？我好歹也是'985'名牌大学毕业的好不好？"丁妍妍嘟嘟囔囔说了一句，后面就没动静了。

张润泽扭头一看，见她已经昏昏沉沉地睡过去了。

瞧见丁妍妍这副模样，张润泽感觉非常无奈。

等丁妍妍一觉睡醒的时候，耳边传来了乘务长温柔动听的声音："我们的飞机马上就要降落了，请各位收好小桌板，打开遮光板，调直座椅靠背……"

丁妍妍揉了揉眼睛，一脸惊讶地问道："这就到了？我这一觉是睡了多久……"

张润泽心不在焉地取了行李，他原本打算先把丁妍妍安顿好，然后再赶往医院。没想到刚出了机场大门，丁妍妍就欢欣雀跃地喊了起来："姐……我在这里。"

丁妍妍的表姐在上海工作，得知她要回来了，特意来机场接她。两个人有好几年没见了，所以双方都很激动。

此时张润泽的一颗心早就飞到医院去了，见有人来接丁妍妍便放下心来。他抚摸着她的脑袋说道："先回去休息一下吧！我要赶去医院，有什么事情我们再联系。"

丁妍妍知道张润泽的心情，所以也没有多做停留，叮嘱了他一番之后，跟着表姐离去了。

意外重逢

望着阔别了三年的上海，张润泽心中感慨万千。这座国际性大都市以日新月异的速度在快速发展着，三年的时间，就发生了很大的变化。这让刚出机场的张润泽有些找不到方向。

他愣了好一会儿，才跟随着人流，沿着机场导示牌往出租车停靠的方向走去。

张润泽拉着行李箱，站在人群后面着急地等待着出租车。这时，他忽然看到前方不远处的人群中有个姑娘的背影非常熟悉，好像是那晚救了他一命的女孩子。

张润泽马上激动了起来，难道这么巧，两个人居然在机场又见面了？

"对不起，麻烦请让一下，我有个朋友在前面，想上前找她说几句话。"张润泽客气地与排在前面的客人商量着，想要走上前去。

但旅客们都以为他想插队，所以没一个人给他好脸色，也没有人同意让他往前走。

最后张润泽只能眼睁睁看着那个女孩子坐上出租车离去了。

等张润泽到了医院的时候，远远的就看到母亲林秀芝坐在轮椅上，头上戴了一个帽子，脸色苍白地依靠在张刚强的怀里，正焦急地翘首期盼着。

自打张润泽出国学习以后，他们已经三年多没有见面了。

望着父亲花白的头发，母亲苍老的面容，张润泽心里特别难受，他大喊了一声："爸、妈，我回来了……"然后就哽咽着说不出话来了。

林秀芝听见张润泽的声音，苍白的脸上顿时出现了一抹红晕，她激动地四下找寻，等她终于在人群之中看到张润泽的时候，无神的双眼之中一下便涌上了雾气。

"你这孩子不好好在美国上学，突然间跑回来做什么？再坚持一年你就毕业了。别听你爸胡咧咧，我身体好得很，他就是改不了这一惊一乍的臭毛病了。"林秀芝含着泪水，嘴唇哆嗦着说道。

明明她脸上都是惊喜的表情，可是嘴里还在说着埋怨的话，把一个母亲的矛盾心理演绎得淋漓尽致。

为了不让林秀芝担心，张润泽只得撒谎骗她："我的交换生时间到了，我已经从学校毕业了，回来等着拿毕业证就好了，您就不用为这事操心了。对了，外面这么阴冷你们怎么不在病房里待着？"

"唉……这还不是都怨你妈，她非说在医院里住不习惯，又听说你回国了，便吵闹着要回家去。说要给你做你最喜欢的饭菜，说自己若是住在医院的话，就没人给你做饭吃了。"张刚强无奈地看了老伴一眼，眼眶又微微红了起来。

"那个医院这么难闻，又特别吵，我晚上都没有办法睡觉。我跟你说这医院不是正常人来的地方，窝在那个病房里，没病的人都会生病。反正我今天必须回家去。"林秀芝噘着嘴絮絮叨叨地说道。

张润泽瞧着二老这副模样，不由得乐和着说道："对，咱们回家去。没有妈妈的家，还能算是家吗？"

家中熟悉的情景，让张润泽眼眶有些微热，他连忙放下行李箱，把家里的卫生认真打扫了一遍。林秀芝心疼儿子，回到家里就不肯歇息，忙着要给他做饭。

张刚强拦也拦不住，只得一脸心疼地围上围裙去厨房给林秀芝打下手。

"我说老伴啊！你身体不好就去陪儿子说说话吧！这里我来就行

了。"

"拉倒吧！你做的饭那能吃吗？儿子从小到大都喜欢吃我做的饭。咱儿子这几年在国外不知道受了多少罪，你没看到他变得又黑又瘦吗？眼下回到家里，我要多给他做一点儿好吃的。去去去，你赶紧出去，别在这里碍手碍脚的，看着让我心烦。"

张刚强被林秀芝灰溜溜地从厨房中赶了出来。他垂头丧气地来到张润泽身边坐了下来，长叹了一口气说道："你妈妈哪儿都好，就是性格太要强了。这一辈子都要强，哪怕她已经……"剩下的话他说不下去了，两行热泪顺着脸颊滑落了下来。

张润泽忍着心中的酸楚，连忙抽了一张纸巾递给了张刚强，悄声说道："别让妈妈看到了，难得今天她高兴。那个……妈妈的病你打算怎么办？"

"还能怎么办？你妈妈她不愿意医治，她脾气这么倔谁也拿她没办法，留在医院她也不配合医生治疗。你知道医院为什么会让我们出院吗？那是因为你妈妈把护士给她扎的针都拔了……"张刚强絮絮叨叨说着，脸上都是痛苦的神色。

张润泽酸楚地望着张刚强，这个在他印象里坚强、有担当的父亲不知从什么时候开始悄悄地变老了，如今连鬓角的头发都有些花白了，他只有五十多岁啊！

"爸……你也不要太过于担心了，眼下医疗技术这么发达，妈妈的病说不定还会有转机。国内治不好，咱们就去国外，总会有办法的。现在我回来了，不会让您独自来面对这一切。"张润泽不知道该怎么安慰痛苦的父亲，他伸出手紧紧握着张刚强的胳膊一脸坚定地说道。

"唉！你说的这些我都想过，以我们家这样的条件……"张刚强深深地叹了一口气，又把剩下的半句话给咽了回去。这些年林秀芝身体不好，张润泽又在国外求学，所有的家庭重担都压在张刚强一个人的身上。虽然他努力工作，但也只能勉强维持这个家的开支，又哪里凑得出高昂的医疗费用，去国外医治呢？

这些话就算是张刚强不说，张润泽心里也很清楚。他不想再继续和张刚强聊这些沉重的话题。

张润泽从口袋里掏出一张银行卡塞到了张刚强的手中，声音沙哑地说道："这是这些年我在国外勤工俭学存下来的钱，虽然不多，但是您先拿着，办法总会有的。"

第六章

命运弄人

张刚强紧紧握着这张银行卡，不禁老泪纵横地说道："孩子，是爸爸没有本事，爸爸对不起你，让你受苦了……"

像张润泽这么大年纪的孩子，都在大学享受着象牙塔里快乐的时光，家里给着生活费，只要把学习做好就行了。可是张润泽却不一样，首先是高考之路并不顺利，好容易靠自己的努力去国外留学，可是又因为母亲生病家境困难，这些年在国外只能靠自己打工赚取生活费。

在那样人生地不熟的地方，这个孩子不知道吃了多少苦，就这样他还能攒下来一笔钱，留给自己的母亲治病。作为父亲的张刚强觉得打心眼里愧对这个儿子。

"爸，这些年来你起早贪黑辛苦照料这个家，这些我都看在眼里。现在我长大了，能帮你分担一些了。眼下虽然还有一些困难，但是只要我们努力不放弃，一切总能好起来的。"说到这里张润泽的眼睛也湿润了起来。

打从他记事以来，张刚强总是起五更睡半夜，一年四季像个陀螺一样地忙碌。为了改善家里的生活，他除了白天上班以外，晚上还找了一个兼职。

像他这样年纪的人能找到什么样的兼职呢？无非就是在杂乱、潮湿的酒店后堂给人家刷盘子。

有一次张润泽晚上跟着母亲去帮张刚强干活，他看到满地都是油污的碗碟，张刚强佝偻着身体，撅着屁股不停地忙碌着，就这样还有人时不时过来喝骂他，说他做事太慢，耽误了前面的工作。

张刚强满头满脸都是汗水，他只能赔着笑脸一个劲地道歉。等那人走了之后，张刚强抱着一摞盘子准备去洗刷，可是地面太过湿滑，张刚强一个趔趄，脚步不稳仰面摔了下去。

本来张刚强扔了手中的碗碟，就可以稳住身体。可那也就意味着这一个月的工资都拿不到了。所以他硬生生后背着地，保护住了手中的碗碟。

张刚强挣扎着从地面上爬了起来，瘸着腿一刻都不敢停歇，又埋头刷起了碗碟。

在这样几千万人口的大都市，是比其他地方机会多、工作多，可是相比起其他地方来竞争大，压力也大，就算是这样刷碗的工作，你不干马上也会有人把你替代了，所以张刚强根本就不敢有片刻懈怠。

瞧见那一幕的张润泽忍不住呜呜呜哭泣起来，他原本想要上前去给张刚强帮忙，可是却被林秀芝死死拉住了。她哽咽着说道："孩子，我们现在不能过去，这是一个男人最后的尊严了。"林秀芝说完也呜呜地哭了起来。

从那一天开始，他才真正懂得了活着的不容易，他仿佛一夜之间就变得懂事了许多。再也没有吵闹着要买什么东西，心里一直想着快快长大，这样就可以和父亲一起赚钱，承担起一个男子汉的责任。

到了高考那段时间，他给了自己很大的压力，拼了命想要考上一个好学校，这样毕业了以后就能赚很多钱，那样父亲就可以不用这么辛苦了，母亲就可以去一家好一点儿的医院……

可是命运偏偏和他开了一个大玩笑，正是因为压力太大，他在考场上发挥失利，最终与他心仪的大学失之交臂。他把自己关了起来，想要自暴自弃。

直到有一天晚上，他起来上洗手间，看到父母的房门虚掩着，里面传来一阵阵低低的哭泣声。

他悄悄走上前看了一眼，发现体弱的母亲跪坐在地面上，趴在床头哭泣，嘴里还念叨着："都是我不好啊！都是我这身体拖累了一家人，你说我还活着做什么，怎么还不死啊？"

张润泽抬头看了看表，已经是夜里一点多了，而他的父亲在餐馆刷碗还没有下班。

他感觉心里像被刀剜了一块肉一般，疼得他连呼吸都感觉有些困难。他默默地站在黑暗之中，听着母亲细碎的哭泣声，就像在接受着痛苦的洗礼一般……

第二天太阳出来的时候，穿戴整齐的张润泽走到父母面前面色坦然地说，自己不愿意再复读，愿意响应国家的号召，选择他喜欢的专业去读大专……

回想起这一切，看着鬓角斑白的父亲，张润泽只觉得心里像压了一块大石头一般，压抑得让他喘不过气来。

"哼……不是我说你。当初在新疆好好的，你就不听我的劝阻，非要跟潮流回上海来。你说我们离开上海这么久，又没有高学历，回来能做什么呢？还不如留在新疆，那个时候在生产建设兵团，单位领导多器重我们啊？现在倒好……"林秀芝不知道什么时候从卧室里走了出来，嘴里说着埋怨的话，但脸上却都是满满的心疼。

这个男人用一生来守护着她、照顾着她，再苦再累都没有一句怨言，有这么一个男人陪她一辈子，值了……

"你看你怎么又说这个话？当初还不是为了你的身体着想？不是想着上海这边医疗技术发达，能让你少受点儿罪吗？我一个大男人吃点苦怕什么呀？只要你们母子好好的，我就心满意足了。"张刚强飞快地擦掉了眼泪，脸上露出憨厚的笑容来。

说起林秀芝的病，好像自打张润泽记事以来，她的身体就一直不好，但是他却一直不知道母亲为什么会身体不好。

借着这个机会，张润泽疑惑地问道："妈的身体是从什么时候开始不好的？是因为什么生病的？当时没有好好检查一下吗？"

张润泽心里想的是，若是当时好好检查的话，林秀芝也许就不会得绝症了。如果那样该多好啊！他还有时间去孝顺她，赚很多的钱带她去看病……

　　"你母亲她……原本身体很好，那一年冬天在新疆支边的时候，为了救一个掉进冰窟窿的儿童，她拼了命地跳进刺骨的湖水之中，将那个孩子给救了上来。可是她自己的肺里却呛了水……那可是零下三十摄氏度的数九寒天啊！自打那以后，你母亲的身体就落下了病根，一直熬了这些年……"张刚强长叹了一口气，陷入了久远的回忆之中。

无名英雄

"在新疆支边的时候，你母亲是人民教师，我是生产队长。那个时候我们都年轻，大家都来自五湖四海，为了响应国家西部大开发的号召，积极投身到援疆建设之中去。干劲十足，又有很强的使命感，虽然生活艰苦了一点儿，可是每天都很有奔头，若不是发生了后来的事情，我可是真不想离开新疆啊！"回忆起那些旧时光，张刚强浑浊的眼睛之中泛起了一股明亮的光辉。

这样的光芒在张刚强的眼睛里，许久都不曾见过了。

"咋了？你这是埋怨我拖你后腿了？我虽然当教师，可是我也拿过全疆的三八红旗手好吗？"林秀芝娇嗔地瞪了张刚强一眼。

"你哪里就拖我后腿了？你可是咱们家的无名英雄呢！儿子，你不知道你母亲英勇救人的事迹被当成整个兵团学习的英雄事迹呢！那个时候我可骄傲了，不管走到哪里人家都说我是女英雄的丈夫呢……"张刚强扬扬得意地抬着头说道。

张润泽听到"无名英雄"这几个字，心里微微颤动了一下。

林秀芝英勇救人的事迹他从来没有听父母提起过，当年因为母亲的身体，他们一家人享受政策回上海，张刚强从来没有拿这一点作为要求，让组织上给他们夫妻分配一个好一点儿的工作。而是自愿去了最艰苦的工厂，像一颗螺丝钉一样，拿着微薄的工资，一干就是一辈子。

想到这里，张刚强夫妇的瘦弱身影在张润泽的眼睛里，仿佛突然被放大了几十倍，瞬间变得光辉伟岸了起来。在那个充满了斗志的年代，不知道还有多少个像林秀芝这样的无名英雄，默默地生活在他们周围不被人知。

"你说……在我有生之年，若是还能回去看看那些老姐妹该有多好啊！她们可是一直都念叨我呢！以前因为工作忙走不开，现在我的身体这个样子，还不知道能活到哪一天，这一辈子怕是再也见不到她们喽……也不知道那个时候我亲手种下的那一片防沙林，如今是不是都长得郁郁葱葱了……"林秀芝念叨着这些陈年旧事，整张面孔都灰暗了下去。

"你看看你，好好的又说这些丧气话干什么？我不是都跟你说了吗？你要好好养身体，等你身体好一点儿了，我就请假带你去新疆看看那些老战友……"张刚强马上打起精神来，轻言细语地安慰着林秀芝。

张润泽心里微微一动问道："妈，您想回以前支边过的地方去看看吗？"

"你妈呀！也不知道怎么了，最近天天念叨着想去新疆看看，你看她现在身体这个样子，也走不了啊？"张刚强连忙给张润泽使了一个眼色，把话题接了过去。

受到母亲这种情绪的渲染，张润泽突然能体会到母亲想要回到以前奋不顾身工作过的地方去看一看的想法。这么多年过去了，新疆肯定发生了翻天覆地的变化。

当年母亲是怀着建设美丽新疆的梦想去支援的，但是一直到走的时候，这个梦想都没有实现。这些年经过几代人的辛苦建设，如今的新疆与当年的新疆又有着怎样的变化呢？想来这是林秀芝心中一直念叨的。

张润泽联想到自己在西雅图的恐怖遭遇，心中对新疆也有了几分向往。根据他查找的资料显示，畅销世界的意大利番茄酱的原料，有很大一部分来自新疆。那他真得亲自去新疆实地走访一下，将真实的资料作为补充，再写一份论文，发到那家网站上去，让关注这些事情的人能看到更真实的东西。

事实胜于雄辩，他就不信在真实数据面前，那些企图抹杀中国生产和中国制造的外国企业主，还有什么话可以辩解。

事实并不会因为被人为地刻意隐瞒和编造就改变模样，他要在国际上替中国制造发声，替新疆番茄发声，哪怕因此还要面临那些恐怖的遭遇……

想到这里张润泽目光温和地看着林秀芝说道："妈……现在天气还有些冷，您刚出院身子骨也比较弱，等天气暖和一点儿，等您再康复一点儿，我亲自陪着您走一趟新疆好不好？"

"4月新疆就要开始春耕了，若是去得太晚了，就看不到大国农业，机械化种植的那一幕了……"林秀芝见张润泽答应了眼睛里马上就出现了亮光，但随即又闷闷不乐起来。

张润泽算了一下时间，离4月只有两个月的时间了，在这期间他要想办法多赚点儿钱，才能完成这趟新疆之旅。

所以他点了点头说道："好的，您就放心吧！我保证让您看到大国农业的机械化播种……"

张刚强一直低着头没有说话，好容易等到林秀芝回房间休息去了，他才悄悄把张润泽拉到一边，小声说道："孩子，不是爸不想满足你妈最后的心愿，实在是咱家给她看病把钱都花光了，这一来一去需要好几万的花费，咱家去哪里弄这么多钱啊？"说到这里，他老实巴交的脸上充满了羞愧的紫红色，一双眼睛更加浑浊了。

张润泽心中泛起了一阵酸楚，他用力拍了拍父亲的肩膀说道："明天我就去找工作，钱的事情交给我吧！您就不要操心了。"

"孩子……"张刚强嘴唇翕动，还想说什么，可最终长叹了一声低下头去。

张润泽知道父亲想要说什么，在如今高速发展的上海，没有名牌大学的文凭，没有人情关系，想要找个体面的工作那是非常困难的事情。虽然他有国外留学的经历，可是他没有拿到毕业证书，所以等于什么都没有……

就在这时，张润泽的手机铃声响了起来，他掏出手机一看，见是他所在大专院校教导处打来的电话。

想到教导处李主任那张一年四季毫不变化的黑面孔，张润泽不由得皱起了眉头。

去西雅图当交换生的名额，是学校好不容易争取来的。去国外留学不知道是多少人的梦想，他因为学习优异被学校直接保送。原本还指望他能为学校增光添彩，谁知道他竟然不打招呼就回国了。

几天没有去学校上课了，想来西雅图那边的电话已经打到李主任那里了。

情绪激动

张润泽深吸了一口气，抓着手机来到阳台上，这才接通了电话："您好，李主任，我是张润泽。"

"你马上来教导处一趟……"李主任说完这句话，不等张润泽答话就直接挂断了。

张润泽握着手机沉默了一会儿，随即调整了严肃的面容，带着温和的笑容从阳台走了出来，对一脸担心的张刚强说道："爸，我有事要出去一趟，很快就回来。"

"孩子……外面冷，你多穿点儿衣服。"张刚强追在他的身后叮嘱着。

面对父母无微不至的关怀，张润泽心里的愧疚越发浓郁了，他逃也似的离开了家门，漫无目的地走在大街上。

若是父母知道他并不是学成归来，反而是在学校不知道的情况下私自回国的事情，会不会加重母亲的病情？这些担心一直困扰着他。可是面对父母的时候他又不忍心说出真相。

来到阔别了三年的学校，张润泽用力呼吸了一下这里的新鲜空气。三年的时间这里并没有发生太大的变化，看着眼前的新面孔，让他心里竟然有了一种沧桑的岁月感。

张润泽来到教导处的时候，听见李主任的办公室内传来一阵争吵的声音。

"马教授你这个说法是不对的，俗话说国有国法，家有家规，一个人不管是因为什么事情犯了错，都是要承担相应的责任的，更何况这还是关系到我们学校荣誉的事情。"

"那也要看犯的是什么错。若是涉及国家、民族荣誉的事情，那就是不惜一切代价也要据理力争，若是换了我，我也会这么做。"

"马教授，我们为人师表，要注意自己的言辞，学生在学校的主要任务就是学习……"

"李主任，你不要动不动就上纲上线，我觉得作为一个中国公民来说，首先要做到的就是热爱我们的国家……"

张润泽听着里面针锋相对的争吵，很快就明白过来，是因为他的事情李主任和马教授才会发生争吵。

马教授是张润泽的班主任，自打马教授来到学校以后，就一直对他谆谆教诲，关爱有加，也是马教授力荐为张润泽争取到了交换生的名额。

张润泽觉得愧对马教授的信任，也不想让他们因为自己的事情继续争吵下去，因此便鼓起勇气用力敲了敲办公室的门。

里面的争吵声戛然而止，一脸怒气的李主任用力拉开了房门，在看到张润泽的时候，没好气地瞪了他一眼，重重哼了一声才说道："哟！我们学校的大英雄回来了，若不是我这个教导处主任打你的电话，你是不是觉得我们这个学校都容不下你了？"

张润泽听着这些冷嘲热讽的话，赔着笑脸说道："真的很抱歉，李主任，我本来应该下了飞机就来学校报到。可是我家里出了一些事情，先赶到医院去了，所以耽误了时间，请您原谅。"说完对李主任深深鞠了一躬。

在西雅图当交换生的三年，张润泽早已经习惯了别人的冷嘲热讽。所以李主任的话并没有引起他的不适，反而真诚地向李主任认了错。

"你母亲的事情我们都听说了，真是很遗憾……"马教授一脸心疼地看着张润泽，叹了一口气说道。

李主任神色复杂地看了张润泽一眼，没有继续再为难他，侧过身子让他进了办公室，随即又关上了房门。

张润泽一脸忐忑地站在办公室中央，一只手不停地搓着衣角，他站也不是，坐也不是，低着头用眼角余光偷看李主任。

李主任倒了一杯水，往他手里一塞，气鼓鼓地说道："站着干吗？坐啊！我有这么可怕吗？"

张润泽苦笑了一下，连忙捧着水杯坐了下来。

"李主任你看看你……"马教授看不下去了，想要维护张润泽。

"我管教自己的学生，你少插嘴……"李主任瞪了马教授一眼，马教授无奈地耸了耸肩，闷着头去喝茶了。

张润泽偷偷观察了一下，发现屋里的这两个人虽然刚才争吵得比较厉害，但是双方唇角还带着隐隐的笑容，看来双方的关系并不像他想象的那样。想到这里他才稍稍放下心来。

"今天早上我接到西雅图那边的学校打来的电话，说你旷课好多天了，也没有请假，也没有说明情况……让我们给个合理的说法，否则就要开除你的学籍。你是我们学校保送出去的三好学生，这不像是你的做事风格，我与马教授商量了一下，觉得可能是在西雅图那边发生了什么事情，所以特意把你喊过来问一下。有什么话你就直说，不用害怕……"李主任轻咳了两声，缓解了一下尴尬的气氛。

李主任的这番话差点儿让张润泽笑了起来，明明两个人刚才在办公室里吵得脸红脖子粗的，眼下又说是经过两个人商量的。他没有想到这个李主任原来还有这么有意思的一面。

张润泽连忙调整了脸色，将在西雅图发生的事情一字不落地转述了一遍。

说完这些以后，他突然站了起来，大声说道："报告两位领导，若是因为这样学校就要开除我的学籍，那我也没有怨言。古往今来为了维护国家和民族的尊严都是要有所牺牲的……"

"臭小子吓我一跳，坐下说……"李主任被张润泽的行为吓了一跳，他没好气地瞪了一眼呵斥道。

张润泽不好意思地挠了挠头皮，小声说道："对不起，我一时激动，没注意自己的形象……"

再次重逢

"你反映的这些问题我们学校会进行核实的，若是情况属实的话我会和校领导反映，由学校出面沟通和西雅图那边协商你毕业证的事情。若是他们不愿意给这个毕业证，那就由我们学校给你发，我们学校虽然是大专院校，但是这几年也在逐渐升级，目前也具备本科的资质了，我就不信我们的毕业证含金量比西雅图的低！这一点你完全不用担心。"

"但是，若是让我查出来你小子说谎的话，有你的好果子吃……"李主任一本正经地说道。

马教授让张润泽先离开教导处在校园里等他一下，他还有事要和李主任沟通。

张润泽一边欣赏校园里的景色，一边回忆当初在这里学习的时光。

过了好大一会儿，他听见身后传来了呼唤声："润泽……润泽……"

张润泽回头一看，见马教授急匆匆地朝他走来，额头挂着晶莹剔透的汗珠儿。

"润泽……你母亲的病怎么样了？"马教授来到张润泽面前连汗水都顾不上擦，紧皱着眉头问道。

说起林秀芝的病情，张润泽的表情灰暗了几分，他摇了摇头说道："医生说……顶多还有半年的时间吧！"

马教授沉默了片刻，伸手用力拍了拍他的肩膀，从口袋里掏出一张银行卡，塞进了张润泽的手中说道："这钱你先拿着，不够我们再来想办法。有什么需要尽管跟我说……"

张润泽握着这张带着马教授体温的银行卡，心里感慨万千。

马教授就是这样的人，从来不会说什么好听的话，通常都会选择这种最直接的方式，给予你最大的帮助，这让他心里瞬间涌动着一股暖流。

张润泽用力吸了吸鼻子，强行把泪水又给逼了回去。他摇了摇头说道："马教授，这钱我不能要，虽然我刚回国，但是我也在找工作了……我母亲她已经放弃治疗了，现在花不着什么钱……只不过她有个未了的心愿，想去她以前支边过的地方看看……所以我会努力加油的。马教授，谢谢你一直以来对我的支持……"

马教授叹了一口气说道："说起找工作，我这里实验室刚好缺一个助手，你是从国外留学回来的，对你来说再合适不过了，你明天就来上班吧！再者，你们要去新疆的话提前跟我说一声，咱们学校也有老师在那边支援建设，我可以跟他们打声招呼……"

关于去马教授实验室工作的事情，张润泽没有拒绝，并且很爽快地答应了下来。他在西雅图的时候，就跟着一个教授，在他实验室工作过一段时间，也积累了一些经验。

马教授帮助他这么多，他也希望通过这种方式去回报马教授。

张润泽原本准备着来学校挨骂，可是令他没有想到的是，不但没有挨骂，连工作的问题也解决了。

看来学生们对李主任的传言有误，他明明就是一个……通情达理之人嘛！

张润泽不由得想起自己在西雅图的时候，那里虽好，可是人情冷漠，所谓的人情全靠利益维系着。出了问题没有一个人会站出来帮助你，不管在那里生活多久，张润泽都感觉自己像一个外人，永远也没有办法融入西方的文化之中去。

看来他选择回国是正确的，因为在这里，他遇到了久违的温暖。

与马教授告别之后，张润泽拿着药方，去医院给林秀芝买药。对于林秀芝来说，现在已经没有什么特效药物可以控制她的病情了，大部分药物都是用来减轻癌症带给她身体上的痛苦的。一想到很快他永远都无法见到林秀芝了，他就感觉心里像压了一块大石头一般，让他感觉呼吸都困难。

张润泽六神无主地走在街道上，低头盘算着在林秀芝余下的生命里应该怎么陪她度过。就在这个时候，身后忽然传来一阵叫喊声："抓小偷，抓小偷呀！"

张润泽连忙停下脚步回头看去，只见一辆疾驰而来的摩托车上，坐着两个穿着非常杀马特的年轻人，头发染得金黄，戴着一副骚包的眼镜，坐在后排的那个人手里拎着一个白色的名牌包包，耀武扬威地拿在手里打着圈晃动着，冲着他疾驰而来。

看着这样的场景，张润泽的脑海之中忽然出现了那个雨夜，在西雅图的街头，骑着摩托车搭救他的那个女子窈窕的身影。他目光扫视，在身旁看到了一根废弃的木棍。

他不假思索地冲上前去，抓起木棍，对准即将与他擦肩而过的杀马特青年，用力砸了下去。

只听见"哎呀！"一声惨叫，这辆飞驰的摩托车摔倒在地面上，由于巨大的惯性，摩托车带着这两个青年在地面滑出去十几米，才勉强停了下来。

两个杀马特青年被摔得不轻，躺在地面上骂骂咧咧直哼哼，挣扎了几次想要从地面上爬起来，最后都以失败告终了。

张润泽冷着脸，走上前去一把将那个女士包抢了过来，阴沉着脸说道："我已经报警了……"

"谢谢你了……"正在说话间，张润泽就感觉手上一轻，下一秒他拿在手上的包就到了别人的手上。

张润泽连忙回头看去，见面前站着一个身材高挑，留着一头大波浪披肩长发，鹅蛋脸，丹凤眼，长相绝美又打扮时髦靓丽的年轻女子。

下一秒张润泽就惊喜交加地指着女子喊道："原来是你？"

那女子上下打量了一下张润泽，也扬了扬眉毛问道："中国人？"

"嗯嗯！就是我，太巧了，你也回国了啊？"张润泽连连点头说道。

原来这个女子不是别人，正是那个雨夜骑着摩托车救了张润泽的人。

"谢谢了……我们扯平了……"女子扬了扬手中的坤包笑着说道。

她走到两个杀马特青年面前，用穿着马丁靴的脚尖踢了踢二人说道："学什么不好？偏学人家做贼，连姑奶奶的包你们都敢抢，也不打听打听我是谁。"

口无遮拦

张润泽看着她这副模样，又想起那个雨夜发生的事情。那两个杀手长得牛高马大的尚且不是她的对手，更别说眼前这两个杀马特青年了。

想到这里，张润泽不由得"扑哧"一下笑出声来。

没等他说什么，便见两个年轻的警察气喘吁吁地跑了过来，他们来到现场以后，很快便锁定了目标，大踏步朝着那两个杀马特青年走了过去。

经过警察的询问，张润泽这才知道眼前这个姑娘名叫陈梦欣，是杭州人，今天才从国外飞回来，刚来到入住的宾馆门前就被这两个杀马特青年抢了包包。

同时陈梦欣还没有忘记张润泽的功劳，连忙指着他说道："警察同志，就是这位年轻人帮我抓住了小偷，你们可要好好表扬他。"

"年轻人？"张润泽扬了扬眉毛，他觉得这个称呼很有意思。明明陈梦欣看起来比他还要小几岁，她却老气横秋地喊他年轻人！

"我又不知道你叫什么名字。"陈梦欣拿大白眼翻了张润泽一眼，没好气地说道。

可能是念在张润泽给她帮了忙的缘故，她紧接着又说了一句："真没想到你这个人还挺勇敢的嘛！当时在西雅图的时候，我心里还想这个男人怎么这么窝囊！看来是我看走眼了。"

"我叫张润泽，很高兴认识你。上一次你救了我，还没有和你说声谢谢……"张润泽笑着说道。

"刚才不是说过，我们扯平了吗！谁也不欠谁的了。我先走了，拜拜。希望我们以后不要再见面了，每次见到你准没有好事……"陈梦欣说完转身就走，然后在几十米以外的两个大皮箱处停了下来。

原本张润泽还好奇，以陈梦欣的实力怎么会让两个小偷抢了包，眼下看到她面前这两个半人高的大皮箱，心下随即就了然了。

他思索了一下，大踏步走上前去说道："你曾经救过我的命，那就是我的救命恩人。我们中国人讲究受人滴水之恩应当以涌泉相报，所以我会报答你的。"说完拎起这两个大皮箱就往前走。

陈梦欣瞪大眼睛惊讶地看着张润泽，一时都忘记要说什么了。

张润泽走了几步，见陈梦欣没有跟上来，便扭头问了一句："酒店地址？"

陈梦欣这才回过神来，连忙跟了上去，报了酒店名字。

张润泽一直将她送到酒店门外，这才擦着满头的汗水说道："好了，我就送到这里了，你一个小姑娘外出要注意安全。"说完转身就要走。

陈梦欣的大眼睛忽闪了一下，连忙喊道："喂……你这个人不错，给我留个联系方式吧！你不是要报答我吗？"说完自己也笑了起来。

张润泽身体停顿了一下，随即笑着报了自己的电话号码，然后并没有继续停留，转身离去了。

陈梦欣站在原地，一直望着他的背影消失在人群之中，这才费力地拎着大皮箱办手续去了。

张润泽回到家中，还没有打开房门就听见屋里传来一阵叽叽喳喳的说话声："叔叔，张润泽到底什么时候回来啊？他这个人真是，也不知道做什么去了，打那么多电话给他都不接！"

张润泽听了这话微微皱了皱眉头，连忙用手摸了摸口袋，掏出手机一看，屏幕上确实显示了好多个未接电话，他点开一看都是丁妍妍打来的。

张润泽和丁妍妍是在西雅图认识的，他从来没有带丁妍妍来过家里，也不知道这个丁妍妍是怎么找到这里来的。

想到这里他连忙打开房门走了进去，一脸歉疚地说道："很抱歉，刚才发生了一些事情……"

然而张润泽后面的话还没有说完，眼前的一切就让他呆愣在当场。

只见丁妍妍穿了一件白色限量版的香奈儿连衣裙，背了一个同色系 LV 的包包，一脸傲慢地站在客厅中央。张刚强和林秀芝一脸惶恐地站在一旁，沙发上的垫背都在地面上扔着，现场有些凌乱，也不知道发生了什么事情。

"这里……发生什么事情了？"张润泽奇怪地问道。

"哎呀！你可回来了，给你打这么多电话，你怎么不接呢？"丁妍妍看到张润泽的时候微微有些惊讶，她很快掩去了脸上的傲慢，高兴地扑进了他的怀里，仰着红彤彤的小脸看着他说道。

张润泽不由自主地又皱了皱眉头，沉声问道："你怎么找到家里来了？"

"我打你电话打不通嘛！这不是担心你，害怕西雅图那些坏人追到中国来吗！这又是刀又是枪的，你再遇到什么危险怎么办？"丁妍妍撒着娇说道。

张润泽想要阻拦已经来不及了，他紧张地看了看林秀芝，果然看到她脸色煞白一点儿血色都没有。

"孩子，你在美国遇到了什么危险？什么又是刀又是枪的？"林秀芝嘴唇颤抖着问道。

"其实也没有什么了，就是有人要绑架他……"丁妍妍并没有发现异样，口无遮拦地说道。

张润泽见她越说越离谱，连忙用手捂住了她的嘴巴。即便是如此还是晚了一步，只见林秀芝眼睛一翻就昏死了过去。

张润泽连忙推开丁妍妍和张刚强一起手忙脚乱地抱起林秀芝进了卧室，两个人忙了好一会儿才把林秀芝救醒了过来。虚弱的林秀芝抓着张润泽的衣袖心疼得直掉眼泪问道："孩子，你在国外受了这么大的委屈为什么不跟妈说呢？妈就是拼了老命也要把你救回来啊！"

"妈，您快别担心了，我这不是没事吗？你别听妍妍瞎说，她就喜欢夸大其词，哪里有这么严重了？就是我在回家的路上遇到了劫匪……"张润泽轻拍着林秀芝的后背，轻声安慰着她。

林秀芝又哭了很久，耗尽了所有的力气，才昏昏沉沉地睡了过去。张润泽替她擦去了脸上的泪痕，长出了一口气。

第十一章

门不当户不对

张润泽看到张刚强几次欲言又止的模样，他便悄声问道："爸，你是不是有什么话想跟我说？"

"孩子，外面那个姑娘是你的女朋友啊？"张刚强一脸忐忑地往外看了一眼，结结巴巴地问道。

"嗯！我在西雅图认识的……"张润泽眼神闪烁了一下，压低声音说道。

"唉！姑娘是个好姑娘，只是咱们两家条件相差太大，你看她身上的穿戴都不便宜吧？这样的金凤凰又怎么会落在咱们家呢？孩子，你仔细想清楚吧！"张刚强皱着眉头，老实巴交的脸上露出一抹浓浓的哀愁来。

张润泽环顾四周，这个家真可以用家徒四壁来形容了。丁妍妍的父母都是国企的领导，家庭优渥，从没有受过什么委屈，跟着他……确实有些委屈了。

想到这里，张润泽的眼神灰暗了下去，他点了点头说道："爸，您好好休息一下吧！我的事情您就不用操心了，我也是这么大的人了，会处理好这些事情的。我们的困难只是暂时的……"

张润泽关上了父母卧室的房门，他看到丁妍妍背着包一脸嫌弃地站在那里，自始至终都不肯在他家的沙发上坐下来。她这样的模样让张润泽有些神情恍惚。

以前在西雅图的时候，他们两个相依为命，虽然丁妍妍大小姐的脾气比较大，可是彼此相处还是蛮融洽的，从什么时候开始，她竟然变成了这个样子呢？

"喂，你发什么愣呢？我们出去找个咖啡厅坐坐吧！你们家里这是什么味？熏得人头都昏了。"丁妍妍瞧见张润泽发愣，便捂着鼻子没好气地说道。

因为林秀芝长期卧床生病，再加上张刚强工作特别忙，所以并不能很好地给家里打扫卫生，房间里确实有一种发霉的味道。只是丁妍妍的嫌弃表现得这么明显，还是让张润泽心里感到微微不悦。

"我妈的病你也看到了，我还要在家照顾她，给她做饭，就不陪你出去了。我家一直都是这种条件，没办法跟你们这些条件优越的大小姐比，我看你还是赶紧回苏州去吧！别在这儿跟我耗着了。从明天开始我就要去实验室上班了，今天还有很多事情要做……"张润泽把扔在地上的东西捡拾了起来，用手拍打着上面的灰尘，心平气和地说道。

"哎呀！你快点儿扔掉，刚才你妈吐在上面了。她可是得了绝症的人，谁知道会不会传染。"丁妍妍见状连忙跑上前去，一把拍掉了张润泽手中的东西，满脸都是嫌弃。可是说完这句话以后她马上又意识到了不对，连连摆手说道："对不起，对不起……我不是那个意思，我真不是故意的，我这个人你也知道的，刀子嘴豆腐心……"

通过丁妍妍的只言片语，张润泽大概明白了在他回来之前这屋里发生了什么事情。

林秀芝的身体状况越来越差了，什么东西都吃不下去，就算偶尔能喝点儿粥，也是边喝边吐非常痛苦。可能丁妍妍来找他的时候正好就看到了这样的场景。

丁妍妍接受不了这种画面，张刚强招呼她进屋坐的时候，她大小姐脾气又犯了，生气地将沙发上的东西都扔在了地面上。因此张刚强才会有那样一番说辞。

以前在西雅图的时候，张润泽虽然工作辛苦，但是在工作之余，他还有时间和精力去忍受丁妍妍的大小姐脾气。可是自从回国以后，家里的困境让他感觉焦头烂额，他是真的没有多余的心思再去哄丁妍妍了。

　　再说丁妍妍现在嫌弃的是他病入膏肓的母亲，再过几个月她就会永远离开这个世界。别人欺负他可以，但是欺负他的父母，这一点他是绝对不能接受的。

　　所以张润泽面色不善地说道："我的父母辛苦劳作了一辈子，可能他们没有什么本事，可是他们却把所有的爱给了我。眼下我的母亲只有几个月的生命了，在这期间我不想有任何让她不愉快的事情发生。你也看到了，我家里就是这个条件，既然你接受不了，那我也不勉强了，你还是尽快离开吧！别耽误我做事。"

　　丁妍妍见张润泽下了逐客令，这才感到害怕，她抓着他的衣袖一脸委屈地说道："我不是故意的，我只是心直口快……"

　　"我们都是成年人了，别再用心直口快、刀子嘴豆腐心之类的言辞替自己辩解了，那明明就是自私不是吗？若非如此，又怎么会血淋淋揭开别人的伤疤嘲笑一番，还美其名曰我是为了你好？对不起，我不需要。"张润泽平时不是一个多话的人，但是今天他是真的有些生气了。

　　丁妍妍跟张润泽相处了半年多，还从来没有见过他生气的模样，这一回是真的被吓住了。正当她不知道该怎么办的时候，楼下突然传来一阵跑车的轰鸣声，紧接着她的手机铃声响了起来。

　　丁妍妍拿出手机一看，是她表姐打来的电话。为了缓解尴尬的气氛她连忙接通了电话，小声说道："喂！表姐你到哪里了？"

　　"我在楼下了，你这什么鬼地方？我绕了一大圈才把车开进来，你快点儿下来……"丁妍妍表姐的叫嚷声通过手机清晰地传了出来。

　　丁妍妍连忙捂着话筒，一脸尴尬地看着张润泽。

　　张润泽的脸色又凝重了几分，他深吸了一口气，努力平复了一下心情，随即开口说道："对不起，刚才是我态度不好，我给你道歉。但是眼下我真的没有时间陪你玩，你还是先回苏州去吧！等我这边一切都顺利了，我再联系你。"说完他走到门边用力打开了房门，做出一副送客的表情来。

"润泽哥哥……"丁妍妍咬着嘴唇，大眼睛眼泪汪汪的，可怜巴巴地看着张润泽。

发明专利

　　张润泽看着她这副模样有一瞬间的心软，不过他耳边又响起张刚强说过的话，他与丁妍妍之间确实是隔着一条门第的鸿沟，就算是他们两个都愿意，丁妍妍的父母也不会同意自己的宝贝女儿嫁到这样的家庭来。所以还是等他好好努力，改善了家庭状况以后，再和丁妍妍谈两个人之间的感情问题吧！

　　所以张润泽狠了狠心，从丁妍妍脸上挪开了目光说道："你先回去吧！有事我们电话联系。"

　　丁妍妍气得跺了跺脚，捂着脸哭着跑出去了。

　　张润泽感慨万千地望着她离去的背影，幽幽叹了一口气关上了房门。他一回头便看到张刚强一脸愧疚地看着他，呢喃地说道："对不起，都是爸爸没有本事，让你受委屈了。"

　　"爸……您说什么呢！在我心里您是这个世界上最伟大的人……"张润泽感觉眼眶有些湿润，他连忙别开脸去。

　　转天一早，张润泽早早就来到马教授的实验室报到，等马教授到来的时候，他已经把所有的准备工作都做完了。

　　马教授看到忙个不停的张润泽，满意地点了点头。他冲张润泽招了招手说道："跟我去办公室，先别忙活了。"

张润泽连忙放下手中正在擦拭的玻璃器皿，跟着马教授来到了他的办公室。

"润泽啊！你还记得你在西雅图的时候，曾经跟我说起过你自己发明研究了一套食品除菌系统技术的事情吗？"马教授招呼张润泽坐了下来，又给他倒了一杯水。

"记得！当时还让您给提了很多宝贵意见呢！不过很可惜，我这套方案被我们学校给否了，后来这件事情就不了了之了，您怎么突然说起这件事情来了？"张润泽不好意思地挠了挠头问道。

这套技术方案是他到西雅图留学第二年，根据自己在番茄酱厂打工的经验研发出来的。因为没有什么用，过去这么久他自己都快忘记了。

"一年前我拿着你给我的方案，以你的名义从咱们学校申请了发明专利。你看看这是什么？"马教授说完拿起一个文件夹扔了过来。

张润泽好奇地打开一看，见这文件夹里赫然摆放着一套发明专利的证书，名字竟然是他研究的那套除菌技术。他激动地捧着文件夹，嘴唇哆嗦着看着马教授问道："教授这……这是真的吗？没想到这套系统竟然拿到了发明专利！"

"当然是真的了，你这套专利得到了业内专家的高度认可。所以校领导经过讨论，决定给你 60 万元的奖金做奖励……"马教授说完又扔过来一个文件，里面放着一张 60 万元的支票。

张润泽拿着这张 60 万元的支票，脑袋里面嗡嗡作响，他感觉这一切都太不真实了。昨天他的人生还在最低谷，今天怎么突然就峰回路转了呢？虽然这 60 万元并不多，但是足以改善他家里的窘迫生活了。

他用力握着这张支票，眼泪在眼眶里直打转转，过了许久才声音哽咽地说道："马教授，让我怎么感谢您才好？我的人生若是没有遇到您，可能就这么平庸下去了……是您给我打开了一扇新的大门。"马教授"呵呵"笑着，用力拍了拍张润泽的肩膀，一脸认真地说道："都说百无一用是书生，谁说我们书生无用呢？这不，你一样可以靠你学到的知识去养家糊口。但是有一点你一定要记得，是党和国家培养了我们，不管在什么时候、在什么地点，都要努力用我们学到的知识去回报国家、回报社会……"

马教授这番掷地有声的话，在张润泽心里留下了很深的印象。在以后的道路上，每当他遇到极大诱惑的时候，马教授的这番话都会在他耳边响起。

马教授作为张润泽的导师，不但从学识上给了他很大的帮助，在人生的方向和三观方面，都给了张润泽很深的影响。

张润泽看着眼前这个亦师亦友的老前辈，心里不由得肃然起敬，他恭恭敬敬地回道："马教授您就放心吧！您说的这些话我会一辈子都记在心里的。"张润泽肃然起敬地看着马教授。

共同梦想

张润泽将那60万元的奖金都交给了张刚强，并且让他辞掉了晚上去夜市的工作，让他安心在家里照顾林秀芝。张刚强从来没有见过这么多的钱，拿着支票的手都在颤抖着。这一天张润泽带着林秀芝去医院复查的时候，突然接到了马教授的电话："润泽啊，这会儿还在医院呢？"

"是的，不过快结束了，马教授您有什么事情吗？"张润泽礼貌地回答道。

"还真有些事情，李主任介绍了一个企业家，说是对你那套专利有兴趣，想找你谈谈，我觉得这对你来说是好事，便想着你若是有时间的话，就过来聊聊。"马教授沉吟了片刻缓缓说道，一副欲言又止的模样。等张润泽来到马教授办公室门外的时候，听见里面传来一阵阵爽朗的说笑声，其中一个女孩子清脆的声音听起来有些熟悉。他心生疑惑，轻轻敲了敲房门。

"进来，他就是这个专利的发明人张润泽，来来，我给你们介绍一下。"马教授看到张润泽非常高兴，上前拉着他的胳膊，把他带到了众人面前。

张润泽扫视了一眼，见马教授办公室里坐着五个人，其中一个是教导处的李主任，另外还有两男一女，那两个陌生的男人40岁左右，一副儒雅的模样。另外一个女孩子，他一看愣住了。

"是你？"

"是你？"

两个人都惊讶地喊道。

"怎么，你们认识？"马教授好奇地看了看。

原来坐在马教授办公室里的不是别人，正是刚从美国回来的陈梦欣。此刻她也一脸惊讶地看着张润泽，可能也是没有想到会在这里遇见他。

张润泽连忙对马教授说道："这是我的一个朋友，曾经在美国救过我。"他当着大家伙的面，丝毫不掩饰被一个女人救过的事情。

陈梦欣下意识地看了他一眼，见他脸色坦然，没有一丝一毫躲闪、掩饰的表情，不由得满意地点了点头。

"欣欣，这位是？"坐在中间的中年男人和颜悦色地问道。

"周叔叔，这位是我在美国有过一面之缘的朋友，真是没有想到我回国才几天，就意外地遇见他两回了。不过我悄悄告诉你，每次遇见他总没好事……"陈梦欣说完俏皮地做了一个鬼脸。

屋内的人都笑了起来："马教授你可别跟我这个侄女一般见识，她从小就像一匹脱缰的野马，做事特立独行，谁拿她都没有办法。"

"特立独行？"张润泽听到这个词，不由得想起陈梦欣骑着摩托车救他时的场景，这个词用在她身上还真贴切。想到这里他不由得也跟着笑了起来。

"来润泽，给你介绍一下，这位是鹏程网络科技有限公司的董事长周鹏周总，那位是他的合伙人夏小强，他们两个都是咱们学校的校友。虽然已经毕业这么多年了，但是一直与我们学校保持着良好的关系。虽然他们在浙江发展，但是每次来上海的时候，都会来我这里坐坐。在闲谈的时候，周总听我说起你那个专利的事情，表示很感兴趣，想借着这个机会跟你聊聊。"李主任含笑给张润泽介绍了一下这两个男人的身份。

张润泽的眼神不自觉地看向了陈梦欣，那意思再明显不过，他想知道陈梦欣和这两个人有什么关系。

　　"你看我干吗？我先申明啊？我纯属是打酱油的。周叔叔是我父亲的老朋友，我父亲托他来上海看看我。然后我就被周叔叔拖到这里来了，哪知道你也在这里？"陈梦欣翻了翻眼睛解释道。

　　"你这个丫头，你是留过洋见过世面的人，我不是想让你帮我看看这个项目如何吗？"周鹏忍不住笑着说道。

　　"我虽然是学经济管理的，但是我对生意上面的事情可没有兴趣，您还是饶了我吧！"陈梦欣连忙摆手说道。

　　"哦？那你对什么事情有兴趣？"马教授饶有兴趣地看着陈梦欣。

　　"我在国外这么久，发现我们国家的制造业一点都不比国外差。国外很多商品的原料也都是我们国家的，可是在国外真正叫得响的民族品牌并不多。所以我想做的是，打造一个能享誉世界的民族品牌……"陈梦欣滔滔不绝地说起自己的梦想。

　　"这个小丫头志向不小啊！这是不是就是所谓的初生牛犊不怕虎？"马教授和李主任听完这番话都哈哈大笑了起来。

　　而张润泽听了这番话以后，心里着实是震动了一番。他真想不到竟然有人说出了他埋藏在心里的想法，而且这个人还是一个小姑娘。

不为利益所动

"呵呵……真想不到，你这么一个小丫头竟然还有这样的大志向。现在的年轻人啊，总是认为国外的月亮都比国内的圆，更是挤破了头想往国外跑。而你们这两个从国外留学回来的孩子，倒是刷新了我对新一代年轻人的认知了。"李主任赞许地看着张润泽和陈梦欣，满脸感慨地说道。

"我说润泽啊，我在美国的朋友前两天给我发了一封邮件，找我咨询你的那套食品除菌系统技术的事情，他委托我来跟你们洽谈一下，他有意出高价购买，但是他有一点要求，就是要把这个专利权转让到美国去。因为他公司在美国，主要面对的市场是欧洲。"周鹏见寒暄得差不多了，便将话题切入了今天的主题。

张润泽眼睛忽闪了一下，随即低下头去，并没有直接回答周鹏的问题。

一旁的陈梦欣坐不住了，开口问道："周叔叔，您那朋友愿意出多少钱买我们国家的专利啊？"

"他说可以给到五百万……美元……"周鹏说话的时候特意看了张润泽一眼。

通过马教授的介绍，他知道张润泽家里遇到了极大的困难，若是有了这笔钱，就能大大缓解他身上的压力。他认为没有人能禁受住这么一大笔钱的诱惑，反正这套专利放在张润泽手里没有任何用处。

陈梦欣扬了扬眉毛说道："嘿……那小子，真看不出来你还挺值钱的嘛！"虽然她已经知道了张润泽的名字，可她还是喜欢叫他"那小子……"这样听起来……比较亲切。

这套发明专利是张润泽的，眼下卖不卖的决定权都在他身上。虽然是马教授帮他申请的专利，但是他理解张润泽眼下遇到的困难，所以张润泽做出什么样的决定他都支持。

虽然出于本心，马教授一点儿都不希望将我们国家的发明专利卖到美国去。

张润泽低着头沉默了好一会儿，才抬起头来说道："想来大家都知道我家里现在的情况，虽然我很需要钱，但是作为中国人来说，我绝对不会用出卖自己国家专利的方法，来赚取这笔钱。周总，虽然我们只是第一次见面，但是作为学校的前辈，您能有今天的成就，我发自内心地敬佩您，但若是您的朋友要合作的话，只能通过正规渠道直接和我们学校进行洽谈，得到学校的认可以后才能进行合作。我本人的态度很明确，我不会把我们国家的专利，换了皮以后变成别人的东西。"

原本陈梦欣还一脸紧张地看着张润泽，她生怕他看到这么一大笔钱，就把什么都给忘了。

陈梦欣听完张润泽这番话以后，连忙竖起了大拇指，大声说道："好……这才是我们国家新时代的年轻人，有所为有所不为，我给你点36个赞。"

"嘿嘿！过奖了，我只是做了所有中国人都会做的事情，没有什么值得夸奖的。"张润泽被陈梦欣夸得有些不好意思了，他揉了揉鼻子脸色不变地说道。

周鹏和夏小强点了点头，赞许地说道："既然如此，那我也不勉强了，虽然我也很想赚这笔价值不菲的中介费，但是你们年轻人都有这么大的格局，为了维护国家的利益，不为金钱所动，这种品质现在已经难能可贵了。我非常欣赏你的品质，这是我的名片，以后有什么需要可以直接和我联系，我们也有自己的投资公司，你这个朋友我交定了。"说完他一巴掌拍在了张润泽的肩膀上，并且很大力地捏了捏。

张润泽送他们离开的时候，陈梦欣眨巴着大眼睛，一脸俏皮地对他说道："嘿！小子，希望下次我们能在正常的情况下见面。"

张润泽无奈地笑了笑说道："我也希望……"

他们之间一共见了三次面，第一次见面张润泽被人用枪顶着头，第二次见面陈梦欣被人抢了包，第三次见面张润泽被人用钱砸……

这还真像陈梦欣所说的那样，他们两个人见面准没好事。这也给彼此心里留下了很深的印象。

将客人送走了之后，李主任饶有兴致地看着张润泽说道："一转眼几千万没有了，现在心里一定很后悔吧？"

张润泽连忙摇了摇头说道："这套专利虽然是我发明的，可是学校已经给了我奖励，我的价值也得到了体现，所以我感到很满足，并没有什么好后悔的地方。这些年让我深刻明白了一个道理，在巨大的利益背后，往往藏着无法预知的危险。"

"真看不出来你这么小小的年纪，竟然能不为金钱所动。看来这几年国外的体验让你成熟了不少。"马教授赞许地点头说道。

"李主任、马教授，我有个想法，我想将这套专利捐赠给学校，我能有今天都是咱们学校培养的结果。想当初我考进这所学校的时候是心灰意冷的，认为这样的大专院校能有什么出息呢？当时有一种自暴自弃的想法，后来多亏马教授一直鼓励着我，又送我出国留学，我才有能力研发出这个专利。所以这件事情我不敢居功，我觉得这个荣誉应该是属于我们整个学校的。"张润泽一脸正色地说道。

"马教授，这件事情你怎么看？"李主任深深地看了张润泽一眼，转过头去望着马教授说道。

"我赞同润泽的说法，眼下国外已经有人盯上了这套专利，润泽在国外遇到了这么大的危险，若是继续将这套专利放在他手里，我怕会引来更大的麻烦。所以这套专利可以暂时由我们学校保管，但是所有权还是润泽的。"马教授思忖了一番以后，表情严肃地说道。

"那好吧！既然你们两个都有这样的想法，那我就把这件事情汇报给校领导。张润泽同学，我代表校领导向你表示感谢。"李主任的表情虽然还是很严肃，可是他的眼睛里却闪动着感动的光芒，与传闻之中那个铁面无私、不近人情的倔老头有着天壤之别。

第十五章

下马威

今年的冬天好像特别冷，终日都是阴雨绵绵的，这样的天气对于林秀芝的身体来说是非常不利的。她的身体一直处于时好时坏的状态，好在张刚强现在有比较多的时间照顾她，给张润泽减轻了不少压力。

他要做的事情非常多，除了要把马教授实验室的工作做好之外，还要提前规划前往新疆的行程和时间。眼下林秀芝每天睡觉的时间逐渐变长。他真的非常害怕，林秀芝就这么突然睡过去了，再也醒不过来。所以他的时间不多了。

丁妍妍回家闹了一阵子之后，总算是平静了下来。在父母的监督之下，认命地去国企单位工作了。

两个人回国，自从上次不欢而散以后就再也没有见过面了，再加上张润泽工作比较忙，两个人之间的联系，仅限于每天的视频电话。

视频那端的丁妍妍看起来过得非常不错，打扮入时，春风满面，每次打电话的时候她总是叽叽喳喳说个不停。不是吐槽单位的同事，就是埋怨张润泽不去苏州陪她。

有一次，张润泽正在实验室里忙碌的时候，丁妍妍把电话打了过来，她在那边痛哭流涕地跟张润泽倾诉，说她被男上司骚扰了。

这一幕刚好被马教授给看到了，他把张润泽叫到了办公室，语重心长地说道："润泽啊，工作虽然很重要，可是生活也很重要。要学会协调好工作和生活之间的关系。这姑娘能从西雅图追着你回国，那说明是真心对你的，你也别让人家太失望了。这样吧，我给你放三天假，你去陪陪她吧！"

张润泽张了张嘴，想把两家悬殊太大的事情说出来。可是他最终打消了这个念头，默默地点了点头。

当张润泽把自己要去苏州看望丁妍妍的事情和张刚强夫妇说了以后，他们并没有说出阻拦的话，而是忙着买了一些土特产，让张润泽带去苏州。

丁妍妍得知张润泽要来苏州，特意跟单位请了三天假，而且还软磨硬泡央求家中父母都见一见张润泽。

丁家父母是非常不同意丁妍妍和张润泽谈恋爱的，自打丁妍妍回来以后，丁母就忙着给她张罗相亲的事情，最后在丁妍妍的坚持之下都无疾而终了。

丁家父母也想借着这样的机会见见张润泽，好让他知难而退，因此便勉为其难地答应与张润泽见面了。

等张润泽到了苏州以后，丁妍妍开了一辆银色的奔驰 S400 来接他。这是丁妍妍回国以后父母送给她的礼物。

她看到张润泽以后，不顾形象地尖叫着，从人群之中扑到了张润泽的怀里，搂着他的脖子笑个不停。

张润泽宠溺地揉了揉她的脑袋："快从我身上下来，这么多人像什么样子！"

"我才不管别人怎么看呢！我就是想你了，我想你了，我想让全世界的人都知道我想你了。"

张润泽拉起她的手，笑着说道："小傻瓜，我也想你了，我们还是先离开这里吧！你看大家伙都盯着我们看呢！"

张润泽的性格与丁妍妍完全相反，他内敛、沉稳，骨子里还有一些保守，所以比较在乎周围人的眼光。

丁妍妍搂着张润泽的胳膊，将整个人都挂在他身上，噘着嘴巴说道："我父母在海鲜楼订了包厢，正在等我们呢！我们赶紧过去吧！"

"你父母？"这下轮到张润泽诧异了，因为他来之前丁妍妍并没有告诉他还要与她父母见面的事情。若是早知道这件事情，他肯定要准备一些体面的礼物。所以他说道："你怎么不早说呢？你看我什么都没有买。"

"哎呀！你就带个人去就好了，我们家里什么都不缺，你什么都不要买。"丁妍妍无所谓地挥了挥手，直接将张润泽拖上了车。

张润泽拎着土特产心情忐忑地跟着丁妍妍来到了海鲜楼，丁家父母选择在五星级酒店请张润泽吃饭，这样的地方在上海也不少，张润泽心里并不打怵，他感到唯一不妥的就是，第一次与女方父母见面，按照常规来说是要备一些体面的礼品，而不是拎着一些不值钱的土特产，这完全不符合礼数。可是眼下也是没有其他办法了，只能硬着头皮跟着丁妍妍进了包厢。

丁妍妍推开包厢门，这金碧辉煌的包厢里就坐着丁家父母，他们看到张润泽进来以后，特意上下打量了一番，随即丁母的脸上露出一副不屑的神情来。

张润泽悄悄打量了一下，发现丁父丁母的穿着都非常讲究，尤其是丁母穿了一套香奈儿的西装套裙，脖子上还戴了一串钻石项链，越发衬托得他和这个环境格格不入。

"爸、妈！他就是我常跟你们提起的张润泽我的男朋友。"丁妍妍并没有察觉有什么不对劲，欢快地扑到丁母怀里，搂着她的脖子撒着娇说道。

"伯父、伯母好，妍妍也没有提前跟我说要和您二老见面，所以我也没有来得及准备礼品……真是很抱歉。"张润泽说着低下头去。

"……妍妍说得对，我们家什么都不缺，所以你还是别破费了。再说了就算你和妍妍是男女朋友，最后能发展到什么程度，还是我们这些做父母的说了算，眼下还没到那一步。对我们来说你就是妍妍在美国的同学而已，谢谢你在美国照顾她，这一顿饭就当我们的答谢礼了。"丁母虽然唇角带着冷冷的笑，但是说出来的话句句都带刺。

她这种态度让张润泽感觉坐立不安，若是按照他以前的脾气早就站起来走人了。可这是丁妍妍的父母，不管他们说什么他都要受着。

张润泽微微低着头，用力握紧双拳，脸上尽量维持着平静，可是他手背上高高暴起的青筋出卖了他内心的感受。

"妈……你说这些干什么呀？润泽哥哥一定肚子饿了，咱们还是先坐下吃饭吧！有什么事情吃完再说。"丁妍妍一脸不高兴地瞪了丁母一眼，热情地拉着张润泽在身边坐下。

第十六章

三观不同

丁父暗中扯了扯丁母的衣袖，示意她先坐下再说。丁母这才一脸不情愿地坐了下来。

丁父不动声色地对丁妍妍说道："妍妍，我特意给小张点了一只澳龙，你去后厨看着点儿，让他们一定要把新鲜的拿上来。不管什么样的餐厅，若是你不亲自看着，他们都喜欢以次充好。"

"什么嘛！我们来吃了这么多次，也没有去后厨看澳龙啊！爸，你说这话我就不爱听了，现在大多数餐厅还是很讲究的。"丁妍妍一脸不高兴地搂着张润泽的胳膊，一脸不情愿的模样。

张润泽知道丁父这是有话要跟他说，便拍了拍丁妍妍的手，轻声说道："乖，你先去看一下，我就在这里等你回来。"

丁妍妍这才一脸不高兴地站了起来，嘟嘟囔囔地走出了包厢。

张润泽不自觉地坐直了身体，面色不变地看着丁父，等着他开口。

丁父脸上带着笑，拿出一包烟对张润泽说道："小张你抽烟吗？"

"不，丁伯父，我不抽烟，谢谢您了。"张润泽客客气气地说道。

"哦！不抽烟是好习惯。不像我抽了一辈子烟了，戒不了了。有时候我也想不明白，就这么一小盒烟几百块钱，抽了还对身体不好，为什么有这么多人喜欢呢？后来我想了想，才明白这是习惯使然。就像我们家妍妍一样，从小娇生惯养从来没有受过委屈，才养成了她这个不知道天高地厚的样子。"

"但是，她享受过的荣华富贵早就变成习惯刻在她的骨子里了，就算她嘴上说不在乎，真正让她跟你去过那种苦日子，你觉得她能坚持多久呢？习惯是一件非常可怕的东西，就像我手中这支烟，一旦养成了习惯，就很难戒掉了，你说是吗？"丁父没有像丁母那样直接甩脸子说难听话，而是通过抽烟这个习惯，延伸出来他们俩生活环境不一样，最后也会因为习惯的不同而分道扬镳。

丁父这番话，让张润泽不由得想起了当初丁妍妍在他家里，满脸嫌弃的模样，他不敢去想，若是丁妍妍长期在那样的环境里生活，最终会是一个什么结果。

他原本想好了反驳丁父的话，可是现在却如鲠在喉，怎么也张不开口了。

丁母见他不说话，马上又接过话题说道："听妍妍说你父母都是工人，你母亲又得了癌症，晚期，一家三口挤在七八十平方米的房间里，假如妍妍和你一起生活的话，你打算买多大平方的房子？总不能让妍妍跟你父母挤在那个小房间里吧？我实话跟你说，我们家妍妍一个卧室就有四五十平，她可受不了那个委屈。"

"再者，我们家就这么一个宝贝女儿，我们可舍不得她远嫁。所以你要找我们家妍妍也可以，那就需要和你父母断绝关系，入赘到我们家来……你母亲都已经是癌症晚期了，能活几天还不知道，总不能让我们家妍妍过去伺候她吧？那一身的病菌，谁知道会不会遗传？万一你身上也有癌细胞，那我们家妍妍岂不是要年纪轻轻就守活寡？我劝你趁早死了这条心吧！别认为处心积虑巴结上我们家妍妍，我们丁家就会给你们张家扶贫，妍妍傻，我们可不傻……"

至于丁母后来说了什么，张润泽已经听不下去了，他只觉得脑袋瓜子嗡嗡作响。他强压着心中的怒火，站了起来，礼貌地对丁父丁母说道："虽然我们家不富裕，但是我父母从小就教育我，人不管处在什么环境之下，都应该保持一颗平常心，不要觉得自己有多么了不起。

教养是个好东西，可惜有再多的钱也买不来。"他说完以后，转身大踏步离开了包厢。

"你……你这个浑蛋，你听听他说什么话？他居然说我没有教养，一个穷鬼，居然跟我谈教养……"丁母气得脸色铁青，尖着嗓门叫骂着。

张润泽大踏步离开了海鲜酒楼，搭了一辆车直奔高铁站，其间，丁妍妍的电话一直打，但是他都没有接。等他坐上返回上海的高铁以后，才拿起手机给丁妍妍发了一个信息："我走了……你父母说得对，我们确实门不当户不对，以后我们还是不要再联系了……"说完他就将手机关机了。

张润泽疲惫不堪地靠在座位上，用力捏了捏疼痛不已的眉心。

他花了好长时间才努力让自己平静了下来，高铁到站停车，不一会儿从下面井然有序地上来一群没有领章帽徽的解放军战士，胸口还戴着大红花，一张张年轻的面孔之上，充满了满满的不舍，这应该是老兵退伍离开部队。

带队的解放军同志在张润泽身边坐了下来，他从口袋里掏出一个钱包，打开以后看到里面放着一个三四岁小姑娘的照片，这个解放军同志用粗糙的手指不停地摩擦着照片，脸上浮现出一抹柔和之色。

张润泽看到这里，忍不住开口问道："这个小姑娘是你女儿吗？"

解放军同志抬起头来冲着张润泽露出了温和笑脸，随即点了点头。通过与他的闲聊，张润泽才知道，这个老兵叫甘北，是志愿兵，在部队当了11年兵，今年刚退伍。

张润泽叹了一口气说道："分别了这么久，眼下退伍了，可以好好回家陪女儿了！小孩子长得可快了呢！"

"在部队的时候我们就有一个梦想，想去新疆支援边疆建设，所以我们约了在上海集合，然后一起去新疆发展。"甘北咧着嘴巴笑着说道。

"哦？去新疆？那你的女儿呢？"张润泽好奇地问道。

"她们母女俩愿意跟我一起去，眼下已经在车站等我了……"甘北摸着女儿的照片，脸上洋溢着一种幸福的喜悦。

张润泽听了甘北的话心里百感交集，有些人愿意为了国家抛头颅洒热血，奉献毕生的余热。而有些人呢？死死守着门第的观念，自觉高人一等。也许他和丁家父母都没有错，错的只是三观不同罢了！

第十七章

意外的电话

张润泽和甘北他们一起在虹桥车站下了车，在出站口的地方，他看到了甘北的妻子，那是一个长相白皙、文静，非常秀气，极具南方特点的娇小女子。

据甘北所说，他的妻子在上海有份收入很高又稳定的工作，可是她愿意放弃在上海的一切，陪他去新疆吃苦。单这一点，就让在丁家被狠狠羞辱了一番的张润泽羡慕不已。

张润泽与甘北交换了联系方式，笑着说道："你们先去新疆安定下来，说不定我们很快就会再见了，到时候我与你们联系呀！"

甘北得知张润泽的母亲曾经是支边青年，心里佩服得不得了，再三交代来到新疆以后，一定要和他联系。

张刚强夫妇愕然地看着突然出现在家里的张润泽，再看看他手中提着的土特产，心里已经明白了一大半。夫妻两人交换了一下眼神，都心照不宣地不去问这一趟苏州之行怎么样，只是招呼着张润泽坐下来吃饭。

张润泽看着父母小心翼翼的目光，心里像压了一块大石头一般，让他有一种喘不过气来的感觉。

就在这个时候，林秀芝的手机突然响了起来。她接通了电话以后，话筒里传来一阵女人尖尖的叫喊声："兰芝你是兰芝吗？哎哟妈呀！我可找到你的联系方式了，你不知道当初咱们那帮小姐妹有多想你。"

林秀芝表情有一瞬的惊愕，随即脸上又露出了惊喜之色，她眼睛里满是雾气，声音哽咽地问道："你是……你是小橘子？哎呀！你怎么联系到我的？"

"还小橘子呢？都老橘子了。说起来也巧，今天我接待了一个以前咱们连队的知青，后来享受政策回了上海。这不现在退休了吗，就想着来新疆看看以前工作和战斗过的地方。我就想着你们都在上海，说不定还有联系呢！就找他打听了一下，他也是打了好多电话，托了好几个人，没想到真把你电话给要来了。"小橘子在那边大声说道。

"唉！那个时候也没有电话，实在是不方便联系。我给你们写了许多封信，后来都被退回来了，说是查无此人。我也不知道是怎么回事。这心里啊，就一直很想你们，这不正计划着也回去看看呢！"林秀芝说到这里，眼泪哗的一下就流了下来。

"真的呀？那你啥时候来啊？我去通知大家伙，当初那些小姐妹可都念叨着你呢！"小橘子在那边咋咋呼呼地说道。

"我想着等过了年，春暖花开的时候……"林秀芝恨不得现在就插翅飞到新疆去，不过一想到张润泽和张刚强还有工作，后面的话她就说不出来了。

"哎呀！别等着过年了，我看你现在就来吧！咱们这里现在条件可好了，冬天暖暖和和的可比你们南方的阴冷舒服多了。"小橘子热情地进行着邀约。

张润泽微笑地看着林秀芝说道："妈，让我跟这个阿姨说几句吧？"

林秀芝连忙将电话递给了张润泽。"喂！阿姨你好，我是林秀芝的儿子，我叫张润泽，我妈经常提起和你们一起在新疆并肩战斗的日子，但是很遗憾找不到你们的联系方式，这下好了……"

"哎呀！小兰子当初离开这里的时候，自己还是一个小姑娘呢，没想到儿子都这么大了，这时间真是不等人，我们也都老了……"小橘子在那边说话的声音也哽咽了起来。

张润泽看了看林秀芝，拿着手机回到了自己的房间，将林秀芝得了癌症，活不了多久的事情说了一遍。她有个最大的心愿就是想回新疆去看看，若是可以的话他希望能和小橘子直接建立联系，方便落实此次的新疆之行。

小橘子得知林秀芝不久于人世之后，哭得是泣不成声，她连连说道："你们就放心来吧，这里我都会安排好的，一定会让你们满意。"

"我们恐怕要等到年后才能过去了，因为在走之前我母亲还有几项化验和检查要做，医院还要给她配出足够的药量，我们带着在外面吃，这些都需要时间。不过您放心，我会尽快安排的。阿姨我有个请求，关于我妈妈生病这件事情……"张润泽一副欲言又止的模样。

"你放心吧！我不会表现出来知道这件事情的……"小橘子马上回答道。

如此一来，张润泽才放下心来。他故意很大声询问了新疆那边的情况，然后才将手机交给了翘首期盼的林秀芝。两个人抓着手机聊了许久，才意犹未尽地挂了电话。

通过林秀芝的介绍，张润泽才知道，这个"小橘子"的大名叫作陶爱橘，以前和林秀芝是一个连队的，当时她们的关系非常好。可惜后来林秀芝需要回上海去看病，才就此分离了。那个时候通信不发达，只能通过书信来往，不知道怎么回事两个人就失去了联系。

如今林秀芝突然听到陶爱橘的声音，高兴得就像一个孩子一般，拉着张润泽的手一直和她讲以前在新疆发生的那些事情。最后她说累了，才靠在躺椅上昏昏沉沉睡了过去，脸颊上还挂着一抹眼泪。

张刚强看着妻子憔悴的模样，唉声叹气地说道："你妈妈这个人一辈子好强，当时她的那群小姐妹谁都没有离开新疆，只有我们走了。因为这件事情她和我怄了一辈子的气。可是在那种情况之下我能怎么办呢？若是我们不回上海来看病，她这个人可能早就不在了……"

"爸爸您也别太难过，我想妈妈她是理解你的。只不过我们时间确实不多了，您单位能请下来假吗？"张润泽叹了一口气说道。

"我把家里的情况跟单位领导说了，他们体谅咱们家的难处，说是可以给我提前办病退，或者停薪留职，我都安排好了，你就放心吧！离开新疆这么久，我也想回去看看，毕竟我和你妈妈把青春都留在了那里呀！"张刚强说这番话的时候，脸上现出浓浓的回忆之色。

　　这些年他把所有的喜怒哀乐都压在心里，用瘦弱的肩膀努力支撑着这个家。但其实他也是一个有血有肉的男人。

第十八章

和好如初

"那太好了，我还想着您单位不好请假呢！这样一来我们就没有后顾之忧了。我看橘子阿姨的提议非常好，我们一家干脆就去新疆过年吧！"张润泽脸上露出了笑容。

"那你实验室的工作呢？马教授对我们一家有恩，我们不能说走就走……做人要讲究有始有终。"张刚强一脸担心地问道。

"爸爸……这件事情您就不要担心了，现在是做课题的阶段，我在实验室主要负责帮助马教授整理文字资料，以及相关论文的撰写工作。当初我入职的时候就告诉马教授我要带着妈妈去新疆的事情，所以他特意给我安排了这么一个职位。我这个职位的好处在于不管在哪里都可以在网上完成。所以这事您就不要担心了。"张润泽虽然嘴巴上宽慰着张刚强，实则心里也在盘算着这事该怎么和马教授开口。

张润泽把家里的事情都忙完以后，已经是夜里十点多了，他躺在床上思索着接下来的工作规划和日程安排，就听到手机发出一声"叮咚"来信息的声音。

他拿起手机打开信息一看，见是丁妍妍发来的信息，信息里的内容是给他道歉，说并不知道自己的父母会做出这么过分的事情，如今她已经和家里闹翻了，搬到单位去住了。

张润泽看到这个信息的时候，心里还是尖锐地疼了一下。

自打从苏州回到上海以后，张润泽就断了和丁妍妍的联系。她打电话不接，发信息不回。闹了几天以后丁妍妍也就消停了，没想到这深更半夜的突然发来这么一条信息。

人在夜幕降临的时候内心都比较脆弱，张润泽紧紧握着手机，思索了好一会儿，还是觉得于心不忍。再者，他马上就要去新疆了，临走之前还是要和丁妍妍知会一声，毕竟这个姑娘没做错什么。

想到这里，张润泽暗暗下了决心。他随即拨通了丁妍妍的电话。

结果电话刚接通，那端就传来了丁妍妍的哭声："润泽哥哥，我这屋里好黑，我一个人害怕！"

张润泽听着她的哭声，微微叹了一口气说道："妍妍，你听我一句劝，别再跟父母置气了，先回家去吧！这天底下就没有不爱子女的父母，他们也是为了你好。我……现在确实是什么都没有，不过我会努力的，你若是愿意的话可以等我两年，等我事业有了一定起色之后我就去找你。"

"我才不要回去，他们才不会顾及我的感受，我幸不幸福跟他们一点儿关系都没有，他们只在乎能不能保住自己的名利地位。"丁妍妍哭得上气不接下气地说道。

"别瞎说了，也许这中间有什么误会。若是你真能得到幸福，我……也会衷心祝福你的。妍妍，现在你也是大人了，以后要照顾好自己，要坚强一点儿。我母亲的身体……没有多长时间了，她有个未了的心愿，就是想回新疆去看看，所以最近我可能要带着父母回新疆了，至于什么时候回来，现在还不知道。"张润泽思索再三，还是将这件事情告诉了丁妍妍。

原本以为丁妍妍听说以后，肯定又要哭闹，谁知道她不但非常平静，而且还很高兴地追着张润泽问他们的行程。这让张润泽感觉很奇怪。

不过丁妍妍这个姑娘的性格一向都是如此，喜怒无常，张润泽已经习惯了，也就没有往心里去。

故技重施

第二天一早，张润泽顶着一双黑眼圈，把自己即将前往新疆，去圆母亲未了心愿的事情告诉了马教授。

这一次马教授表示非常支持，他把要做的工作交代给张润泽以后，就给他放了一个长假。临行前马教授意味深长地看着张润泽说道："我觉得你此番前往新疆，你的命运也将会发生重大的改变。"

临行前的晚上，林秀芝激动得睡不着觉，一直絮絮叨叨地拉着张刚强闲聊，张润泽催了几次，她才非常不情愿地回屋睡觉去了。

张润泽刚刚躺到床上，突然收到了陈梦欣给他发来的一条信息。信息的内容就两个字："在吗？"

自打那次分别以后，他们两个人就再也没有联系过。这么晚了陈梦欣突然给他发信息，说不定是有什么事。

张润泽思忖了一番之后，编写了一行信息觉得不合适又给删除了。就这样反反复复了几次之后，他也回答了两个字："在呢！"

这个信息发过去之后，陈梦欣那边就彻底没有动静了，张润泽等了半天，实在是困得不行就迷迷糊糊地睡了过去。一直到第二天闹钟响起的时候，他打开手机，看到陈梦欣在半夜一点多的时候，给他回了一条信息："不好意思……发错人了……"

张润泽不置可否地耸了耸肩，他不知道陈梦欣那边究竟是什么情况，因为要去赶飞机，所以很快就将这件事情给忘记了。

张润泽提着大包小包，带着张刚强、林秀芝直奔机场而去，等他们好容易办完了登机手续，来到登机口的时候，忽然看到一个熟悉的身影正站在不远处似笑非笑地看着他。

张润泽以为自己看花眼了，连忙揉了揉眼睛仔细一看，眼前站着的正是远在苏州的丁妍妍。她又像在西雅图一样，来了个突然袭击，出现在张润泽面前。

丁妍妍看到张润泽目瞪口呆的模样，不由得笑着说道："你们怎么来得这样晚？我已经在这里等了一个多小时了。"

张刚强和林秀芝惊讶地对视了一眼，一时不知道说什么好了。

张润泽这个时候也回过神来，他一脸惊讶地问道："你……你怎么会在这里？你怎么知道我们是什么时候的航班？"

"现在是信息时代，我只要知道你的身份证号什么信息都能查到，这有什么好奇怪的？还愣着干什么，快让伯母过来坐啊！"丁妍妍说着拿出一张餐巾纸，将她附近的几个座位都擦了一遍，热络地招呼着。

"你这是要跟我们去新疆吗？你父母知道吗？你的工作怎么办？"张润泽一脸担心地问道。

"我的事情你就不要管了，我这么大的人了，做什么事情心里有数的。有什么事情等我从新疆回来再说，这毕竟是伯母的遗愿……作为你的女朋友，我怎么样也要和你一起来完成。"丁妍妍口无遮拦地说道。

她的这番话让林秀芝浑身颤抖了一下，原本兴高采烈的表情一瞬间僵在了脸上，她嘴唇哆嗦着，眼眶里溢出了眼泪，手里拎着的行李"啪嗒"一下掉落在地面上。

张润泽紧张地看了林秀芝一眼，拖着丁妍妍的胳膊，把她拽到一旁低声说道："你胡说八道什么呢？别胡闹了，赶紧回家去。"

丁妍妍这才意识到自己说错了话，她一脸紧张地看着林秀芝，着急地摇着头说道："润泽哥哥，你不要赶我走……我以后再也不乱说话了。我不要回去，回去我妈妈就要安排我相亲，除了你我谁都不要，求求你让我留下来吧！"她说完这番话以后，捂着脸"哇"的一声哭了起来。

因为她哭得很大声，引得周围的行人纷纷侧目，就好像张润泽欺负她了一样。

看到丁妍妍这副模样，张刚强无奈地叹了一口气说道："润泽，不然就让这个姑娘留下来吧！"

一路艰难

"润泽哥哥，你看伯父都说让我留下来了，你就不要赶我回去了……"丁妍妍看着张润泽，一副祈求的模样，双手攥着张润泽的衣角，一副可怜巴巴的样子。

张润泽无奈地用手捏了捏眉心，看着丁妍妍说道："你给你的父母打一个电话，说明你的去向。你不能就这样不声不响地跑了，那样你的父母该有多担心你的安危啊！"

"好嘞！只要你不赶我走，让我做什么都可以。我现在就去打电话。"丁妍妍马上擦干净脸上的泪水，抓起手机欢快地跑到一旁打电话去了。

张润泽无奈地摇了摇头，可以预见这次带着丁妍妍去，会闹出多少突发事件来，但是眼下他又没有别的办法，只能先这样处理了。

过了好一会儿，丁妍妍才红着眼眶跑了回来，那模样一看就是刚刚哭过。她这么偷偷跑出来，丁父丁母肯定是很生气。

"润泽哥哥，我父母同意了哦！你不相信的话我给你看信息。"丁妍妍害怕张润泽不相信，连忙把她和丁母的聊天信息翻了出来。

张润泽皱着眉头看了一眼，见丁母嘱咐丁妍妍照顾好自己，字里行间充满了无奈。也不知道丁妍妍用了什么办法说服了他们。

张润泽再次捏了捏眉头说道："事到如今我也不多说什么了，可是有一点你要记得，就是这次去新疆你要听我指挥，不要闯祸……"

眼下他对丁妍妍就这么一点要求了，也不指望着她能帮着负担什么了。

可出乎张润泽意料之外的是，丁妍妍从上飞机开始就一反常态地听话懂事，主动坐在林秀芝的身边，对她嘘寒问暖的，一点儿都没有露出嫌弃她的表情来，将林秀芝照顾得非常好，从头到尾都没有让张润泽操心。

林秀芝刚上飞机的时候精神还可以，可是飞机飞了一个多小时以后，她就出现了呼吸困难、呕吐等症状，张润泽给她喂了药也不行。由于她的情况比较严重，空姐在和乘务长沟通了之后，将林秀芝挪到了前排的头等舱，又对她进行了一系列的帮助。

原本张润泽害怕丁妍妍嫌弃林秀芝，所以自己要过去照顾的，谁知道丁妍妍说什么也不肯让他过去，她自告奋勇跟过去贴身照顾。看着她尽心尽力地照顾着林秀芝，张润泽也不好再坚持了。

"各位旅客大家好，我们的航班将在半小时以后降落在乌鲁木齐地窝堡机场……地面温度为零下 21 摄氏度……"在长达四个半小时的飞行之后，广播里响起了即将到达乌鲁木齐的通知。

张润泽他们想到了新疆特别冷，所以都带了羽绒服来，只是没想到竟然会这么冷。听到这里张润泽不由得担心起林秀芝的身体来，这么冷的天，她的身体扛得住吗？

此次他们一行的目的地并不是乌鲁木齐，而是离乌鲁木齐一百多千米的北疆的一个生产建设兵团。以前张刚强和林秀芝就是这个生产建设兵团 130 团的知青，并且在这里工作了好几年。

张润泽听说现在这个团已经撤团建市了，名叫胡杨市，意喻这个市的兵团职工们就像胡杨一样，不屈不挠地扎根边疆、建设边疆。新疆兵团党委明确提出，按照"组建城市、优化环境、发展产业、完善功能、聚集人口、增强实力"的 24 字方针，积极推进这座新型城市建设的步伐。

国家通过撤团建市这种措施，赋予了生产建设兵团更多的职能，为了进一步优化边疆建设做出了新的探索实践。这种种改革变迁都记录了新疆生产建设兵团，为了新疆的发展做出了不可磨灭的贡献。

　　等飞机落定了以后，张润泽刚取消手机的飞行模式，刺耳的铃声便骤然响了起来。

　　他拿起手机一看，见是陶爱橘打来的。他连忙接通了电话："陶阿姨您好，我们飞机刚刚落地您电话就打来了。"

　　"我在你们飞机上装了摄像头，能看到你们的一举一动。"陶爱橘是个爱说爱笑的性格，在电话那端笑着说道。

　　"我查了一下地图，我们开车过去的话需要三个多小时才能到。等到了您那边恐怕已经很晚了。所以您就不用等我们了，到地方以后我们先找地方住下来，明天再跟您联系吧！"张润泽笑着客客气气地说道。

　　"别……我们等不及明天了，现在就在出口那里等着你们呢！等会儿你们拿上行李，出来以后就能看到我们了。"陶爱橘在电话那端叽叽喳喳地说道。

　　"什么？你们居然来机场接我们了？你们也太客气了，这让我们都不好意思了呢！"张润泽非常感动地说道。

　　"你有什么不好意思的？我又不是来接你，我是来接我的小姐妹小兰子的……"陶爱橘话虽然说得不好听，可是她的声音里充满了浓浓的笑意和期待。为了不耽误时间，张润泽连忙挂了电话，取了行李往头等舱走去。可是等他到了头等舱的时候，却发现丁妍妍已经带着林秀芝下了飞机。

情况紧急

张润泽想要给丁妍妍打个电话，让她在出站通道里等他们一下，结果就在这个时候陈梦欣的电话忽然打了进来。

张润泽一边搀扶着张刚强，一边接通了陈梦欣的电话。

"喂！你小子干什么去了？你的电话也太难打了吧？我打了几小时都没有打通，你是不是把我电话给拉黑了？"电话一接通，陈梦欣的声音就噼里啪啦地传了过来。

张润泽怕她误会连忙解释道："你可是我的救命恩人，我怎么会把你拉黑呢？实在抱歉我今天一直在飞机上，这才刚落地。"

"你不在上海？那你去哪里了？"陈梦欣停顿了一下，随即又问道。

"我带我母亲来新疆了……"张润泽声音低沉地说道。

关于林秀芝的病情陈梦欣是知道的，所以她沉默了片刻，缓缓说道："新疆天气比较寒冷，你们都多穿一点儿衣服。"

"谢谢你了！对了你找我有什么事情吗？"

"我有个朋友是开番茄酱厂的，原本想介绍给你认识，看你们有没有合作的机会。既然你不在上海，那就等以后有机会再说吧！你先忙吧，我就不打扰你了。"陈梦欣说完直接挂断了电话。

张润泽原本想要表示感谢，可是陈梦欣连一句说话的机会都没有给他。

他握着电话愣了一会儿，随即嘀咕道："还真是一个怪人……"

张刚强在一旁忍不住问道："这个人是谁啊？"

张润泽皱着眉头想了想说道："说实话我与她也不熟，但她是我在西雅图的救命恩人。"

"救命恩人啊？那可得好好感谢人家……"张刚强意味深长地说道。

张润泽带着张刚强来到机场大厅，到处找也没有找到丁妍妍和林秀芝的身影，无奈之下他只能给丁妍妍打电话。

"喂！你们在哪里呢？我妈她还好吗？"张润泽焦急地问道。

"我在第三行李提取处等行李，伯母在一旁休息……天哪！她人呢？去哪了？"电话那端响起丁妍妍的尖叫声。

张润泽和张刚强对视了一眼之后，连忙撒腿就往第三行李提取处跑。等来到那边的时候，看到地面上散落了一地的行李，丁妍妍不在现场，也不知道跑到哪里去了。

正当张润泽想要给丁妍妍打电话的时候，她却主动把电话打过来了，并且带着哭腔说道："润泽哥哥，我在女厕所里，伯母在这里昏倒了，吐了好多血，我好害怕！"她在电话那端哇哇地哭了起来。

张润泽微微一愣，连忙对张刚强说道："我妈晕倒了我去看一下，爸你把这里的行李收拾一下……"说完气得跺了跺脚，转身就往洗手间跑去。

张润泽来到洗手间的位置，就听见女厕所里传来丁妍妍撕心裂肺的哭喊声："伯母你醒一醒啊！你别吓我啊！我该怎么办？谁来帮帮我？"

因为这是女厕所，里面还有不停进出的人群，大家都眼神怪异地看着在女厕所外面徘徊的张润泽，就好像他是个有偷窥癖的变态狂一样。

听着里面的哭声，张润泽急得像热锅上的蚂蚁一般，他也顾不上那么多了，提高嗓门喊道："里面的姐姐妹妹、阿姨婶婶们请你们见谅，我妈妈在厕所里面昏倒了，我要进去看一下。"说完低着头就冲了进来。

女厕所里响起了此起彼伏的尖叫声和叫骂声，张润泽一张俊脸臊得通红，他低着头一声都不吭，循着哭声找到了蹲坐在地面上，抱着昏迷不醒的林秀芝痛哭不止的丁妍妍。

他吼了一声："别哭了，快给我搭把手。"说着一把将林秀芝给抱了起来。

丁妍妍看到张润泽以后，满脸都是愧疚之色，她哭得更大声了。

"我是医生，请你们让一下，病人需要空气流通顺畅，病人家属请跟我来……"这个时候有个样貌清秀、三十多岁的女人分开人群走了过来，冲着张润泽大声喊道。

第二十二章

久别重逢

　　张润泽抱着林秀芝大踏步跟着女医生从女厕所里走了出来。

　　他把林秀芝轻轻放在了座椅上，一手抱着她的脑袋，把自己的羽绒棉衣脱下来，垫在了林秀芝的脑袋下面。

　　女医生打开随身携带的医药箱，从里面拿出一系列的用具，给林秀芝进行了急救，她忙得满头大汗，过了一个多小时，才长出了一口气，停下了手中的动作。

　　"病人暂时没事了，但是身体虚弱，随时都有发病的可能。病人这种情况不应该在医院化疗吗？为什么你们还要带着她到处跑？你们这些病人家属怎么这样不负责任？"女医生边收拾东西，边非常严厉地说道。通过刚才一系列的检查，她基本已经能确定林秀芝的病情了。

　　张润泽一边说着感谢的话，一边又把林秀芝的情况复述了一遍，眼睛里都是哀戚之色。若是有一丁点儿的可能，他也不会放弃对林秀芝的治疗，可是眼下不是实在没有办法了吗？

　　女医生听了张润泽的话以后，眼神忽闪了几下问道："你父母也是支过边的？"

　　"是的，他们毕业以后响应国家支援西部大开发的号召来到了新疆，这一待就是十年。原本想着把这一生都奉献给新疆，可是后来我母亲为了救落水儿童，肺部受了重伤，若是不回上海治疗的话……恐怕人早就不在了。这是她临终之前的愿望，我就想着不管多难我都要带她来看看。"张润泽说完这番话以后，再也忍不住落下眼泪来。

女医生听完这番话沉默了良久复又问道："你们现在要去哪里？"

"我们去胡杨市，我母亲的朋友已经在外面等着了，可是她这个身体……唉！"张润泽说完长长地叹了一口气。

"哦？这么巧？我爱人也在胡杨市，他是作为援疆干部前来新疆的，我这次过来也是去探亲，若是你们觉得方便的话，我可以跟你们一起走，沿途之中你母亲若是有什么问题的话，我可以随时进行处理。"女医生扬了扬眉毛说道。

"那真是太好了，医生同志，我不知道该怎么感谢你才好？"张润泽擦了一把眼泪满脸感激地说道。

"大家都叫我金子，你也可以这么叫，别同志同志地叫了，感觉怪别扭的。"金子扬了扬眉峰说道。

"那我叫你金子姐吧！……"张润泽咧着嘴巴笑了起来。

"润泽，你妈妈怎么样了？"这时，张刚强的声音传了过来。

张润泽回头一看，见丁妍妍不知道啥时候跑过去，将张刚强和所有的行李都接了过来。她瘦弱的肩膀上背了六个包，被压得满脸通红喘着粗气。

张润泽见状连忙上前将这些行李接了过来，说道："爸，你就放心吧！有金子姐在，妈妈身体没事。"

丁妍妍眼尖，一眼就看到不远处的人群之中，有个中年妇女手里举着一块牌子，上面写着"欢迎小兰子"的字眼，想来这个就是陶爱橘了。她连忙踮起脚尖，挥舞着双手喊道："橘子阿姨，我们在这里……"

陶爱橘听到喊声，一双眼睛激动地四下找寻，在看到张润泽怀里抱着的人时，脸上露出了慌乱之色。

她跌跌撞撞地跑了过来，一把抓着林秀芝的手说道："小兰子，小兰子你醒一醒，你怎么把自己弄成这副模样了？"

时间匆匆，虽然陶爱橘与林秀芝分别了几十年，但她还是一眼就认出了林秀芝。只是她从来没有想过，她们两个人竟然是以这种方式来见面的。想到这里她不由得潸然泪下。

　　陶爱橘滚烫的眼泪落在了林秀芝的手上，就像是有感应一般，她悠然睁开了双眼。林秀芝眼神有些涣散，聚焦了好一会儿才看到面前哭泣的陶爱橘。

　　"你是……你是小橘子？这么多年过去了，你可是一点儿都没有变。"林秀芝咧着嘴，露出了一抹苍白的微笑。

　　"哎！小兰子，我是小橘子，小桃子、小竹子她们都赶过来了。所以你要赶紧好起来，这样我们小姐妹才能团圆。"陶爱橘抹着眼泪，一脸哀伤地说道。

第二十三章

母亲的秘密

"知道你们肯定想我了，我也很想你们，可是因为路途遥远，每次只能和你们在梦里相见。自打我生病以后，只要我一闭上眼睛，就听有人喊我，她说：'小兰子、小兰子我们大家伙都想你了，你也不回来看看我。'我睁开眼睛一看啊，发现竟然是小鱼来看我了。"林秀芝眼神茫然地说道。

陶爱橘听了这话脸色一下变得煞白，她咬着牙说了一句："别胡说八道，小鱼怎么可能去喊你。"

张润泽不知道小鱼是谁，便悄悄问道："橘子阿姨，这个小鱼又是谁？"

陶爱橘眼神忽闪了一下，压低声音说道："小鱼就是当年和你妈妈一起跳进水渠里救人的那位阿姨，她是你妈妈的同事，和你妈妈关系非常好。只可惜那一次她被大水冲到了下游，等职工们找到她的时候，早就没气了……这也是你妈妈为什么要离开的原因之一。你妈妈觉得心里愧疚，她认为是她没有保护好小鱼，才让她……可是这事怎么能怪她呢？当时三个小孩掉进冰冷刺骨的水里，她和小鱼拼尽全力将三个孩子完好无损地救了上来。那个时候她们都没有力气了啊！你妈妈和小鱼都被大水冲到了下游，只不过你妈妈运气好，被卡在了一根枯木上，才侥幸捡回了一条命。"她说到这里声音有些哽咽说不下去了。

这些往事，张润泽从来没有听林秀芝说起过，原来这背后竟然还藏着这样的故事。难怪林秀芝宁愿放弃治疗，也要回新疆来看看。原来在这里长眠着她的挚友，这是她一辈子的内疚和牵挂吧？

想到这里，张润泽俯身蹲在了林秀芝的面前，仰头望着她说道："妈妈，你已经尽力了。这几十年来，你一直不肯放过自己，硬生生将身体熬成了现在这个样子。我想小鱼阿姨和你是同样的心情，她宁肯牺牲自己也要守护着你的幸福……既然你带着这个使命活着，就应该开开心心地活着，不然小鱼阿姨看到了，心里该有多难过啊？"

林秀芝听了他的话以后，眼泪"哗啦"一下流了下来，她声音哽咽着说道："我明明可以抓住她的，就差那么一点儿，我没有抓住她，然后眼睁睁地看着她被大水冲走了，她望着我的眼神，我一辈子都没有忘记……"她说完呜呜呜地哭了起来。

金子在一旁看到林秀芝情绪这么激动，生怕她再出什么事，便开口说道："病人身体不好，大家还是不要耽搁了。"

金子表情淡淡地说道："你们那里有个从安徽来的叫魏然的援疆干部吧？我是他爱人。"

"哦哦……你就是魏局长的爱人啊？他这几天一直跟我们念叨，说他爱人要来看他了，真没想到在这里遇到你了，这世界真小……"陶爱橘满脸惊奇地说道。

金子见张润泽他们一脸好奇的模样，便耸了耸肩说道："我爱人从安徽过来，在这边文旅局挂职，主要负责文旅项目这一块。说不定日后你们还有机会合作。我看我们还是赶紧离开这里吧！据我所知天气越晚，气温就越低，这对病人身体很不利。"说完她又强调了一遍。

一行人在陶爱橘的带领之下，上了一辆棕色的别克七座商务车。几个人分别落座以后，陶爱橘和林秀芝坐在中间一排，两个人手拉着手有说不完的话。

陶爱橘拉着林秀芝的手，含着眼泪说道："小兰子你坐了一天的飞机，肯定累坏了，先不要说话了，闭着眼睛休息一会儿，等你养足了精神我们再聊吧！"

　　林秀芝痛苦地点了点头，但她一直紧紧抓着陶爱橘的手，生怕眼前的一切只是一场梦，等她再次醒来的时候，什么都没有了。

息事宁人

因为场面太过沉闷，陶爱橘便主动打开了话匣子，将胡杨市目前的情况介绍了一遍。

听着陶爱橘的介绍，张润泽有些不敢相信。他半开玩笑地说道："那你们有人才引进政策吗？若是条件好的话，我可以考虑留下来哦！"

没等陶爱橘接腔，坐在后排的丁妍妍马上很大声地进行了反驳："润泽哥哥你说什么呢？新疆这种鬼地方，我才不要留下来呢！你看这空气干燥得，感觉都要流鼻血了。若不是陪你们过来，我这辈子都不来这个鬼地方，反正我不会留下来。"

丁妍妍的话让车内的温度顿时陷入了冰点，陶爱橘脸上的表情虽然不好看，但是碍于丁妍妍是跟林秀芝一起来的，所以没有当场发作，看得出来她在极力地忍耐着。

听了丁妍妍的话，张润泽一脸尴尬地呵斥道："你在那里胡说八道什么呢？新疆怎么是鬼地方了？新疆是中国陆地面积最大的省，新疆是举世闻名的歌舞之乡、瓜果之乡、黄金玉石之邦。新疆地域辽阔，地大物博，山川壮丽，瀚海无垠，古迹遍地，民族众多，民俗奇异。

全疆共有景点 1100 余处，居全国首位，在这广阔大地上，冰川雪岭与戈壁瀚海共生，高原山水景观蕴含在天山、阿尔泰山、昆仑山等世界名山之中，有着众多的雪域冰川、叠嶂雄峰、飞泉瀑布、珍禽异兽。这里有海拔 8600 米的世界第二高峰，又有低于海平面 154 米的中国最低洼地，既有一泻千里的河流、万顷碧波的草原，又有光怪陆离的戈壁幻境、神秘莫测的沙漠奇观、保存完好的原始动植物种群，具有得天独厚的大自然的本色。"

"千千万万支援边疆建设的好儿女，离开富庶的家乡，用自己勤劳的双手将新疆建设成如今这副美丽的模样。这些人值得我们敬佩和缅怀，怎么你的思想还停留在几十年前？好歹你也是出国留过学的人，怎么眼光和见识这样短浅？"

"我说的本来就是实话，什么美丽富饶，在哪儿呢？你看我们驱车跑了一个多小时了，路边除了戈壁荒滩以外就是白茫茫的积雪，连正经的人家都没有看到几户，本来就是荒凉……还不允许别人说实话了？反正我是打死都不会留在这里的，你也不准留在这里。你在上海我父母都不同意我们的婚事，你若是再留在新疆，我在家里怕是连头都抬不起来了。"丁妍妍寸步不让地反唇相讥道。

她的这番话瞬间让张润泽泄气了，他的眼前仿佛出现了丁家父母鄙视的嘴脸，想到这里他不由得低下头去。

金子在一旁忍不住了，马上开口说道："我说小姑娘，你不稀罕留在新疆，搞得好像新疆稀罕你留下一样，别总是有那么强的优越感，表现出一副高人一等的模样。请问你是什么家庭出身啊？难不成你们家还有皇位等着润泽兄弟去继承啊？润泽兄弟这么好的男孩子，你父母看不上那是他们没眼光。你信不信润泽兄弟只要吆喝一声，他要找女朋友，我保证那些有眼光的姑娘都会挤破头。"

"扑哧……金子这话我赞同，润泽，你若是缺女朋友了就告诉姨，姨给你介绍一个好姑娘。保证人品和家世都不差。"陶爱橘这下没忍住，"扑哧"一下笑出声来。

"我们家……我父母都是国企干部，这样的身份本来就高人一等……"丁妍妍被金子怼得脸红脖子粗的，她原本说话就不过大脑，一生气，这样一番话就脱口而出了。

"哎哟！我说小姑娘，你听说过前阵子闹得沸沸扬扬的'我爸爸是李刚'的故事吗？就你这口无遮拦的话语，若是被人发到网上去，你猜猜会怎么样？所以做人还是低调一些好！别那么张扬，倒让人感觉像是一个没有见过世面的人一样。"金子斜着眼睛看了丁妍妍一眼。

这一路上她看着丁妍妍吃五喝六，嫌弃这、嫌弃那的，把自己当成个娇生惯养的大小姐一般，她早就看不下去了。若不是看在张润泽的面子上，她也忍不到现在了。

丁妍妍这才知道自己说错了话，吓得连忙闭上了嘴。平日里都是大家哄着她，就算是见到张润泽的父母她也是态度骄横，一点儿都不肯忍让，如今吃了这么大一个亏，而张润泽也没有要帮她的意思。

亏她千里迢迢跟着张润泽一家来新疆受苦，所以丁妍妍越想越感觉委屈，嘴巴一张"哇"的一声哭了起来，边哭还边说道："我要给我妈打电话，说你们都欺负我……"

"孩子，你都二十好几了吧？别动不动就去找你妈！这么大也该断奶了吧！真是笑死人了。"金子一点儿都不退让，马上开口讥讽道。

"好了！你们都别吵了。妍妍乖，跟我们来新疆让你受委屈了……"林秀芝剧烈地咳嗽着说道。

大家见林秀芝开口说话了，都不想惹她不高兴，也就不再继续争吵下去了。

只有丁妍妍一个人不依不饶地捂着脸在哭泣，就好像真的受了天大的委屈一般。

陶爱橘被她哭得脑仁疼，她一边用手揉着额头，一边叹了口气说道："小兰子，你家这孩子……眼神可不怎么好！"这番话的意思再明显不过了，是说张润泽怎么选了这么一个大小姐当女朋友。若是这姑娘真进了门，那他们一家别指望有好日子过了。

张润泽被这番话臊得满脸通红，他连忙对丁妍妍说道："妍妍你快别哭了，你看车里都是长辈……"

丁妍妍抽抽噎噎地说道："那你给我道歉，别人欺负我的时候你为什么不帮我？你说过会保护我的，可是你没有做到。"

张润泽紧皱着眉头，看了看车里的众人，他本着息事宁人的态度，黑着一张脸说道："对不起，都是我的错，这下可以了吧？"

第二十五章

没心没肺

张润泽一行在夜里十点多才到了胡杨市，因为夜晚天气寒冷，所以街道上没有什么行人。这是一座新成立的城市，到处都有正在新建的建筑物，身处其中让你能感觉到有一股新的生命力在涌动着。

"小兰子你看到咱家了！"陶爱橘激动地戳了戳林秀芝。

因为连续坐了一天的飞机和汽车，林秀芝的精神状态非常不好，可是她听见陶爱橘这句话以后，马上就来了精神，激动地说道："到家了啊？这么快？我记得以前从这里到乌鲁木齐要走一两天的路呢！"

"那个时候路不好，是要走差不多一天一夜。我记得以前咱们去乌鲁木齐的时候，都是傍晚的时候出发，到了第二天下午才能到。眼下可不一样了，现在新疆到处都是高速公路，光机场就有几十座。从胡杨市到乌鲁木齐开车只需要四小时就到了呢！"陶爱橘抓着林秀芝的手滔滔不绝地介绍着。

汽车一直将他们一行拉到了一排排整齐的红色三层小楼前停了下来，陶爱橘拉开车门率先跳下了车，一股凛冽的寒风瞬间从车外涌了进来。林秀芝突然剧烈地咳嗽了起来。

金子连忙把早就准备好的口罩和围巾包裹在林秀芝的头上，过了好一会儿她才渐渐适应了这寒冷的气候。

金子的援疆干部老公魏然，知道她什么时间到，早早就站在雪地里等她。自打魏然来援疆以后，两个人都一年多没见了。

金子见到魏然虽然内心激动，可是她不能像个小姑娘一样忘乎所以地扑进魏然的怀里，只是满脸含笑地看着他，低声说道："天气这么冷，你来这么早干吗？是不是傻啊？"

魏然憨厚地笑了起来，说道："反正也睡不着，不如早点儿过来等你，天气这么冷，总不能让你等我。"

张润泽上下打量了一下魏然，发现他30多岁的模样，只见他长得浓眉大眼的，留着一头板寸，脊背挺得笔直，浑身上下透出一股子不怒自威的气势来。他身上流露出来的气质与甘北特别相像。

"润泽，来给你介绍一下，这位就是你姐夫，在部队当了15年兵，这才刚转业不到一年，就又跑到新疆来援疆了。虽然说我们结婚七八年了，可是我一年到头也看不到他人。用眼下比较时髦的一个词怎么说，叫……丧偶式婚姻，说的就是我。"金子嘴里虽然说着埋怨的话，可是脸上却始终洋溢着一股幸福的喜悦之色。

魏然憨厚地笑着用手抓了抓头皮说道："我知道是我对不起你，这些年让你受苦了。"

"扑哧！你快拉倒吧！当初我嫁给你的时候就知道是这个结果，既然我已经上了你这条贼船，现在说还有什么用。"金子捂着嘴"咯咯咯"笑了起来。

那边林秀芝又剧烈地咳嗽起来，丁妍妍也是冻得直嚷嚷。夜晚是新疆一天里最冷的时候，白天温度若是有零下十几摄氏度的话，那夜晚就要有零下二十几摄氏度了，当真是滴水成冰。

金子看到这样的场景连忙对张润泽他们挥手道别，跟着魏然离开了。

血色番茄局

"这里……怎么看起来有些熟悉……"林秀芝边走边四下张望着。

"你当然熟悉了,这里不就是当初我们支边的时候住过的地方吗?只不过不同的是,以前我们住的是地窝子,现在都改成三层楼人才公寓了。我特意选了这么一个地方给你居住,让你重温美好的回忆。走,我带你去人才公寓看看,里面什么都有,暖气烧得可暖和了呢!"陶爱橘搀扶着林秀芝兴高采烈地说道。

"天哪!这变化也太大了吧?以前这里可是一片不毛之地,到处都是戈壁滩。我记得咱们刚来到这里的时候,好多姑娘看到这样的场景都哭了起来。后来在咱们的努力之下才有了地窝子,又盖起了土坯房,那个时候觉得已经很满足了。我这才离开多长时间,这里就变得完全认不出了呢!"林秀芝一脸不相信地说道。

"离开多久了?你离开的时候润泽才这么高,现在都快娶媳妇了,你还以为你离开的时间短啊?以前咱们兵团上的条件是差一点儿,可是这些年咱们国家给予生产建设兵团很大力度的扶持,各项政策都非常到位。再加上咱们胡杨市有大批优良农田,这些年咱们响应国家号召,团里的职工开始种植经济作物,咱们团主要以种植番茄、辣椒这些经济作物为主，职工们一年下来能赚到不少钱，日子过得非常红火！可惜后来……"陶爱橘说起这些事情来，脸上洋溢着一股浓浓的自豪感。只是说到后来，她突然打住了话题，一副欲言又止的模样。

"番茄？是我们平时在菜市场上购买的番茄吗？"张润泽听到"番茄"这两个字的时候，心里忽然微微一动。

"不……不是，咱们这里主要种植的是生产番茄酱的番茄。咱们这里的番茄加工制作出的番茄酱那可是亚洲最好的呢！前些年忽然从意大利来了好多投资商，在咱们这里修建了几座番茄酱厂，对番茄的需求量很大，可是他们将番茄收购的价格压得很低。虽然职工们有怨言，但这收入也能维持生活，可是不知道为什么从去年开始，这些意大利的厂商忽然又撤走了，以至于……唉，算了咱们不说这些不开心的事情了。走，我带你们去看房子。"说起意大利商人的时候，陶爱橘的脸色明显不怎么好看。但她随即又摇了摇头，将这些不开心的事情抛到脑后，换上一副笑脸带着林秀芝去看房子。

但是张润泽的心里却再也平静不下来，他真没有想到胡杨市这里竟然是番茄生产基地，而且听陶爱橘话里话外的意思，这里的番茄也受到了国外的冲击。意大利商人撤走，去年的番茄肯定不好卖。

张润泽以前写论文的时候曾经做过一番研究，在20世纪90年代初，意大利对番茄需求量暴增，但是因为他们自己国家没那么多原料，所以具有极高商业敏感性的意大利番茄厂商看上了新疆这块宝地，依托优越的地理位置，新疆番茄不仅质量好而且汁水少容易运输，最难得的是价格还低廉，仅为意大利的二分之一。

此后意大利便开始大量地进口新疆番茄，经过简单加工的新疆番茄，摇身一变就成为正宗的意大利番茄酱。身为中间商的意大利番茄商赚差价赚得不亦乐乎，时间一长，他们便不满足于这点儿利润，他们想直接在新疆开加工厂。

新疆廉价的劳动力、顶级的种植条件……在意大利人眼里，这都是天上掉的馅饼，一场"血色番茄局"悄然布下。一时间，意大利人争先恐后地在新疆开起了番茄加工厂，中国新疆成为欧洲番茄酱生产最大的原料产地，巅峰时期的番茄供应量高达欧洲市场总量的70%。

番茄产业的巨大效益也被中国人看在眼里，但为时已晚，番茄的红利早就被意大利人吃尽了，恶性竞争反而导致大批的厂家倒闭和破产。

意大利人在新疆割完韭菜后潇洒离去，放任新疆自生自灭，新疆人民用了很长时间，才修复了意大利不良商人带来的伤痛。随着后期国家政策的回暖，新疆政府也出台了一系列对番茄种植的扶持政策，这些年来新疆的番茄种植逐渐恢复了元气。没想到这时候，意大利的商人又嗅到了商机，有一部分商人继续在新疆投资建设番茄酱厂。只是眼下国际市场上对新疆番茄酱的需求越来越大，他们为什么会突然撤离呢？

关于这一点张润泽怎么也没有想明白。不过有一点可以肯定的是，意大利的商人眼下还继续用此等拙劣的手段，窃取新疆番茄的商标权。张润泽正是写了这样一篇文章，动了大部分意大利番茄酱商人的蛋糕，才会在西雅图多番遭受被人恐吓的局面。

张润泽原本想着回国以后，找时间好好研究一下新疆的番茄生态链，真没想到，这一次误打误撞，竟然来到了番茄种植基地，而且这里的番茄种植又遇到了90年代的那些困扰，难道这就是冥冥注定的缘分？

若是说张润泽在车上只是随口说想要在这里落户的话语，那么此时此刻他在得知这里是番茄生产基地后，心里忽然动了一下，一颗希望的种子被埋在了心里，正在随时间生根发芽。

张润泽心里有满腹的话语，但是因为时间太晚，陶爱橘也跑了一天，身心疲惫，他不忍心再追着她询问工作的事情。所以即便他的心里有千言万语，眼下也只能默默忍耐着，等找到合适的时机再来问这些问题。

第二十七章

撤回的信息

陶爱橘兴高采烈地领着林秀芝走到一栋朱红色的人才房前停了下来，她从包里掏出钥匙打开了房门，一股温热的气息扑面而来。她顺手打开了门边的开关，昏暗的房间里顿时变得明亮起来。

张润泽回到自己屋里以后，他满脑子想的都是新疆番茄的事情。他迫不及待地想了解更多的事情，他想利用自己在西雅图的打工经历，看看能不能帮助胡杨市的番茄打开一条新的出路。

反正睡不着，他干脆打开了电脑，一边查资料，一边做笔记，这个时候他的手机突然传来"叮咚"一声。张润泽拿起手机打开信息一看，见是陈梦欣发来的信息，可是不知道为什么又撤回去了。他心里感到纳闷，想起上次陈梦欣说信息发错的事情。这一次可能是偶然，可是这接连两次若是再说是偶然，他自己都不相信了。所以张润泽编辑了一个问号发了过去。

过了好一会儿，陈梦欣才又发来了一条信息："你在干吗？"

张润泽拿起手机回了一条："在网上查资料。"

"这么晚了不睡觉，在查什么资料？"

"关于新疆番茄生产的资料，我想多了解一些这方面的信息。"不知道为什么，张润泽感觉自己莫名地就对这个姑娘敞开了心扉，可能因为她救过自己性命的关系。

陈梦欣那边又恢复了安静，过了约莫半小时，张润泽的手机接连发出"叮咚叮咚"的响声。他好奇地打开一看，见陈梦欣给他发来了一堆和新疆番茄相关的资料，这些资料都是市面上很难找到的，其中还有番茄栽培种植的资料，也不知道陈梦欣是从哪里找来的。

看着这一长串的资料，张润泽的表情呆了呆，随即问道："你从哪里弄来的这些资料？这些资料可不好找。"

"话真多……"陈梦欣发完这条信息之后，就陷入了长久的沉默。

张润泽又愣了愣，无奈地摇头嘀咕了一句："还真有个性。"脑海之中随即又出现在西雅图的时候，陈梦欣骑着摩托车，不顾危险来救他的场景。

那样一个面对持枪歹徒都丝毫没有惧色的姑娘，又怎么会没有个性呢？想到这里张润泽不由得勾起嘴角笑了起来。

他把陈梦欣发过来的资料，一个个下载了，然后忘乎所以地研究了起来。等他感到脖子酸疼不已，想要站起来活动一下的时候，才发现已经是凌晨五点多了。

这房间里的被褥都是崭新的，据陶爱橘介绍，这些被褥都是用今年新收的新疆棉花制作的，张润泽抓起棉被用力嗅了一下，隐约还能嗅到棉花的香气。

新疆的棉花如今是享誉国内外了，国际上有多少名牌纺织品，都在显眼的地方打着"新疆棉"的标志，只要有这个标志的产品，就会比其他国家的棉花原料好卖。就算有些国家不承认，这也成为不争的事实了。

有些事情张润泽真有点儿想不明白，为什么这些欧洲国家，一面非常依赖中国制造的产品，一面又大张旗鼓地进行抵制和反对？可是闹来闹去，连他们都没有想到，反而给中国制造打了一场免费广告，让新疆棉一瞬间享誉国内外。

中国目前有 13 亿人口，我们自己生产出来的产品，就算是不出口，也绝对能自己消化掉。

就在前不久，几个老的国产品牌，因为遵守承诺，几十年来不涨价，只保证质量而经营不下去的时候，我国网民第一次展现了购买实力。在大家的呼吁之下，仅仅用了 48 小时，就让一家濒临破产倒闭的中国制造企业重新焕发了生机。

虽然新疆的番茄没有新疆棉花的运气这么好，但是张润泽希望在自己的努力之下，能找到一个破冰的办法，将新疆的番茄推向全国，推向全世界。

第二十八章

你怎么这么讨厌

一大早起来，张润泽瞧着林秀芝气色很不好。

"妈，您脸色怎么这么憔悴，是不是昨晚没休息好？"张润泽心疼地看着林秀芝。

"唉……那姑娘一直哭，我和你爸这一颗心揪着，哪里睡得着，你还是赶紧去看看她吧，我和你爸爸去楼下坐坐。"林秀芝说完冲着张刚强招了招手，两个人相互搀扶着往楼下走去。

看着他们憔悴、消瘦的背影，张润泽用力握了握拳头，用力吸了一口气，把将要溢出眼眶的眼泪给逼了回去，然后伸手在丁妍妍的房门上轻轻敲了几下，喊道："妍妍你起床了没有？我可以进来吗？"

门内一开始没有动静，过了一会儿就听见窸窸窣窣衣服摩擦的声音，紧接着房门打开了，顶着一头乱蓬蓬头发的丁妍妍出现在张润泽面前，那一双漂亮的大眼睛肿得像核桃一般，整个人憔悴不堪。

看到丁妍妍这副模样，张润泽感觉心里憋着的那口气瞬间消失不见了，取而代之的是一阵心疼。他伸手揉了揉丁妍妍的头发，柔声说道："怎么睡到现在还不起来？肚子不饿吗？"

"反正你们都不喜欢我，就让我饿死算了，我在这个家里就是一个多余之人。"丁妍妍赌气说着这些话，然后大眼睛里又蓄满了泪水。

张润泽是真被她哭怕了，见状连忙摆手求饶道："我的小姑奶奶你快别哭了，你都哭了一个晚上还不累吗？是我错了好吧？都是我的错，我不该凶你，我向你保证以后再不凶你了。但是我也有个请求，你看我母亲身体不好，你就不要总是针对她好吗？"

丁妍妍听着张润泽的温言细语唇角终于露出了一抹胜利的笑容，她扑进张润泽的怀里，紧紧搂着他撒娇一般地说道："润泽哥哥我错了，我以后再也不会没大没小了，你知道我这个人脾气一上来说话就容易口无遮拦，但是我没有坏心眼的，我从心里是很尊重伯母的。"

张润泽叹了一口气，紧紧搂着她说道："去洗漱一下！我在楼下等你，一会儿橘子阿姨要来接我们了，外面很冷，最好多穿一点儿，今天肯定要走很多路。"

丁妍妍脆生生应了一句，欢天喜地去洗漱了。张润泽叹了一口气默默退了出去，他心事重重往楼下走，抬头却看到陶爱橘已经到来了，而且还带了一男一女两个不认识的人。

陶爱橘看到张润泽下来了连忙冲他招了招手说道："润泽快来，给你介绍两个人。"

张润泽连忙应了一声，快步从楼上走了下来，他上下打量着这两个人，见那个女的有 50 岁左右，和林秀芝年纪相仿，另外一个男的稍微年轻一点儿，约莫 40 岁，只是皮肤黝黑，一双手也非常粗糙，一看就是从事体力活的人。

"润泽，这位是我们胡杨市的种田大户杨十六，我们都喊他老杨，他一个人种了 1000 亩番茄，是个非常了不起的人物。这位是李巧红李主任，是咱们胡杨市宣传部文产办的主任。你昨天不是说想了解一下和番茄有关的事情吗？这事问他们两个准没错。"陶爱橘非常热情，昨天张润泽也就是随口说了一句，没想到天一亮她就把人给带来了，这办事效率也真是够快的了。

"1000 亩地？那也太厉害了吧！"张润泽不由得瞪大眼睛看着老杨说道。

老杨脸上露出了憨厚的笑容，他略带腼腆地说道："咱们新疆的农业都是标准的现代化，需要用到人工的地方比较少……"

"哟！小兰子，这就是你儿子吧？长得可真是一表人才啊！这娃儿有对象了吗？要不要我给你介绍一个？"李巧红笑眯眯地走上前来，围着张润泽转了两圈，赞不绝口地夸奖道。

"谢谢您的好心了，润泽哥哥有女朋友了。"这时丁妍妍响亮的说话声从楼梯口传了下来。

知道今天要出门，丁妍妍特意好好打扮了一番，穿着一条黑色的羊毛裙，上面配了一件带着毛领的纯白色女羊绒开衫，里面穿了一件黑色的打底衫，脚上穿了一双长靴，衬得她身材越发高挑。

丁妍妍是苏州姑娘，原本就长得白皙漂亮，再加上从小娇生惯养的，没有吃过什么苦，身上又有着一种娇滴滴的感觉，让人看到她的时候总是会感觉眼前一亮。

丁妍妍这种美与陈梦欣那种英姿飒爽的美是截然不同的，若说陈梦欣是一团火的话，那丁妍妍就像是潺潺流淌的溪水一般，让人不自觉就能沉浸其中。

所以当李巧红看到她的时候，表情不由得呆了呆，连忙出声问道："这位姑娘是？"

"她是我儿子的女朋友……"林秀芝连忙在一旁介绍道。

李巧红第一次见丁妍妍，只觉得这个姑娘长得温柔漂亮，再加上是林秀芝带来的，心里喜欢得不得了，紧走了两步，一把抓住了丁妍妍白色毛衣的衣袖。

这李巧红的手刚触碰到丁妍妍的白毛衣，丁妍妍马上一脸厌恶地一把将其给推开了，并且尖着嗓子叫了起来："你干吗呀？我这毛衣好几千块钱呢！碰脏了怎么办？这都什么人啊？真是讨厌死了。"

李巧红的手停在半空之中，笑容也僵在了脸上。她长这么大第一回被人这么嫌弃，而且对方还是个小姑娘，当着这么多人给她难堪，她这脸上着实有些挂不住。

"妍妍，你怎么说话呢？还不快点儿给李主任道歉？你忘记刚才怎么答应我的了吗？"张润泽也没有想到丁妍妍会是这种反应，为了缓解现场的尴尬气氛，他压低嗓音呵斥道。

丁妍妍跺了跺脚，撒娇说道："润泽哥哥！"

"道歉……"这一次张润泽没有哄他，而是阴沉着脸厉声说道。

丁妍妍见张润泽真生气了，这才噘着嘴巴一脸不情愿地说道："李主任对不起，我不是故意的，我岁数小，说话有口无心，你别往心里去。"

第二十九章

我想承包你的土地

李巧红连忙笑着摆手说道:"哎呀!没事没事,人家小姑娘是从大城市来的,讲究一点儿也是正常的。都怪我太冲动了,忽略了小姑娘爱干净的事情。好了好了这事就翻篇了,不要再提了。"

陶爱橘早就见识了丁妍妍是啥样人了,所以只能无奈地出来打圆场。她一手拉着林秀芝,一手拉着李巧红,高兴地说道:"咱们三姐妹有好几十年没见了,走,我请你们吃薄皮包子去。咱们这里有一家新疆特色餐饮店,生意好得不得了,若是去得晚了还需要排队。我们快走吧,不要耽搁了。"说着三个人亲热地往外门走去。

老杨主动走到张润泽身边和他聊了起来,等到了吃饭的地方,他已把胡杨市目前番茄市场的事情了解得差不多了。

目前胡杨市的番茄市场和他预料的差不多,随着前两年意大利番茄酱厂的撤走,让一直持续走高的番茄市场再次跌入了冰点。今年种出来的番茄虽然收成很好,可是农民们却都没有赚到钱,而且还有很多人赔钱。

一来是因为番茄收购的价格降低了很多,刚够本钱。二来是因为收购番茄的人太少,而且这些客商又特别挑剔,造成大量的番茄烂在地里卖不出去。

张润泽思索了一番之后，继续询问道："杨叔叔，明年你有什么打算？还打算继续种植番茄吗？"

老杨无奈地摇了摇头说道："说实话，我种了一辈子番茄了，不种番茄我还真不知道要种什么。但是我这已经连续两年不赚钱了，把家里的老底都赔进去了。所以明年这地咋种还不知道，但是肯定不会再种番茄了，若是实在不行，我就把土地承包出去。虽然这样赚得少一点儿，但好歹这都是纯赚的不赔钱。"

张润泽听了他的这番话以后，心里微微一动，想都没想地说道："老杨叔，若是你真想承包出去的话，那就第一个考虑我吧！"

"啥？你想承包土地？你一个在上海长大的娃，又没有种过庄稼，要这些土地做啥？"老杨一脸惊讶，说话的时候不自觉就提高了语气，这一下马上吸引了所有人的注意力。

"润泽哥哥你承包土地做什么？"自觉闯了祸，一直默默跟在张润泽身后的丁妍妍开口问道。

张润泽环顾了一下四周，一脸正色地说道："当初在西雅图的时候，因为新疆番茄事件，我写过一篇跟新疆番茄有关的论文，为了写好这篇论文我做了大量的调研和研究，在那个时候我就暗下决心，等我毕业了以后就回国，来新疆这边把番茄的事情做起来。我要让那些欧美的商人看一看，我们中国也可以制造出顶级的番茄酱来，我们的加工技术一点儿都不比他们落后。我要让新疆番茄享誉全世界，就算是他们再抵制都没有用。"

"说实话我是真没有想到，胡杨市这里竟然就是番茄生产基地，原本只是想陪妈妈回来探亲，没想到妈妈工作过的地方，就是我梦想的所在地。我觉得这可能就是冥冥之中注定的事情吧！妈妈没有实现的梦想，就让我来继续承载吧！"张润泽慷慨激昂地说完了这番话。

丁妍妍听到这里忽然尖着嗓子叫了起来："我说润泽哥哥你八成疯了吧？你辛苦求学这么多年，在国外吃了这么多苦，难不成你这么努力就是为了跑来新疆当农民？你是不是发烧说胡话呢？就以你的学历，完全可以在上海找一份非常体面的工作了，干吗要跑到这个地方来？

实在不行，我还可以去求我爸爸，让他给你安排一个工作，怎么样都比在这个鬼地方好啊？"

林秀芝是个性格比较内敛的人，不管做什么事情都会顾及对方的感受。她性格温和，内心细腻善良，哪怕丁妍妍一直当面顶撞她，她也从来不愿意在张润泽面前说她坏话。她本着只要张润泽幸福就好了的原则。

可是这一次，她一反常态地对丁妍妍所说的话提出了反对意见。她慈爱地看着张润泽，柔声说道："孩子，我们的一切都是国家给的，是国家给的好政策，才让你有机会走出国门，见识到更大的世面。也正是因为我们国家正在日渐强大，我们国家的制造业足以享誉全世界，才会引起竞争对手的恐慌和抵制。所以不管你做出什么决定，只要是从国家利益出发、从大局出发，不违背良心和道德，妈妈都会尊重你的意见的。"

怒急攻心

"若是你决定留在新疆，那我和你爸爸绝对支持你，我们两个也会留下来陪你在新疆定居，哪里都不去了。"林秀芝一脸坚定地说道。

"拉倒吧！伯母不是我说你，你们自己一辈子没本事，没有办法给润泽哥哥创造好的条件就算了，眼下还要带头胡闹，你陪他在这里定居？你自己能活几天心里不清楚啊？你们做父母的就是喜欢这样，把自己没有实现的愿望强加到孩子身上。你们自己不负责任，凭什么让润泽哥哥来替你们背这个黑锅啊？我告诉你们，这事我坚决不同意。"林秀芝的话音刚落下，丁妍妍就气呼呼地站了起来，用手指着林秀芝，手指都快戳到她的脸上了，丝毫不留情面地吼道。

"够了！丁妍妍我告诉你，我已经对你再三忍耐了。她是谁啊？她是我母亲，你一而再再而三地侮辱她，有没有考虑过我的感受？我告诉你，若是你再敢对她不客气的话，可别怪我翻脸无情。"这一下张润泽彻底暴怒了，他的忍耐已经到了极限。若是他眼睁睁看着丁妍妍一次次侮辱自己的母亲而无动于衷的话，那他还能算是一个男人吗？

"我说错了吗？是你母亲害死了她的同事，所以心存愧疚，想要回来忏悔，凭什么要拉上你，毁了你的一生？我告诉你我不愿意。"丁妍妍连哭带喊地说道。

"你……"张润泽愤怒之下高高举起了巴掌，可是理智却一再提醒让他克制，让他坚决不能打女人。这一番内心的挣扎让他身体都微微颤抖了起来，最终他的理智占了上风。

"怎么？你还敢打我？就你这个样子的男人，要什么没什么，家里还拖着一个老病号，我条件这么好都不嫌弃你，你还想动手打我？你打啊？你打死我，我也要说。"丁妍妍见张润泽不给她留情面，也像是疯了一般又喊又叫的，哪里还有半分大城市姑娘应有的教养和气质。

脸色苍白的林秀芝见这两个人闹得这样凶，用力扯了扯张润泽的衣袖，艰难地说道："润泽你坐下，妈妈是怎么教育你的？"

"你少在那里假惺惺了！都是因为你，润泽哥哥才会这样对我，我讨厌你，我讨厌死你了。"丁妍妍双眼怒视着林秀芝，就像要把她杀了一般。

"你给我住嘴……你走……我不想看到你，我怕我会忍不住……"张润泽用力捏了捏眉心，指着房门声音低沉地说道。

"我走就走，这么一个穷地方说得谁多稀罕一样！我告诉你张润泽你可别后悔。"丁妍妍说完抓起外套哭着跑了出去。

经过这么一闹，谁也没心情吃饭了。林秀芝一个劲地唉声叹气抹眼泪，气得剧烈咳嗽不已。

陶爱橘在一旁实在看不下去了，她大声说道："润泽不是我说你，你这孩子看着挺聪明的，怎么眼神这么不好啊？你这找的是啥样人啊？这姑娘是我们这种普通人家能够伺候得起的吗？这还没有过门呢，就敢辱骂你妈妈。你们这才来了两天我就看到她闹了两回了，若是等她过门了，你们一家老小不得把她当祖宗一样供起来啊？她还当自己是皇亲国戚啊？有多大的家世和威风啊？这家父母是啥样的人啊？能把好好一个孩子给养成这样？"

林秀芝剧烈咳嗽着，用力摆了摆手，把陶爱橘给拦住了。她喘着粗气说道："孩子……人家姑娘千里迢迢追着你来不容易，她在这里人生地不熟的，你快去看看，别回头出了什么事情，后悔就来不及了。这姑娘性子倔容易走极端。"

张润泽本来赌气不愿意去找丁妍妍，说实话丁妍妍让他感觉身心疲惫，他真的已经没有精力再去哄她了。可是林秀芝的话又提醒了她，万一丁妍妍在新疆出了什么事情，那可都是他的责任，到时候后悔也来不及了。

想到这里，张润泽气鼓鼓地站了起来，一脸歉疚地说道："橘子阿姨你们先吃饭，我去看看就回来。对不起都是我的错，你们千万别生气。"说完朝着众人鞠了一躬才转身离开了。

等张润泽回到人才公寓的时候，发现大门敞开着，四周没有看到丁妍妍的身影。想来是跑回家去的时候，连房门都忘记关了。

张润泽长叹了一口气，极度无奈地摇了摇头。他感觉丁妍妍不是他的女朋友，简直比一个小孩子还难带，就算带着一个几岁的孩子，也比丁妍妍省心。

有一点他现在完全确认了，那就是丁妍妍这个姑娘的三观是有问题的。他一想到丁父丁母对他那个样子，有这样的父母能教出三观正的姑娘才怪，说起来也不完全都是丁妍妍的错。

张润泽努力在找可以原谅丁妍妍的借口，他站在寒风刺骨的雪地里，愤怒的心情逐渐平静了下来。他决定再找丁妍妍好好聊聊，若是实在不行就将她送回去。就算是两个人做不了爱人，也没有必要闹成仇人。

想到这里他大踏步地走进了房间里，然而下一秒眼前的一切让他感觉脑袋"嗡"地响了一下，他的第一直觉是家里进贼了。

因为整个房间里是一片狼藉，所有的东西都被摔在了地面上，被砸得稀巴烂，那些砸不碎的，比如，沙发垫什么的都被人用剪刀给剪碎了，里面装着的棉絮扔得到处都是。

张润泽的心里"扑通扑通"跳了几下，他害怕丁妍妍出事，连忙大喊了一声："妍妍，妍妍你不要吓我，你在哪里？"然后大踏步朝丁妍妍所在的卧室冲了过去。

可是丁妍妍卧室里的场景更是让他大吃一惊，里面的情况比客厅里的还要惨烈，连被褥都被剪得粉碎。而丁妍妍人却不在屋里，也不知道去了哪里！

男人应该以事业为重

张润泽着急地把屋里楼上楼下翻了一个遍，也没有找到丁妍妍。他拖着疲惫的身体下楼拨打丁妍妍的电话，里面传来的却是一阵机械的女声："对不起，您拨打的电话暂时无法接通。"

他又尝试着给丁妍妍发短信，却发现自己的微信被丁妍妍给拉黑了。

这一下张润泽可以确定，丁妍妍不是出事了，而是离开这里了。这屋里的惨状也是丁妍妍在愤怒之下造成的。当初在西雅图的时候，有一次两个人因为一点儿小事拌嘴，丁妍妍就把他厨房里面的东西都摔了。因为这事还把房东给惊动了，当时老夫妻俩还要报警，是张润泽说了很多好话，才把这件事情给解决了。

丁妍妍吃了那次亏以后，再也不敢随便发脾气、摔东西了。原本张润泽以为她只是一时冲动才会那样，可是他完全没有想到，丁妍妍在西雅图表现的所有的好，都只是她伪装出来的一面。因为在国外人生地不熟，她一个小姑娘需要人保护和照顾。而张润泽的出现刚好满足了她这个要求。

可是回国以后就不一样了，这里有她引以为傲的家世和三观不正纵容她的父母，所以她真实的一面就一点点浮出了水面。真的很难相信，岁数这么小的一个姑娘，怎么会做出这些事情来？

张润泽用力抓了抓头发，想要努力从这种痛苦之中挣脱出来。可是他刚准备站起来的时候，便看到茶几上放了一张白纸，白纸上用猩红的大字写着这样一句话："林秀芝我诅咒你早点儿死……快点儿死……永远都不要出现在我的面前。"

这个字迹张润泽再熟悉不过了，这就是丁妍妍的字。丁妍妍诅咒他的母亲不得好死，还专门摆放在林秀芝喜欢坐的这个位置，就是故意写给林秀芝看的，为的就是气死她。

"妍妍……你为什么要这样？"张润泽被气得气血翻涌，他努力控制着情绪，才没有让自己崩溃。他呢喃了一句，双手用力地抓着头发，恨自己为什么这么没本事，想要保护的人，一个都保护不了。

正在这个时候，门外传来了陶爱橘的说话声："这两个孩子怎么连门都不关？这外面多冷啊！"

张润泽浑身一激灵马上清醒了过来，他一把将这张白纸团了起来，装进了口袋。可是等他想要收拾一下这混乱的场面的时候，陶爱橘已经带着人走了进来。

"哎呀！这里是怎么了？究竟发生了什么事情？"陶爱橘惊讶地叫喊了起来。

张润泽垂着双手，低着头站在原地，无力地说道："橘子阿姨真是对不起，这一切都是因为我才会……您放心我马上去买新的东西回来，一定会把这里恢复原样的。"

"你是说这些东西……都是丁妍妍那个丫头弄坏的？我的天哪！这个小姑娘的心也太恶毒了吧？不过是一家人吵个架，至于这样……吗？"陶爱橘瞪大眼睛看着张润泽说道。

张润泽嘴唇翕动，但是他一句话都没有说出来，事实上这些事情确实是丁妍妍做的，虽然他也不相信，可是……

"孩子，妍妍呢？妍妍去哪里了？"林秀芝一脸关心地问道。

"她……或许已经回苏州了吧！妈您不要担心，她这么大的人了不会出问题的。以前她一个人在西雅图也生活得好好的。"张润泽强打起精神来，走上前去将房门关了起来，然后低头弯腰捡拾地面上的东西。

"润泽不是我说你，这个婚姻和感情的事情，可是一辈子的大事，你一定要考虑清楚，这样的姑娘怎么能过一辈子呢？你妈妈做了一辈子的好人，这是造了什么孽，竟然摊上这么一个事。"陶爱橘心里愤愤不平，忍不住又多说了几句。

事到如今张润泽也不知道该怎么回答陶爱橘的话，他愣了愣之后，继续低着头去捡拾地面上的杂物。

最后还是林秀芝看不下去，她喘息着说道："这孩子心里苦，他被我这个病给拖累的……不过这孩子心里有主意，他现在也是大人了，该怎么拿主意在他自己吧！我们这些做父母的就不管这么多了。"

陶爱橘见林秀芝都这么说了，也不好再多说什么。

林秀芝看着这满地狼藉，叹了一口气，她看着张润泽说道："孩子，你若是不放心的话，我们就回上海去吧！你也去苏州找妍妍给她道个歉……"

"道什么歉？妈妈，这事我不觉得自己做错了。以前我是觉得她岁数小，又对我挺好的，作为男人我应该让着她，没有必要和一个小姑娘争个长短高低。可是眼下这些问题，已经不是我和丁妍妍之间小打小闹的事情了，而是涉及一个人道德品质的问题了，这是原则问题。而且我也不会再离开新疆了，我今天说承包土地的事情是很认真的，经过深思熟虑的，所以不管遇到什么样的困难，我都会坚持走下去。至于感情的事情我现在也不考虑了，一切随缘吧！男人就应该以事业为重。"张润泽很少反驳林秀芝，但是这一次他斩钉截铁地说了这些话。

酒入愁肠

　　就在这个时候，张润泽的手机突然响了起来，他拿起来一看见是一个来自苏州的陌生号码。他想着是不是丁妍妍打来的，便起身拿着手机走到一旁去接听。

　　"喂……"张润泽声音低沉地说道。

　　"张润泽你个王八蛋，我们家妍妍不嫌弃你一穷二白，死心塌地跟着你，你竟然让她受这么大的委屈？而且还要打她？你小子还是个男人吗？没本事也就算了，连自己的女人都保护不了，就你这种窝囊废还做梦娶媳妇，我呸，哪个女人眼瞎了才嫁给你……"没等张润泽说话，电话那端就传来丁母劈头盖脸的叫骂声。

　　张润泽被骂得直皱眉头，他有心想要解释，可是连一句话都插不上，只能愣愣地挨骂。

　　丁母噼里啪啦地骂了20多分钟，见张润泽始终不说话，还觉得不解气，便怒吼着说道："你少装死，今天你必须给我丁家一个交代。"

　　张润泽不想在丁母面前说丁妍妍的坏话，他哑着嗓音说道："伯母，麻烦你让妍妍接电话，有什么话我直接跟她说。"

　　"我呸，做你的春秋大梦吧！这辈子你都别指望再和我家妍妍说话了。我告诉你，你们两个从今天开始结束了，你少厚着脸皮再纠缠我们家妍妍，你以后离她远一点儿，若是让我知道你再纠缠她，我就打断你的腿。"丁母骂完以后就咔嚓一声挂断了电话。

张润泽又急忙把电话打了过去，结果电话里传来一阵忙音。他又着急地拨打丁妍妍的电话……结果却被告知"您拨打的电话是空号"。

通过丁母的这一番谩骂，张润泽可以肯定丁妍妍已经回到了苏州的家里，而且她还把电话号码都给注销了，然后又拉黑了他的微信，断绝了和他的一切联系。看来这一次他们之间确实是结束了。

两个人相处了半年多，在西雅图的时候相依为命，丁妍妍又追着他跑回了中国，来到了新疆，这些点点滴滴的事情汇集在一起。若说张润泽对她一点儿感情都没有，也不可能。

就算是丁妍妍犯了这么多错事，张润泽也从来没有想过和她分手，只是想着等她气消了以后，再和她联系。可是眼下他就这么莫名地被分手了，就好像做错事情的是他一般。

可是他真的做错了吗？为什么他就不能来新疆发展呢？作为在新中国长大的青年人，难道不应该为国家的发展贡献一份力量吗？他怎么就错了呢？

想到这里，张润泽觉得异常疲惫，刚才的喜悦心情一扫而空，取而代之的是无限的惆怅。他用发白的手指用力捏着手机，缓缓走了回来。

林秀芝一眼就瞧出来他心情不好，但是她什么也没有问，而是给张润泽倒满了一杯水说道："喝杯水吧，暖暖身子……"

陶爱橘见林秀芝不问，想来这件事情肯定和丁妍妍有关系，算算时间这姑娘应该已经到家了，不知道又折腾出来什么幺蛾子，可真不是一个让人省心的主。

晚上吃饭的时候张润泽难得喝醉了酒，这也是他这辈子第一次喝醉酒，他一杯接着一杯，都不知道喝了多少杯。他想要把自己喝醉，然后忘掉这些心烦的事情，可是反而越喝越清醒，他和丁妍妍之间的往事历历在目，让他心里像塞了一团棉花一般喘不上气来。

喝到最后张润泽怎么回到房间的都不知道，他往床上一躺就昏昏沉沉地睡了过去，也不知道睡了多久，他听到有人给他打电话，接通了以后，电话那端传来了一个女孩子的声音。

喝得迷迷糊糊的他直接将对方当成了丁妍妍，然后抱着电话开始诉说他们之间的往事，然后又说了自己长久以来的梦想，然后还问对方："难道我错了吗？你为什么就不能支持我的梦想呢？"

听他絮絮叨叨说了一两小时，对方最终有了回应："在我看来你没有错，作为一个男人来说就应该去追求自己应该做的事情，你放心，就算所有人都反对，我也会全力支持你的……"

至于后面对方还说了什么，他就完全没有概念了，又陷入昏昏沉沉之中。他的电话一直保持着通话，话筒那边传来轻微的呼吸声，这呼吸声一直陪伴着张润泽，一直到东方泛起了鱼肚白，这通电话才悄然挂断了。当然这一切张润泽都不知道。

张润泽这一觉一直睡到第二天十一点多才醒过来，他看到天色大亮，便拿起手机看了看时间，发现已经快中午了，便连忙挣扎着从床上爬了起来。虽然他感到很反胃，可确实是没有感觉到头疼。

这个时候他忽然想起什么来，连忙打开手机，翻着里面的通话记录……

意外的惊喜

　　等张润泽翻开通话记录的时候，赫然发现他昨晚上竟然给陈梦欣打了一晚上电话，而且通话时间为七个多小时。可是他明明记得自己是和丁妍妍在通话，怎么就变成陈梦欣了呢？

　　张润泽满脸涨红急得是抓耳挠腮的，他完全不知道该怎么和陈梦欣解释。他记得昨晚上说了好多和丁妍妍之间的情话。陈梦欣还是一个小姑娘，她听了这些酒后胡话该怎么想？又会怎么看他这个人？

　　好歹人家救过他的命，又屡次帮助他，这喝醉酒太误事了，怎么能去找一个小姑娘发酒疯呢？

　　张润泽手指发白地捏着手机，焦急地在屋里走来走去，走了好一会儿他才暗自下定决心，给陈梦欣打一个电话解释一下。

　　男子汉大丈夫做错事情了就应该主动承担，他不能当作什么事情都没有发生过。

　　思忖再三之后，张润泽深吸了一口气，拨通了陈梦欣的电话。

　　电话响了好一会儿之后，那边才传来陈梦欣略带沙哑的声音，她慵懒的声音告诉张润泽她可能还在睡觉。

　　"对……对不起，我是不是打扰你休息了？"这下张润泽感觉更内疼了，他说话都结结巴巴的了。

"没事，本来也该起床了，今天还有很多事情。对了，你需要投资吗？"陈梦欣突然问道。

"投资？什么投资？"张润泽一脸莫名地问道。

"听说你要留在新疆种番茄，开办番茄酱厂，这需要很大一笔投资，我个人非常看好这件事情，想以投资入股的方式和你合作，不知道你愿不愿意？"陈梦欣沉默了一下，随即条理清晰地说道。

"什么？你愿意给我投资啊？这真是太好了。我当然愿意。不过……你不怕我把你的钱都亏掉吗？"张润泽简直有种做梦的感觉。

昨天他的女朋友才因为他要留在新疆发展的事情和他大吵了一架，然后两个人分手了。他虽然坚持要在新疆种番茄，但是对于这么大一笔钱从哪里来，心里还是没有底。

他把这些话告诉了马教授，马教授表示会和学校申请一笔创业资金，不过那肯定是不够的。真没有想到他睡了一觉起来，就峰回路转了，不但有人支持他种番茄，还有人愿意给他大笔投资。这简直是太让人意外了。

"你最落魄的时候我都见过，还有什么好怕的？既然你愿意，那这几天我就抽个时间去新疆考察一下，顺便将我们合作的事情落实一下吧！我还有事先挂了。"陈梦欣说完就挂了电话。

张润泽握着手机，听着里面传来的"嘟嘟"声，脑袋瓜子还是嗡嗡的，一脸不可置信的表情。

关于陈梦欣的家世，张润泽是听马教授说过的。据说陈梦欣的爸爸是给国际名牌皮具做代加工业务的。他们家祖传下来一套给皮具印花的技术，这种技术遥遥领先国际上目前其他国家的技术，所以很多国外的大牌都纷纷在他们家下订单。陈梦欣父亲的国际贸易服务做得非常大，每年都有十几个亿的收入。

但是陈梦欣这个姑娘有些离经叛道，她对家里的事业一点儿都不上心，打小就有自己的主意，喜欢按照自己的想法去做事，并且谁也不能干涉她。

就比如去国外留学的事情，她就是自己去报了名，自己参加考试，而且留学的钱都是她自己赚回来的，没花家里一分钱。这不回国了以后，她也没有回自己的家族企业去做事，而是一个人跑到上海去创业。

正是因为这一点，张润泽才感觉陈梦欣这个姑娘有点儿高不可攀。她的家世可比丁妍妍好多了，丁妍妍都这么能闹腾，陈梦欣还不知道有多大的公主病呢！

虽然陈梦欣救过张润泽，但他还是一直本着敬而远之的态度在和她交往。

只是这一通电话让张润泽完全推翻了心里的认知，他摸不清楚陈梦欣的想法，也不知道她是在开玩笑，还是真的要给他投资。

张润泽在卧室里发呆，楼下传来了张刚强的叫声："润泽快下来吧！你橘子阿姨说，今天要带我们去滑雪……"

对于一个生活在南方的孩子来说，连下雪的天气都很少经历，更别说去滑雪了。这件事情对张润泽有足够大的吸引力。所以他连忙甩了甩脑袋，把这些乱七八糟的心事都收了起来，眼下他只能走一步看一步了。想到这里，他匆匆洗了一把脸，拿起羽绒服就跑下楼去。

等张润泽来到楼下一看，还真热闹，陶爱橘和李巧红带了七八个人来，听他们聊天的内容，应该都是以前和张刚强、林秀芝一起工作过的同事。

林秀芝被这么多人围在中间，兴奋得苍白的脸上都泛起了红晕，她激动地拉着大家伙的手，高兴地说个不停。眼前的场景让她感觉好像突然回到了年轻的时候，那个时候他们满腔激情，浑身都是干劲，大家在一起不觉得苦，不觉得累……

这个时候陶爱橘也看到了张润泽，昨晚上她目睹了喝醉酒的张润泽一副痛苦的模样，心里也是着实心疼这个孩子。母亲癌症晚期，女朋友跑了……仿佛所有的磨难都降临到这个孩子身上。

可是这些事情都需要他独自去承担，别人谁也帮不了他，她唯一能做的就是，利用自己身边的资源，给予他们一家最大的帮助。

"润泽快过来，阿姨给你介绍一些长辈认识。"陶爱橘冲着张润泽招了招手，示意他到她身边来。

张润泽连忙点了点头，大踏步朝着陶爱橘走了过去。

抢占先机

　　陶爱橘领着张润泽给他一一介绍了屋里的这些人，这些人基本上都是从事和番茄相关的工作的，里面有农药种子供货商，还有从事农耕机械之类的，就等于说是张润泽认识了这些人之后，若真的想自己种植番茄，基本上所有问题都解决了。

　　张润泽知道陶爱橘这一番做法是别有深意，她通过这种方式来默默支持着他的工作。

　　张润泽一脸感激地看着陶爱橘，她的用心良苦，他又怎么能感受不到呢？

　　刚好趁着老杨也在，张润泽环顾四周大声说道："各位叔叔婶子，非常感谢过去你们对我父母的照顾，也非常感谢你们在这么寒冷的天气里，过来探望我的父母。经过这几天的考察以后，我决定要留在新疆，留在胡杨市，完成我父母年轻时候未完成的心愿，利用我学到的制作番茄酱的技术，利用我身边的资源，为咱们胡杨市的番茄种植闯出一条销路来。不但如此，我们还要团结起来，加大产品深加工的发展和扩建工作，将所有的主动权都掌握在自己手里，不再将我们的命运依托在欧美那些投机商人的身上。"

"我们胡杨市有得天独厚的地理条件，我相信一定能把番茄种植生产规模化、产业化，把我们胡杨市的番茄推向全国、推向世界。以后就靠各位叔叔伯伯婶子大娘支持我了，在这里我先表示感谢。"张润泽说完以后冲着大家伙深深鞠了一躬。

"年轻人有梦想是好事啊！但是大家都是自己人，我们这些做长辈的也不能坑你，得把实际情况跟你说一下。"

"眼下这种番茄可不是最好的时候，接连两年番茄滞销，据我所知今年都没有多少人种番茄了。毕竟这种地成本很高，每年亏这么多钱，谁也亏不起。"

"就是，我听你橘子阿姨说了，说你想种一千亩地，你知道这一千亩地需要投资多少钱吗？你说你一个上海大城市长大的孩子，连一点儿种地的经验都没有，你吃得了这个苦吗？你父母这辈子生活得也不容易，别把他们养老的钱都砸进去。我劝你啊，还是玩几天就回上海工作去吧！"

"润泽啊！他们说得对，我也是这么想的，你看你家里人也不同意……"老杨想起昨天丁妍妍闹的事情，一脸担忧地看着张润泽。

这些人七嘴八舌的，除了陶爱橘以外，没有一个人支持张润泽来胡杨市种植番茄，一个个都往他身上泼冷水。

张润泽知道这些人是真心为了他好，所以他一脸感激地说道："谢谢各位叔叔伯伯婶子大娘的关心，我知道你们都是为了我好。可是我做出这个决定并不是一时冲动，而是做过长期调研的。我在西雅图留学的时候，曾花了三年时间在一家意大利番茄酱厂打工，据我了解到的数据，欧美包括日韩等国家对番茄酱的需求量特别大，几乎是他们每日餐桌上必备的食品之一。而新疆的番茄因为日照时间长等地理环境，所以种植出来的番茄不论是品质、口感、营养成分都远比其他地区种植出来的番茄要好得多，所以在国际上非常受欢迎，而且是供不应求。"

"眼下我们番茄滞销的原因，只不过是因为欧美国家太过于依赖我们新疆的番茄，而且我们新疆人民对于品牌保护也逐渐有了意识，所以他们不能再像以前那样肆意抹杀我们新疆番茄，作为意大利番茄酱主要原料的事情。再加上如今国际形势千变万化，在种种原因之下，他们才会做出这等抵制我们新疆番茄的错误举动。"

"但是我们要相信，这些国家的人民还是十分友好，他们喜欢并且依赖中国制造，就算这些投机的政客、商人想要糊弄他们，但我相信事实胜于雄辩，这些人一定会为自己的愚蠢和无知付出相应的代价。所以我判断国际市场对于我们新疆番茄的抵制，顶多能再坚持一年，就必定会再度卷土重来。因为对于商人来说，他们追逐的是利益，若是赚不到钱，那谁说什么也不管用。"

"我觉得当前我们要做的事情，就是在他们卷土重来之前，我们已经有足够的能力和实力来主动掌握新疆的番茄市场，有足够的能力和他们讨价还价。而不至于像以前一样，被这些意大利商人过度消费完之后，又把这个烂摊子交给我们自己来慢慢消化。所以我们不能再等着被动挨打，应该主动出击，趁着意大利商人撤走的时候，把属于我们新疆的市场给抢回来。因此我觉得现在这个时候入场是最合适的时机。所以各位长辈你们不用担心。至于资金的问题嘛……"张润泽发表了一番掷地有声的演说，为自己也为了新疆番茄。他希望能通过自己的行动和发声，号召更多新疆有品牌保护意识的番茄从业者站起来，然后形成一个巨大的联盟市场，将命运掌握在自己手中，而不是像以前一样任人宰割。

就在这个时候，张润泽的手机突然响了起来，他拿起来一看，见是陈梦欣打来的。想到前面陈梦欣说过要给他投资的事情，他心里微微一动，连忙接通了电话。

"你准备一下，我明天去新疆找你，和我同去的还有周叔叔和夏叔叔，他们两个将代表此次的投资方，对你所在的胡杨市进行考察和调研，若是确实如你所说的那样，那以后你所需要投的资金，都将由他们两个来完成。"说完就挂断了电话。

第三十五章

意外之喜

　　"什么？明天？"张润泽一脸惊愕地想要询问清楚，可是陈梦欣根本没给他说话的机会，就直接挂断了电话。

　　李巧红看到他惊讶的表情，便好奇地问道："润泽怎么了？发生什么事情了吗？"

　　"哦！李主任是这样……我有个朋友明天会带两个投资人过来考察，若是考察觉得合适的话，他们就要投资我在胡杨市种植番茄和创办番茄酱厂的事情。"张润泽自己说完也有一种不太真实的感觉。

　　这陈梦欣做事还真是雷厉风行啊！从她说要给自己投资，到带着投资人过来，一共就几小时的时间。这做事的风格和她的性格还真是很相像。

　　"什么？过来投资？那这次投资的金额预计有多少啊？"李巧红听了张润泽的话以后，双眼马上就放光了。

　　胡杨市刚刚建立，百废待兴，眼下最缺的就是这些企业的投资建设。市里给她们每个部门都下达了招商的任务。她正在为这件事情发愁，没想到眼下竟然送上门来了，这让她怎么能不高兴呢？

　　"1000亩地种植加上番茄酱厂建设怎么也需要七八千万的投资额

度。我最近几天没事做，对胡杨市进行了仔细的研究，我发现咱们这里不但盛产番茄，还盛产枸杞、辣椒、红花、石榴、大枣等一系列红色产品，虽然有些产品不是咱们这里主打的，但是一旦我们形成了产业规模以后，就可以用合作的模式把成熟的产品引入进来。所以我有个不成熟的想法，那就是在我们胡杨市打造一个红色农产品旅游、生产基地，将农业和旅游紧密地结合在一起。"

"我们新疆主要依靠的产业就是农业和旅游，但是我们胡杨市的旅游资源相对于其他地方来说不占优势，我们的优势是什么呢？就是这些红色的农产品。所以我们要利用自身的优势，将这些产业集中起来，做成一个红色的农产品特色旅游小镇。你看看这些红色像极了咱们国家国旗的颜色。而我们要做的事情，就是给这些红色的产品增光添彩，就像那国旗上闪闪的星星一样。等到我们把产业做大了，就把这些红色的农产品朝全国推广，朝全世界推广，在国际市场上我们每卖出一份产品，就像在当地插上了一面五星红旗……"

这些想法是很早就在张润泽心里酝酿了的，但是他一直没有找到合适的机会，将这些话说出来。一来觉得时间不到，二来他没有找到愿意聆听这些话的人。若是把这些话说给丁妍妍听，她一定会觉得张润泽脑子不好，一天到晚就会做梦。眼下张润泽觉得天时地利人和都占了，他终于有机会把心中的想法大胆地说出来了。

李巧红是做宣传工作的，一直走在第一线，具有非常敏锐的洞察能力。她听了张润泽的规划以后，马上就激动着说道："哎呀！你说得太好了，你说的这些正是我们每次市领导开会的时候，要求我们去学习的。可是新疆相比其他地方来说，信息方面还是闭塞一些，而且也没有这方面的相关人才。我听了你说的这些真是太激动了。你就是我们一直在寻找的人才啊！"

张润泽不好意思地挠了挠头说道："其实这些想法我还需要用实际行动去证明，眼下还停留在说的阶段……不过这投资方来得也太着急了，我这什么都没有准备呢……"

"眼下这件事情已经不是你一个人的事情了，这么大的投资项目，这是我们胡杨市的骄傲。我马上去给领导打电话请示，你不要着急。"

李巧红说着拿着手机急匆匆地去打电话了。

林秀芝趁着这个间隙，连忙走上前来，悄声问道："儿子，是谁给你投资这么多钱啊？"

张润泽连忙说道："妈，是我在西雅图的救命恩人，虽然我也只有几面之缘，但是不知道为什么她这么相信我。"

林秀芝的表情逐渐凝重了起来，她认真地看着张润泽说道："孩子！既然别人对你有救命之恩，又这么相信你，那这件事情你一定要慎重考虑好，千万不能辜负了别人的信任。我们做人要有原则，别人的滴水之恩我们要以涌泉去相报，绝对不能辜负别人对我们的信任。一个人，尤其是一个男人，若是活在这个世界上，失去了别人对他的信任，那他不管赚多少钱都是非常失败的，你一定要记住妈说的话。"

"妈，您就放心吧！这些是你从小就教我的道理，我也一直都记在心里，您放心，别人既然选择相信我，那我也绝对不会辜负别人的信任的。"张润泽脸上露出了坚毅之色。

李巧红打了好一会儿电话，才兴冲冲地跑了回来，她大声说道："润泽，跟你说个好消息，我把你这边的情况和领导汇报了以后，领导马上做出了指示……"

人狠话不多

"领导说我们宣传部全力配合你完成这次招商考察，你有什么需要尽管告诉我，我作为宣传部的代表，全程进行陪同。而且领导还说了，等明天人到了以后，我们宣传部部长会在市政府亲自接待前来考察的投资方，并且详细给他们介绍胡杨市关于招商引资的政策，并且要邀请财政局以及招商局的负责人一同出席会议。"李巧红兴奋地把这些好消息告诉了张润泽。

张润泽听了这番话以后，悄然地松了一口气。这个项目若是当地政府出面支持，做背书的话，那投资成功的可能性就会更大一些了。

虽然投资人是陈梦欣带来的，虽然那两个投资人他也是认识的。但是在商言商，他首先要把基本功做扎实了，有足够的实力去说服人家，人家才可能会把这么大一笔钱投过来。

不然的话人家就算勉强卖陈梦欣一个面子，这项目不过关，谁也不会拿着自己的辛苦钱去打水漂的。

有了这些想法以后，张润泽一脸歉疚地对陶爱橘说道："橘子阿姨非常抱歉，今天我恐怕不能陪你们去滑雪了，我得连夜赶一个项目可行性计划书出来，明天还要发给投资方看。只有做好充足的准备，才能加大这个项目落地的可能性。"

"对，我也要赶回宣传部去安排明天的接待事宜，所以就不陪你们去玩了。"李巧红也在一旁连连点头说道。

"没事没事，你们都去忙，我带小兰子出去玩就行了。"陶爱橘表示非常理解，大大咧咧地挥了挥手说道。

张润泽把自己关在房间里打开电脑，完全投入对项目可行性计划书的准备工作中去了。

他一直忙到夜里四点多，才总算赶制出来一份满意的策划方案，在这期间他反反复复修改了无数次，一直到一套完整的工作规划浮现在他脑海之中以后，他才真正感到满意。他相信，明天他把这份可行性报告交给投资方看的时候，一定可以说服他们。

张润泽感觉腰酸背疼，他关了电脑以后忍不住伸了一个懒腰，这才发现原来都已经是凌晨四点多了。他的电脑旁边还放了一份早已凉了的水饺。他依稀记得有人来给他送吃的，但那个时候他全身心都沉浸在方案之中，所以并没有顾得上。

虽然张润泽激动得睡不着觉，但因为明天还有硬仗要打，他还是强迫自己进入了梦乡。等他睡醒睁开眼睛一看，外面都已经天光大亮了。

他害怕自己睡过头，错过了陈梦欣的电话，便一骨碌从床上爬了起来，连忙拿起手机一看，并没有人给他打电话，他这才不由得呼出了一口气，放下心来。

不过等张润泽打开微信检查重要信息的时候，却看到陈梦欣在早晨六点半的时候给他发来了一条信息："我们上飞机了，落地了再联系。"

张润泽看着这几个字，心里有一种说不出的感受。早上六点半就上飞机了，按照提前就去候机的时间来算，那就是说陈梦欣三点就要出发去机场，这一晚上就别指望睡觉了。

而且陈梦欣这个人一向都是话比较少，不喜欢解释，不喜欢说大话，有什么事就直接办了然后再跟你知会一声。她这种朋友真是太难得了。

第三十七章

登门拜访

陈梦欣他们赶到胡杨市的时候，正好赶上吃午饭。在这期间李巧红多次打电话过来联系。在确定了他们到达的时间之后，便在政府餐厅安排了午饭。

原本张润泽是想直接让陈梦欣他们去政府餐厅，可是陈梦欣却坚持说道："你父母不在就算了，眼下他们既然来了我就一定要先去看看他们，尊老爱幼是中国人的传统美德。"说完不等张润泽反驳就挂了电话。

其实对于这件事情，张润泽心里是有想法的。他想起丁妍妍到他家里的情形，连坐都嫌脏。陈梦欣可是身价几十个亿的千金大小姐，她来了以后若是仍然表现出对林秀芝的嫌弃，这非常不利于她的病情。

但是陈梦欣坚持要来，他也不好拒绝。

正当张润泽坐立不安的时候，门外响起了敲门声。他连忙走上前去打开房门，便看到了穿着白色棉衣，头上戴着一顶雪白色的帽子，脖子上围了一条湖蓝色围巾的陈梦欣。

她不施脂粉的脸颊被冻得红扑扑的，双手拎了许多东西，忽闪着一双大眼睛看着发呆的张润泽说道："你不请我进去坐坐？"

"哦哦哦！快请进，只是我们一家三口暂时借住在这里，条件有点儿简陋……你可千万不要嫌弃。"张润泽这才回过神来，连忙打开门将陈梦欣迎了进来。他又探头往外看了看，发现只有陈梦欣一个人来了，其他两个人不知道去哪里了。

"他们两个被李主任给接走了，只有我一个人过来看看。听说阿姨的身体不太好，需要好好休息，我怕人多吵着她，便没有让他们过来。"陈梦欣看出了张润泽的疑问，随口回答道。

张润泽嘴巴张了张，竟然不知道该怎么去接陈梦欣的话了，他发现每次看到陈梦欣的时候都比较紧张，嘴巴好像也变笨了，完全不知道是怎么回事，可能是因为陈梦欣见过他最落魄的一面导致的吧！

"润泽，是谁来了啊？"林秀芝从二楼卧室走了下来，看到陈梦欣以后眼睛不由得一亮。

陈梦欣与丁妍妍是完全不同的两个类型，丁妍妍属于柔柔弱弱，一看就需要人保护的那种女孩儿。但陈梦欣属于那种身材高挑，做事雷厉风行，满脸都是果敢，主意比较正的那种女孩子。一般的男人在她这种气势面前都感觉低人一等，连上前搭讪都需要勇气。

所以陈梦欣这种冷美人的性格，总是会给人留下一种不好相处的感觉。

"妈……这就是我给你们提过的，在美国的时候救了我的命，她叫陈梦欣。这次投资方也是她带来的，她听说你病了，就想来看看你。"张润泽也不知道咋介绍陈梦欣的身份，只得实话实说。

林秀芝因为见识过丁妍妍的脾气和态度，所以心里对这种千金大小姐似的人物心里都打怵。

林秀芝很热情地走上来打招呼，但是也顾及地不敢伸手去拉陈梦欣。万一遇到一个和丁妍妍一样脾气的嫌弃她，岂不是让张润泽很难做人？

"原来是陈小姐，早就听润泽说起过你，今天总算是有幸见到了，你救了我们家润泽，让我怎么感谢你才好？"林秀芝客客气气地说道。

"阿姨，别叫什么陈小姐了，多见外啊？以后我就是张润泽的合作伙伴了。我在家母亲喜欢叫我欣欣，以后您也这么叫我吧！听润泽说您身体不好，我也不知道该带点儿什么来看您，就带了一些滋补类的营养品。您放心这些都是温补的，不会损伤身体的……您快过来坐下，我来给您介绍一下，这些东西该怎么服用。"陈梦欣热情地抓着林秀芝的手，扶着她在沙发上坐了下来，并且不厌其烦地将这些滋补品拿起来，一个个指着说明书来给林秀芝介绍注意事项，以及服用的方法。

张润泽看了一眼，见这些营养品都是什么燕窝、蛋白粉之类的高档营养品，每一盒都价值不菲。陈梦欣大大小小一下拎了十几盒来。其中一盒上面还写着五十年灵芝啥的。

虽然张润泽对这些滋补品没什么概念，但是单就一盒灵芝就值上万块。陈梦欣带着这么多贵重的礼品来他家，这让他有些坐不住了。

他支支吾吾地说道："这些礼品太贵重了，我们不能……"

"又不是给你的，你这么多话干吗？阿姨都还没有说什么呢，你要是觉得不好意思，以后我就多来你家蹭几顿饭好了，反正我也不会做饭。"没等张润泽把话说完，陈梦欣就娇嗔地瞪了他一眼，没好气地说道。

林秀芝完全摸不清楚状况，她被陈梦欣的热情搞得有些迷糊。这姑娘到底是真不嫌弃她，还是装作不嫌弃她，现在她是一点儿都看不出来。

不过既然张润泽说这些礼品很贵重，那就真的很贵重，因此林秀芝一脸歉疚地说道："我说欣欣啊！你看你救了我们家润泽，我们也不知道该怎么感谢你。你还带了这么多东西来看我这个老婆子，让我这心里怎么过意得去呢？"

"阿姨，你别听那小子胡说八道，什么救命恩人，他在上海不也救了我吗？再说了，我很小的时候母亲就去世了，所以特别羡慕人家有母亲的，我一看到您就感到很亲切，是真的拿您当长辈来看。我给长辈买些礼品还不是应该的吗？所以您就收下吧！千万别客气了。"陈梦欣一脸正色地说道。

张润泽这才知道，原来陈梦欣竟然很小的时候就没有母亲了，难怪她的性格这么独立，看来是命运使然。想到这里，他再看向陈梦欣的时候就带了一些同情的目光在里面，心里的紧张也散去了一些。

林秀芝情绪激动之下忽然又剧烈地咳嗽了起来，因为她肺里有炎症，所以每次咳嗽的时候，都会吐出来大口大口的黏液，有的时候还带血。

张润泽马上习惯性地去找抽纸，想去接林秀芝嘴巴里吐出来的黏液。谁知道陈梦欣根本不嫌弃，直接抓起一大把纸巾，亲自用手接着，另一只手轻轻拍打着林秀芝的后背，声音轻柔地说道："阿姨您别着急，慢慢来，越急越咳嗽……"

张润泽站在一旁呆呆地看着这一切，心里感觉有些奇怪。他觉得陈梦欣对照顾病人这个事情非常熟练，就好像她时常这么做一样。按理说她家里条件这么好，照顾病人这些事情应该会请护工，也不需要她亲自去做，除非生病的那个人是她的母亲。

张润泽脑海之中又浮现出丁妍妍一脸嫌弃，尖着嗓子喊叫的情形。同样是有钱人家养出来的姑娘，这差距实在是有点儿……

不过他马上又摇了摇头，他知道不应该拿这两个姑娘做比较，这么做是不对的。

"你还愣着做什么呀？快给阿姨倒一杯水来。"陈梦欣冲着他喊了一嗓子。

张润泽觉得今天总不在状态，眼下好像陈梦欣才是这个家的主人，而他才是客人一样。

想到这里他有些不好意思地抓了抓头皮，脸色微红地跑去厨房倒水。

第三十八章

精彩的路演

　　林秀芝咳嗽了好一会儿，才缓过劲来，她看到自己吐出来的黏液将陈梦欣的手弄脏了，连忙歉疚地说道："哎呀！欣欣你快去用消毒液洗一下，阿姨这身体里都是病毒，小心别把你传染了。"

　　"阿姨，您这病根本不传染，您就放心吧！我没事的，以前我妈妈生病的时候，我爸爸跟其他女人跑了，都是我来照顾她，所以我已经习惯了。"陈梦欣说这些话的时候脸上的表情淡淡的，好像在说着别人的故事一般。

　　不过这话听在张润泽的耳朵里，却是非常震惊的。听陈梦欣话里话外的意思，是她爸爸在她很小的时候就抛弃了她们母女俩，然后她妈妈又生了重病。她一个小姑娘用柔弱的肩膀替母亲撑起了一片天空。很有可能连她母亲的身后事都是她一个人办的吧？

　　难怪她宁愿一个人在外面漂泊也不肯回家去，想来心里的疙瘩没有解开，没有办法原谅她的父亲。说起来这个姑娘的身世也真够坎坷的。张润泽一直认为自己很惨了，眼下这个姑娘竟然与他同病相连。

　　"唉！也是一个苦命的孩子。欣欣啊，若是你不嫌弃的话，就把这儿当成是你的家，没事就常来家里玩。虽然阿姨也陪不了你几天了……"林秀芝看着陈梦欣淡然的模样，心里泛起了一抹疼惜，她抓着她的手唉声叹气地说道。

"妈，你怎么又胡说八道了？再说我可就生气了。"张润泽不等林秀芝把话说完，立马打断了她的话。

这个时候陈梦欣的手机突然响了起来，她连忙抓过来一张餐巾纸擦了擦手，拿起手机接了起来："喂……好的，嗯……我们马上来。"

挂了电话以后她从沙发上站了起来，一脸正色地说道："宣传部那边的领导都到了，我们赶紧过去吧！"

"好的！等我上楼把资料拿上……"张润泽连忙起身上楼，等他背着电脑包下来的时候，看到陈梦欣不知道和林秀芝说了什么，林秀芝拉着她的手笑眯眯的，看起来高兴得不行。

但是两个人看到张润泽下来了，马上就岔开了话题。

"我们走吧！"陈梦欣对林秀芝眨了眨眼睛，率先朝门外走去。

张润泽看了看一脸神秘的陈梦欣，忍不住开口问道："你们两个在说什么事情，一副神神秘秘的样子？"

"女人之间的事情，你一个大男人管这么多干吗？"陈梦欣瞪了他一眼，转身往前走了。

张润泽一脸尴尬地站在原地，他感觉自己怎么变成外人了？这陈梦欣第一天到他家里来就和林秀芝有了秘密。

宣传部办公室里，在李巧红的组织下，分管招商的副部长以及招商局等相关部门的领导都已经到来了。陶爱橘提前带着周鹏和夏小强来到了会议室，双方客套了一阵之后，由李巧红将胡杨市的招商政策，以及对农业的扶持政策等相关产业的详细政策，都做了详细的介绍和说明。

等陈梦欣和张润泽赶到会议室的时候，他们这边的政策已经介绍得差不多了。

双方相互打了招呼以后，周鹏饶有兴趣地看着张润泽说道："年轻人，看来我们还是很有缘分，上一次在上海没有合作成功，没想到又在新疆遇上了，希望这一次你不会让我们失望啊！"

"周总放心，我可是做了充足准备的，一定不会让你们失望。就算我们有过一面之缘，但是在商言商，你们资方投出的是真金白银，我也不能让你们投出来的钱打水漂，所以你们就放心吧！"张润泽满怀信心地说道，浑身上下充满了自信。

"那就开始吧！"周鹏赞许地点了点头说道。

张润泽打开PPT，详细地将他对胡杨市做的调研，以及自己的项目规划和前景做了仔细的说明和论证。他言简意赅的阐述让在场的人都能听得非常明白，他规划的未来蓝图更是让在场的人激动不已。

等他两个多小时的阐述结束以后，陶爱橘一脸感慨地看着他说道："看来你这份报告是真用心思了，因为作为胡杨市土生土长的人来说，都没有你那么了解。你说的很多东西我还是第一次听说。以前只觉得我们胡杨市挺好的，但是具体又说不出哪里好，听了你的阐述以后，我更加骄傲了。原来我的故乡这么好。"

陶爱橘的话音刚落下，在场之人都爽朗地笑了起来，纷纷赞同她的话。

陈梦欣瞧见周鹏眯着眼睛，一只手捏着下巴，望着墙上的PPT愣神，也不知道在想什么。便好奇地喊了一句："周叔叔？那小子介绍完了，你有什么指导意见吗？"

"张口闭口那小子，你还没有人家大呢，真是一点儿礼貌都没有。"周鹏这才回过神来，瞪了陈梦欣一眼说道。

陈梦欣忍着笑做了一个鬼脸。

"好了，好了，各位领导都在呢，你们两个的事情我们回头再说，还是言归正传吧！润泽啊，你的PPT做得很精彩，规划方面做得也很详细，我承认这份PPT成功打动我了。但是我还有几个问题要问问你……"周鹏轻咳了几声，指着PPT问了一些很专业的金融问题。比如，盈利点在哪里，多久能开始收益……

第三十九章

遇到了故人

比如，张润泽这个项目能给当地政府带来什么效益？再比如，他如何断定自己生产出来的番茄酱就一定能打败国际上那些老牌的番茄酱品牌？最后又问了一句："你又如何保证我们投资出去的钱能见到收益呢？"

关于这几点张润泽也是经过了认真论证的，他又打开了另外一个PPT，这里主要体现的就是品牌效应和效益分析这一块。他的这个PPT做得非常详细，里面真实的数据让人一目了然，很容易就能按照他设定的公式预估出这个项目的大概收益，而且一点儿都不浮夸，完全真实可靠。

等他介绍完之后，李巧红笑着说道："周总考虑得真周到，把我们政府这边想要问的问题都一并问了。"

"对于我们资方来说，评估这样一个项目，肯定要将市场前景以及政府的扶持力度一同来评估的。因为像这样的农旅项目，完全离不开政府的大力扶持。那么作为项目方来说，若想让自己的项目得到当地政府的支持，首先要考虑的是自己能给政府带来什么效益。不管是社会效益也好，还是经济效益也好。而润泽这个项目好啊！既能给政府带来社会效益，解决年轻人就业的问题，每年还会给当地政府上缴一大笔税收。咱们政府啊，可要好好支持他啊！"周鹏非常满意地指着PPT，半开玩笑地说道。

"那肯定的，我们胡杨市刚成立不久就能招来这么大的投资项目，况且这个项目不但能带动我们当地主要农产品番茄的种植和销售，而且还落地了产品深加工企业。这法人和投资人都是从国外留学回来的高才生，几乎把所有的优点都占了。我们肯定会全力配合。市领导给我们传达的招商精神就是，"招进来，扶上马，再送一程"。你们放心，等你们开始正式运作的时候，我们会给企业开辟绿色通道，所有相关手续只跑一趟，保证以最快的效率为企业服务。"分管招商的宣传部副部长，也代表政府职能部门进行了重要讲话。

"好！既然你们这么痛快，那夏总我们是不是也痛快一点儿？不然还是你来说吧！"周鹏眯着眼睛看着夏小强说道。

"好嘞！那我就不客气了。按照我和周总的预算，这个项目我们前期准备投资 1000 万元，等你们番茄种出来了，开始考虑建立加工厂的时候，我们再追加 7000 万元，总共投资是 8000 万元。后期若是建设红色农产品文化小镇，我们再追加投资，这里不设限定。"夏小强微笑着站起来大声说道。

他的话音落下以后，四周立刻响起了热烈的掌声。

陈梦欣在这个时候跟着起哄："周叔叔，既然你们已经确定要投资了，我看不如趁着这个机会，早点儿把投资协议给签了吧？不然你们来一趟也挺不容易的。"

"哈哈哈……我觉得欣欣这个建议好……"陶爱橘马上在一旁附和着。

"真是女生外向……"周鹏用手指点着陈梦欣说道。

陈梦欣的俏脸微微有些红，她撒着娇说道："这个公司我也有股份啊！您帮那小子就是在帮我。您不是一直希望我能尽快安稳下来吗？等这件事情做成了，我保证安安稳稳再也不乱跑了。"

"唉……你这丫头啊！可是一点儿都不让人省心，放着家里的好日子不过，非要跑到新疆来受罪。不过谁让叔叔是看着你长大的呢？跟你妈妈也有这么多年的交情。再者这个项目确实是不错，丫头，有眼光。

就冲这一点就依了你吧！"周鹏宠溺地看着陈梦欣，无奈地笑着说道。

"签约可是个大事，我们宣传部这几天抓紧时间准备一个大型的签约仪式，到时候多请一些媒体来，好好为咱们这个项目宣传一下。"李巧红站起来高兴地说道。

"这样也好，我们利用这几天先把公司注册起来，这样签约的话也会正式一点儿。"张润泽点了点头，正色地说道。

"那我们就分头行动吧！我派人带着你们去注册公司，我们这边来准备签约仪式。至于周总、夏总嘛，我安排人带着你们在周围转一转，了解一下周边的环境，这会让你们的印象更深刻一些。"李巧红很快就做出了安排。

会议结束以后，李巧红在政府食堂里订了一桌庆功宴，把张刚强和林秀芝都邀请来了。到了快吃饭的时候，负责分管招商的副市长李立军也急匆匆地赶来了。

原本下午开会的时候他就要赶来的，但是市政府临时有个重要会议，因此他就缺席了。不过等会议结束之后，他马上就赶了过来，连一口水都没有顾上喝，说话的声音还有些沙哑。

"对不起，对不起我来晚了，真是慢待各位贵宾了。"李副市长从门外大踏步地走了进来，在李巧红的介绍下，与在座各位一一握手。

等他来到张刚强面前的时候，不由得微微愣住了，他指着张刚强疑惑地说道："我们两个是不是在哪里见过？"李立军今年只有35岁左右，要比张刚强小20岁的样子，按理说他们两个之间不会有交集。

张刚强挠了挠头看着李立军，满脸疑惑地说道："按理说我们不应该见过，但是看您的模样是有几分眼熟，跟我认识的一个人长得特别像。哦……我想起来了，你是不是大老李家的那个小子？"他恍然大悟一般地说道。

"孩子他爸！瞎说什么呢？人家现在可是副市长了，什么小子不小子的。"林秀芝在一旁连忙扯了扯张刚强的衣襟，一脸尴尬地说道。

"哈哈！张叔叔您记性可真好。我就是大老李家那个野小子。我记得那个时候我经常惹祸，每次我爸爸要打我的时候，我都往您家里藏。有一次还藏到您家菜窖里，然后不知道怎么就睡着了……"

你是不是对他有什么想法

　　"说起来你这小……李副市长那个时候您可真是调皮，自己一个人调皮也就算了，还把咱们全连的孩子都带上去做坏事，不是偷了人家的玉米，就是打了人家的鸡。就我们家润泽，那个时候才两三岁，就整天哭着要去找你玩……现在一转眼你们都长大喽，我们也老喽……对了你爸爸现在身体还好吗？他人在哪儿呢？"张刚强说着说着忍不住老泪纵横。

　　李立军沉默了一会儿说道："我父亲他……前年已经去世了。得了癌症……不过走的时候很安详，他这辈子最大的遗憾就是没能在临走之前，和你们这些老战友再见一面……"

　　"什么？你父亲去世了？他才多……"张刚强无比惊讶地张大嘴巴，不过话说了一半他马上就联想到林秀芝的病情，她比大老李还年轻，不是也……

　　"我父亲在您走后，主动申请去了白洋河采矿，回来以后身体就不怎么好，后来查出是癌症……不过好在他走得很平静，没有什么痛苦，只是可惜了……"说起这些往事的时候，李立军脸上浮现出一抹痛苦之色，不过很快又恢复了平静。

"来来，李副市长您过来坐……大家伙都等着您开席呢！"李巧红在一旁连忙岔开了话题。

"对对，李副市长您坐在主位上……"张润泽也热情地说道。

"那可万万不行，今天这个主位一定是张叔叔和林阿姨来坐，我作为晚辈坐在他们旁边就行了。今天我们是家宴，没有必要搞得这么正式。"李立军的一席话瞬间将大家之间的关系拉近了不少。

算起来这一桌上虽然是两代人，但都是从胡杨市这一个地方出来的。张刚强和林秀芝代表着上一代援疆建设的人，而张润泽和陈梦欣属于第二代援疆的人。除了他们之外，几十年过去了，还有一代又一代千千万万为了新疆建设抛头颅洒热血的先辈，将一生的光和热都留在了新疆这一片热土上。

张刚强拗不过李立军，只得忐忑地坐在了主位上。李立军坐在他身边，一直忙乎着给他们夫妻两个布菜，自己一口都没有吃。

今天这桌饭全都是新疆特色饮食，什么大盘鸡了、肚包肉了、馕坑肉、抓饭之类的，多以羊肉为主。冬天天气比较冷，吃一些温补的羊肉不但可以暖身体，还可以强身健体。到了冬天羊肉可以说是新疆人桌上的主食了。

闻着香喷喷的饭菜，就连一向都提不起什么食欲的林秀芝都多吃了一些，边吃边点头说道："太好吃了，与我记忆中的味道一样。那个时候我们生活多艰苦啊！到了连里分肉的时候，一家就这么一点儿，但是那也很高兴。通常我们会买一些白萝卜，和羊肉放在一起炖一大锅，然后每个人盛一大碗，那种味道终生难忘。后来回了上海，虽然能经常吃到肉，却不是这种味道……"林秀芝一脸感慨地说道。

"可不是咋的，这些孩子在自家吃饱了饭，还要去别人家再吃一碗……"陶爱橘马上接过了话题。

李立军不好意思地揉了揉鼻子说道："那些孩子一般都是跟着我去的……"

众人立刻爽朗地笑了起来。

张润泽一脸正色地说道："虽然那个时候我岁数小，不记得什么事，但是我觉得这也是一种传承。我们小的时候父母在一起工作，我

131

小的时候跟着李副市长玩。现在长大了又跟着你一起创业，父辈们没有完成的心愿，就让我们这一代来完成吧！"

"对，你说得很有道理，虽然我比你大了十几岁，但我们也算是同龄人。现在的年轻人都怕吃苦，大学毕业以后都不肯再回来当农民，所以我们这里每年都缺人。现在好了，有你们这两个年轻人做表率，希望以后年轻人都往回跑，因为我们本地也有值得他们骄傲的企业。"李立军高兴地说道，"我提议大家来干一杯，热烈欢迎一下我们远道而来的朋友。"

晚饭结束后在回去的路上，周鹏一脸审视地上下打量着陈梦欣，把她看得心里直发毛。

陈梦欣忍不住问道："周叔叔你干吗这么看着我？这大晚上的好吓人。"

"你这个小丫头老实交代，是不是对张润泽那个臭小子有什么想法？"周鹏故意板着脸说道。

"我哪有什么想法？您可别瞎说，我只是觉得这个项目很不错，利国利民又可以赚到外汇，咱们新疆从古至今都是丝绸之路的必经之地，若是我们能通过这个平台，将现代丝绸之路的精神延续下去，那有多好啊？"陈梦欣的脸不由红了几分，不过暮色让人无法察觉她的异样。

第四十一章

丫头好眼光

"哼！你这话说得倒是好听，但是我看你对这个臭小子热情得有些过火，这可不像是你的性格。"周鹏将信将疑地说道。

"您看您一点儿同情心都没有，张润泽以后是我们的合伙人了吧？那合伙人的妈妈得了绝症，我是不是要好好关怀一下？您小时候经常教导我要尊老爱幼，现在怎么自己倒忘记了呢？"陈梦欣故意板着脸说道。

"你这么说也对，那你当我什么都没有说。不过这小子确实不错，丫头好眼光。"周鹏和夏小强对视了一眼笑着说道。

"周叔叔你讨厌啦，你们两个欺负我，我不理你们了……"听着这么明显的暗示，陈梦欣再也装不下去了，用力跺了跺脚，一转身跑回自己的房间去了。

"老周啊，你说老陈就这么一个女儿，还指望着她能继承家业。眼下这个丫头不但跑到新疆来创业，还看上了这么一个穷小子。若是以后老陈知道这些事情都是咱俩出谋划策的，会不会和咱俩绝交？"夏小强一脸担心地问道。

"他敢！当初他为了一个女人，抛弃妻女跟人跑了，把这母女俩扔了不管，若不是咱俩照料着，这丫头还不知道沦落到哪里去了。这么些年来对这个丫头不管不问的，哦！眼下他现在的老婆不能生育了，才想起有这么一个女儿，若不是咱俩给这个丫头说情，她能认他这个父亲吗？若是把我得罪了，我就不让这个丫头认他！"周鹏气呼呼地说道。

张润泽带着父母回到了家中，就听见林秀芝一直在说："欣欣这个姑娘好啊！做事可真贴心呀！一直照顾我不说，还麻烦别人把我们送回来，你说就这么几步路，我们怎么就走不得了？"

张润泽不明白林秀芝想要表达的是什么意思，他便耸了耸肩说道："我还有些资料要准备，就先上去忙工作了，你们也早点儿休息吧！"说完转身往楼上走去了。

林秀芝连忙用手戳了戳张刚强，冲着张润泽的背影努了努嘴，示意他说两句。

张刚强却笑着说道："我说孩子他妈，中国有一句古话叫作欲速则不达，眼下谈这些事情还太早，等孩子们先把事业做起来再说吧！"

张润泽回到房间以后，刚准备坐在电脑前忙碌，却听见手机"叮咚叮咚"就像炸了锅一般响个不停。

他好奇地拿起手机看了一眼，却发现好几个同学给他发信息。他点开一看，见对方发过来一张照片，然后就是一句问话："怎么？你和丁妍妍分手了吗？什么时候的事情？这么好的姑娘你小子怎么不懂得珍惜呢？"

张润泽和丁妍妍在一起之后，把她介绍给了自己的好朋友认识，平时没事的时候就约了一起打打游戏什么的，所以丁妍妍跟他们也比较熟悉。

他点开那张照片一看，见是丁妍妍依偎着一个打扮时尚、浑身都是名牌的青年男子，丁妍妍和他坐在一辆敞篷跑车里，丁妍妍满脸幸福地将脑袋依偎在男人的肩膀上。

丁妍妍的穿搭入时、高档，和开跑车的男人很相配。

张润泽拿着照片看了许久，只感觉心里一阵酸楚。但是他同时又为丁妍妍感到高兴，因为她终于按照丁父丁母的要求找到了一个门当户对之人，他们才是一个世界的人，在一起一定会幸福的。

若是跟了他，就连每天的花销都要精打细算的，这对丁妍妍这样的姑娘来说并不公平。

"只要你幸福就好……"张润泽呢喃了一句，便关掉了手机。至于朋友的问询，他也不知道该怎么回答，事实已经摆在了眼前，他这样的性格不可能去说丁妍妍的不是，但又该怎么解释他们分手的事情呢？门不当户不对吗？

张润泽用力甩了甩脑袋，把这些烦心的事情都抛到了脑后。明天要去注册公司，办相关手续，他要做的事情还有很多，所以他需要抛开杂念，打起精神来好好做事。

张润泽是个工作狂，一旦沉浸到工作中去，就会把其他事情都抛到脑后。

正当他忙碌的时候，手机突然又响了一声，他拿起来一看是陈梦欣发来的信息，信息里面只有两个字："泽龙……"

张润泽没有看明白，便发了一个问号过去。

陈梦欣马上回了信息，她先是发过来一个大大的笑脸，紧接着又问了一句："这个做公司的名字怎么样？"

张润泽盯着这两个字看了半晌，"泽"就是取的他名字里面的一个字，这个"泽"字本身就是湖泊的意思，这"泽"字后面加个"龙"字，就等于是如鱼得水的意思，不得不说这个公司名字让张润泽非常满意。

他忍不住勾起唇角，反问了一句："这名字你取的？"

"不然呢？我可是查了好半天字典，又请大师帮忙算了一下。大师说这个名字特别适合你，所以你觉得怎么样？"陈梦欣虽然是打字过来说的，但是张润泽却感觉到她有些紧张，就好像她生怕自己不满意似的。

张润泽笑了笑，说道："这个名字很好，我非常喜欢，那我们明天就用这个名字去注册吧！"

"注册……怎么有点儿……"陈梦欣发过来这样一句话，可能是觉得不妥当又飞快地撤回了。

张润泽愣了愣，"有点儿什么……"但是他的话发过去以后，陈梦欣就再也没有回复了……

　　他等了半天，见陈梦欣不再说话了，便疑惑地挠了挠头皮，继续忙去了。

非常般配

　　第二天等张润泽一觉醒来的时候，发现已经快十点了。他心里一惊。按照新疆冬令时的工作习惯，十点各政府职能部门就都开始办公了，虽然宣传部领导给开了绿色通道，但是他也要准时前去才行。

　　想到这里，张润泽一骨碌从床上爬了起来，胡乱洗了一把脸，把羽绒服往身上一套，拉开房门就往楼下跑。可是等他来到客厅的时候，却赫然发现收拾整齐的陈梦欣坐在沙发上，正满脸含笑地和林秀芝在唠家常。两个人看起来关系非常融洽，林秀芝被陈梦欣逗得咯咯笑个不听。

　　听到楼梯上传来声音，陈梦欣连忙扭过头看了过来，她看到张润泽的时候忍不住"扑哧"一下笑了起来，紧接着林秀芝也跟着咯咯笑了起来。

　　张润泽有些丈二和尚摸不着头脑，他挠了挠头皮问道："怎么了？你们笑什么呢？"

　　"你去照照镜子……"林秀芝笑着说道。

　　张润泽连忙跑到卫生间抬头一看，一张脸唰地一下就红了。原来他出门的时候忘记梳头了，这一觉睡起来，他的头发就像是冬天的杂草一般随意滋生，乱蓬蓬的，看着十分滑稽。也难怪陈梦欣笑成那副模样了。

他原本不是这么不修边幅之人，实在是因为起晚了太匆忙了，所以才会闹出这个笑话。这幸亏是在家里就被发现了，若是等到了工商局，这笑话可就闹大了。

这个时候张刚强从厨房中探出头来，大声喊道："都洗洗手，准备一下，马上可以吃早饭了。"

"好嘞，张叔叔我来给您帮忙！"陈梦欣连忙应了一声，欢快地跑到厨房里去了。

厨房里传出张刚强惊慌的声音："哎哟！我说欣欣啊，这些事情你可做不得，别回头再把你给烫着了。你还是回去坐着，这些事情我来就好了。"

"张叔叔你可别小看人，以前在家的时候妈妈身体不好，都是我来照顾她呢！"陈梦欣嘟着嘴说道。

张润泽愣愣地站在客厅里，神情有些恍惚，这种情形是他在心里幻想了许久的。他想着等他毕业了，工作稳定下来以后，就娶个自己喜欢的女孩子，然后和张刚强夫妇幸福地生活在一起。父母这一辈子吃了这么多的苦，现在他长大了，有能力好好照顾他们了。

林秀芝看到张润泽站在那里发愣，便冲他招了招手说道："儿子，傻愣在那里做什么？过来坐。"

张润泽这才回过神来，连忙走到林秀芝身边坐了下来。他发现自打陈梦欣来了以后，林秀芝的精神就好了许多，脸上也不再是愁云密布的模样了。眼下她眼角眉梢都带着笑容，这种感觉真好。

"欣欣这姑娘可真不错，早上八点多就过来了，说是要帮我准备早饭。但人家是客人，怎么能让她给我们准备早饭呢！你说是吧？"林秀芝看着张润泽话里有话地说道。张润泽张了张嘴还想说什么，可最终又把话给咽了下去。注册公司需要他们两个股东都到场，他若是不吃饭就要走，那陈梦欣也要跟着饿肚子，这并不是她的错。

他们的早饭还没有吃完，外面就响起了汽车喇叭的鸣笛声，看来是来接他们的司机到了。

"我吃好了，我们走吧！叔叔阿姨我就不帮你们洗碗了哦！等我有时间再来看你们。"陈梦欣说完挥了挥手，跟着张润泽一起往外走。

　　看着他们俩肩并肩在一起行走的场面，林秀芝高兴得合不拢嘴，一个劲地笑着说道："老头子，这个闺女好，你看他俩多般配。"

　　张刚强看了她一眼，叹了一口气说道："这闺女是不错，可就是家世太好了，就我们这种普通人家，就算这姑娘愿意，她父母也不会愿意的。你忘记丁妍妍的事情了吗？"

　　林秀芝听了这番话以后，笑容马上僵住了，她喃喃自语地说道："虽然我们家条件一般，可是我们润泽他会很努力的啊！你看现在公司也开起来了，投资也到位了，以后他肯定会越来越好的……"

签约大会

等他们赶到工商局的时候，李巧红已经到了。

李巧红让张润泽去办理登记的窗口排队，她则直接去找相关的负责人做协调。不一会儿工夫就有工作人员过来，带着张润泽和陈梦欣去办理手续了。

经过公司核名以后，用了一个多小时的时间，就顺利将新疆泽龙生态农业发展有限公司注册成功了。

马教授和李主任得知张润泽已经在新疆注册了公司，准备大干一场的时候，马上就请示了校领导。校领导表示对于从他们院校毕业出来创业的学生将会给予最大程度上的支持。除给予了张润泽两百万创业资金的奖励以外，还把他拥有专利权的那套技术发明，也以学校的名誉无偿捐赠给了泽龙公司。这已经是学校能给予的最大程度的支持了。

当初在宣传部开会的时候，招商局的领导按照胡杨市的招商政策，划拨给他们这个项目三套公寓楼作为高管公寓，另外还给了一栋楼作为他们的临时办公地点。

眼下冰天雪地的什么事情都做不了，虽然张润泽建造工厂，最终要配备办公楼，但是在新厂房建好之前，只能先在这临时办公地点里进行工作。

好在这公寓楼都是精装修，里面又都是空的，只要采买一些办公家具放进去，就能开始营业办公了。

这几天时间里，张润泽和陈梦欣两个人分头去忙，等到了签约仪式那一天，基本上把所有的前期工作都做完了。办公室里也是焕然一新，格子间、电脑、各种办公设备都准备齐全了。

签约仪式放在了市政府三号会议室，这是一个小型会议室，可以容纳百人的模样，作为重大项目的引进和签约，市里的重要领导都出席了此次会议，同时参加此次会议的还有各大媒体的新闻记者，现场到处都是长枪短炮的。

为了增加这次签约仪式的宣传力度，胡杨市政府还把另外一个项目放在一起签约，共同做宣传，只是其他几个项目比较小，特色和长远发展方面也没有泽龙生态农业这么广泛。

在各个主要领导讲话以后，激动人心的签约仪式终于到来了，作为此次的签约代表，张润泽身穿一套藏蓝色的西服，里面穿着一件白色的衬衫，整个人打理得干净整洁。他大踏步地走上主席台，神色不变地和周鹏进行了投资协议的签署，并且就这个项目进行了简单的发言和阐述。

他虽然岁数不大，步入社会也比较晚，但是面对这么大的场面，他脸上没有一点儿惊慌之色，淡定从容地发表了自己的演说，然后结束了整个签约仪式。

整个过程都表现得非常完美，就连胡杨市的市领导都对他刮目相看。真想不到他这么年轻就有这样从容不迫的气势和远大的理想，假以时日这个年轻人的前途那是真的不可限量啊！

在这场签约仪式上，张润泽认识了很多新的朋友，媒体还特意对他进行了长达一小时的采访。他其实是个不善言辞的人，若是说到专业知识那他可以侃侃而谈，但是面对媒体的采访，他就不行了。

再者这个项目的投资人是陈梦欣，若说采访的话，也最应该采访她。谁知道陈梦欣听了他的建议以后，直接一口回绝了。她给出的理由是："我最讨厌和媒体打交道了，再说这件事情我根本就不懂，完全就是过来凑数，配合你干活的，所以这事还是得你去！"

无奈之下张润泽只得硬着头皮接受采访，虽然前面结结巴巴的有些紧张，但是到了后面说到他的专业的时候，就变得非常顺畅了。在各种灯光的照射之下，让他整个人都带着闪光点。

站在一旁看热闹的陈梦欣，看到这里，脸上终于露出了欣慰之色。

成立团支部

虽然眼下还是冬季，暂时无法进行其他工作。但是关于土地承包、政策解析、化肥种子采购这些事情都要提上议程了。按照这里种植大户的习惯，一般在秋天的时候就已经把来年所需要的物资都准备好了。免得到了春天各方面需求量都比较大，出现物资短缺，买不到货的情形。

可是眼下泽龙生态农业就只有张润泽和陈梦欣两个人，若是想把公司做起来，这人才培养是必不可少的。因此两个人商量了一下之后，决定公开招聘一些员工，利用冬闲的时间进行培养。

这个招聘广告一经发出以后，不但本地前来报名的青年比较多，就连张润泽母校的毕业生看到了，也有几个学弟学妹跃跃欲试想来新疆，为建设美丽新疆做出一份贡献。

最后两个人商讨了一下，决定从张润泽的母校录用四名应届生，又从本地招聘了六名有种植番茄经验的年轻人。眼下年青一代的人都想往大城市跑，希望能通过上学的机会改变自己的命运。所以愿意留在小城市，并且懂得番茄种植技术的青年人还真不好找。他们花了半个月的时间才总算招聘到了几个人。

这几个年轻人都是父母那一代就来新疆支援建设的，他们的父母为了新疆的长治久安，选择在这里繁衍生息，默默奉献了自己的一生。不但如此，他们还教导子女们，毕业了以后要回到新疆这一片热土来，接替他们继续建设美丽新疆。

新疆生产建设兵团下辖14个师100多个团2200多个连300多万人。在这300万人之中，有一部分人父母都是开疆拓土的兵团第一代人繁衍生息下来的。他们远离家乡、远离亲人，把余生都奉献给了这片热土，并且一代一代流传了下来，到了他们这一代应该已经是兵三代了。

张润泽详细了解过这些资料，所以在面对这些年轻面孔的时候，心里的敬佩之心便油然而生。

他拿着这六个年轻人的履历翻开一看，发现他们都是大学本科毕业，有些还是名牌大学。他便好奇地问道："以你们的学历，若是留在大城市应该也会有一个好的发展，为什么会选择留在这座边疆小城里呢？"

听到他的问话，这六个人其中一个叫作汪顺的大男孩不由得推了推眼镜框说道："我的父母都是教师，他们当年是从南京支边来的。他们为了建设美丽新疆，而放弃了返回自己家乡的机会。南京我去过，非常美丽富饶，我也有机会留在南京，可是我拒绝了。拒绝的原因很简单，我想靠我们这一代人的努力，将新疆建设成像南京那样美丽富饶的城市。虽然现在我们的城市还很年轻，但是我相信随着时代的发展、社会的进步，我们一定会有繁荣富强的那一天。"

"我留在这里的原因很简单，那就是我的父母在这里，我不愿意丢下他们，跑到那么远的地方。"那个叫作杨萌的小姑娘说道。

"嗯，都说得不错，我觉得不管因为什么原因选择留在家乡，都是值得人尊敬的。我们今天能在这里相聚，也是一种缘分，我希望我们能共同努力，将这种缘分一直持续下去。并且通过我们自身的努力，号召更多的年轻人回家乡来发展。虽然我是在上海长大的，可是我的父母当年也是知青，我也是在新疆出生的。这里才是我的第一故乡，以后我们共同努力，建设我们美好新疆，你们有没有信心？"张润泽对于他们的回答感到非常满意，因此他大声问道。

"我们有，我们能办到。"大家伙齐声答道。

张润泽又询问了一下，发现这几个年轻人都是共青团员，他本身也是团员，而且在学校的时候还担任过团支部书记，因此就萌生了在公司内部成立团支部的想法。

没想到他这个建议得到了陈梦欣的大力支持，更没有想到陈梦欣竟然也是团员，所以两个人一拍即合。

张润泽把自己想要成立团支部的事情汇报给了李巧红，李巧红马上对接了胡杨市的团支部，团支部书记尹晓晓马上就表示了支持，并且亲自来泽龙生态农业的办公地点了解情况。

经过她实地考察之后，发现泽龙生态农业目前有员工十二人，其中团员的人数竟然达到了十个之多，完全具备了成立团支部的要求。再加上张刚强和林秀芝还是老党员，而且林秀芝以前还曾经因为英勇救人的事情荣立过二等功，这样的一个团队，完全够资格成立这个团支部。

得到了胡杨市团支部许可以后，张润泽马上将这个团支部成立了起来，并且划拨出了专项资金，用于对胡杨市孤寡老人和孤儿等弱势群体的帮扶。并且每周开一次团支部会议，对于公司里面干部的培养，也优先从团员里面进行选拔。

周鹏和夏小强原本对于这件事情还有些不放心，毕竟张润泽和陈梦欣都太年轻了，也没有什么做生意的经历。但是他们在跟了半个月以后，发现这两个人虽然年轻，但是办事非常沉稳，便逐渐放下心来。

临行前的一晚周鹏将陈梦欣喊到了房间，语重心长地说道："丫头，你爸爸今天可给我打电话了，说我若是再帮助你的话，可就要和我断绝关系了，听说他还断绝了你的一切经济来源，以后你这日子可不好过啊！"

"哼！这些年他没有管我，我不也没有饿死吗？只是很抱歉周叔叔，因为我的事情让你为难了。至于我您就不要担心了，我能照顾好自己的，而且不是还有张润泽吗！他总不能看着我饿死吧，回头我让他给我发工资。"陈梦欣说完做了一个鬼脸，脸上洋溢着她自己都没有觉察到的幸福喜悦。

第四十五章

工科男思维

周鹏看着陈梦欣目光闪烁了几下，终是叹了一口气说道："丫头啊！你父母都不在跟前，叔叔把你当成自己的亲闺女，有几句话要跟你交代一下。张润泽这小子不错，我看了也是很喜欢。可是你与他相识的时间毕竟这么短，短时间之内是没有办法看透一个人的，所以你还是要多留一个心眼，别什么事情都听他的。要多为自己考虑一下。"他说完以后又给夏小强使了一个眼色。

夏小强无奈地皱着眉头说道："虽然是你介绍我们过来投资的，但是真正让我们下定决心进行投资是因为确实看好这个项目，看好张润泽这个人。但是为了保证我们资金的安全，也为了给我们股东一个交代，我们公司将会派专业的会计过来，对这笔资金进行一个合理的监管，也在财务上面替你们把控一下风险。毕竟你们两个都没有什么管理经验。首先我们是做生意，其次才能讲人情，所以在商言商，丫头你也别觉得我们两个是不放心你。"

"哎呀！你们说的事情我都知道了，我也觉得你们做得对，毕竟这么多钱是吧！亲兄弟还要明算账，你们放心吧！我和那小子一定会好好努力，争取早日把欠你们的钱都还上，省得你们天天唠叨。"陈梦欣搂着周鹏的胳膊撒娇地说道。

得知周鹏他们要走，张润泽特意起了一个大早前来送行，同行的还有张刚强和林秀芝，他们都冒着严寒前来送行。

"润泽你也真是的，天气这么冷，你怎么还把你爸妈给带来了，也不怕再把他们给冻着了。"周鹏虽然心里很感动，但是嘴上还在埋怨着。

"我比你们痴长几岁，就托个大，谢谢两位兄弟对我家润泽的信任和照顾，你们大可放心，我帮你们看着他，他若是做出什么对不起你们的事情，我定饶不了他。"张刚强激动地上前抓着周鹏的手说道。

看着眼前两位老人质朴的面孔，虽然周鹏私下里跟陈梦欣说要多长一个心眼，但其实他自己心里也是满满的感动。

"老哥，有你在这里我就放心了，我家这个侄女被我们惯坏了，若是哪里做得不好，你和老嫂子尽管骂她，把她当成是你们亲闺女一样对待就行了。这个孩子打小吃了很多苦，你们放心，她身上没有千金小姐那种行事作风。若是她不听你们的话，你们就给我打电话，我来收拾他。"周鹏抓着张刚强的手笑呵呵地说道。

"周叔叔，有这么说人家的吗？我怎么就被惯坏了，哼！"陈梦欣噘着嘴一脸不高兴地说道。

林秀芝见状连忙上前拉着她的手，笑着说道："哎呀！欣欣这丫头特别听话懂事，简直比我亲闺女都贴心，你们就放心吧！我们一定会照顾好她的，绝对不会让她受半点儿委屈的。若是我们家那个臭小子敢欺负她，我就第一个饶不了他。"

"我怎么会欺负她？她欺负我还差不多。"张润泽是个工科男的脑回路，根本就没有听出那些话外之音。他只觉得像陈梦欣这么厉害的女孩子，在西雅图的时候一个人能打跑三个老外，他才不敢去欺负她呢。

众人听了他的话以后，都忍不住哈哈大笑起来。陈梦欣的一张脸都红到耳朵根了。她气恼地跺了跺脚低声说道："你这人八成就是个傻子……"

张润泽被骂得一脸雾水，他实话实说而已，怎么就变成傻子了呢？

若说开始周鹏还有些不放心的话，现在是彻底放下心来了。不过临上车前，他将张润泽拉到了一旁，语重心长地说道："我说润泽啊！这欣欣家里的情况比较复杂，眼下她爸爸因为她留在新疆这件事情已经彻底和她闹翻了，还断了她的一切经济来源。你说若是在大城市，这丫头脑子聪明，鬼点子多兴许养活自己没问题。可是眼下来到胡杨市，她人生地不熟的，以后你可要多照看她一下，别让这个孩子受委屈了。"

张润泽这才知道陈梦欣为了留在新疆竟然和家里闹得这么僵，他心里不由得一阵感动，随即说道："周总您就放心吧！我向你保证，以后只要有我一口吃的，我就绝对不会让她受一点儿委屈的。"

周鹏听着他说这些话满意地点了点头，心道若是张润泽能经过他的考验的话，他就帮忙促成这桩婚事也未尝不可。

将他们送走了之后，陈梦欣的神情有些怏怏不快的，一直耷拉着脑袋，一副闷闷不乐的模样。

林秀芝不由得好奇地问道："欣欣，咋了？舍不得他们走吗？"

"阿姨，不是的。是我不想继续住在宾馆里了，那里面空间又小，环境也差，空气还特别干燥，我在这里住得特别不习惯。可是我一个人又不敢搬去公寓住，那里面太大了我害怕。"陈梦欣做出一副小女孩的模样，一张漂亮的小脸皱巴着，看起来一副楚楚可怜的模样。

"你以前不都是一个人住吗？怎么到了新疆反而害怕了呢？那有什么好怕的？"张润泽想起陈梦欣在国外的时候，一个人骑着摩托车威风潇洒，哪里有半点儿害怕的模样？便脱口而出说道。

还没等陈梦欣说话，林秀芝首先看不下去了。她气恼地在张润泽的脑瓜上拍了一下，没好气地骂道："你个傻小子懂什么啊？欣欣还是一个小姑娘，来到这样人生地不熟的地方，害怕还不是人之常情吗？刚刚你还答应周总要好好照顾她，怎么人家刚走你就想反悔啊？欣欣别怕，你搬到我们家来，就住在阿姨对面，阿姨把那个大房间让给你。"

"那样不太好吧……"陈梦欣偷偷看了张润泽一眼小声说道。

张润泽莫名就挨了打，他揉了揉脑袋，想着林秀芝说得也没错，便开口说道："只要你不觉得不方便，我是非常欢迎的，反正我平时在三楼也不下来……"

出现一个神秘人

　　林秀芝不是个多事的性格，但是她忍不住拿着陈梦欣和丁妍妍做了对比，越比越觉得喜欢陈梦欣。

　　晚饭的时候，为了欢迎陈梦欣的到来，林秀芝特意让张刚强多准备了几道菜，说是要让陈梦欣尝一尝地道上海菜的味道。

　　陈梦欣也是个闲不住的人，她非要进厨房帮忙，她说她能做杭帮菜，晚上也让她露一手，给大家伙瞧瞧。林秀芝拗不过她，只能由她钻到厨房里去了。

　　张润泽不在家，他去找老杨看场地去了。既然资金已经到位了，眼下就到了尽快落实土地的时候了。先前张润泽曾问过老杨土地的承包价格。

　　老杨觉得反正种地都是亏的，承包出去一分钱不花，都是纯赚的，于是便对张润泽说这土地的承包价格是 450 元一亩。

　　张润泽打听过胡杨市的土地承包价格，一般是 500 元的承包价格。老杨给出的这个价格低于市场价格，应该是看在和林秀芝是老朋友的面子上给了友情价。这让张润泽觉得老杨这个人很实在。

　　可是不知道为什么，等这次张润泽来找他，说是想要和他签订承包合同的时候，老杨脸上却露出一副为难的表情，一直支支吾吾的不肯直说。

这让张润泽意识到这中间可能出了什么问题。于是他一脸正色地说道："老杨叔，我知道您给我这个土地承包价格低于市场价，其实您不用看在我母亲的面子上给我让出价格来的。只要按照市场价格来就好了。您有什么困难尽管直说，我能做的一定会尽力做到。"

老杨见张润泽都这么说了，便叹了一口气说道："大侄子，也不是你叔不厚道，你也看到了，我与你母亲认识几十年了。实在是这几年种番茄亏了不少钱，原本我是想把土地承包给你的，可是这几天咱们胡杨市突然来了一个大客户，说是要承包几万亩地，而且给的价格还特别高，别人给五百，他给到了八百块钱一亩地，这样一来我这土地承包价格就等于翻了一倍。若是我拿到这个钱，就可以把我过去的窟窿给补上了。所以叔思来想去就只能对不起你了。"

"什么？800元一亩？这不可能啊！我详细了解过新疆过去20年的土地承包价格，在棉花价格最好的时候，土地承包价格也就500元一亩，从来没有出现过800元一亩的价格。您知道这个人是什么来历吗？为什么会忽然提高价格？其中会不会有诈啊？"张润泽一脸惊讶地说道。

俗话说事出反常必有妖，这人突然拿出高了一倍的价格来承包这么多的土地，其中肯定是有什么问题。

"你说的这些叔也考虑到了，我也去其他人家问了，有几户已经把土地承包给他了，而且人家给的是现金，好家伙，这么多钱摆在那里，谁看到都眼红。至于这个人的来历我还真不清楚，我也不认识这个人，是通过咱们市里的一个朋友介绍的。大侄子，这事我只能对不起你了……你看，若不然你再去其他地方找一下，看看有没有合适的土地？"老杨虽然一脸歉疚的模样，但声音里却透着坚定，看来他已经打定了主意，不会将土地承包给张润泽了。

买卖这种事情讲究你情我愿，既然老杨不愿意，张润泽也是没有办法，只是含笑说道："没关系的老杨叔，希望以后我们还能有机会合作。"

从老杨家里出来以后，张润泽就一直眉头紧锁，他弄不清楚这究竟是怎么回事。按理说这个神秘人带着这么大一笔钱来收购土地，那一定会先通过市政府这边，看看有没有可以享受的招商引资政策。

可是这个神秘人反其道而行之，悄悄地带着大笔现金来，高价大量收购土地，那他收购这些土地的目的是什么呢？收购这些土地又有什么用途呢？

突如其来的神秘人

带着种种疑问，张润泽闷闷不乐地回到家里。他透过明亮的玻璃窗，看到陈梦欣正在和林秀芝往桌上摆放碗筷，两个人相处得很是融洽，林秀芝时不时发出一阵愉快的笑声。

就在这时候，张润泽听见手机响了起来，他掏出一看是陈梦欣打来的。他接通了以后，电话里传来陈梦欣甜甜的声音："你什么时候回来啊？我们都等你吃饭呢！"

张润泽瞬间觉得心里一暖，他微笑着说道："我在门外。"便挂了电话。

虽然他在进门之前努力调整好了心情，但是知子莫若母，林秀芝还是一下就发现了他的异样。同样，一旁的陈梦欣也瞧出来张润泽一副心事重重的模样，她与林秀芝交换了一下眼色，然后她默默点了点头。

晚饭做得非常丰盛，又是上海菜，又是杭帮菜，足足做了七八道菜，这可是他们来到新疆以后，吃得最丰富的一顿晚餐了。

张润泽看着桌上这些美食，忍不住好奇地问道："爸，你这做饭手艺日渐精湛，什么时候学会做杭帮菜了？"

"你爸爸哪里会做什么杭帮菜？这可是欣欣的手艺，她在厨房忙了一下午了。"林秀芝连忙指了指陈梦欣说道。

吃完晚饭张润泽便说道："你们在这里先坐着，我上楼去处理一些公务。"说着皱着眉头就上楼了。

在吃饭的时候，虽然陈梦欣努力活跃着气氛，但他始终是一副心事重重的神色，这让陈梦欣感到很奇怪，不知道究竟发生了什么事情。

所以，她见张润泽上楼了，便连忙跟了上去，站在他的房门外敲了几下，大声说道："我能进来吗？"

张润泽愣了一下，喊了一句："进来吧！"

陈梦欣这才打开房门，笑嘻嘻地走了进来问道："今天发生了什么事情吗？有什么解决不了的事情，说给我听听，咱们两个既然是合伙人，遇到困难就应该一起解决嘛！"

张润泽又愣了一下，他还以为自己将心事藏得很好了，没想到陈梦欣竟然看出来了。既然如此他也没有必要隐瞒了，他就把老杨说的话一五一十告诉了陈梦欣。

"还有这样的事？用高出一倍的价格来租用土地，还是偷偷摸摸的，这个人不是傻就是别有用心。这件事情也不用气馁，胡杨市有几十万亩土地，就算是老杨叔不愿意将土地租给我们了，我们还可以去找其他家。只是我总觉得这件事情没这么简单，八成是冲着我们来的，不然这么多土地，这个神秘人为啥只租用老杨叔的呢？这事明天我得给橘子阿姨反映一下。"陈梦欣皱着眉头一脸严肃地说道。

张润泽觉得她说得有道理，他在回来的路上也反复思考了，觉得这事中间有蹊跷，但是有谁会来针对他们呢？知道张润泽来新疆发展的人总共就那么几个。这些人都是他非常信赖的人，肯定不会做出这些事情的，所以这也是张润泽想不明白的地方。

第二天一早，陈梦欣就跑去找陶爱橘，将老杨家里发生的事情告诉了她。

结果陶爱橘一脸惊讶地说道："还有这样的事情？我没有听老杨说起过啊？好啊！这个老杨，我们认识几十年了，还不知道他是这样一个当面一套背后一套的人，为了一点儿钱，连朋友情谊都不顾了。"

"这事其实也不能怪老杨叔，这么大一笔钱放在那里，谁都会心动的。我们只是担心这幕后会不会有什么问题，不然谁这么傻会多掏一倍的钱来做这件事情呢？"陈梦欣语重心长地说道。

陶爱橘仔细琢磨了一下陈梦欣话中的意思，觉得她说得非常有道理，便对她说道："你放心，这件事情我去探听一下虚实。你跟润泽说一声，让他不要着急，就算是老杨不把土地租给他也没什么，我再去其他地方找。"

陶爱橘送走了陈梦欣以后，马上就给老杨打了电话。老杨还是那一套说辞，她问了半天也问不出个所以然来。既然老杨铁了心不把土地租给张润泽，那她就只能另外想办法了。可是她接连打了几家电话以后，都被告知土地有人预订了，还给了定金，说是来年春天付全款，价格都是高于市场价格的一倍。

这下陶爱橘可犯了愁，这到底是什么人，竟然预订了这么多土地，这人明年打算种什么呀？为什么她一点儿风声都没听到？

这下她也感觉陈梦欣说得对，这幕后说不定有什么不可告人的秘密。因此她连忙给李巧红打了一个电话，把今天发生的怪事告诉了她。

结果李巧红也是一脸雾水，一下子租种几万亩土地，这绝对是一笔大投资啊！若真是如此，那可是胡杨市的幸运。可是若真是像陶爱橘猜测的那样，那将会是一个大麻烦。

带着这样的心情，李巧红说道："你也别太着急，我这边找人去打听一下，看看这究竟是怎么一回事。"

陶爱橘嘴上说着不着急，可是心里能不着急吗？她答应了帮助张润泽找土地，结果人家公司注册了，资金到位了，土地却找不到了。这不是在打她的脸吗？

但这事又一时半会儿解决不了，眼下她只能硬着头皮来到泽龙生态农业办公室，打算把眼下的情形好好和张润泽聊一下。

她来到公寓楼这边的时候，陈梦欣正带着员工在院子里站队形，教他们做一些团建时用到的知识，相互帮助、相互配合之类的游戏。

反其道而行之

　　陈梦欣看到陶爱橘过来了，连忙让杨萌带着大家继续做训练，她则笑眯眯地迎了过来，大声问道："橘子阿姨，这么冷你怎么亲自跑过来了？"

　　"唉！这不是有点儿事要找你和润泽吗？润泽呢？他在办公室吗？"陶爱橘四下看了看问道。

　　"他在屋里做规划方案呢！走，我带你去找他。"陈梦欣挽着陶爱橘的手臂亲热地往屋里走去。

　　来到会客室之后，她给陶爱橘倒了一杯热茶，对她说道："橘子阿姨你坐在这里等一下，我去喊他。"

　　不一会儿工夫陈梦欣就带着一脸倦容的张润泽从楼上走了下来。陶爱橘看到他这副模样，忍不住问道："润泽你是不是最近太累了，没有休息好？你这脸色怎么这么差？"

　　张润泽不好意思地挠了挠头皮说道："这几日在做预算方案，所以熬夜了。不过您放心我们都年轻，身子骨好着呢！"

　　"那也要注意劳逸结合，别累着了！对了，我今天找你们来，其实是……"陶爱橘唉声叹气地把她了解到的事情跟张润泽他们两个人说了一遍。

张润泽和陈梦欣对视了一眼，随即说道："这件事又不是您的错，您快别内疚了。若我是老杨叔的话，面对这么多的钱，我也会忍不住心动的，这都是人之常情。我们再想办法就是了。"

"这胡杨市有几十万亩土地呢！我就不相信我们租种不到土地。"陈梦欣在一旁帮腔。

"对了，说起这件事情来，我这儿倒是有个消息，不知道对你们来说有没有用。你父亲以前当生产队长的那个16连，眼下市里准备进行大开发，想把这里打造成一个标杆连队。那里离市里也不远，开车也就半小时左右就到了，有几万亩的良田，而且地理位置非常好，市里打算拿这个地方做农旅项目的试验点。若是你们感兴趣的话，这里倒是和你们的项目很契合。而且那里还有一家民营的番茄酱厂，这几年做得不温不火的，日子过得非常艰难，若是可以的话，你们可以聊聊，看看能不能找到契合的机会。"陶爱橘把自己心中的想法说了一遍。

"这是一个好事情啊！原本我们就想打造一个红色农产品的文化小镇，只是我们眼下想积累一些经验，所以想从种番茄开始做起。若是有这么一个地方，那就再好不过了，就等于我们将自己的计划提前了呢！"张润泽非常高兴地说道。

"我们做特色小镇和别人的理念不同，别人是希望将特色小镇里面的原住民都给挪出去，然后进行改头换面的打造。但是对于我们来说，却是希望这个景区可以动起来，不但是有游客的时候热闹，就算是没有游客，这里面也有人在生活，到处都是田园气息，鸡鸣狗叫才能真正让人体会到那种田园的休闲时光。所以这个地方我也认为非常好。"陈梦欣跟着点头附和。

"既然你们两个都觉得不错，那你们等我回去汇报一下，尽快安排你们去实地考察一下。"陶爱橘见这两个人都表示高兴，那就说明找不到土地这件事情算是圆满解决了。

那个神秘人把目光都盯在胡杨市周边的土地上，以他的想法，肯定认为张润泽他们也会选择这样的地方。但是他万万想不到的是，张润泽他们会舍近求远，跑到那么一个小小的连队里面去干事业。

陶爱橘知道这件事情要尽快下手，若是再给人抢走了，那她可就太对不起林秀芝了。所以她回到单位以后，马上就找李巧红进行了商议。

李巧红也觉得这个办法可行，马上将这个想法和宣传部的领导进行了汇报，并且得到了领导的大力支持。等第二天张润泽和陈梦欣过去考察的时候，市里的电话已经一层层打了过去。

16连的连长是一个三十七八岁的中年人，当兵复员以后，放弃了在市里坐办公室的机会，非要申请来16连当连长，带领大家搞生产。

用他的话说就是，他在部队生活习惯了，现在把他关在办公室里，跟要了他的命一般。

在他强硬的坚持之下，市里无奈只得同意了他的要求。他没来16连的时候，这里是全市最穷的一个连队。因为离市区比较远，再加上交通设施不健全，连队职工思想比较保守，除了种地以外，和外界接触得也不多。

可是自打他来当连长以后，便大刀阔斧对16连进行了改革。他去市里要来了资金，给16连修了柏油路，又建了希望小学，还时常请外面的人来给连队职工上课，讲外面的世界，讲新农业的发展，之后才慢慢改变了这里的状态。

张润泽他们来到16连的时候，看到这里是一片欣欣向荣的景色。虽然冰天雪地到处都是积雪。但是街道上的积雪都清理得非常干净，道路上一点儿冰雪都没有。

因为新疆冬天比较寒冷，这道路上经常会残留一些冰雪，有些地方被人踩得跟镜子一般锃亮。每年都会有行人走在上面滑倒，而且每年都会有老人因为走路滑倒被摔得骨折。

但是16连的道路上不但没有一点儿积雪，而且家家户户都整理得非常干净。连队院子都刷着统一的白色，院子门外有一排排的花池子，若是春天的话这里的风景一定非常美丽。只是眼下这些花池都被积雪给覆盖了。不过这并不影响连队里面的风景，因为随处可见一些憨态可掬的冰雕和雪人。而且白色的院墙上还画着色彩艳丽的风景和花朵，让人莫名感觉一道春天的气息扑面而来。

看到这样的景致，连陈梦欣都忍不住出声赞叹："天哪！真没有想到这么一个小小的连队竟然搞得这么精致，我以为冬天就应该只有一个颜色！真没有想到 16 连的冬天竟然是多姿多彩的。"

烤地瓜

新疆生产建设兵团是一个"准军事实体",设有军事机关和武装机构,沿用兵团、师、团、连等军队建制和司令员、师长、团长、连长等军队职务称谓,涵养着一支以民兵为主的武装力量。兵团也称为"中国新建集团公司",是集农业、工业、交通、建筑、商业为一体,承担经济建设任务的国有大型企业。

兵团的党、政、军、企四套领导机构与四项职能合为一体,在战略地位重要、团场集中连片、经济基础好、发展潜力大的垦区,设有若干个"师市合一"的新疆维吾尔自治区直辖县级市和若干个"团(场)镇合一"的建制镇,由兵团实行统一分级管理,"师和市""团(场)和镇"党政机构设置均实行"一个机构、两块牌子"。

16连其实就类似于其他省份的村镇,一个连队大约有2000人的样子,由连长和指导员组成的领导班子,带领全连职工在新疆这片热土上,完成了党和兵团政府下达的命令。

看到眼前生机勃勃的场面,还真是让陈梦欣大开眼界了。

"这是冬天,若是夏天来的话这里花团锦簇更加漂亮,而且连队职工都比较有素质,家家户户都打扫得非常干净,根本看不到乱丢垃圾的现象。这胡振海连长啊，完全把部队那套作风给带过来了，对连队职工实行半军事化管理，非常值得我们学习。"这一次因为李巧红要开会，所以是陶爱橘陪着来的，她听陈梦欣夸奖 16 连，脸上带着骄傲的神色说道。

"我对这个胡连长越来越好奇了，想要看看他究竟是个什么样的人。"张润泽抿着唇角笑着说道。

就在这时，不远处突然传来一阵响亮的口号声，几个人都好奇地伸长脖子，想要看看究竟是怎么回事。

等了片刻工夫以后，从一条弄堂里忽然转出来一队正在跑操的人，乍一看上去都是一些二十出头的年轻人，有男也有女。跑在最前面的那个人穿着一身没有领章帽徽的军服，30 多岁的样子，留着寸头，一双眼睛炯炯有神。他边跑边喊口号，因为天气太过寒冷，他一张嘴就有一股白色的热气从他的嘴巴里喷出来，然后这些热气遇到冷空气又迅速凝结在他的眉毛和睫毛上，远远望过去就像是一个白胡子老爷爷一般。

陈梦欣看到他，不假思索地说道："这个人肯定就是胡连长了，这满身的气质一看就是独属于他的。"

陶爱橘伸出大拇指赞叹道："好眼光，最前面那位就是胡振海连长，也真够可以的，这么大冷的天也不消停，还亲自带着年轻人出来跑操。"

几个人说话的时候，胡振海连长已经带着队伍来到了他们面前。张润泽探头看了看，瞧见在他身后足足跟了有上百号年轻人。这是把一个连队的年轻人都组织起来的节奏啊！现在年轻人都往大城市跑，这么一个小连队竟然还能留下这么多年轻人，也是一个奇迹。

正当张润泽在心里感慨万千的时候，胡振海连长气喘吁吁地来到他面前，声音洪亮地说道："你就是上海来的张润泽张总吧？幸会幸会。"

"胡连长你也太客气了，快别叫我张总了，大家伙都叫我润泽，以后您也这么称呼我吧！我还是一个初出茅庐的新人，以后还希望您多指教。"张润泽连连摆手说道。

"那我就不客气了，润泽兄弟我比你痴长几岁，以后你我就兄弟相称好了。"胡振海毫不客气地说道。

"好嘞，胡连长这爽快的性子我喜欢，就这么定了。"张润泽忍不住伸出拳头，在他结实的胸脯上轻轻砸了一下，以此来表示亲热。

"今天就到这儿吧！大家回去拉拉筋活动一下筋骨。走，别在这里站着了，外面冷，我们去办公室说。"胡振海遣散了跑步的年轻人，带着大家伙来到了连队办公室。

虽然整个16连都建设得非常好，但是这个连队办公室相对来说却比较简陋，就是一排普通的平房，外面有一个大院子，院子里面还做了一个小型的篮球场和一些简陋的运动器材，除此之外就什么都没有了。而且这办公室的外墙有许多地方，白色的墙皮都脱落了下来，有一种年久失修的感觉。

进了办公室以后，一股热浪扑面而来。张润泽仔细看了一下胡振海的办公室，发现里面的布置也很简陋，就是一张办公桌，一个简单的沙发，还有一些简单的办公用品。

让他感到好奇的是，在办公室的中间摆放着一个约莫两米宽的大铁炉子，里面烧着红彤彤的炭火，在火炉上面摆放着一把铜壶，此时里面装的水发出咕嘟咕嘟的翻滚声，让人感觉一股温暖气流扑面而来。

胡振海瞧见张润泽目不转睛地盯着那火炉子，便边脱棉衣，边说道："怎么样？这玩意儿你这南方大城市来的人肯定没有见过吧？虽然眼下新疆到处都靠暖气取暖，但是我们连队离市区比较远，目前还没有办法实现统一供暖，所以连队里面的人，都靠这种火炉和火墙取暖。你别小看这玩意儿，这可是一个宝贝，不但能取暖，还能烤地瓜，烤出来的地瓜可香了，我拿几个出来给你们尝尝。"胡振海说完弯着腰，抽开火炉下面的铁皮抽屉，那抽屉里整整齐齐摆放了一层地瓜。

地瓜被烤得两面金黄，泛着一股浓郁的香甜气息，闻了让人感觉食欲大振。

"我还说呢，一进到您这办公室就感觉特别香甜，原来是这烤地瓜的味道。太好了，我最喜欢吃烤地瓜了。"陈梦欣看到这烤地瓜激动得两眼放光，她不顾形象地蹲在胡振海身边，和他一起往外扒烤熟的

162

地瓜。

　　"嘿！你这小姑娘有意思，据我所知你们这些有钱人家养出来的姑娘都是金贵的人，都是什么燕窝、鲍鱼养大的，你怎么会对烤地瓜感兴趣？"胡振海不了解陈梦欣的过往，忍不住好奇地问道。

第五十章

我有一个要求

　　陈梦欣脸上没有什么反应，只是表情淡淡地说道："我不是什么千金大小姐，我和你们都是一样的。"

　　这话听在胡振海的耳朵里，难免就会觉得陈梦欣这个小姑娘真不错，一点儿都不娇情，实实在在的。所以在他心里留下了很好的印象。

　　几个人闻着烤熟的地瓜香味，都忘记今天是干什么来的了，围坐在一起大快朵颐了起来。等吃完地瓜以后一个个脸上、手上都是黑灰，就像几只大花猫一般。

　　众人你看看我，我看看你，都忍不住哈哈大笑了起来。这一顿烤地瓜吃得，一下就消除了彼此的隔阂，双方都拉近了距离，感觉就像是认识已久的老朋友一般。

　　"陶主任，你从哪里淘来这么两个宝贝？这两个年轻人的性格我喜欢。当初市领导打电话过来，我还以为是那些有钱人家的子女，好日子过多了，拿着家里的钱跑过来体验生活呢！实不相瞒，我这心里老大不高兴了。不过看到你们俩我就放心了，这个事情可以往下推进，我本人表示很欢迎。"胡振海是个典型的北方人，爽朗的性子，肚子里有什么话就直截了当地说，绝不拐弯抹角，当面一套背后一套的。

他这性子张润泽也喜欢，他抓起纸巾擦了擦手说道："我和欣欣都不是什么有钱人家的纨绔子弟，我的父母也支过边，从我很小的时候，母亲就不厌其烦地告诉我，新疆是个好地方，有机会让我来新疆看看，一定会喜欢这里的。而欣欣虽然是有钱人家的姑娘，但是她生活非常独立，而且又怀有满腔的爱国情怀，我们两个是真心想来新疆大展拳脚，为了新疆的建设发展贡献一份力量的。"

　　"润泽的母亲当初在数九寒冬的时候，跳进冰冷的河水里救了三个落水儿童。也因此身体受到了严重的损伤，被逼无奈之下才会回到上海养病。可是眼下她还是……"陶爱橘忍不住将林秀芝的情况又说了一遍，说到她将不久于人世之后，忍不住潸然泪下。

　　胡振海这才知晓在张润泽的母亲身上有这样一段可歌可泣的感人事迹，他肃然起敬地说道："这样的英雄人物值得我们所有人尊敬，这样的人养育出来的孩子，品质一定不会差到哪里去。兄弟你这个朋友我交了。"

　　张润泽收起脸上的笑容，将此次的来意详细做了说明。胡振海听到最后眼睛都亮了起来。

　　他激动地抓着张润泽的手说道："太好了，你说的这些正是我一直在寻找的。不瞒你们说，每年前来找我合作的人也有很多，可是都被我给拒绝了。我一直想把整个 16 连打造成为一个大型的田园综合体，可以种庄稼，又可以做旅游。就像我们以前玩的那种偷菜的游戏，我去其他地方考察过，人家就把线上的游戏搬到了线下，而且做得特别火爆，每到节假日那里都是人山人海的，挤都挤不动。"

　　"我们新疆是有环境上的缺憾，冬天时间太长，每年做旅游就只能做半年，相对来说差一点儿。不过这也没有办法，这是天然环境造成的，我们也没有能力做出改变。"

　　"谁说不能改变？我这边可是有个技术，就是能在固定的环境中，给整个空间加个苍穹顶，就比如咱们整个办公室和院子，夏天你看到是完全敞开式的，可是加了苍穹顶的效果之后，到了天气寒冷的时候，我们就能升起苍穹顶，让这一大片区域都变成室内的环境，在这封闭的环境里安装上太阳能暖气，就和春天一样了。"陈梦欣接过了胡振海的话题，拿起一根树枝，在地面上画了起来。

"你说的这些和温室的效果差不多吧？"胡振海好奇地问道。

"也可以这么理解，你就当它是升级版的温室吧！"陈梦欣咧着嘴巴笑了起来。

"那太好了，若是这样的话，我们可以把现有的产业分成几大块，等到了冬天，城里的人不但可以过来休闲旅游，还有住宿餐饮，要不了多久，咱们16连可就真的可以实现农旅综合体的概念了。"胡振海激动得直搓手。

这时候，张润泽突然说道："其实在资金、技术方面我们完全没有问题。等我们番茄酱厂投产使用之后，不但能带动16连，连带着也能将整个胡杨市的经济都带动起来，这一点我不担心。但是要合作可以，我有一个要求。"

"哦？只要咱们这个项目能落地，只要你的要求合理，我必定会全力支持。"胡振海激动地大声说道。

"我的要求就是，16连的土地种植要完全按照我们规划的去做。我们想要打造的是一个红色农产品的文旅小镇，所以在农产品种植这一块，必须以红色农产品为主。比如眼下我们开办番茄酱厂，那我们就会和咱们这边的农户提前签订回购合同，解除农户的后顾之忧。"张润泽把自己对未来的规划又说了一遍。

陈梦欣也在一旁补充："我们自己也打算种植几千亩地的番茄，以此来保证番茄酱厂的品质。"

"可是……这两年职工们种植番茄都吃了亏，虽然卖是卖出去了，可是价格非常便宜，一年忙到头连本钱都没有收回来。今年已经有很多人购买了棉花种子，准备明年改种棉花了。我觉得明年实施肯定是来不及了……"胡振海一脸为难地说道。

"这个没关系，只要农户和我们签订协议，农户所有的损失都由我们公司来承担。明年再改种就来不及了，我打算用一年的时间，将这个红色特色小镇打造起来。胡连长你看啊，现在信息这么发达，若是咱们动作慢的话，给人抢了先机先做起来了，那咱们岂不是就白忙活了？"张润泽连连摇头，把其中的利害关系说了出来。

胡振海是个聪明人，经过张润泽一点拨他马上就明白了过来。

雷厉风行

　　陈梦欣想了想还是把这个藏在幕后的神秘人，在和他们做竞争的事情说了一遍。她觉得胡振海是性情中人，既然已经答应了和他们合作，就不会轻易反悔的，这事先告诉他，也好让他心里有个底。

　　"还有这样的事情？那我们可要抓紧了。万一这人在我这里没有得到想要的东西，回头再去其他连队搞事情，那可就成为我们最大的竞争对手了。我觉得你们这些创意不要随便对人说，因为很容易被人抄袭。"胡振海眼下已经完全把张润泽他们当成自己人了，已经开始站在他们的角度来考虑问题了。

　　"这事胡连长不用担心，所有的创意都在我的脑海之中，就算别人抄袭过去，也只是学到皮毛，并不能得到我的精髓。若是胡连长觉得这件事情能合作的话，那我们不如趁热打铁，找个机会将这个战略合作协议先签了吧！"张润泽对 16 连的整体情况很满意，他也害怕夜长梦多，到时候又和老杨那件事情一样，明明满怀期待，结果却被别人给抢了先机。

　　这一场会，一直开了四个多小时，陈梦欣把一铁皮抽屉的地瓜都吃完了，胡振海才满脸兴奋地跑了回来。

"告诉你们一个好消息，我们连队干部会议全票通过了咱们这次合作，而且指导员也给市里领导做了汇报。市领导表示全力支持我们双方合作，并且让我们尽快拿出合作方案来。市领导说了，他们要人给人，要地给地。眼下指导员正在会议室等着，走，我带你们去和连队里的干部当面聊聊。"胡振海高兴地大声说道。

"你们这办事效率也太高了吧？几小时就把事情给敲定了？我们以前和其他地方合作的时候，一件事情几个月都没有消息，每次去问就说在开会讨论。"陈梦欣不可置信地看着胡振海说道。

"嘿嘿，现在是信息时代，咱们国家马上就要进入 5G 时代了，我们领导干部的办事效率若是不高怎么能行呢？尤其是像你们这样带着投资和项目过来的合作方，若是我们不抓紧一点儿，转眼就会被人抢走了。"胡振海眼睛里闪着亮光说道。

16 连的指导员叫袁木，今年 45 岁，身高一米八五，生得浓眉大眼，一张国字脸，说话声音非常洪亮。他的父母是第一批来新疆支援建设的解放军战士。当时他的父母在部队上都是干部，就算是转业回到地方，也能分配一个好工作。

但是当他们得知新疆需要大批人才支援建设的时候，果断放弃了家乡好的工作，随着大部队来到了新疆，扎根边疆建设 40 多年。等袁木大学毕业以后，又按照父母的要求继续回到了新疆工作，

袁木身上具备了典型的北方人特征，性格爽朗，热情，为人诚恳，他看到张润泽他们进来的时候，马上站起身迎了上来，热情地抓着他的手大声说道："你就是张总吧？我代表 16 连的指战员对你们表示欢迎啊！快请里面坐！"

"袁指导员您就别这么客气了，您就叫我润泽好了……太客气了，我都不好意思了。"张润泽揉了揉鼻子笑着说道。

"好！那我就不客气了，我以后就叫你润泽，润泽小同志。"袁木发出了爽朗的笑声。

双方落座以后，张润泽又把自己的想法和袁木详细地汇报了一遍，这次他还特意带了电脑来，用会议室的多媒体将他做的设计、规划，

以及对未来的构想，可行性报告等资料，都做了详细说明。

如果说前面张润泽讲的只是一个概念的话，那现在看到这些东西，听了数据分析，让16连的指战员们相信，这件事情确实是大有可为。

送了一大堆礼

今年的新年来得格外早了些，刚进入1月就快到年关了。因为离开上海，他们在新疆又没有什么亲戚，所以陶爱橘、李巧红都给他们送来了年货，并且邀请张润泽一家，过年去她们家里过。

这天张润泽正在公司里给大家伙培训番茄种植方面的知识，就看到胡振海满头大汗地从外面走了过来。也不知道他干啥去了，这大冬天的，他浑身热气腾腾的，头上还冒着白气。

"胡连长……您这是做什么去了？"张润泽有些奇怪地问道。

"这不快过年了，给你家里送了些东西。对了，有个好消息告诉你，咱们的合同下来了，我今天是特意来给你报喜的。"胡振海兴高采烈地说道。

"真的呀？那可真是一件大喜事了。"张润泽也高兴了起来。

"这合同我特意打印了一份给你们带过来，你们看一下觉得哪里有问题我们再商量。"胡振海说着从随身携带的公文包里拿出合同递给了张润泽。

张润泽接过合同粗略地看了一下，觉得这合同订得很公平，从人才房补助，到高管子女就学，以及人才补贴、税收减免的政策都写得清清楚楚的。而且政府还划拨了 500 亩土地给他们建造厂房。拿着这样的合同，张润泽激动得手都有些抖，他连声说道："谢谢胡连长，谢谢胡杨市政府的大力支持。"

"还有件事，我们 16 连在春节的时候，会举办庆新年的活动，大家伙互相拜年，送新年礼物，非常热闹，到时候我派人来接你们，这个年就在我们 16 连过，让你感受一下我们 16 连的热情。"胡振海抹了一把额头的汗笑着说道。

"好嘞，那太感谢胡连长了。你真是太客气了。"

张润泽送走了胡振海以后，才忽然想起来刚才他说给自己家送了东西。送了多少东西才会把自己累成这副模样？

想到这里他连忙穿上衣服往家里走去，进了门以后，他直接愣住了，只见他家的客厅里摆了一大堆东西。有十几袋子面粉、大米、清油，还有半头猪，一只整羊，还有若干的牛肉。

张润泽看着这堆东西，一脸惊愕地说道："这些东西都是胡连长送来的？"

陈梦欣耸了耸肩说道："我不让他搬进来，可是拦不住，他一个人把这么多东西都搬进来了。我也不知道该怎么办，就只能等你回来了。"

炉火纯青

　　新疆的春天来得晚一些，3月底才冰雪融化，4月初温度才能真正升起来，但是要达到种植的温度要求，要到4月20日左右了。但是在这段时间里大家伙都很忙。一是要把今年他们自己要种植的1000亩试验田给整理出来。另外，还要在开春的时候，和16连里其他的职工签订这个番茄收购协议。

　　然后由泽龙生态农业统一育苗，等达到种植要求的时候，再把番茄苗免费发放给种植户。只有这样才能保证番茄酱厂一年的番茄存量。

　　所以张润泽和陈梦欣商量了一下，两个人决定分头开展工作。和村民们签订回购协议的事情交给陈梦欣。而张润泽去找技术员，开始育苗前的前期准备工作和种子购买。

　　寻找技术员，张润泽花了不少工夫，这16连虽然也有技术员，但是他对于番茄新品种的培育缺少一些经验，只能作为辅助型的人才来用。所以张润泽就决定花高价从胡杨市聘请一位专业的技术员来。

　　他把这个想法告诉了陶爱橘和李巧红以后，这两个人便热心地帮助张润泽寻找起这样的技术人才来。经过多方打听以后，两个人把目标同时锁定在了一个人身上。

这个人名叫梁天，今年 35 岁，是从美国留学回来的博士，在国外十几年主要进修的就是和种植栽培类相关的研究，尤其是对番茄的栽培技术更是炉火纯青。

梁天这个人脾气有些怪，以他的资历留在任何一个城市都会受到极高的重视。但是他回国以后哪里都不肯去，而是直接回到了他的故乡胡杨市。这市里领导得知了他的情况以后，也曾想着把他聘请回来，但是都被他一口给拒绝了。

梁天回到胡杨市以后，在郊区买了一块地，用最先进的技术盖起了一个塑料大棚，然后整天把自己关在里面培育番茄新品种，除了家人以外也极少跟人打交道，连记者采访都让他给赶出去了。

这样一个留学博士，技术层面肯定是没问题的，但是就这怪脾气，不免让陶爱橘和李巧红担心了起来。

张润泽听了介绍以后，马上就对梁天这个人来了兴趣。他笑着说道："这有才华的人脾气都比较傲，因为人家有骄傲的成本。合群这个词早就不是衡量一个人能力的标准了。与其花这么多时间在无用社交上，还不如静下心来把自己的事情做好。我挺赞成梁教授这种处事风格的。"

"那成，既然如此我就去给你约一下，至于他见不见那就是另外一回事了。"李巧红思忖了一下说道。

李巧红费了一番力气，才好容易说服了梁天，答应和张润泽他们见面。

第二天张润泽和陈梦欣早早就来到和梁天约定的地点，这梁天直接把他们约到了自己的温室大棚里。他穿了一件藏蓝色的蓝大褂，鞋子和裤脚上有很多泥水，身上的衣服也都被露水打湿了。

他看到张润泽他们到来以后，依然继续低头在试验田里忙碌着，只是淡淡看了他们一眼，说了一句："来找我有什么事就说吧！我的时间很宝贵，没时间陪你们废话。"

陈梦欣看到梁天这么没礼貌，不由得没好气地说道："现在博士素质都这么差了吗？"

谁知道梁天根本就没把她的话放到心里去，连眼皮都没有抬一下，继续拿着放大镜盯着番茄的叶片做研究。

张润泽笑着对陈梦欣摇了摇头，示意她不要继续再说下去了。然后轻咳了两声，这才说道："梁博士您好，我叫张润泽，是从西雅图留学回来的。因为我的父亲和母亲曾经是援疆青年，后来虽然离开了新疆，但是他们一直有个愿望，就是希望能在新疆这一片热土上繁衍生息，所以我跟着他们来到了新疆。今天找您来，是想跟您谈谈合作的事情。"

他用简短的几句话就把自己的来意说得很清楚了，而且也顺便把自己什么学历、为什么会来到新疆的事情也做了说明。

梁天的身体顿了顿，他终于放下了手中的放大镜盯着张润泽说道："这么说你并不是心甘情愿来到新疆的？年轻人一点儿主见都没有。"

"不不，您误会了，我在西雅图的时候……"张润泽连忙将自己在西雅图的遭遇，回国以后又想做什么事情，详细和梁天说了一遍。

梁天很有耐心地听完张润泽的讲述，推了推架在鼻梁上的眼镜说道："年轻人，理想虽然很丰满，但是现实往往很骨感，就你们两个四肢不勤、五谷不分的人还想把番茄种好，振兴新疆番茄事业？"

激将法

"你这个人怎么说话啊？说得好像就只有你了不起一样。你那么了不起还不是天天在这温室大棚里种番茄？怎么没见你做出什么丰功伟绩啊？国家花这么多钱把你培养成博士，你回国以后不想着回报国家，整天就打着你个人的小九九，还以为自己多高尚呢！哼！最看不起你这种自以为是的人。"陈梦欣立马接过了话题，一脸严肃毫不客气地说道。

张润泽本来想阻拦的，但是他看到陈梦欣冲他眨了眨眼睛，就知道这小丫头打算用激将法来对付梁天。像梁天这么骄傲的人，被一个小丫头看不起，心里肯定是不服气的。

果然，梁天听了陈梦欣的话以后，脸上的表情更加严肃了，他冷冰冰地看着陈梦欣说道："你个小丫头知道什么？你怎么知道我没有为国家做出贡献？等我这新的番茄品种培育成功了以后，每亩番茄能增产 300 千克，300 千克是什么概念你知道吗？"

"那我问你一句，你这番茄新品种研究多长时间了？"陈梦欣一脸不屑地说道。

"三……三年多了。"梁天一时有些语塞。

175

"那我再问你，你这新品种还要多久才能上市？"陈梦欣继续问道。

"这……目前还说不准，也许三五年，也许十年八年。但是做科研就是这样啊！有些科学家将毕生都奉献给一个新产品的研究，比如，我们国家的杂交水稻之父……"梁天说完以后马上想要为自己辩解。

"意思就是这三年来你什么都没干，一直守着这块番茄地了呗？照你这种说法，也许未来十年你还是什么事都不干，就守着这块番茄地。那我问你这些年你的生活开支和科研费用都从哪里来的？你不要告诉我，你都这么大岁数了还在啃老吧？啧啧……还真是让我刮目相看了！你不要说得大义凛然的，还把自己和杂交水稻之父相提并论，你怎么就知道袁老除了研究水稻之外就不做其他事情了？爱国情怀是好的，可是你总不能打着爱国情怀，堂而皇之地当米虫吧？那你读博士有什么用呢？简直就是暴殄天物嘛！"陈梦欣本来嘴巴就厉害，这一番犀利的措辞，直接让梁天有些哑口无言。

他张了半天嘴巴，也没有找到合适反驳的话语，只能愣愣地看着陈梦欣。这三年来梁天把自己关在试验田里，几乎与外界绝缘，若是论嘴巴功夫，那他自然是说不过陈梦欣的。

张润泽觉得时候差不多了，便连忙出来打圆场："欣欣，怎么跟梁博士说话呢？梁博士是做学问的人，若是真的能研制出来新品种，那确实是造福社会的事情。不过我觉得这块试验田也没有这么多事情要做吧？梁博士您看看能不能抽出一点儿时间，来帮助我们培育番茄苗，和我们一起将16连打造成美丽乡村？"

"再者，通过这件事情您也实现了自己的价值不是吗？到时候您就是16连美丽乡村的建设者之一，我们将16连打造成美丽乡村的样板，然后向全市、全疆，甚至全国进行推广，这也算是对社会做出贡献了。难道您真的不考虑一下？"他苦口婆心地劝解道。

听了张润泽的话以后，梁天陷入了沉思之中，好半晌都没有说话。

陈梦欣悄悄给张润泽使了一个眼色，故意说道："我看我们还是走吧！跟这种书呆子浪费这个口舌干吗？咱们的时间也是很宝贵的。我就不相信我们一个外地人都带着满腔热情来建设新疆，还找不到一个本地愿意帮助我们的人才？"

张润泽也点了点头，故意叹了一口气说道："既然如此那我们也不勉强了，实在不好意思打扰你这么长时间。那我们就告辞了。"两个人说完转身就往外走。

这个时候他们身后突然传来梁天的声音："等一下……你们两个小家伙，别以为我听不懂你们在用激将法，虽然我与外界接触不多，但是那不代表我傻。哼！不过你们有一点说得对，国家花了这么多年时间培养了我，我应该用所学的知识去回报社会、回报国家。"

"不过关于这一点我要解释一下，不是我这个人觉悟低，不爱国。实在是这几年来找我的人，都是抱着利欲熏心的目的来的，都是想通过我能赚到一笔钱，而且是不择手段，坑害胡杨市百姓。像这种人我怎么可能跟他合作呢？不瞒你们说昨天我还骂走了这样一个人。"

梁天这样的性格也算是非常合陈梦欣的脾气了，她忍着笑说道："梁博士，我觉得你做得对，对于这种损人利己的害群之马我们就应该狠狠地打击他。不过若是他下次再来的话，您就帮我们打听打听，看看对方是什么背景。"

第五十五章

挖到宝贝了

"怎么？你们对这个人感兴趣？"梁天一脸好奇地看着陈梦欣。

"实不相瞒，我总觉得这个人来者不善……"陈梦欣就把他们从承包土地以来遇到的事情都和梁天说了一遍。

梁天皱着眉头沉思了半天才说道："那好吧！既然这个人对我们有企图，那下次他再来找我，我就好好打听一下。"

"我们？梁博士您这是答应我们的请求了？"张润泽喜出望外地问道。

"别您、您的，搞得好像我岁数有多老一样。"梁天一扫刚才的严肃，变得健谈了起来。

当张润泽和陈梦欣带着梁天来到16连的时候，胡振海都惊呆了。他张着大嘴巴说道："天哪！天哪！你们这是把咱们胡杨市的大名人给请到16连了，我是不是看花眼了？"

梁天以前和胡振海见过，而且还狠狠地拒绝过他。不过眼下两个人再见面，气氛倒是缓和了不少。

梁天挠了挠脑袋，脸色微红地说道："胡连长我们又见面了，不好意思，以前拒绝过你，你可别往心里去。"

"我才不会往心里去呢！只要梁博士能来我们 16 连，那是我们全连职工的荣幸啊！虽然梁博士回国以后深居简出的，但是你在国外发表的那些论文，可是在国内轰动一时啊！你做的研究，有好几项都拿到了国际上的专利……"胡振海一脸不计前嫌的模样，热情上前握着梁天的手，激动地说道。

　　"以后我可就在你们 16 连扎根了，你就是赶我，我都不走了。"梁天发出了爽朗的笑声。

第五十六章

挨打了

梁天这个人是个实干派，虽然这是第一次来 16 连，本来说好带他来熟悉一下环境的。但是他在 16 连转了一圈之后，很快就选定了准备育种的合适场所。

现在因为冰雪刚刚融化，地温还没有升起来。所以梁天让张润泽他们先按照他设计的温室大棚迅速开始建设，并且在建好的大棚里，还安装了供暖设备，连烧了一个多星期，彻底让地面的寒气蒸发了以后，他才开始整理地面。

他让张润泽在温室内采用下挖式栽培槽，栽培槽深度为 35cm，宽度为 80cm，两个栽培槽之间间隔 120cm，坡度由北向南逐渐降低，南北高度差为 5°，槽长度依照温室内跨度而定。在栽培槽内铺设一层厚 0.1mm 的聚乙烯薄膜，根据栽培槽的起伏形状固定薄膜，以起到隔绝土壤以及保水保肥的作用。

按照梁天的要求，张润泽他们忙了一个多月，这温室大棚里孕育的番茄苗已经郁郁葱葱的了，他擦着额头的汗水，甭提心里有多高兴了。

这一个多月来张润泽吃住都在温室里，连家都没有顾上回。他想着利用这个空闲的时间和陈梦欣一起回家看看。

两个人走在路上的时候，忽然听到一阵刺耳的警报声由远而近，紧接着一辆警车出现在大家眼前。车停稳以后，从车里跳下来两个年轻的警察同志。

张润泽扫了一眼警察同志，忽然发现其中一个人看起来有些眼熟。他还以为自己看错了，连忙揉了揉眼睛，又仔细看了看，惊喜交加地喊了起来："甘北？你怎么会出现在这里？"

原来来人不是别人，正是张润泽在虹桥车站遇到过的那个退伍战士甘北。

甘北听到叫喊声也是微微一愣，他刚来胡杨市不久，在这里认识的人非常少，所以他有些莫名地四下看了一眼，很快便发现了张润泽。

他嘴巴张得大大的说道："你这是？你怎么会在这里？你不是在上海吗？这也太巧了吧？"

"是啊！这真是太巧了。我现在已经在 16 连这里安家落户了……"张润泽高兴地冲上前去，紧紧抓着甘北的手，把他在 16 连投资落户的事情说了一遍。

甘北也高兴地用力拍了拍他的肩膀，大声说道："好小子，我早就听我们所长说胡杨市来了一个我的老乡，带了几千万过来投资。当时我还觉得有些骄傲，我们上海就是人才济济，哪承想竟然是你小子过来投资？只是新疆这么大，你为啥这么巧会来到胡杨市？"

张润泽不好意思地挠了挠头皮，把母亲生病之后发生的一系列事情说了一遍，然后又问道："你不是说要去南疆吗，怎么又来胡杨市了？"

甘北眼神暗淡了几分说道："本来我是一心想去南疆的，可是那边名额已经满了，刚好胡杨市这边有名额，就只能先过来了，等以后南疆有名额了，我再申请调过去吧！"

通过甘北的介绍，张润泽才知道他已经在胡杨市安家落户了，把老婆孩子都接了过来，一家人都觉得非常适应新疆的环境，打算以后都在这里生活了，为边疆建设贡献一份力量。

张润泽高兴地说道："那太好了，以后我在胡杨市可算是有个熟悉的朋友了。"

甘北偷偷瞧了一眼俏生生站在张润泽身后的陈梦欣，悄声问道："话说，这个漂亮姑娘是谁啊？女朋友还是媳妇？"

虽然他声音很小，可是陈梦欣还是听到了。她的一张俏脸不由得一红，低着头，手足无措地踢着地面的小石子，以此来缓解心中的窘迫，心里对于张润泽会做出怎样的回答，也是满心期待的。

"她……是我的合伙人……"张润泽沉默了一下缓缓说道。

正满心欢喜的陈梦欣听了这话以后，内心不由得往下一沉，笑容僵在了脸上，心底也泛起了一股酸楚之色。看来都过去这么长时间了，张润泽的心里还是放不下丁妍妍。

甘北把陈梦欣脸上的变化都尽收眼底，他拍了拍张润泽的肩膀说道："兄弟，别怪我没提醒你，要学会珍惜眼前人，多好的姑娘啊！不骄不躁的。"

张润泽难得脸红了一下，轻轻地"嗯"了一声算作回答。

作为过来人，甘北看着这两个人的表情，知道这事有戏，这傻小子只是还没有明白自己的心意。那就把一切都交给时间吧！他也就不再多说什么了。

因为甘北还在执勤，所以也不能一直陪他们聊天，两个人说了一会儿话，他就匆匆去忙工作了。

和甘北分别不久，张润泽看到金子挽着魏然的胳膊，一脸甜蜜地走了过来。

金子看到张润泽他们，也是非常高兴。她拉着陈梦欣的手，高兴地说道："小丫头，回头咱俩加一个微信，空了可以来找我玩，反正我也不走了，我在这边也没有什么朋友。"说完还冲着陈梦欣眨了眨眼睛。

"什么，金子姐你也要留在新疆了啊？那你工作咋办？"张润泽一脸惊讶地问道。

"我已经跟单位申请了，来新疆援建。"金子说这番话的时候，目光非常坚定，看得出来她是经过深思熟虑的。

"那太好了，以后我们在新疆又多了一个朋友。不过金子姐，我有个想法也想找你沟通一下。我发现咱们 16 连周围的乡村里面，有一些少数民族的牧民，这些人因为常年住在帐篷里，再加上营养跟不上，所以很多人身上都有这样、那样的疾病。但是因为他们生活习惯的关系，除非是生了重病，一般他们也不愿意去医院看病。我看着他们这个样子心里非常难受。我就想着以泽龙生态农业的名义，每个月定期给这些牧民做一次义诊和全面检查，这样检查出来什么疾病，可以随时去就医……"张润泽把自己的想法说了一遍。

"可以啊！你这个想法好。实不相瞒，这几个月我在南疆就是去做义诊了，这些个牧民的医疗条件确实是堪忧……"金子目光深邃地说道。

"那就这么说定了，等我回到 16 连以后就开始筹备，给你搞一个诊所，你一个月能来个两三天就可以了。我还准备在 16 连搞一个重大节日，到时候金子姐也多给我提提意见。"张润泽高兴地说道。

魏然听着他们聊天，在心里暗暗竖起了大拇指。他忍不住插嘴说道："我看不如这样吧，这事我们文旅局也来参与一下，由我们文旅局主办，我们也会拿出一些资金做补贴，就以你们 16 连为大本营。如此一来也能通过这种方式，把你们 16 连的知名度给打响了。这也属于我们文旅局的工作范围嘛！"

"那太好了，魏局长，我们还种了一百多亩地的郁金香花，再有半个多月就可以移栽出来了。到那个时候我们准备举办一期郁金香节，好好热闹热闹。若是你们文旅局有兴趣的话，我们可以一起举办。"张润泽高兴地说道。

"到时候我来和橘子阿姨联系，让她组织一台节目，让群众一边赏花，一边观赏民宿，一边还能看到精彩的节目，品尝到特色美食，一举好几得。"陈梦欣也高兴地说道。

"这事我也要参与，我要带着我们医疗队在现场为大家免费做基础医疗检查……"金子也不甘落后，马上表明了自己的态度。

在双方都同意的前提下，这个郁金香节算是敲定下来了。半个月以后，番茄苗也移栽得差不多了，16 连也有了一个短暂的农闲季节，他们刚好可以利用这个空当，带领着大家好好热闹热闹。

与金子夫妇告别以后，张润泽迫不及待地将郁金香节的事情告诉了胡振海。他一听可高兴坏了，把胸脯拍得咚咚响说道："这个我们连里必须支持，至于选场地，以及场地搭建，参展商邀请的事情就交给我们了。这事我向连里申请十万块钱给你们做补贴……"

　　就在这时，张润泽的手机突然响了起来。他拿起手机一看，竟然是张刚强打来的电话。

　　没有特出情况，张刚强夫妇从来不在上班的时间给他打电话，难不成是林秀芝出了什么问题？

　　陈梦欣瞧见张润泽发愣，便一把将他手中的电话给抢了过来，接通了以后，着急地问道："喂！叔叔……"

　　"欣欣啊，润泽在你身边吗？"

　　"他在呢？您有什么事情就说吧！"

　　"是这样的，你们两个赶紧回家一趟，你阿姨她看起来情况有些不妙。"张刚强的声音里带着哭腔。

第五十七章

送进急救室

　　陈梦欣听了这话身体猛地颤抖了一下，手机差点儿从她手里掉落下来。她连忙说道："叔叔您不要着急，我们两个马上就赶回来。"她挂了电话以后，看到张润泽还在发愣，便咬了咬牙抓起他的手，拖着他往家跑。

　　这一路上张润泽都有一种浑浑噩噩的感觉，他脑海之中闪现的都是林秀芝细心呵护他的画面。他简直不敢去想，若是林秀芝离开这个世界，他会怎么样！

　　等他们来到家里的时候，张刚强带着哭腔的声音，清晰地从屋里传了出来："老伴你不要丢下我啊！你坚持住，他们马上就回来了。"

　　张润泽听到这个声音才猛然清醒了过来，他嘴唇哆嗦着说道："给金子姐打电话，对，给她打电话。"他双手颤抖着掏出电话，可是因为抖得太厉害了，怎么也点不开通信录。

　　陈梦欣一把抢过了他的手机，拨通了金子的电话。此时张润泽和陈梦欣已经来到屋里，他看到地面上有一大摊血，林秀芝脸色苍白地躺在沙发上，嘴唇上连一点儿血色都没有。

　　张润泽连忙冲到沙发前将林秀芝给抱了起来，大声说道："欣欣快去把车开过来。"

陈梦欣看到这样的情景都有些吓傻了，她眼前不断闪现着母亲去世前的情形。当时她也是这样大口大口地往外吐血，怎么也止不住。等她把人送到医院，虽然经过了几小时的抢救，但只隔了一天时间，她的母亲就永远地离她而去了，连一句话都没有留下来。

事情已经过去这么多年了，可是她看到这样的场面，还是吓得脑袋一片空白。直到张润泽高声叫喊她的名字，她才清醒了过来。

陈梦欣一把抓起钥匙跑出门外，她感觉自己的胸口像压了一块大石头一般，让她有一种窒息的感觉。她大口呼吸了几下新鲜空气，这才稍微缓解了一下紧张的心情。

她哆哆嗦嗦将钥匙插进了车里，将汽车发动着开到了院门口。这个时候张润泽已经把人给抱了出来，张刚强失魂落魄地跟在身后。由于他精神太过紧张，在出门的时候，一头撞在了门框上，把脑袋撞出一个大包来。剧烈的疼痛才让他勉强拉回了一点儿理智。

等他们到了医院的时候，金子已经推着急救床，带着医生护士等在大门外了。等汽车停稳了以后，众人七手八脚地将林秀芝抬到了病床上，推着她快速朝着急救室跑去。

来到急救室门外的时候，金子气喘吁吁地对张润泽说了一句："家属在外面等着。"说完便带着人进了急救室。

随着急救室的大门传来"砰"的一声巨响，张润泽也感觉浑身的力气都被透支完了。他疲惫地靠在墙壁上，又无力地沿着墙壁滑坐在地面上，用力揪着头发，发出一阵阵无声的哭泣。

另一边张刚强也好不到哪里去，几十年的伉俪情深，陡然间亲人就要离去，这让他怎么也接受不了这个现实。他的头发好像一瞬间就变得有些花白了，他睁着空洞的眼睛，站在急救室的门前，望着那个闪烁的急救灯在发呆。

陈梦欣忍着心酸，走上前去搀扶着他的胳膊，声音哽咽着说道："叔叔，阿姨会没事的。您先在板凳上坐着休息一会儿，不然等阿姨出来看到您这副模样，她会心疼的。"

她的这番话起到了一定作用，张刚强这才回了神，连忙擦干净了眼泪，呢喃地说道："对，你阿姨她最讨厌我哭了，她说一个大男人流血不流泪，别动不动就哭哭啼啼的。我不能让她看到我流眼泪，不然她会生气的。"

　　陈梦欣看到他这副模样，心疼得差点儿哭出声来。她用力捂着自己的嘴巴，不敢发出一点儿声音。

　　三个人焦急地等在急救室的门外，看着时间一点一滴过去，每一分每一秒都让他们感觉度日如年。

病人的痛苦

林秀芝被推进手术室抢救了五六小时，急救室的灯总算灭了。一脸疲惫的金子从抢救室里走了出来。

张润泽连忙走上前去紧张地问道："金子姐，我妈她怎么样了？"

金子默默地看了他一眼，沉默了片刻才缓缓开口说道："病人暂时脱离了危险期，一会儿就会转到普通病房……"

张润泽等人听了这话以后，忍不住长出了一口气，紧张的心情才总算放松下来。

可是金子马上又开口说道："不过你们也别高兴太早……要提前做好思想准备，病人的情况也就顶多能坚持一个月左右了，若是身体状况太差的话，可能还……坚持不了这么久。我知道这让你们很难接受，可是作为医生来说，我有责任把病人的真实情况告诉你们。"

这时，两个护士推着病床走了出来。林秀芝气若游丝地躺在那里，看起来一点儿生机都没有。

张润泽和张刚强连忙走上前去，推着林秀芝的床往病房走去。

陈梦欣稍微迟疑了一下，对张润泽说道："你们先去病房，我跟金子姐聊几句。"

张润泽抬起泪眼看了她一下，默默地点了点头离去了。

金子看着陈梦欣说道："你是不是想问我病情的事情？"

"是……金子姐，我想问问阿姨这病情，还有没有延长她生命的办法？若是有办法的话，花多少钱我们都愿意。"陈梦欣毫不隐瞒地说道。

"唉！我与林妈妈也算是有缘分。抛开医生的身份不谈，我也希望林妈妈能身体健康。可是眼下……癌细胞在她全身扩散。刚才抢救的时候我给她做了 CT，这肿瘤已经长满了她的腹部。对林妈妈来说每次大小便都是极端痛苦的事情。这也就是她不肯吃饭的原因。说句你们不爱听的话，多活一天对于病人来说就多一天的折磨。那种痛苦和折磨正常人是没有办法理解的。所以她这种情况，还是不要继续再坚持了……"金子说完面色沉重地拍了拍陈梦欣的肩膀，叹了一口气带着护士离去了。

陈梦欣感觉脑袋嗡嗡作响，她在原地站了许久，才勉强接受这个现实。她知道等会儿看到张润泽的时候，他一定会问自己结果。眼下她不知道该实话实说，还是隐瞒。

她踌躇了许久之后，才下定了决心。既然事情已经无法挽回，就应该把实话告诉张润泽。这让他能做出正确的判断，把那些来不及做的事情，趁着林秀芝还在的时候都做了，免得以后人不在了再后悔。

林秀芝一直睡到第二天早上九点多，才慢慢醒了过来，她看了一眼窗外，见已经天光大亮了，马上开口说道："我们回家吧？"

张润泽知道拗不过她，也不想在她生命的最后时刻再让她感到不满意，便轻声说道："好的，妈，您先躺一会儿，我去找医生办理出院。医生才刚刚上班，事情比较多，你不要着急。"

林秀芝点了点头，眼巴巴看着张润泽走了出去。

另一边陈梦欣已经倒了一盆热水，把毛巾打湿，拿着热毛巾对林秀芝说道："阿姨，我给你擦擦脸吧！这样会舒服一点儿。"

"欣欣，你别忙活了，阿姨有话跟你说。你过来坐下。"林秀芝无力地冲她招了招手。

陈梦欣连忙放下毛巾，在床边坐下，握着林秀芝的手说道："怎么了阿姨？您有什么话尽管说。"

"欣欣啊！阿姨知道自己时日不多了，所以有些话再不说就来不及了。这些话我不想让润泽那孩子听到，他听到了一定会很难过。我想趁着还清醒的时候告诉你，等以后我不在了，你找机会说给他听……"

接下来一个月是春耕最忙的时候，他们这一千亩地，光犁地、深耕、施肥、平整就花了十天左右时间才处理完。好在新疆的农业已经完全进入了机械化时代，能用到人工的地方比较少，基本上各类型配套的机械都有，这对于大面积种植的农业来说，简直就是突飞猛进的进步。

但是这种机械化种植它也有缺点，新疆春播一般都集中在4月中旬到5月中旬这一个月，所以机械车辆都非常紧张。新疆因为雨水少，比较干旱，春天播种主要是抢雪水融化以后的墒情。错过了这个时间，土地就完全干透了，若是想种植就只能再浇一遍水了。这对于农民来说又加大了成本。

再者，新疆的夏天时间比较短，若是不能在这个时间将庄稼种下的话，等到秋收的时候，天气骤然变冷，这一季就算是白忙了。番茄这个东西非常怕冷，被霜冻了以后，就只剩下一包水，就没有任何用处了。

张润泽这段时间非常头疼，他一面要抽时间照看林秀芝，另一方面还要操心车辆机械和春播的事情，忙得是团团转。

陈梦欣这边也不轻松，她一面要照顾林秀芝，一面还要带着人按照签约的合同，来给职工们发放培育出来的番茄苗，这一天到晚的人群络绎不绝，稍有差错可能就会造成后面的人领不到番茄苗，耽误了一年的种植，所以她的精神压力非常大。

好在林秀芝从医院回来以后，病情比较稳定，除了嗜睡以外并没有其他不适。陈梦欣在网上给她定制了一辆轮椅，中午天气暖和的时候，就让张刚强推着她去张润泽他们工作的地方。

想再看看郁金香

　　繁忙的播种还没有结束，紧接着张润泽他们又要开始为迎接郁金香节做筹备工作了。

　　春天，新疆冰雪消融，各大景点因为都在山里，所以水草还没有生长出来，再加上山里气温比较低，那些知名的旅游景点都没有开放，可以旅游的地方比较少。

　　文旅局在魏然的建议下，对于这次郁金香旅游节做了多方位的宣传。所以活动还没有举办，就有附近的居民开着车过来询问了。

　　如今人们的生活水平提高了，吃饱穿暖之余对于旅游消费也有了更大的需求。尤其是像新疆这样的气候，一个冬天因为天气寒冷被关在家里，到了春天时候，就想去找那种满是春色的景点，找寻那种春游的感觉。

　　可是眼下还比较冷，野花野草都还在发芽阶段，并不能实现观赏的目的。所以这个时候温室大棚培育出来的郁金香就受到了广泛的关注。

　　为了将这次郁金香节做得有品质，在魏然的带领下，成立了活动组委会，由魏然当组长，张润泽当副组长，由泽龙生态农业做承办，双方配合之下，进入了紧张的筹备工作。

林秀芝得知郁金香节就要举办的时候，高兴得合不拢嘴，一个劲地说道："太好了，终于等到看郁金香了。"

陈梦欣不知道林秀芝为什么对郁金香这么情有独钟，便好奇地问道："阿姨，这郁金香有什么故事吗？看您很喜欢的样子。"

"这郁金香啊，是因为你小鱼阿姨她喜欢。以前我们俩在一起住的时候，她也不知道从哪里弄来的郁金香种子，每到春天来临的时候，总能抱出来几盆盛开的郁金香。最近她时常来找我，说真想再看看郁金香花开……我就一直等啊！"林秀芝眼神迷离地说道。

陈梦欣来得晚不知道这个小鱼是谁，她便好奇地问张润泽："小鱼阿姨是谁？我怎么没有见过。"

张润泽脸色变了变，红着眼睛说道："妈……你又胡说了，小鱼阿姨都离开这么久了，她哪里会想看郁金香，还不是你自己想看……"说完生气转身出了门。

陈梦欣连忙追了出去，好奇地看着张润泽。他叹了一口气，便将小鱼为了救落水儿童不幸遇难的事情，跟陈梦欣说了一遍。

陈梦欣听完这个故事以后，眼睛里已经泛起了泪花，她哽咽着说道："阿姨这是……"后面的话她怎么也说不出口了。

郁金香节这一天，林秀芝一反常态地起了一个大早，换上从来都舍不得穿的新衣服，这新衣服还是陈梦欣给她买的，可是她一直舍不得穿，放在箱子里收着。又洗了脸，擦了化妆品，还给自己化了一个淡淡的妆容。

因为她前面做过化疗，所以头发掉了一大半，平时只能戴着帽子出门。眼看着天气越来越热了，陈梦欣就给她买了一顶假发。这假发是用真头发编制而成的，是齐肩的长发，烫着微微的小卷，林秀芝戴上以后显得特别妩媚动人。她喜欢得不得了，可是因为这真发丝的假发价格昂贵，一顶都要好几万，她一直舍不得戴，都放在箱子里收着。

今天她高兴，把假发也翻了出来戴在了头上。这么一打扮她足足年轻了几十岁，看着也就四十出头的样子。

林秀芝一脸慈爱地看着他们说道："如果可以，我愿意一辈子都陪着你们，可惜啊……"

"对了孩子他爸，你换洗的衣服我都放在衣柜第一个抽屉里了，左面的衣柜里是你冬天的衣服，右边是你夏天的衣服。天冷了注意加衣服，要照顾好自己，不要总是粗心大意的，以后这些事情没有人帮你做了，你要照顾好自己。你还年轻，我走了以后，若是你遇到合适的人，可以再找个老伴。"

"眼下孩子们都大了，以后也会有自己的生活，不能一直陪伴着你。就剩下你一个人孤苦伶仃的我也不放心。"林秀芝絮絮叨叨的，就像是交代着后事一般。

"孩子他妈，你快别说了，这辈子我就认准你了。若是你先走了，那就等着我，用不了几年我也去找你了，下辈子我们还做夫妻。"张刚强就算是铁打的汉子听到这些话的时候也忍不住了，声音不由得哽咽了起来。

陈梦欣敏锐地觉察到今天林秀芝很反常，有一种回光返照的感觉，她连忙悄悄给金子发了一条信息，把这边的情况告诉了她。

那边林秀芝还在絮絮叨叨说着："儿子呀！别人家的孩子来到这个世界上都是讨债的，可是妈妈知道你是来报恩的。从小到大你从来没有让我们为你操过心，你总能把自己的事情处理好，不让我们担心。可就是这种凡事隐忍的性格，妈妈也很担心，这样太苦了。"

"欣欣是个难得的好姑娘，你一定不要辜负了她，等你到了我们这个年纪就会明白什么情啊、爱啊，远没有合适重要。咳咳咳！"

林秀芝一口气说完这些话以后，忍不住剧烈地咳嗽了起来，咳得唇角都渗出了血丝。

张润泽用力抹了一把眼泪，声音哽咽地呵斥道："都说了不让你胡说，你怎么又开始了？您就放心吧！欣欣对我的好，我心里有数，我不会辜负她的。你放心，你儿子又不是一个傻子，分得清好坏。您就不要为我操心了，只要您把身体养好就行了。"

"欣欣，你是个好孩子，可是阿姨没有……没有这个福气了，下辈子有机会的话我们做母女，让阿姨好好照顾你。"林秀芝抓着陈梦欣的手一脸不舍地说道。

"阿姨，大清早的你干啥说这些话！你把我的妆都弄花了，您再说我就不理你了。"陈梦欣虽然拼命压抑着，可还是哭出了声。

"好，都是阿姨不好，阿姨不说了。"林秀芝脸上泛起了苍白的笑容。

话虽如此，陈梦欣又担心这些话眼下不说，只怕是以后就没有时间了。

于是她连忙说道："我去准备一些吃的带上，若是您饿了可以吃一些。你们继续聊。"说完捂着嘴跑去厨房了。

林秀芝还想继续说什么的时候，门外忽然响起了敲门声，张润泽连忙擦了一下眼泪去开门。

打开房门以后，看到一脸严肃的金子在外面站着。

张润泽默默地点了点头，对金子说道："金子姐，你怎么来得这样早？我还说一会儿开车去接你。"

林秀芝看到她高兴地和她打着招呼，金子趁机走上前去说道："阿姨，今天外面人比较多，出门之前我先给你检查一下身体啊？"

林秀芝高兴地点了点头说道："好，检查完身体咱们就去看郁金香花。"

金子连忙打开随身携带的医疗箱，从里面拿出医疗器械，检查完了以后脸色变得十分难看。

"欣欣呢？"金子问道。

"她在厨房。"张润泽紧张地答道。

"你们先带阿姨去，我去找欣欣说几句话。"金子沉默了一下说道。

张润泽的眼神立刻灰暗了几分，他强忍着悲痛默默点了点头，推着林秀芝离去了。

陈梦欣这才从厨房里走了出来，流着眼泪问道："金子姐，阿姨她的身体？"

"她的身体撑不过今天了，你们提前把寿衣买了吧！以免来不及，该准备的东西都提前准备吧！"金子叹了一口气说道。

"不，金子姐，我不相信，我不相信，若是润泽知道了该有多伤心啊！"陈梦欣捂着嘴巴哭出声来。

"小丫头，那小子没有你想的那样脆弱，生老病死我们每个人都要经历和面对，谁也没有能力改变，死者已矣，活着的人还要好好活着，你们都要坚强一点儿。"作为医生，金子见惯了生老病死这种事情，虽然她心里也很难受，可是她能理智对待这件事情。

张润泽带着林秀芝来到了郁金香节的现场，这里人头攒动，热闹无比，放眼望去来参加郁金香节的人群足有十几万人之多。

这原本是值得高兴的事情，可是张润泽却怎么也高兴不起来。

骤然离世

原本作为承办方的主要负责人，张润泽应该在现场协调各项工作。可是今天林秀芝的表现太过反常，他害怕错过了与林秀芝见面的最后时刻，左思右想之下，他还是给魏然打了一个电话，把家里的情况和他说了一下。

因为金子的关系，魏然对于林秀芝的病情非常了解，他一面主动将所有的工作都承担了下来，一面对张润泽说道："润泽啊，你也别太担心了，吉人自有天相，若是……我们也没有能力改变，唯一能做的就是珍惜当下。"

有了魏然的帮助，张润泽才有时间一直陪着林秀芝。

看到林秀芝高兴得像个孩子一般，张润泽心里非常自责，他最近一直忙于工作，疏于对林秀芝的陪伴和照顾。他应该多抽出一点儿时间，带着她在这片眷恋的热土上到处走走才是。

"孩子他爸，若是我不在了，就把我埋在新疆吧！不要把我带回上海了。上海那个地方太拥挤，工作节奏太快，生活压力太大，到处都是人，太吵了，我不喜欢。我就喜欢待在这样有蓝天白云的地方，很安静，也很安心。"林秀芝眯着眼睛，眼神迷离地看着远方。

"好，我就在新疆陪着你，哪里都不去，你放心吧！这辈子我不会丢下你的，除了你我谁也不要。如果有下辈子，你一定要等着我，不管你在哪里我都会想办法找到你。"看到这样的情形，张刚强心里也明白了几分。

不管他有多害怕，分别的日子还是要到来了，眼下他什么都做不了，唯一能做的就是珍惜这相处的每一分每一秒。

这个时候，搭建在百花丛中的巨大舞台上突然响起了乐曲声，一排穿着六七十年代服装的人走上了舞台，为首的两个人正是陶爱橘和李巧红。

"呀？这几个丫头咋都上台演出了？"林秀芝突然指着舞台惊讶地叫了起来。

张润泽仔细一看，发现演节目的这群人竟然都是林秀芝曾经的小姐妹。

她们穿着那个时代的衣服，演着那个时代林秀芝和小鱼英勇抢救落水儿童的故事。因为她们演得太投入，以至于演到小鱼死的时候，现场响起了一片啜泣声。

林秀芝含着眼泪，呆呆地望着舞台上，呢喃着喊出了每一个人的名字，她说："小鱼你等等我，我马上就来找你了。"

这个时候舞台上的节目结束了，穿着一身藏蓝色西装、白衬衣的魏然拿着话筒走上了舞台。

他望着张润泽他们所在的方向大声讲述着当年发生过的那个故事。然后他高举着手，指着坐在轮椅上的林秀芝说道："今天我们把当年的女英雄也请到了现场，虽然她生病了，但是她把自己的孩子又送了过来。这种援疆精神值得我们每个人去学习。只要我们像石榴子一样紧紧团结在党和国家的周围，我相信任何外来势力，都别想击垮我们。现在有请我们的女英雄上台讲话。"

魏然的话音刚落，四周就响起了雷鸣般的掌声。

眼前的一切让林秀芝产生了一种错觉，她感觉自己回到了几十年前，那个时候小鱼还在……

张润泽推着林秀芝来到了舞台中央，林秀芝脸上带着笑容，双手忽然无力地垂了下去，在众人的瞩目之下，离开了这一片她眷恋的热土。

"妈妈，妈妈你醒醒啊？妈妈你不要吓我……"张润泽大声呼喊着，用力摇晃着林秀芝的身体，想要通过这种方式叫醒她。

可是不管他怎么哭喊，林秀芝都不可能再回答他了。

张润泽扑通一下跪到林秀芝面前，抱着她的双腿失声痛哭了起来。

另一边的张刚强眼睛一翻就昏死了过去。

等陈梦欣赶到现场的时候，看到的就是这样一副凄惨的场面。

为了不影响郁金香节继续召开，她连忙分开人群挤到张润泽面前，紧紧握着他的手说道："润泽，你要振作起来，活动还要继续下去，我们不能因为自己而影响了整个活动呀！"

张润泽这才从悲痛之中惊醒了过来，他含着眼泪，重重地给林秀芝磕了三个头，然后缓缓地从地面上爬了起来。

他从魏然的手中接过了话筒，悲怆地看着林秀芝苍白的面容大声说道："我妈妈这辈子最后悔的事情就是离开了新疆，她做梦都想再回来看看，眼下她的心愿达成了。她把我带到新疆来，是希望我用自己学到的知识，继续建设美丽新疆，完成她那些未了的心愿。如今妈妈长眠在这片热土之上，我和我的团队将会接过母亲的遗愿，继续为建设美丽新疆而奋斗。"

他的话音落下，现场陷入了久久的沉寂，许久之后忽然爆发出雷鸣般的掌声。

张润泽抱着林秀芝回到家中的时候，发现陈梦欣把寿衣和搭建灵堂的东西都买回来了。

他和陈梦欣一起给林秀芝擦拭着身体，然后换上了崭新的寿衣，从头到尾他都没有说一句话。

张润泽看到林秀芝的头发有些凌乱，便拿着梳子一点点给她抚平，呢喃地说道："妈妈，您这辈子太辛苦了，就好好睡一觉吧！您放心吧，我一定会照顾好爸爸的。"

隆重的葬礼

林秀芝的葬礼，她以前的同事都来参加了，其中还包括魏然、金子、甘北这些后来认识的新朋友，就连副市长李立军得到消息以后，也第一时间赶了过来。

胡振海带着 16 连全体职工，都来送林秀芝最后一程。她的追悼词由胡振海连长诵读。

"今天，我们怀着万分悲痛的心情，深切悼念我们心中的楷模、我们尊敬的长者林秀芝女士。林秀芝女士生平为人正直，关爱他人，品德高尚。在这悲痛的日子里，我们不会忘记林秀芝女士对落水儿童伸出的援助之手，对需要帮助的职工们奉献的爱心。哪怕在她生命垂危的日子里，也尽最大可能在给予身边人温暖，用她瘦弱的身体，给予别人最大的帮助……"

"今天，曾经被她救助的两个落水儿童，也来到了她的葬礼现场。时隔 20 多年，昔日的两个儿童，如今也已经长大成人。他们在得知林秀芝女士去世的消息以后，想方设法联系到我们，从乌鲁木齐连夜赶来……"

时隔 20 多年后，张润泽终于见到了母亲当年救助的两个儿童，他们的年龄和张润泽差不多，大学毕业以后都留在了乌鲁木齐工作。当他们得知林秀芝去世的消息以后，连夜驱车几百千米赶了回来，为的就是送她最后一程。

张润泽看着眼前跟自己年龄相仿的大男孩，他非常理解，当年母亲为什么会不顾自身安危跳下水去救他们，这是一个母亲的天性使然吧！女子本弱，可是有了母亲这个身份以后，她们就会变得特别强大，用自己柔弱的身体为幼小的孩子努力撑起一个家。

想到这里，张润泽的眼睛再次湿润了，面对两个大男孩悲痛的感谢，他哽咽着说了一句："若是我妈妈在的话，她一定会说不用谢，这些都是她应该做的事情。作为她的儿子，我只希望你们能将这份爱心和希望传递下去，让更多需要帮助的人得到帮助……"

两个大男孩被张润泽这番话深深震撼到了，他们冲着他深深鞠了一躬，作为承诺和感谢。

林秀芝下葬这天，天气出奇的晴朗，万里无云，连一点儿风都没有。

陈梦欣抬头看看天空，声音沙哑地对张润泽父子说道："你们看，这样的天气，阿姨离开的时候内心应该是很平静的，她在这个世界上没有留下任何遗憾。若说唯一放心不下的，就是你们父子俩了。所以我们以后要努力让自己生活得幸福，只有这样，阿姨在天上看到我们的时候才能安心。"张润泽抱着林秀芝的骨灰，脸色木然，感觉这些天眼泪已经流干了，心痛得人都麻木了。周围闹哄哄的声音都被他自动给屏蔽了，他只想好好陪着林秀芝走完人生的最后一程。

张刚强的状态更差，一夜之间白了头发，身体也佝偻了，走路都颤颤巍巍的，仿佛一夜之间老了十几岁。陈梦欣害怕他摔倒，就一直在他身边搀扶着他。

自打林秀芝去世以后，张刚强就一言不发，不吃不喝，谁劝也没有用。他就那么呆呆地守在林秀芝的棺材旁，就像一个丢了魂魄的人一样。林秀芝的葬礼举行得非常隆重，有上千人前来给她送行。现场一片悲痛的哭声，大家纷纷前来送她最后一程，也过来安慰家属，让他们不要太难过。

张润泽带着陈梦欣一一做了答谢，等送走最后一个人的时候天已经黑透了。

　　一家人忙了一天，水米未进，身体已经疲惫到极点。可是身体的痛苦根本没有办法缓解心底的痛苦。

　　陈梦欣看着憔悴不堪的张润泽心疼不已，回到家中以后，她马上去熬了一锅浓稠的米粥，又做了两个精致的凉菜，想着让他们父子俩吃一点儿。

　　可是张刚强一直持续着这种呆呆的状态，谁跟他说话，他也听不见，嘴里絮絮叨叨的也不知道说的什么。

　　张润泽看到这种情况心里也是很担心，他强打起精神说道："爸……你已经三天没吃饭了，多少吃一点儿吧？再这么熬下去，你的身体就熬坏了。妈妈若是看到你这样该有多心疼啊？"

　　"吃饭？哦，我去喊你妈妈，她最喜欢喝粥了。"张刚强答非所问地站了起来，颤颤巍巍往他们所住的房间走去，谁喊也没用。

　　他这副模样，让两个人瞬间又落下泪来。陈梦欣捂着嘴巴低声抽泣着，她不忍心看到张刚强满脸的失望和无助。

　　果然，不一会儿工夫张刚强一脸紧张地从屋里走了出来，着急地问道："润泽，你看到你妈妈了吗？我怎么找不到她了？你这孩子怎么一点儿都不着急，你妈妈都没回来，谁让你们吃饭的？"他说着便发起了脾气。

　　张润泽擦了一把眼泪，走上前去将张刚强搀扶了回来说道："爸，我妈妈她……已经不在了，你不要这样……你这样我这心里更难受。"

　　"你妈妈不在了？她去哪里了？回上海去了吗？"张刚强一脸疑惑地问道。

第六十二章

阿尔兹海默病

"我妈妈她，已经去世了，离开这个世界了，您清醒一下。我知道这件事情对您来说很痛苦，可是我们总要学着面对现实，因为以后的路还很漫长……爸，您放心，就算妈妈不在了，我也能好好照顾你的。"张润泽声音里带着哭腔说道。

"不，你妈妈没有死，谁说她死了，她昨天晚上还来看我了呢！她说她现在过得很幸福，身体再也不疼了，还带我去看她住的环境，那里鸟语花香……阳光明媚，我都不想回来了，可是她却用力推了我一把，将我给推回来了……她没有死，没有死，你们撒谎……"张刚强突然大发脾气，一把将餐桌给掀翻了，一声声怒吼着，眼睛里都是红血丝，额头的青筋直暴，看着非常吓人。

张刚强是一个温和的性格，从来没有无缘无故发过脾气，从没像现在这样莫名其妙把桌子给掀了。

陈梦欣看着满地狼藉，吓得连忙拨打了金子的电话，把张刚强的情况跟她说了一遍。

金子听到这个事情以后，连忙赶了过来。

她进门就看到张润泽双手抱着狂躁、到处砸东西的张刚强，企图用这样的方式让他平静下来，但这样显然没有任何效果。

金子连忙掏出一支安定给张刚强打了下去，过了一会儿他才总算睡着了。

张润泽把张刚强背到了卧室里，让金子好好给他检查一下。金子过了好一会儿才从屋里走出来，脸色凝重。

"金子姐，叔叔他身体怎么样？"陈梦欣连忙走上前去问道。

"唉！张大叔这些年太辛苦了，身体早就被高强度的劳动给掏空了，再加上林阿姨突然去世，对他的打击太大，所以……你们要做好一个心理准备，他可能患了阿尔兹海默病，这个病在他身体里已经潜伏了有一段时间了。可能因为你母亲需要他，他便用强大的抑制力一直压制着病情。眼下他最后的精神支柱也倒了，这个病情就趁机卷土重来了。具体得等他清醒了，你们带他去医院检查一下。看看有没有什么药物可以暂缓这个病的发作……"金子说完这番话也是感慨万千。

这个家真是有太多磨难了，刚送走了一个，眼下这个又生病了。只剩下这两个年轻人，要背负这么大的痛苦，以后可怎么办才好啊！想到这里金子不由得唏嘘不已。

张润泽表情呆愣了半天，这才反应过来，他艰难地吞咽了一口吐沫说道："金子姐你就放心吧！不管我父亲变成什么样子，我都会把他照顾好的，等这几天他情绪平复一点儿，我就送他去看病。"

张刚强一直睡到第二天中午才清醒了过来，他睁着空洞的眼睛四下看了看，一眼就看到摆放在桌子上的林秀芝的黑白照片。他的眼泪哗啦一下就流了下来，声音哽咽着说道："老伴啊，虽然你走了对我来说剩下的日子是生不如死，可是我就这么走了，两个孩子太可怜了。所以我要打起精神好好再陪他们几年。等他们成家立业了，生了孩子了，我再下去陪你，你耐心等我几年，很快我就来找你了……"

张刚强从屋里走出来的时候，面色已经恢复如常，经过一个晚上的休息以后，他的脸色也缓和了一些，眼睛里的红血丝也退去了，又变成了那个温和的老人。

张刚强看着他们两个年轻人忙碌的身影，不由得就红了眼眶，这两个孩子太不容易了，他一定要打起精神来，不能再拖他们的后腿了。

想到这里，张刚强轻咳了两声说道："今天早上咱们吃什么饭啊？我这肚子可是饿坏了。"

　　陈梦欣听到声音，连忙回头看去，见张刚强面色正常地坐在那里，不由得喜极而泣地说道："叔叔，我们熬了粥，煎了鸡蛋，蒸了包子，本来打算做好了给您送到屋里去的，没想到您自己倒是先起来了。您先坐一会儿，饭马上就好了。"

　　陈梦欣说完以后，又冲着张润泽使了一个眼色，示意他出去陪张刚强聊聊天。

　　张润泽点了点头，从厨房里走了出来，给张刚强倒了一杯热牛奶，温和地问道："爸爸，您昨晚上休息得好吗？先喝一杯热牛奶暖暖身子吧！"

　　张刚强接过牛奶勉强喝了一口，心里泛起了一阵阵恶心，他努力抑制住想要吐出来的冲动，柔声说道："我昨晚上休息得可好了，你妈妈还给我托了一个梦，她让我好好陪着你们，把你们两个照顾好，不然她不会原谅我的。所以孩子啊，以后你不用担心我了，我会照顾好自己的。"

　　张润泽强忍着眼泪，不让眼泪掉下来，他带着浓重的鼻音，重重嗯了一声算作回答。

　　在吃饭的间隙，张刚强忽然说道："孩子们，你们那里有没有我可以做的事情？我一个人闲在家里也没有什么事情做，想找点儿事情做做，我不要工资，就是单纯给你们帮忙。"

　　张润泽和陈梦欣对视了一眼，两个人都点了点头。

　　"叔叔，您这身子骨这么棒，能帮我们做很多事情呢！以前我就想请您过来给我们帮忙，但是一直没好意思开口。今天您主动提出来了，那可真是太好了。"陈梦欣满脸高兴地说道。

热门话题

其实张润泽和陈梦欣的想法一样，给张刚强找个事情做的原因，就是希望他多动动脑子，以此来减轻病情对他的大脑造成的伤害。

所以经过一番沟通之后，确定下来让张刚强去当仓库保管员，每个月还给他按时发工资。

忙碌了一段时间，这番茄苗移栽的工作也基本完成了，为期七天的郁金香节也结束了。据文旅局的统计，这七天前来参加活动的人数达到了五十多万。

各个商家都赚得盆满钵满的，撤展的时候，还一再要求文旅局能多举办一些这样的活动。

各大新闻媒体、网红主播等也纷纷前来报道，一时之间16连成为人人交口称赞的热门话题。

虽然郁金香节的活动已经结束了，还是有记者专程跑过来采访，把胡振海忙得团团转。

为了方便双方沟通，胡振海在连部里面，腾出来了三间办公室给张润泽他们用。

张润泽把自己的想法简单说了一下，重新建设番茄酱厂浪费时间和资源。眼下不如寻找一家合适的，因为缺少资金运营不良的企业，由他们注资，直接进行扩建。

胡振海听了这个建议以后非常高兴，他马上推荐了一家番茄酱厂，约上张润泽和陈梦欣一起去拜访那个番茄酱厂老板。

陈梦欣害怕张刚强一个人待在家里想得太多，便把他也拉上了。

这个番茄酱厂建在胡杨市的郊区，张润泽看了一下这个番茄酱厂，占地有100亩左右，生产规模在当时来说，应该不算小了。总共有十条生产线，但是目前正在运行的只有一条生产线，只有二十几个工人。生产线上的设备都十分老旧，使用人工的地方还比较多。

他不由得微微皱了皱眉头，这使用人工的地方越多，就越没有办法降低病菌的数据。以前他在西雅图的时候，那个意大利番茄酱厂采用世界上最先进的番茄酱生产设备，全自动化设备，所以才能从根本上保证番茄酱的品质，从而在欧美占据了市场。

若是他们想生产番茄酱的话，首先就要购买最新型的设备回来。

那边胡振海正在给老板刘晓东打电话，不一会儿工夫，就看到一位40岁左右，穿着一身工作服的中年男子从厂房里匆忙地走了过来。

"胡连长，不好意思让你们久等了，你说你要过来，也不提前打电话，我好在大门口迎接你啊！"刘晓东是个标准的西北汉子，说话声音洪亮，脸上笑容真诚，目光炯炯有神，没有一点儿奸商的模样。

张润泽第一眼看到他，心里就产生了好感。

"刘总，来给你介绍一下，这两位是上海来的年轻人，他们在我们16连投资了8000万元的项目。眼下他们想找一个番茄酱厂合作，我第一个就想到了你，然后就把人给你带过来了。你们先聊着，我还要去市里开个会，等开完会再回来接你们。"

"润泽，这位就是番茄酱厂的老板刘晓东。"胡振海给两边介绍完以后，就急着离开了。他觉得谈生意这种事情，自己在场，怕是两边都会感觉不自在，所以他主动开口了。

送走了胡振海以后，刘晓东热情地将张润泽和陈梦欣带进了办公室里。这办公室布置得也比较简陋，两张掉了漆的桌子，一排半新不旧的沙发，窗户的玻璃还是破烂以后，用了两块不一样的玻璃拼接在一起的，看起来这家番茄酱厂的日子是不太好过。

刘晓东拿了纸杯给他们俩倒了两杯热水，一脸尴尬地说道："真不好意思，这几年我们厂里效益不太好，所以条件有些简陋，让你们见笑了。"

张润泽和陈梦欣对视了一眼，随即笑着说道："刘总你真是让我敬佩，在番茄市场如此萎靡不振的情况下，您还能坚持下来，已经非常值得我们这些后辈敬佩了。"

"唉！这些年日子过得特别艰难，把身边所有亲戚朋友的钱都借遍了，大家看到我来就直摇头，就知道我是去借钱的。说实话有好多次我实在坚持不住，都想放弃了。可是看着这些一直跟着我的兄弟姐妹，我又于心不忍，若是我不干了，他们就要失业了。还有一点就是我不甘心，凭什么他们意大利商人能把番茄酱厂生意做大，离开他们我们就没有活路？番茄是我们新疆人民种植出来的，番茄酱也是在我们新疆加工出来的，凭什么我们就要一直受制于他们？所以我咽不下这口气，我就想给我们国家制造业争个光。"

"可是，你们也看到了，这几年我做得不温不火的，也没有钱购买新设备，所以……"刘晓东不好意思地抓了抓头皮，尴尬地笑了起来。

"说得好，这也是我们为什么会来新疆做投资的主要目的之一。刘总，千万不要气馁，坚持了还能看到希望，一旦放弃了就什么都没有了。"张润泽点了点头赞许地说道。

"是啊！我也是这么想的。我说放弃很容易，可是这么多亲戚朋友的钱都压在我身上，我若是放弃了他们该怎么办？"刘晓东长叹了一口气说道。

但凡是创业的人士，怕是都有这样的经历。每个月到了发工资的时候都会感到头痛。这可是一个公司很大的一笔开支。有人还有东山再起的机会，没有人的话就什么都没有了。

但是随着番茄酱被国际市场打压的利润越来越薄，再加上销路打不开，这一年干到头可能只够给员工发工资的。刘晓东这些年的艰辛程度可想而知。

看着他开始花白的头发，张润泽心里也感觉十分压抑。他一时不知道该怎么安慰刘晓东。

第六十四章

双方达成合作

"刘总，咱们现在的年产值怎么样？产品主要销往哪里？目前我们番茄的主要来源是什么样的合作模式？"陈梦欣看着现场气氛有些尴尬，便率先打破了沉默。

"我们现在只开了一条生产线，原料的主要来源是从农户手里购买，但是因为我们公司资金有限，所以购买的番茄比较少，只够开一条生产线的。至于产品销路嘛，这些年坚持下来，我也有一些固定的老客户，知道我们比较困难，每次采购的时候，都会提前把货款打过来，我的日子才好过了一些……"刘晓东这个人性格比较直爽，有什么就说什么。

张润泽沉默了一下，缓缓说道："刘总，不瞒您说，我们打算投资一家规模比较大的番茄酱厂。您这里十条生产线都开起来的话，规模能够达到我们的要求。所以我们要跟您沟通一下，看看这个番茄酱厂你想不想接入外部资本，然后我们一起将它经营发展下去。"

"想……我做梦都想有一笔大资金投进来，能把我们这个企业盘活了。可是眼下这个行情，我不能害你们。就算是有钱进来，更换了新的生产设备，那也面临着产品销量难的问题啊！这才是所有番茄酱厂倒闭的主要原因。"刘晓东听了张润泽的话眼睛不由得一亮,可是随即又灰暗了下去。

"关于这一点,刘总您不要担心,润泽他是从西雅图留学回来的,在那边认识许多对番茄酱有需求的用户。再一个我们的投资方是做国际贸易生意的,在国内外都有很强的购买渠道,若不然他们也不会投资我们这个项目。"陈梦欣笑眯眯地接过了话题,用自己的方式解除了刘晓东的后顾之忧。

"那真是太好了……我跟你们说啊!咱们新疆的番茄那个品质好啊!若不然这些意大利商人也不会蜂拥而至来到新疆生产番茄酱。可是我们当地厂家缺少品牌保护意识,一心只想着赚钱,太过依赖国际方面的购买力,舍弃了国内市场,所以才会被人牵着鼻子走,弄成今天这副惨状。若是我们能把国内的市场开发出来,那我们的番茄酱厂还有东山再起的机会呀!"听了陈梦欣的这番话,刘晓东这次是真的激动了起来。

"刘总,您说的这些正是我们一直考虑的,我们就是想从源头上狠抓番茄酱的品质,我们先在国内占领一定份额的市场,然后再向国外进行产品的输出。我就不相信我们有五千年历史的泱泱大国,还不能影响到国际市场了。我的目标是,以后国际上的番茄酱市场都围绕着我们新疆的企业转,而不是我们一直受他们的影响。"张润泽马上竖起大拇指说道。

通过这一番聊天,将三个人的心紧紧绑在了一起。刘晓东的人生观和价值观与张润泽的非常契合。他真没有想到跑到新疆这里来,居然遇到了自己人生之中最重要的合作伙伴。

这一番洽谈,他们足足聊了四个多小时才结束。关于合作的事情双方是一拍即合。双方经过商议决定,由泽龙生态农业给东晟番茄酱厂投资 3000 万元。刘晓东主动让出了 51% 的股份,把控股权交给了泽龙生态农业。

张润泽替他考虑,额外拿出 200 万元购买这些股份,这 200 万元基本上能把他欠下的钱还掉一大部分了。这样他的压力就减轻了很多。最让刘晓东感动的是,张润泽依然将东晟番茄酱厂交给他管理。他们只派来财务进行监管，以及辅助他完成市场销售，产品生产这一块，张润泽不插手，只要能保证产品的质量就行了。

这样一来等于番茄酱厂还在他手里运营。这番茄酱厂刘晓东苦心经营了这么多年，对待这个厂就像对待自己的孩子一般。以前也有人提出来收购，可是都要求他彻底放弃对番茄酱厂的管理权，思量再三刘晓东都舍不得，最后都不了了之了。

张润泽这个合作伙伴就像是从天上掉下来的一般，完全契合了刘晓东所有的想法。所以这一次他丝毫没有犹豫，对于陈梦欣提出来的所有条件，他都一口答应了下来。

泽龙生态农业这边，会在三天后派出一个尽调团队，对于东晟番茄酱厂进行简单的尽调，如果没有大问题的话，双方约定一周以后签约，一个月内资金到账。

这天张润泽正在办公室里忙碌的时候，他的手机突然响了起来。

张润泽拿起来一看，是丁妍妍打来的电话。自打丁妍妍离开新疆以后，就把他的手机号给拉黑了，这还是大半年来第一次主动给他打电话。

张润泽眯了眯眼睛，拿着手机做了老半天的思想斗争。他既然已经在林秀芝临终前承诺过要好好照顾陈梦欣，再加上这半年来与陈梦欣朝夕相处，他早已在不知不觉中喜欢上了陈梦欣。在这种情况之下，那就不应该和前女友还有瓜葛。他想借着这次机会，和丁妍妍把话说清楚，以后他们还是不要再联系的好。

"喂……"张润泽声音沙哑地说道。

"润泽哥哥……我好想你啊！我想去新疆看你，我再也不要待在苏州了，我现在马上立刻就要见到你，呜呜呜呜……"电话那端传来丁妍妍呜咽的哭声。

以前张润泽只要听到丁妍妍哭，就会忍不住去哄她、安慰她，一直到把她逗笑了为止。可是今天她的哭声听在张润泽的耳朵里，只感觉到一种疲惫。

他叹了一口气问道："怎么了？又跟家里闹矛盾了，还是跟男朋友闹矛盾了？"

丁妍妍听了他的话，忍不住呼吸一滞，过了好半天才喃喃地说道："润泽哥哥你听我解释，当初我从新疆离开以后，你都不哄我，我心里觉得难过极了。回到苏州以后又被父母狠狠骂了一顿，在他们的强迫之下，我才谈了一个男朋友。可是我从来没有爱过他，在我心里一直爱着的都是你。"

张润泽听了她的这番话，有一种啼笑皆非的感觉。丁妍妍就是这种性格，不管做什么事情都是任性而为，从不会考虑后果，只要自己开心就行了。

张润泽哄了她这么久，也是感觉真的心累了。更何况她早就开始了新的生活，这个时候再来打扰他，也确实说不过去。

所以他声音低沉地说道："妍妍，你也是二十几岁的成年人了，做事情不能再这样随性而为了。"

"我不知道你那边发生了什么事情，但是请你听我一句劝，你的父母不管做什么事情，最终的目的都是为了你好。"

"好了好了，别说了，你现在怎么跟我妈一样这么喜欢唠叨，我不管，我明天要去新疆看你。"丁妍妍不耐烦地打断了张润泽的话，娇声娇气地说道。

张润泽叹了一口气，耐心地解释道："妍妍，我们两个已经分手了，你已经有了男朋友，而我也有了想要照顾一生的人，所以我们两个人再也回不到过去。我没有办法答应你来看我这件事。"

"什么？你有了想要照顾一生的人？她是谁？你怎么能这样对我？谁答应和你分手了？只要我没同意分手，你就不能偷偷去找别的女人，你就是属于我的。"丁妍妍听到张润泽找了女朋友，立刻就变得狂躁起来，她在电话那端气得又蹦又跳的。

张润泽听了她的这个说话逻辑以后，觉得有些好笑。他按捺住性子声音平和地说道："难道不是从你找男朋友那一天开始，就默认我们两个已经分手了吗？"

"谁说我要和你分手了？我找男朋友只是为了气你，并不是真心想和他在一起的。反正我不管，你尽快和那个女的分手，我明天就要去新疆找你。"丁妍妍听不出来张润泽话里的意思，依然不依不饶地说道。

张润泽想到这半年来，丁妍妍天天在朋友圈秀恩爱，不是那个富老二给她买了名牌包包，就是两个人一起出去旅游，抱在一起亲热的画面，要不然就是双方你侬我侬，海誓山盟的模样。

她这种幸福的日子过了大半年，眼下心情不好了，才想起他这个被迫分手的前男友，而且还对他死缠烂打。丁妍妍的这番作为，真是刷新了张润泽的三观。

想到这里，张润泽沉下脸来说道："妍妍，我们已经分手大半年了，以后你还是不要给我打电话了，不然我女朋友听到了会不高兴。就这样吧！你别胡闹了。"他说完就想挂电话。

结果丁妍妍又在电话那端哭喊了起来："我现在知道你为什么那么对我了！原来是你早就有了相好的了，可是你又不想主动提出来分手，所以才要逼着我离开。你和你妈串通起来陷害我。你这个渣男，还有你妈也不是什么好东西……"

"够了，我母亲她已经去世了，我不允许任何人侮辱她，我和你把话说得已经很清楚了，希望你以后不要再给我打电话了。"张润泽愤怒地低吼着，为了避免情绪失控，他第一次主动挂断了丁妍妍的电话。

丁妍妍不甘心，又不依不饶地把电话打过来，张润泽都选择了拒接。

丁妍妍见电话打不通，又开始在信息上辱骂张润泽，说他是负心汉，为了别的女人把她甩了，又说要在朋友圈曝光他之类的话。

张润泽实在没有精力陪她胡闹，便直接关了手机去忙其他的事情了。

无理取闹

  等张润泽忙完手里的工作，打开微信一看，丁妍妍竟然给他发了几百条信息，每一条都是辱骂他的。这还不算，她把自己发的信息截图，都发在了朋友圈里，让大家好好看看张润泽是怎么样的一个渣男。

  双方共同的好友有不少，纷纷给张润泽留言，问他是怎么回事。

  张润泽感觉此时不管说什么，都显得语言苍白无力，他不愿意把他和丁妍妍之间的事情对外说，这是他能为丁妍妍做的最后一件事情了。

  不过这件事情给张润泽带来了很大的困扰，一打开微信，里面满是这类信息。有些不明真相的人还真的以为是张润泽辜负了丁妍妍，每天都有很多人来加他，通过了以后就是破口大骂。无奈之下他只能屏蔽了这些信息，独自一个人默默承受着众人的非议。

  这件事情张刚强和陈梦欣都不知道，直到这天陶爱橘急匆匆过来找张润泽："我说润泽啊，你和丁妍妍那个事情究竟是怎么回事？眼下人家把电话都打到咱们宣传部了，说是像你这种道德败坏的人，怎能作为胡杨市重点扶持的青年才俊呢？真是丢胡杨市的脸。李巧红主任来找我商量，看这件事情怎么处理才好。我想着还是亲自过来问清楚情况，再回去跟她商量解决办法吧！"

这个时候张润泽想要阻拦也来不及了，一旁的陈梦欣一脸惊讶地走上前来问道："橘子阿姨，您说的是什么意思？什么打电话、道德败坏的？我怎么听着一头雾水呢？"

陶爱橘尴尬地看了看张润泽，后者微微摇了摇头，意思就是陈梦欣不知道这个事情。她这才明白自己好心办了坏事。但是事已至此，她不说也不行了，便把丁妍妍怎么败坏张润泽名声的事情，从头到尾说了一遍，还把手机打开，将丁妍妍发的朋友圈拿给陈梦欣看。

陈梦欣看完以后气得火冒三丈，但是这事又不能责怪张润泽，她气得在屋里转了几个圈，努力平复了一下激动的心情，这才说道："你说说你这个人，怎么就这么好欺负呢？人家都把你欺负成这样了，你连一句解释都没有。你越保持沉默，人家就越觉得你好欺负。你知道吗？一个生意人一定要学会爱惜自己的羽毛，你现在代表的不是你一个人，代表的是我们整个公司。这么多双眼睛都看着你，若是你因此身败名裂了，造成我们投资人撤资，害的可是大家。"

"我知道你这个人心地善良，可是过度善良就是软弱，作为泽龙生态农业的董事长，你应该起到一个好的表率作用，而不是被前女友骂得身败名裂。这事我来处理，你就不要管了。"她说完以后，气呼呼地转身去打电话了。

一般女孩子遇到这种事情，首先考虑到的是自己的男朋友为什么还和前女友有瓜葛，他们是不是旧情复燃了，不然为啥前女友会在朋友圈这么骂他？

但是陈梦欣不同，她一点儿都没有怀疑张润泽，她生气是因为张润泽受了欺负也不知道反击。若是站在公司角度上来说的话，她的话也没有任何问题。

陶爱橘一脸尴尬地看着张润泽说道："我好像是好心办坏事了，我哪里知道这么大的事情，他们都不知道呢！"就在这个时候，张润泽的手机突然响了起来，他拿起来一看，见是丁妍妍打来的电话。

陶爱橘眼尖，也看到了。她气愤地说道："这个丁妍妍还想干什么啊？你接通，我倒要看看这个不明是非的小丫头能闹什么幺蛾子？"

张润泽沉默了几秒钟，随即接通了电话，声音平淡地说道："喂……请问你有什么事？"

"张润泽你是不是个男人？竟然在网上发布那些信息？是你先对不起我的……"丁妍妍尖着嗓子的叫骂声，从话筒里清晰地传了过来。

陶爱橘知道张润泽嘴巴笨，她心里实在是气不过，大步上前，一把将手机抢了过来，大声说道："我说丁妍妍，你做错事情还有道理了？当初是你丢下润泽回了苏州，一个月不到就有了新欢。怎么眼下日子过不好了，又想起我们润泽来了？你还以为润泽这里是废品收购站啊？你想来就来，想走就走？你把润泽差点儿搞得身败名裂，还觉得自己有理了？一个小姑娘家家的，整天搞得像个泼妇一样骂大街，你父母是怎么教育你的？"她以前没少受丁妍妍的气，心里早就看不惯丁妍妍的作风了，只不过以前碍于林秀芝的面子，所以不跟她一般计较罢了，没想到这小姑娘还得寸进尺了。所以她说话半分情面都没留。

丁妍妍欺负张润泽欺负习惯了，完全没有想到会有别人来接电话，而且说话还这么难听。她什么时候受过这样的委屈，大眼睛一眨巴，眼泪就掉了下来，声音哽咽地问道："你是谁啊？麻烦你让润泽哥哥接电话。"

"我是他大姨，哥哥、哥哥什么啊？你还以为自己是老母鸡会下蛋啊？我告诉你我们润泽眼下已经订婚了，请你以后少给他打电话。"陶爱橘毫不客气地说道。

"不，我不相信润泽哥哥已经订婚了，他说过这辈子非我不娶的，他怎么可以背信弃义？"丁妍妍终于在电话那端哭了起来。

"他背信弃义？你这个小姑娘说话还真是好笑了，你那边天天在朋友圈晒新男朋友，秀恩爱，凭什么我们润泽就一直要等着你回头？"陶爱橘简直都被气笑了。

家喻户晓

别看丁妍妍平日里咋咋呼呼的，她其实是个典型的欺软怕硬的主，也就是欺负欺负张润泽一家人。遇到像陶爱橘这种泼辣的人，她是一点儿办法都没有，只能哭着把电话给挂了。

张润泽听到陶爱橘对丁妍妍说自己已经有了未婚妻，吓得连忙说道："橘子阿姨，未婚妻的事情可不能乱说，人家欣欣……"

"咋了？难道你还不愿意了？欣欣对你的付出，我可都看在眼里。你若是敢对不起欣欣，我可饶不了你。"没等张润泽说完，陶爱橘便生气地说道。

张润泽连忙摆手说道："我怎么可能会对不起欣欣，这辈子我就认定她了。"

陶爱橘听了这话，笑着说道："那这事就这么定了，你母亲不在，这事我给你做主了。"

张润泽脸庞通红的说道："这事我说了又不算，还要看欣欣的意思。"

两人正说着话，一脸得意的陈梦欣从屋里走了出来，好奇地问道："你们在说什么事？"

"我们在说润泽的母亲不在，家里也没有一个做主的长辈，你们俩的事情，我看了都着急。今天阿姨问你一句话，你愿不愿意嫁给这个臭小子？"

陶爱橘这突如其来的问话，让陈梦欣微微愣了一下，她红着脸飞快地看了张润泽一眼，见后者正一脸期待地看着她，心里猛地一暖，含羞点了点头。

陶爱橘见状高兴地说道："那这事就这么定了，等你们事业稳定了，阿姨就来给你们操办这些事。"

陶爱橘说完，见这两个年轻人一脸别扭的模样，便随即岔开了话题。

"欣欣啊，你用什么办法把那个丁妍妍气得又蹦又跳的？我瞧着都解气！"陶爱橘一脸神秘地问道。

"橘子阿姨，你来看！"陈梦欣冲着陶爱橘招了招手，随即打开了手机，两个女人脑袋挤在一起，忘我地看了半天，随即哈哈大笑了起来。

张润泽好奇地拿起了手机，四处翻了翻，很快他就刷到了一条上了热搜的新闻，题目叫作"撕下白莲花的伪装"，他点开一看，见里面用图片和文字的形式，清清楚楚地把丁妍妍以及她家里这大半年来做的所有事情，都展示得清清楚楚。

也不知道陈梦欣这么短的时间内，从哪里弄来的资料，简直看得张润泽目瞪口呆的。

他一脸惊讶地说道："这些材料……你都是从哪里弄来的？"

"咋了？心疼了？"陈梦欣瞪了他一眼反问道。

"没有、没有，我只是好奇，有很多材料只有我自己知道，你是怎么拿到的？"张润泽连忙抓了抓脑袋，焦急地解释道。

"这是我的秘密，不告诉你，只要你不心疼就行。"陈梦欣顽皮地做了一个鬼脸。

陈梦欣这份资料里面罗列得非常详细，包括她父母怎么看不起张润泽的记录都有。现在网络这么发达，想来是陈梦欣找人黑了丁妍妍的数据，所以拿到了她想要的一切。

217

因为这个热帖，舆论风向立刻发生了翻天覆地的变化，大家纷纷把苗头对准了丁妍妍。觉得她仗势欺人，太看不起普通家庭的人了。

　　这社会上仇富的人群本来就很多，再加上这件事情又牵扯到丁妍妍的父母，前几年"我爸爸是李刚"这个事情，在社会上闹得沸沸扬扬的，没想到现在还有仗着父母的权势欺负人的。所以这个帖子引起了巨大反响。

　　不到一天的时间，这个帖子就有上万条的回复，更有甚者直接人肉了丁妍妍的家庭背景。直接把这个帖子里的内容，投到了丁妍妍父母所在单位的举报箱里。

　　据热心网友透露，说是丁妍妍的父母眼下都被停了职，在家写检查。其他网友高呼大快人心。

　　可是张润泽看到这个热帖的时候，却有些忧心忡忡，他忍不住找来陈梦欣对她说道："欣欣，丁妍妍是有对不住我的地方，可也是因为我这个男人没出息，没有办法让她过上更好的生活。眼下这个帖子已经超出了我们为自己证明清白的初衷了，被很多心理阴暗之人利用，会伤及很多无辜的人。"

　　陈梦欣默默点了点头说道："这几天我也在观察，确实发现很多在现实里活得不如意的人，借着网络的外衣来发泄心中的不满。实话告诉你吧，我已经安排人去删帖了，下午这个帖子就不会存在了。"

　　到了下午，张润泽再去刷那个热帖，果真发现已经不在了。与此同时，丁妍妍的电话也疯狂地打了过来。张润泽默默看着她的名字，随即便关了手机，他没打算再接丁妍妍的电话，也不想再和她纠缠下去。

股东大会

　　番茄苗在梁天的精心护理之下，平安地度过了疾病高发期，进入了生长阶段。在栽培、种植技术这一块，梁天没有让张润泽操一点儿心，完全担负起责任来，这让张润泽感觉非常欣慰。

　　另一方面负责对刘晓东番茄酱厂尽调的部门，也把详细的分析数据递到了张润泽面前。

　　他打开看了一下，发现这几年番茄酱厂虽然一直处于半亏损状态，但是各种账目都做得清清楚楚，公司所有的开支都围绕着生产在进行，没有一笔款项是用在消费享受方面的，甚至连招待费用都少得可怜。看来这刘晓东还真是一个一心想要做实事，把事情做好的合格老板。

　　其实通过财报来看，番茄酱厂这些年多少还是有一些盈利的，但是这些盈利的钱，都被刘晓东用在职工生活场所改善上面去了。

　　当时张润泽来到番茄酱厂的时候，就发现了一个很奇怪的现象，那就是整个厂房其他地方都比较旧，但是员工宿舍之类的休闲区却整理得非常干净，一看就是经常有人在维护。

　　翻看到这里，张润泽暗自点了点头，他说道："去把陈总和梁总叫来吧，我们开个股东会来讨论一下。"

虽然关于投资这件事情，公司内部已经多次开会进行过讨论，但是最终投资结果，还要基于尽调的结果，眼下结果出来了，他们也要进行最终的投票。

　　出于对周鹏和夏小强的尊重，在他们开董事会的时候，陈梦欣便打开了摄像头，通过视频会议的模式，向他们进行详细的汇报和阐述。

　　这次汇报工作是由张润泽来主持的，他由点到面，把整件事情的前因后果，以及尽调的结果，和可行性研究报告，都用PPT进行了详细的阐述。这次汇报工作足足用了两个多小时。

　　等张润泽介绍完之后，周鹏和夏小强那边基本上已经了解了这个番茄酱厂的全部情况。两个人私下去开了一个碰头会。约莫过了半小时的样子，周鹏又笑眯眯地出现在镜头前，说道："经过我和夏总的商量，我们最终决定，这个投资可以进行。而且这家番茄酱厂性价比比较高，不用投入太多的资金马上就能正常运转。这比你们自己建造番茄酱厂的时间要缩短一半还多。"

　　"只是眼下，你们面临着几个问题：第一个是番茄酱厂最新生产设备引进的问题；第二个是旧厂房翻新的问题；第三个问题就是眼下番茄酱厂库存不足，一旦开工，缺乏原料这个问题就成为你们的瓶颈了。若是等到新一批番茄生产下来，那这么多员工的工资，生产设备的损耗，就预示着你们这一年白忙了，不但赚不到钱，可能还会赔钱。所以这些因素你们都要考虑进去。"

　　没等张润泽答话，陈梦欣便抢着说道："周叔叔，关于设备这个问题，我们已经与上海的一家进口设备公司进行了洽谈，等这件事情落定了以后，我和润泽就准备去上海跑一趟，顺便再去拜访你们，这么久不见，我可想死你们了。"

　　"就数你这个小丫头嘴甜，你现在有了润泽那个臭小子在身边陪着，哪里还想得到我们这些老家伙？"周鹏嘴巴上说着不相信，但整个人乐和得都合不拢嘴巴了。

　　"关于旧厂房改造的问题，我们也请专业人士进行评估过了。这些旧厂房整体框架是没有问题的，需要改进最多的部分，就是外立面，这一块花不了太多的时间和精力，总体下来，应该三个月时间差不多了。这个设备从国外订购，再安装好，也是需要一个月的时间的。也就是说这个厂房前前后后需要花掉最少四个月的时间才能正常运营。"

"这个番茄从栽种到成熟，也就是四五个月的时间，再加上番茄酱厂还有一些库存，能顶一个月左右。所以等我们正式开工的时候，新鲜的番茄就能顶上来了。"

"至于在这四五个月里现有员工怎么办的问题，我和欣欣也进行过讨论。一方面我们购买了新机器，扩大规模以后，现有的工人不论是技术还是人数都达不到我们的需求。所以我们打算利用这段时间，一边培训老员工，一边招募新员工，再让老员工带新员工。只要设备一上马，熟练的工人马上就能进厂，可以完美地进行无缝衔接。"

"另外一方面，旧厂房翻新的时候，还有许多事情需要人工，与其在外面招募人手，不如就让原厂的职工参与建设，这样他们也会有使命感和主人翁的精神。这是一件一举两得的事情。"张润泽接过了话题，他头脑清晰地将事情阐述了一遍。

周鹏听了这番话，不由得连连点头说道："这个方案很不错，我们表示赞同。那现在我就剩下一个问题了，就是产出的产品销量的问题。"

他的这番话让张润泽和陈梦欣不由得对视了一眼，陈梦欣笑着接过了话题说道："这个问题我们也讨论过，我们三个都是国外留过学的人，尤其是梁博士，他可是在国外待了十几年，有很深的根基。目前我们都尽最大可能地发挥自己的资源优势，眼下国内和国外有几家公司，都表示对我们产品感兴趣。等样品一出来就给他们寄过去。"

"我知道，这番茄酱厂前期运营肯定是非常艰难的，但是我们已经做好了准备，不管多困难我们都会咬牙坚持下去。我们新疆的番茄酱在国外这么受欢迎，我就不相信贴了我们国产的品牌，它就卖不出去。这人会撒谎，可是番茄酱的口感和品质是不会撒谎的。"张润泽一脸坚定，掷地有声地说道。

"说得好，在国外各大消费产品之中，有多少畅销产品都印着'中国制造'的字样？正是因为我们国产的品质好，所以才会让他们感到害怕，遭遇到不公平的抵制。"

生态农业论坛

"困难只是暂时的，我们要相信，其他国产的产品可以走出中国、走向世界，我们的番茄酱也一定可以。另外你们不要只盯着国外的市场，别忘记我们国内还有14亿人口，就我们国内的这种消费力，可以说是任何一个国家都不能与之媲美的。"周鹏对于张润泽的想法，给予了肯定的答复。

"周叔叔您就放心吧！国内市场是你们的天下，只要有你们在，何愁没有销量呢，对吧？"陈梦欣伸了伸舌头，做了一个鬼脸。

"臭丫头，就知道说好听的话。"周鹏从心里疼爱陈梦欣，每次看到她的时候，眼睛里的笑意怎么也藏不住。

"虽然周总和夏总在国内很有影响力，但我还是希望能依靠自己的能力闯出一片天地来。你们已经给了我很大帮助，若是我连这一点都做不到，那岂不是辜负了你们的信任！"张润泽微微笑着说道。

结束了会议以后，张润泽马上就给刘晓东打了一个电话，将此次尽调的最终结果告诉了他。

刘晓东听到这个消息以后，高兴得手舞足蹈的，在电话那端高声说道："那可真是太好了，这些员工跟了我这么多年，不管遇到多大的困难，都对我不离不弃的。若是因为融资让他们失去工作，那我宁可不要这笔钱。非常感谢你们考虑得这么周到，我代表全体员工向你们表示感谢。"

张润泽把投资番茄酱厂的事情告诉了胡振海，并且提出了自己的建议，他希望16连能成立一个国有混合制公司，以后泽龙生态农业的所有项目都有16连的一份。

这对胡振海来说简直是天上掉馅饼的好事，他当然毫不犹豫地答应了。不过成立国有公司，以及国有公司控股和占股的事情可不是一件小事情，他需要层层汇报上去，最终得到市里领导班子的批准。

原本这个过程非常漫长，少则一个月，多则半年，但是为了不耽误此次投资，胡振海连夜赶往了市里，把这件事情给李立军副市长做了详细的汇报。

李立军非常重视这件事情，因为16连这一番举措，可是开创了全市乃至整个生产建设兵团的先河。若是这一番操作能够实现的话，那也给胡杨市新农村建设的工作提供了可以参考的模板。所以他马上将这件事情向市委书记做出汇报。

这件事情立刻引起了市委书记的密切关注，他马上召开了市委常委会议，就胡振海提出的这种混合制所有公司的经营模式展开了激烈的讨论。会议一直开到凌晨三点多才结束。

李立军让胡振海回去等消息，说是三天之内能给他答复。这么大的事情，胡振海知道也不是一时半会儿就能决定下来的，所以也没有多说便耐着性子回去了。

因为张润泽打算利用这次机会好好做一次宣传，提前把新疆番茄酱的广告给打出去，所以他打算做一次别开生面的签约仪式。除了邀请各大新闻媒体以外，还邀请了一些农业专家以及种田能手，上台和大家分享新疆番茄无公害种植的经验。而且这次分享活动，还会通过网络直播向全世界进行推广、宣传。

至于农业专家肯定是以梁天为首，他不但在胡杨市是农业领域的佼佼者，甚至在全国都赫赫有名，在国际上也有一定程度的影响力。

当新闻媒体提前预热宣传，打出梁天的名字时，在农业领域的各个研究机构都像炸了锅一般，纷纷给张润泽打电话，希望能出席此次签约仪式。

原本张润泽只是想做一个小型的活动，可是眼下报名参加的研究机构太多了，很多都是国内赫赫有名的大机构。若是这些人能来参加会议的话，那可是比什么新闻报道都更有宣传力度。

因此张润泽和陈梦欣召集大家连夜加班，制订了一套以"生态农业"为主题的高端农业论坛活动策划方案。

当他把方案交到宣传部的时候，李巧红看了这个方案后吓了一跳，马上将这个方案汇报给宣传部部长。

宣传部部长召开会议，针对此次活动进行了详细的论证，都觉得此次会议将会给胡杨市带来一个全新的机会。

因为此次报名参加会议的，除了各大研究机构以外，还有和番茄酱生产的相关产业。若是能利用这次机会主动进行招商的话，说不定会有很大的收获。

平时为了完成招商工作，他们没少往外面跑。可是一说到新疆这么偏远的地方，这些厂家心里就会发怵，认为各项工作开展都不会很方便。即便是他们给出相当好的政策都不行。

眼下这人都到家门口了，若是白白浪费这样的机会岂不是可惜？

在跟市领导沟通汇报了以后，最终做出决定，此次活动以胡杨市市政府、宣传部作为主办，由泽龙生态农业进行承办。如此一来就提高了此次活动的规格。

第六十九章

各持己见

原本只是泽龙生态农业和番茄酱厂自己举办的一个小型签约会，眼下一下成为市一级由政府牵头举办的大型活动了。目前全国各地报名参加的人数都已经超过了三百人，有近两百家企业和机构前来。

这大型的会议，三五天时间肯定是准备不好的。所以张润泽和陈梦欣经过慎重考虑之后，将此次会议推迟了半个月，预计在5月中旬，春暖花开的时候举行。

5月是新疆最美的季节，各种杏花、桃花、草原小黄花都盛开得让人应接不暇，这个时候的番茄苗也已经长得郁郁葱葱了。番茄酱厂虽然还没有来得及翻新，可是在刘晓东带领下，全厂职工经过半个月的努力之后，厂房里里外外都焕发出了新的生机，连陈旧的机器都擦得明光锃亮的，让人走进工厂就有一种生机勃勃的感觉。

活动当天张润泽还从胡杨市20个少数民族之中，征集了20道代表各民族身份的特色菜，非常有当地特色。当这些菜端上来的时候，各位与会嘉宾都纷纷掏出手机拍照记录，并传到网上，引起了网民们的围观，一时将胡杨市炒到了热点新闻上，成为人们茶余饭后的谈资。

此次生态农业论坛，有五十几家重点企业、机构发表了和生态农业相关的演说，展示了自己最新的农业科技产品，说起来也巧，其中有一家主要研发生产的就是番茄酱生产设备，而且非常符合张润泽他们的需要。

这引起了张润泽极大的兴趣，几度与这个厂家的负责人对接。但是一向支持张润泽的陈梦欣，这一次却持反对意见，她觉得像这种生产设备，花几千万元购买，要使用几十年。所以一定要购买品质有保证的设备。目前国外的生产设备更符合他们的需求。

国内这些设备虽然在价格上便宜了很多，但是并没有经过市场的检验，她害怕钱虽然花了，可是用不了几年还是要更换国外的产品，这样非常不划算。

但是张润泽却认为，这些年随着国家的科技不断发展进步，目前我们已经属于制造业强国，多少国外的知名品牌都在国内进行产品加工，为什么国货就不值得信赖呢？

两个人因为这件事情争执不下，最后两个人经过协商，决定等会议结束了再来探讨这个问题，眼下还是要以会议圆满结束为主。

这场会议的高潮无异于是梁天的发言了，此次发言他准备得非常充分。发言的主要内容是16连番茄种植技术、全产业链开发的未来前景，以及最终形成红色农产品特色小镇等相关内容。

他的发言内容极具权威性，而且都是干货，等他发言结束了以后，有许多人在现场提问，还有咨询要来胡杨市投资相关产业的。因为准备得比较充分，由宣传部负责对接的招商小组，马上在现场针对相关政策进行了阐述，引起了很多客户的关注。

会议最后一项活动就是现场签约仪式了，在万众瞩目之下，张润泽对着镜头大声宣布，泽龙生态农业的第二道产业链，番茄酱生产厂正式建成，预计在10月开始销售新产品，欢迎大家提前预订。并且将会通过直播方式，对16连番茄的种植情况进行直播，让对番茄酱感兴趣的用户，可以全方位监控在种植过程中，纯天然、无污染的科学种植方法。

主要会议结束以后，由张润泽带领与会人员，参观了他们的番茄种植基地，梁天和大家交流了种植技术，这一番转下来，大家都感到收获颇多。

此次会议可以说召开得非常圆满，除了现场签订了一个多亿的投资协议以外，还在全国推广了胡杨市，让这个边关默默无闻的小城市，一举成为家喻户晓的城市。为此胡杨市受到了兵团司令部的嘉奖。16连更是成为胡杨市的先进单位。

他们成立混合制所有公司的事情，也得到了领导的大力支持。

张润泽仅用了三天的时间就办完了相关手续，然后用改制以后的泽龙生态农业集团公司，成功并购了刘晓东的番茄酱厂，正式更名为泽龙番茄酱厂。

这一个月他们一直忙得团团转，把所有事情处理完以后，才松了一口气。张润泽刚准备松口气，陈梦欣又来找他谈论购买番茄设备的事情。

这次陈梦欣准备得非常充分，她带着各种对比数据和详细资料，告诉张润泽选择国产设备的风险。

张润泽知道陈梦欣是真心对他好，绝对不会做出损害企业的事情，所以一般她坚持的事情，他都不会持反对意见。但是在购买设备这件事情上，他有自己的想法，他认为既然他们要弘扬的是"中国制造"这个概念，那为什么就不能选用中国的生产设备呢？

"欣欣，我知道你是为我好，你提供的这些数据我也相信都是真实的。我承认在生产设备这一块，国外起步是比我们国内早，而且也确实有几家品质非常不错的厂家。可是我觉得我们国货也不错啊！你看这些年我们国家在航天、高铁、5G等方面，已经走在了世界的前列，这么高端的产品咱们都能在世界上遥遥领先，为什么咱们的生产设备就一定比别人差呢？"张润泽想要继续说服陈梦欣。

可是陈梦欣也有自己的想法："你说的这些我承认，我们国家的制造业正在紧追那些先进的国家。"

第七十章

发现异样

"但是人无完人，我们国家的制造业也是如此。为什么我们不能扬长避短，购买国外同类型先进产品，生产出更多优质的番茄酱，再将我们的番茄酱输出到国外，靠我们优质的产品取胜呢？"陈梦欣一脸不解地问道。

张润泽沉默了片刻，回答道："你说得都没错，可是欣欣，我们国家的生产设备若是想要进步，就一定要有人去使用。若是大家都去购买国外产品了，那咱们的国货什么时候才能发扬光大？连我们自己都不认可它，又怎么能指望别人来认可呢？"

陈梦欣面对张润泽的质问，竟然感到无法反驳，但她还是一咬牙说道："反正我不管，眼下我们正处于创业初期，一步路走错了，就将陷入万劫不复的境地，我不能让你去冒这个险。爱国的方式有很多，为什么不选我们力所能及的事情？"

两个人因为这件事情产生严重的分歧，最后闹了一个不欢而散。两个人争执的声音把张刚强都给惊动了，他见陈梦欣气呼呼地走了，忍不住走上来问道："有什么事情不能好好说吗？你一个大男人怎么还跟一个女孩子争执起来了？你看我跟你妈生活了一辈子，我们两个人就从来没有红过脸。"

张刚强自打有了自己的工作以后，每天忙忙碌碌的，根本没有时间去想那些不开心的事情，整个人明显地精神了不少。下班以后，他便和16连的老同志约了一起散步、下棋，从外表上一点儿都看不出他的难过了。

他巧妙地将痛苦深埋在心底，也只有夜深人静的时候才会偷偷难过。

他的这种痛苦，张润泽深有体会，他见父亲都这么大年纪了还为他们操心，便无奈地笑着说道："爸，我和欣欣没有吵架，我们两个只是就事论事，这是工作方面的事情，不会带到生活里面去的。您就放心吧！"

张刚强将信将疑地看着他，过了好半天才默默点了点头，叹了一口气转身离去了。

等下了班张润泽和张刚强回到家里的时候，瞧见陈梦欣已经做好晚饭了，今天的晚餐还特别丰盛，她炒了好几个菜，还开了一瓶伊犁老窖，正笑眯眯地等着他们回来。

"润泽，快带叔叔去洗洗手，你们怎么回来这么晚？饭菜都快凉了。"陈梦欣笑着说道。

"公司有点儿事情耽搁了，我们马上来！"张润泽爽快地应了一声。

张刚强狐疑地看了看两个人，见他们脸上没有什么异样，这才放下心来。这一顿饭吃得欢声笑语的，非常和谐。

吃完饭张润泽还抢着去洗碗，陈梦欣便由着他去了，自己留在客厅里陪着张刚强看电视。

张刚强看了看陈梦欣，最终还是忍不住说道："欣欣啊！叔叔知道你是个好姑娘，润泽这孩子哪里都好，就是打小脾气比较倔，认准的事情十头牛都拉不回来。你别跟他一般见识，他若是欺负你了，你就跟叔叔说，叔叔替你教训他。"

"扑哧，叔叔你误会了，他对我可好了呢！怎么会欺负我呢？只不过我们两个人在一起工作，工作上发生一点儿分歧，这属于正常现象，您千万别往心里去。"陈梦欣微微愣了一下，随即笑着说道。

"那就好，那就好，你说你这么大老远跟着我们跑来新疆，总不能让你受了委屈。"张刚强见陈梦欣也这么说，心里才微微松了一口气。

这天陈梦欣正坐在办公室里忙碌的时候，突然从门外走进来一个陌生的男人。

这个陌生的男人目送着张刚强离开，便大大咧咧往沙发上一坐，咧着嘴巴冲着陈梦欣笑着说道："真没有想到，陈总竟然是这么一个年轻漂亮的小姑娘，真是让人刮目相看了。"

陈梦欣看到对方不怀好意的目光，眼神之中闪过一抹厌恶之色，她表情平淡地问道："请问您是哪位？你跑来找我，不会就是为了说漂亮话的吧？"

对方听了这话，不好意思地打着哈哈说道："陈总太幽默了，我千里迢迢来找您自然是来谈合作的。只是看到您这么年轻漂亮，所以情不自禁说了几句好听话而已。"

"哦？不知道您想找我谈什么合作？"陈梦欣饶有兴趣地挑了挑眉毛反问道。

"陈总果真是快人快语，那我也不绕弯子了。我姓夏，在苏州从事番茄酱半成品加工进出口生意。最近你们这个番茄酱厂的风头正劲，再加上有梁天博士这样的人做技术支持，想来产品一定有自己的独到之处。我便慕名而来，希望能跟贵公司达成合作。"姓夏的男人一双精于算计的小眼睛一直盯着陈梦欣脸上的变化。

陈梦欣虽然岁数小，可她也是见过大世面之人，这心里在想什么，脸上是半分也不会表现出来。因此她神色淡然地反问道："半成品加工？我不太明白你的意思。"

"陈总是这样的，这番茄酱分为两种加工模式，一种是成品加工开盖即食的，虽然这种工厂的利润会大一些，但是你也知道，我们国内的番茄酱在国际市场上是会受到一些国家抵制的，所以销量并不好。但是半成品加工就不同了，我们出口给国外同类型的番茄酱厂以后，他们会对产品进行深加工，不论是产品质量、卫生标准都更符合国外市场的需求。这类产品在国际市场上是供不应求。为了寻找更好的货源，所以我慕名前来，想和你们达成这个合作。"姓夏的男人连忙把合作模式解释了一遍。

"哦！也就是所谓的把中国产品拿去稍微加工一下，就变成意大利本国生产的产品了，而且还不在原厂产品生产地标明我们中国新疆字样的那种贴标合作吧？请问你们做这种事情和卖国求荣有什么区别？"陈梦欣做出一副恍然大悟的模样，把话锋一转，整个人都变得严厉起来。

她脑海之中忽然响起张润泽曾经说过的话："我们中国的产品有一些正处于发展阶段，可能与国际上已经成熟的同类产品相比确实有着这样那样的问题。可正是因为如此，作为中国人我们才更要支持本国制造业的发展，若是连我们自己都不看好中国制造业的发展，那我们中国的制造业何时才能走出国门，走向世界？"

这番话是张润泽当初在两个人针对购买国内生产机械还是国外生产机械发生分歧的时候说过的一番话，陈梦欣一直不理解，张润泽为什么在这件事情上这么固执。可是如今她听了姓夏的男人说完的这番话以后，突然明白了他的良苦用心。也就是在这短短的一刻，陈梦欣决定放弃对国外生产设备的选择，转而支持张润泽购买国货。

"呵呵……陈总真是快人快语，大家做生意都是为了赚钱，不赚钱谁会投入这么大的资本来做事情呢？既然我们赚钱的目标是一致的，与其你们生产出来的产品卖不出去，还不如选择和我合作，大家一同赚钱是不是？那我们把国外的钱赚回国内来，给咱们国家的 GDP 做了贡献，又怎么能够说卖国求荣呢，是不是？我们这个应该叫曲线救国。"姓夏的男人脸上闪过一抹尴尬，随即脸红脖子粗地申辩道。

"曲线救国……对于您这番话我不敢苟同，虽然我们做生意都是为了赚钱。但是君子爱财取之有道，有可为有可不为。我一个女人都知道做生意赚钱无可厚非，可若是以牺牲自己国家利益为前提，那这个钱我宁可不赚。有国才有家，只有我们国家足够强大了，我们漂泊在外面的游子才不会被人小觑。不过我想我说的这些，您也是无法理解的。"

"中国有句古话叫道不同不相为谋，既然我们出发点都不一致，我想就不要浪费彼此的时间了。我这边还有很多事情，就不留夏总了，

231

萌萌，送客。"

"陈总不要这么激动嘛！有什么话我们可以好好商量……"姓夏的男人还想再争取一下。

结果陈梦欣阴沉着脸又喊了一句："杨萌，代我送送夏总。"

杨萌马上打开房门，脸上带着职业性的笑容说道："夏总请您跟我来。"

"哼！我劝你不要这么不识抬举，我过来跟你谈合作那是看得起你们，若不是看着梁天博士的招牌，谁看得上你们这样的小企业？今天我出了这个门，你可不要后悔！"姓夏的男子恼羞成怒地看着陈梦欣说道。

陈梦欣一拍桌子站了起来，双手撑着桌沿，眼神森然地说道："怎么？利诱不行，现在改威胁了？做人没见你做得怎么样，这威逼利诱你却样样在行。我告诉你，在我陈梦欣的字典里就没有后悔这两个字，我既然做出这个决定，我就会为了自己的言行负责到底，我自己选择的路，我跪着也会走到底。"

"好，既然如此，那我们就走着瞧，就你这种黄毛丫头，不吃点儿亏，摔个大跟头，你是根本不知道自己几斤几两。"姓夏的男人愤怒地拂袖而去。

番茄酱厂自打开了工以后，每天忙得是热火朝天的。自打签订协议之后，刘晓东就直接住在了工厂里，和工人们吃住在一起，带着工人们亲力亲为，能自己动手的事情，就绝对不多花一分钱。

原厂工人在他的感召之下，没有一个人离开工厂，都和他一起并肩战斗，真正把番茄酱厂当成了自己的家。因为他们充分发挥了主人翁的精神，在修建过程中，确实为公司节省了不少钱。

就连负责城建项目的负责人都说，从来没有见过这样团结的大集体。

但正是因为如此，张润泽才要最大限度上地支持刘晓东，不能让他一直处于孤军奋战的状态。

这天张润泽来到番茄酱厂，刘晓东扔了一份协议在张润泽面前，说道："你看看，这些人准备得非常充足，都是带着协议来的。"

张润泽一脸好奇地打开协议，见竟然是一份投资合作协议，对方提出投资一个亿，收购番茄酱厂百分之百的股份。眼下泽龙生态农业虽然和番茄酱厂达成了合作，一部分资金已经进厂，但其实泽龙生态农业还没有完成进厂，至少目前番茄酱厂的股份上是没有体现泽龙生态农业的。

也就是说刘晓东完全可以收了这一个亿，然后按照他和张润泽之间签订的协议，进行违约赔偿就可以了。就算是赔偿完了，他还可以剩七八千万元，有这七八千万元在手，他完全可以东山再起。

既然刘晓东将这份合同给张润泽看，那就说明他完全没有生出这样的心思。面对巨额利润还能坚守初心，这让张润泽忍不住又对他高看了几眼。

"单从这份协议上来看，对刘大哥可是万分有利啊！看得我都有些心动了。"张润泽扬了扬手中的协议，打趣地说道。

"天下没有免费的午餐，巨额的利益后面，必定是深不见底的陷阱，我在职场上摸爬滚打这么些年，什么事情都见过。那些投机倒把、曲意逢迎的，虽然能获得暂时的利益，可到最后都不能长久。我都活到这把岁数了，可不想晚节不保，让我的子孙后代戳我的脊梁骨。人穷一点儿不可怕，可怕的是心穷，为了达到目的不择手段。那不是我做人的风格。"刘晓东一脸正色地说道。

"眼下看到一个亿都不为之心动的人，你恐怕是头一个了。以后刘大哥出去也可以吹牛了，哥也是拒绝过一个亿的人了。"张润泽笑着打趣道。

"我也是个见过大世面的人，想当年番茄酱厂生意好的时候，我们厂一年也有几个亿的产值，区区一个亿我还真不看在眼里。"刘晓东也跟着笑了起来。

第七十一章

线索断了

　　"刘大哥，抛开其他的不说，单从这个合同来看，其实并没有太大的问题。我不知道你说的奇怪之处在哪里？"张润泽收敛了神色，一本正经地问道。

　　"你想啊，新疆番茄市场连续几年疲软，这几年几乎没有任何投资方愿意过来投资，甚至收购番茄的人都不多。在这样的情况之下，为什么你们前脚来投资，后脚就有人上赶着给我送这样一份协议呢？这不是很奇怪吗？"刘晓东紧皱着眉头说道。

　　"我明白了，您说的奇怪，是指这个投资的人有可能是冲着我们来的。说起这事来也是奇怪，自打我决定留在新疆从事番茄事业以后，就忽然冒出一股看不见的势力，一直在背后针对我们。前面我们不管做什么，他们总是快我们一步。眼下变成了不管我们做什么都有人来拆台。到目前为止我也没有想明白这个幕后势力究竟是从哪里来的。"张润泽百思不得其解地说道。

　　"我当时留了一个心眼，特意询问了一下前来洽谈的人他们是从哪里来的。结果对方告诉我说，他们是从苏州来的。"刘晓东深深凝视着张润泽说道。

"苏州，又是苏州，看来这一切的幕后主使人就在苏州了。发生了这么多事情，我也没有办法装作不知道了，看来是时候要找对方聊聊了。"听到这里，张润泽心里已经彻底明白了。

　　关于设备的事情，其实张润泽和陈梦欣早就商量过了。原本这个星期他们两个就打算跑一趟上海去看看设备，再顺便带张刚强去上海看病的。可是眼下出了这档子事情，以张刚强现在的身体状况自然是哪里都去不了。

　　就在张润泽万分着急的时候，他发现有个好友申请的提醒。他点开一看，见对方的头像是个姑娘，她是通过手机号码查找到他的微信的。但是张润泽又不认识她。对方添加他好友的时候，备注是这样写的："朋友介绍，想跟张总谈一下合作的事情。"

　　这就说明对方的朋友是认识他的，不然不会把他的底细摸得这么清楚。

　　他思忖了一下，还是点了通过。原本想着已经这么晚了，对方肯定已经睡觉了，谁知道他刚刚通过对方的好友申请，对方马上就发过来一个笑脸，随即说道："张总您好，我在徐州一家机械设备厂做销售工作，最近听朋友说你们正准备购买设备，所以就冒昧加了您，希望有机会合作。"

　　张润泽打出了一个问号，紧接着问道："请问是哪个朋友介绍的，方便告知一下吗？"

　　对方沉默了一会儿，发过来一个俏皮的表情说道："我可以保密吗？"

　　张润泽微微皱了皱眉头，沉默了几分钟发过去一串文字："你们是什么设备厂，能发一些资料给我参考一下吗？"

　　结果对方陷入了长久的沉默，他等了半天困意来袭，便关了手机睡了过去。

　　等他第二天醒来的时候，拿起手机一看，见那个姑娘给他发了很多信息。最开始的那一条，距离他发的最后一条信息约莫隔了一小时。还发了许多很委屈的图片，这姑娘从晚上11点多持续不断地给他发道歉的文字和图片，一直发到凌晨6点多才没了动静。看来她以为冷落了张润泽，所以张润泽生气了，她便一直想要澄清这件事情，所以一晚上都没有睡。

原本张润泽根本就没有把这件事情放在心里，但是这姑娘这样，他倒觉得有些不好意思了。

他眯了眯眼睛，打出一段文字解释道："不好意思，昨晚上见你没有动静便睡着了，我没有生气，你不用这么客气和自责，每个人都有自己的难处，我们都是成年人了，都能理解。以后不要熬夜了，熬夜对身体不好……"

张润泽吃完早饭以后，来到办公室处理了一下工作上的事情。想着这几日就要动身去看设备了，便想着临走之前去番茄酱厂交代一下。

"有刘大哥在这里坐镇我当然很放心了，你也要照顾好自己的身体，不要太辛苦。过几天我和欣欣要去上海考察生产设备的事情，可能要离开一段时间。这期间番茄酱厂翻新的工作就麻烦你了。"张润泽郑重其事地拍了拍刘晓东的肩膀说道。

"你们放心大胆地去吧！有了新设备，咱们番茄酱厂才能焕发出新的生机，这是目前重中之重。不过我心里还有一层担忧，就是幕后这个人一直盯着我们，他们会不会提前在设备上动手脚……"刘晓东欲言又止地说道。

"关于这一点我们已经考虑到了，欣欣已经给周总和夏总提前打过招呼了，让他们提前联系一些靠谱的厂家，我们这次挨家去拜访。上次咱们做活动的时候，也有几家生产设备企业，给留了联系方式，我们也会去拜访一下。争取挑一家产品质量过硬的厂家合作。"张润泽胸有成竹地说道。

刘晓东瞧见他准备得这么充分，悬着的心才放了下来。在吃饭的时候，陈梦欣说道："对了润泽，跟你商量一件事情，今天胡连长来过了，他给叔叔物色了一个特别合适的保姆，是16连的人。人我也见了，做事很踏实，人也特别老实，今年50多岁了，家里供着两个孩子上学，儿子还要买房子，生活压力比较大。所以做事任劳任怨的，我看着还不错。"

"嗯！你看着不错就留下好了，你觉得不错的人肯定是不错。是吧，爸爸？"张润泽微笑着点了点头说道。

"我说你们就是瞎花钱，我身体好好的要什么保姆呢？我又不是生活不能自理。"张刚强一脸埋怨地说道。

"爸爸，我和欣欣的工作会越来越忙，我们也没有办法时刻陪在你身边照顾着，所以请个保姆回来照顾你是最好的办法。你想啊，若是您自己在家，万一发生点儿什么事，没有得到及时处理，那我们两个可能会后悔一辈子，您希望这样吗？"张润泽语重心长地说道。

张刚强沉默了片刻，终于点了点头，不再坚持下去了。

今年的天气特别反常，以往这个时间中午热，早晚还是凉快的。可是今年不知道怎么了，这气温一下就升到了三十七八摄氏度，而且早晚温差也不大，热得让人受不了。

因为天气热得太快，这雪山的积雪融化得就非常厉害。造成了前期用于灌溉的水没处排放，后期需要灌溉的时候就出现了缺水的现象。

因为天气炎热，这头遍水的灌溉也提前了一个多月，整个 16 连也进入全面灌溉的时期。

因为需要用水的农户比较多，而水量又有限，所以大家伙只能按照先后顺序来排队，轮到谁家谁家来灌溉。新疆已经完全进入机械化时代，农业设备都很先进，可是却完全没有办法脱离引水灌溉这一最基本的条件。

这些天梁天都在地里检查旱情，想办法来延缓旱情对番茄苗的影响。

张润泽一边要操心着番茄酱厂的工程进度，一边又要盯着地里的旱情，忙得是昏天暗地。

可偏偏在这个时候，周鹏又打来了电话，说是这边约好了生产设备的厂家，希望他们能尽快去一趟上海，把这些事情敲定了。而且还间接地表达了目前已经有一股隐形的势力，企图阻止这些生产设备厂家和他们合作的事情。

虽然地里的番茄苗很重要，可是这生产设备更加重要，张润泽是两边都舍不下，一时陷入了进退两难的地步。

兴奋异常

　　陈梦欣主动找到张润泽商量："我看这事，咱们不如分开行动算了，你去上海谈设备的事情，我留在16连陪着梁博士盯着番茄地里的情况。你把叔叔和保姆带上，不管多忙都要陪他去把病看了。"

　　张润泽思忖再三，眼下这事也没有别的解决办法，也只能这样处理了。

　　他对陈梦欣说道："那16连的事情就交给你了，有什么事情随时给我打电话。周总那边催促我尽快动身。我决定明天就出发。你一个人若是在家害怕的话，就让杨萌过来陪你。"

　　因为明天一早要赶飞机，张润泽本来要早点儿休息的，可是就在这个时候，他的手机信息却"叮咚叮咚"响个不停。

　　他好奇地拿起手机一看，竟然是那天晚上找他聊天，网名叫"雪梨"的女孩子发来的。

　　她发来的都是一些番茄酱生产设备的图片，然后在最后一条信息里发了一个大大的笑脸，还有这样一句话："张总您睡了吗？您看这些都是我们最新设备的照片和参数，不知道对您有用吗？"

　　张润泽好奇地打开看了看这些介绍，等他看到机器参数的时候不由得怦然心动，不得不说这些设备简直就是他理想之中最完美的设备。目前他找了很多家资料，都没有找到这么完美的参数。这些设备参数对他来说太具有诱惑力了。

所以他情不自禁发过去一句问话："这是你们公司生产的设备？"

"是呀！这可都是新鲜出炉的呢！我今天才拿到这些资料，想着可能适合你就赶紧发给你了，你看我对你好吧？你要怎么感谢我呢？"雪梨又发过来一个可爱的笑脸。

张润泽盯着她这句话看了一会儿，总觉得哪里怪怪的。让他回答也不是，不回答也不是。

正当他沉默不语的时候，雪梨又发过来一段话："跟你开玩笑的啦！是不是吓到你了？嘻嘻！别害怕，我这个人就爱开玩笑，希望你别介意。"

人家一个姑娘都这么说了，张润泽若是再不说话，就显得他太小气了。不过他也不想继续跟这个雪梨聊下去了，便发了一个微笑的表情说道："不好意思，明天一早我要赶飞机就先睡了，再见。"

回了这句话以后，他就关了手机下线了。第二天张润泽赶到机场的时候，打开手机看了一眼，见雪梨一句话也没有回，不知道是不是生气了。

不过眼下他可没有心思去研究雪梨生气不生气的事情，他满脑子都是雪梨发来的那套设备的情况。

他在心里暗下决心，既然雪梨的公司能生产出来这样的设备，那上海的这些厂家也一定能生产。他把这些照片保存了下来，打算到了上海以后，用这些参数作为参考数据。

张刚强听说要回上海治病，情绪一直比较激动。他在上海生活了几十年，所有的亲戚朋友都在这边。他与林秀芝的美好回忆也在这里，所以从昨天晚上开始，他就一直处于一种比较亢奋的状态。晚上很晚都还没有睡，天不亮就开始收拾东西了。坐在飞机上也是一个劲地说话，以此来掩饰自己激动的心情。

看到张刚强这个样子，张润泽心里一点儿都不好受。因为自己要来新疆发展，张刚强这么大岁数了还舍弃亲人和朋友，跟着他背井离乡去新疆受苦。

所以他内疚地说道："爸爸，这次回上海你要不要在这里住一段时间呢？也好跟家里的亲戚叙叙旧，不然下一次回来还不知道什么时候。"

张刚强脸上的笑容僵硬了几分，随即赌气地说道："咋了？觉得我老头子生病了拖累到你了？你若是觉得带着我是个拖累的话，那我就留在上海不回去了。"

张润泽见他误会了自己的意思，连忙摆手说道："不不，我不是这个意思，我是害怕您想家，所以征求您的意见。我怎么会嫌弃您呢？您是我在这个世界上唯一的亲人了。不管你变成什么样子，我都会好好照顾你的。"

听了这番话，张刚强的脸上复又露出了笑容："这还差不多，我这么大的人了还想什么家？对我来说你和欣欣在哪里，哪里就是我的家。"

可能因为张润泽的话影响到了他的心情，张刚强也没有前面的兴奋劲了，闭着眼睛去睡觉了，这一觉一直睡到虹桥机场，他才幽幽地醒了过来。

当他看到窗外熟悉的景致时，不由得脱口而出道："孩子他妈，你看我们到家了。"他兴奋地说完这句话以后，想要扭头去找寻林秀芝的身影。

可是随即他又反应了过来，林秀芝早就不在了，一切只不过是他习惯使然罢了。

为了掩饰心中的落寞，他缓缓说道："刚才睡着了，梦到你妈了。你妈在一个很热闹的场合，好像在参加什么宴席，她身边坐着的都是两家去世的长辈。你妈妈显得特别高兴，和大家伙在一起推杯换盏的。"

张润泽听到这里，眼神暗淡了几分，然后说道："可能是妈妈在那边找到了咱们两家的亲人，和他们幸福地生活在一起了。她害怕您太过挂念她，便给您托了这样一个梦，告诉您她在那边很好，让您不要太担心她，好好照顾自己的身体。"

张刚强没精打采地点了点头，连一句话都不愿意说了。

第七十三章

看起来有些面熟

张润泽带着二人回到了他们在上海的家里，因为离开的时间比较久了，家里落了一层灰尘。

李阿姨放下东西就开始动手打扫卫生，张刚强看到眼前熟悉的景象，回想起他和林秀芝在一起生活的点点滴滴，整个人更加颓废了。他说了一句："我有些累了，回屋休息了，你们忙你们的，没事就别来打扰我了。"说完就回了自己的房间，并且从里面把门给反锁上了。

李阿姨原本还想着先给他打扫一下房间，见状着急地说道："这屋里这么脏，就这么睡觉对身体不好……"

张润泽摇了摇头说道："他是触景生情，随他去吧！等他什么时候愿意出来，您再去打扫卫生好了。"

张润泽站在客厅里，打量着眼前熟悉的环境，好像每一个角落都有林秀芝的身影，他不由得湿了眼眶。

这个时候，他的手机响了起来。他拿起来一看是周鹏打来的。

张润泽连忙抹了一把眼泪，带着浓重的鼻音接通了电话："喂！周总。"

"润泽啊，已经安顿好了吧？"周鹏从他的声音里听出了异样，停顿了一下又安慰道，"人要学会往前看，我们活着的人越过越好，才是对死者最好的缅怀。"

"嗯！我没事，您就放心吧！周总，咱们与厂商约定的什么时间？"张润泽重重点了点头问道。

"约的晚上五点，我一会儿把地址发给你，你收拾好了以后，也要出发了。到了晚高峰会堵车。"周鹏回道。

挂了电话以后，张润泽担忧地看了看张刚强的房门，又不放心地把李阿姨叫过来叮嘱了一番。

李阿姨再三保证会照顾好张刚强，他这才换了一身干净的衣服离开了。

按照周鹏的地址，张润泽匆匆忙忙往那边赶，虽然他提前一小时出门，但是因为晚高峰，等他赶到约定的地方的时候，还是晚了一刻钟。

张润泽是个非常守时的人，眼下让客户等他，这让他感到非常内疚。所以他进了包厢以后，就连忙说道："哎呀！真是抱歉，我来晚了，让大家伙等我真是很抱歉。"

在沙发上坐着陪大家伙聊天的周鹏，笑着站起来说道："润泽，快过来，我给你介绍一下几位大老总。"

张润泽应了一声，连忙走了过去，微笑着环顾了一下四周。他看到沙发上一共坐了五个人，都是四五十岁的中年人模样，打扮得体，言谈举止成熟稳重，一看就是成功人士的模样。

在这些人之中，有一个中年男子引起了张润泽的注意。他总觉得在哪里见过他，但是很明显他并不认识这个人。好奇心让他不由自主地多看了这个男人几眼。而后者也一脸威严地，带着审视的目光打量着他。

"来润泽，给你介绍一下！这位是杨总，这位是夏总，这位是马总……"周鹏带着张润泽给他一一介绍道。

在介绍到那位看起来有些面熟的男人时，周鹏轻描淡写地说了一句："这位是陈总……"

听到他姓"陈"，张润泽心里微微一动，他悄悄观察了一下这个陈总，发现他眉眼之间确实与陈梦欣有些神似。不过他很快又打消了这个念头，陈梦欣的父亲因为他的缘故已经和她断绝了父女关系，他们之间已经很久没有联系过了，又怎么会在这里等着他呢？一定是他想多了。

想到这里，张润泽的脸色逐渐恢复如常，他热情周到地和大家寒暄着。他得当的谈吐，不卑不亢的态度，引起了在座之人的纷纷关注。

"小张总虽然年纪轻轻，可是后生可畏啊！这言谈举止比我们这些久经沙场的老家伙还要稳重啊！"

"是啊！一般年轻人看到我们这群老家伙多少都会有些拘束，这小张总确实不错。"

张润泽听着这些褒奖连忙谦虚地说道："哪里、哪里，各位前辈过奖了，我不过是仗着有周总关照，才不会心虚罢了！其实我这心里早就七上八下的了。我这么一个刚刚起步的后生晚辈，能和你们这些已经成功的前辈人士坐在一个桌上吃饭，这若是换了以前，那可是我想都不敢想的事情。真是非常感谢各位前辈给我这样一个机会。"

"哈哈哈！我说老周你这老小子眼光不错啊，在没见到这小子之前，我还是带着怀疑态度来的。可是看到他以后啊，我这心里可踏实了。"

"我说小张总啊，以后前途无量，好好跟着周总学习。在生意场上提起他周鹏的大名，谁不卖他几分薄面？"

"别别，我说你们哥几个可别当着晚辈的面损我了，我可没得罪你们吧？咱们还是聊聊今天的正事吧！"周鹏哈哈大笑着说道，把话题引到了今晚的主题上来。

通过周鹏的介绍，张润泽逐渐知晓了眼前这几个人都是做什么产业的。其他四个人都是做番茄酱生产设备的厂家，其中有两家做得非常大，是全国家喻户晓的驰名品牌。另外两家则相对来说弱一点儿，但也是属于大中型企业，远比张润泽的企业大得多。

在场的五个人有四个人是做生产设备的，只有那个陈总一人是做进出口贸易的，主要是针对食品类型的进出口贸易，而且做得比较大，在全世界 30 多个国家都有分公司。

第七十四章

把人得罪完了

张润泽记得陈梦欣说过她的父亲是做服装类型的进出口生意的，眼下这个陈总是做食品的，两种业务相差十万八千里，看来不会是一个人了。有了这个判断以后，他浑身紧绷的神经总算是松弛了下来。

周鹏这次的安排，一方面是为了解决张润泽他们生产设备的问题，另一方面是也为了解决他们生产出来的番茄酱的销路问题。看来他能想到的事情，都在背后默默做好了。这让张润泽心里对他的感激又多了几分。

张润泽面带微笑说明了自己今天的来意，说想购买一套先进的生产设备，并且把雪梨发给他的机器参数拿给大家看，想着用这样直白的方式，能把自己的意思表达得更加清楚。

结果大家在看了他提供的参数以后，便纷纷变了脸色，其中那个杨总连说话都变得冷嘲热讽了起来："我说张总，你是初生牛犊不怕虎啊！也不知道从哪里搞来一套参数，在没有对市场进行考察的前提下，就拿来让我们几个老家伙难看，这么做事是不是有点儿不厚道？"

其他几个人的脸色也阴沉了下来，纷纷低下头，整个人都冷淡了不少，与刚才那种热情形成了鲜明的对比。

这前后反差这么大，弄得张润泽有些丈二和尚摸不着头脑。他完全不明白发生了什么事情，连忙用求助的目光看着周鹏。

周鹏也是皱着眉头，他一时也没有弄明白，这些人为什么看了这些参数以后，反应变得这么大？

他是做金融行业的，对这些机械设备之类的完全是外行。但是在座四个人都露出这样的神情来，想来是张润泽做错了什么。

看到这里，周鹏佯装不知地问道："杨总你这话是什么意思啊？这套参数难道有什么问题吗？"

杨总虽然对张润泽冷着脸，可是周鹏的面子他多少还是要给几分的。所以脸上又露出几分笑意，冷冷地看着张润泽说道："这位小张总刚才拿出来的那套参数，是我们公司用了三年时间研发出来的。可是就在准备全面投入生产的时候，也不知道怎么回事，市面上突然冒出来一家公司，批量生产出来一批和我们这个产品一模一样的设备，而且还在我们这个设备的基础上进行了优化，做了产品专利权的改进。而我们的产品若是上市的话，就成为盗版了。"

"这件事情让我们公司损失惨重，不怕你们笑话，我们公司用了三年的时间才总算恢复了元气。可是至今为止这件事情都没有弄个水落石出。可以肯定的是，在我们公司内部出了内奸，这个人把我们三年的心血卖给了别人。这件事情业内的人都知道，它成为我一生洗刷不掉的耻辱。所以小张总今天拿着这套参数来，不就是打我这个老家伙的脸，摆明了看不起我吗？既然如此，我看这顿饭也没有必要吃了。"杨总说着冷着脸站了起来，转身就要走。

周鹏这才知道原来在这些参数的背后居然隐藏着这样的事情，这也怪他没有了解清楚事情的真相，才让张润泽犯了这样一个致命的错误。

他连忙站了起来，伸手将杨总给拦了下来，赔着笑脸说道："我觉得这件事情可能有点儿误会，润泽这个孩子老实忠厚，他可能根本就不知道这件事。既然他千里迢迢从新疆赶来上海与你们见面，又怎么会故意让你难堪呢？其中一定是有什么误会。润泽你还不解释一下。"

张润泽听了杨总这番话以后当场就蒙了，这些参数是雪梨提供给他的。也就是说雪梨所在的公司正是盗版杨总产品的公司。那雪梨为什么会在他来上海之前，突然将这些参数提供给他呢？

难道这个雪梨早就知道他要来上海，才故意用这种手段让他得罪人，从而买不到想要的产品吗？

想到这里张润泽连忙站了起来，一脸歉意地说道："真是太抱歉了，杨总您先别激动，这件事情我真是完全不知道。这些参数是昨晚上一个朋友发给我的，说这是他们公司新研发的产品，我看这些参数非常符合我此次采购的标准，就想着直接拿着参数说话，更加简单直接，没想到这背后竟然还隐藏着这样的事情。这是我工作没有做到位，我自罚三杯，当作给您赔罪了。"

"年轻人，看来你在生意场上还要多跟周总学习学习啊！这想要买我们的设备，却拿着别人的参数作为参考，难道你来之前就没有做做功课，对我们的设备进行深入了解吗？还是你觉得我们这几个老家伙的生产设备都没有你所谓的那个朋友的好？既然你这么喜欢你这个朋友的生产设备，那还找我们来干吗？你直接买她的产品不就好了吗？我看这顿饭还是不要吃了，周总，非常抱歉，我们还有事就先走了。"这三个人说着纷纷站了起来，和周鹏打了一声招呼阴沉着脸就离开了。

任凭周鹏怎么劝阻都没有用，一点儿面子都没有给他留。看起来这一次算是彻底将这几个人给得罪了。

其实这件事情也不能怪张润泽，张润泽是临时接到周鹏的电话，让他尽快来上海。周鹏也忘记了给他提前介绍这些厂家。所以张润泽也是来到这个包厢之后，才知道今晚上是和这几个厂家的老板见面的。所以他是一点儿准备都没有。

这在场唯一没有走的就是那个陈总了，因为他是做进出口生意的，与生产设备完全没有交集，所以他脸上的表情淡淡的，看不出喜怒。

张润泽见大家伙都走了，这才知道今晚上自己犯了大错，他一脸歉疚地看着周鹏说道："周叔叔，我真不是故意的……我真没想到就是几张图，竟然把这几位老板都得罪了。我是想着这样介绍更直观一些……"

周鹏叹了一口气，拍了拍张润泽的肩膀说道："你别自责，这事不能怪你。"

疏忽大意

　　"这事都怪我，提前没有了解清楚，我想着都是十几年的老朋友了，所以疏忽大意了。不过润泽啊，你这些参数是谁给你的？"周鹏想了想忽然问道。

　　"其实我也不认识，就是有一天晚上这个姑娘突然来加我，说是朋友介绍的，说自己是生产设备厂家。我问是谁介绍的，她也没回答。然后我就把这件事情给忘记了，可是在我来上海的前一天晚上，她突然给我发了这些图片，说是她们厂生产的新设备。当时我看到这些设备的时候确实心动了，因为各方面太符合我的需求了。我就想着直接拿这些参数当标准好了，哪知道这背后还会有这样的隐情……唉！"张润泽垂头丧气地叹了一口气说道。

　　"你说这些图片和参数是你临行前一天晚上才拿到的？"一直没有说话的那个陈总忽然开口问道。

　　"是啊！当时忙完都已经是深夜了，我刚准备休息，那个叫雪梨的姑娘就给我发来了这个参数。"张润泽歪着脑袋想了想说道。

　　"那你有没有想过，这个姑娘为什么不早不晚，非要在你动身的前一天给你发这些东西呢？你要来上海购买设备的事情，都有谁知道？"

那个陈总又话里有话地问道。

"也没谁知道啊！就是我们公司的人，欣欣，还有胡连长知道……这些人也不认识雪梨啊？事实上我也不认识这个雪梨。陈总您的意思是，这个雪梨做这些事情是早有预谋的？"张润泽说着说着突然眼睛一亮。

"嗯！还不算太笨……"陈总若有所思地看了张润泽一眼，端起茶杯喝茶了。

"可是我与这个雪梨无冤无仇的，她为什么要这样害我呢？"张润泽抓了抓头皮，完全想不明白这两件事究竟有什么直接的联系。

周鹏和陈总对视了一眼，叹了一口气说道："究竟有什么关系，眼下我们都不知道。不过既然这个雪梨会找到你，肯定会有下一步行动的。到时候你就按兵不动，当作不知道这件事情，就故意把你和这边设备厂谈崩的事情告诉她，你看看她下一步会有什么动作。然后你再及时告诉我好了，我们再一起想办法对付她。"

吃完饭回家的路上，张润泽的手机传来叮咚几声信息的声音。他心里微微一动，打开信息一看，果真是雪梨发来的。

昨晚上因为雪梨发来的参数闹了这么大的误会，张润泽按照周鹏所说的那样装作什么事情都不知道，想要看看这个雪梨接下来还要做什么事情。

可能是雪梨看到张润泽一直没有什么反应，这才忍不住了主动过来找他："你吃晚饭了吗？我今天路过一家餐厅，想着你应该喜欢这家饭菜，我拍给你看看啊？"说完还真发来了几张图片。

张润泽点开一看，见是一家上海菜的餐厅，图片里面是几道非常典型的上海菜式。也不知道是不是偶然，她拍的照片里面，竟然有两道菜是晚上他们刚刚吃过的。

张润泽看着雪梨发来的信息，他左思右想，才给她回了一条信息："刚吃完饭，很巧，晚上就是吃的上海菜，而且你图片里面的两道菜我晚上刚刚吃过。"

可能没想到张润泽信息回得这么快，雪梨那边停顿了好长时间，才发来一个笑脸，说道："这么巧？这样算不算心有灵犀呢？"

张润泽盯着这具有挑逗性的文字，沉默了一会儿说道："我们什么时候见个面吧？或者把你们工厂的地址给我发一个，我过去看看机器，合适的话我就采购了。我这边的厂家出了一些状况……"说到这里他故意欲言又止。

　　雪梨那边的状态一直处于"对方在输入信息"的状态，又过了好一会儿，她才发了一个大大的笑脸说道："怎么？你就这么着急见到我？你究竟是想见我，还是想见机器呢？"

　　张润泽勾起唇角，露出一抹嘲讽的笑容，缓缓打出："若是我说两个都想呢？"

　　雪梨咯咯笑着说道："你这个人……真坏。"

情绪激动

"那好吧！看在你这么诚实的分上，我就安排一下和你见个面吧！你等我通知哦！"雪梨发过来一个害羞的表情，然后再也没有回信息了。

这个时候，周鹏突然打来了电话，说是约他见个面，要介绍一个人给他认识。

张润泽把家里的事情处理了一番之后，才放心去赴周鹏的邀约。

为了照顾张润泽，周鹏特意将见面的地点约在了张润泽家附近。他乘坐地铁两站路就到达了约定地点。

张润泽以为只有周鹏一个人在，谁知道他到了约定见面的咖啡厅以后，竟然发现陈总也在里面坐着。这就让他感到惊讶了，因为这几天这个陈总出现的频率也太高了。

"周叔叔好，陈总好！"张润泽把疑问藏在了心里，不动声色地打着招呼。

"润泽，快过来坐，今天带你父亲去医院检查过了吧？我那朋友也给来了电话，虽然 CT 检查结果还没有出来，但是他说总体情况不容乐观，眼下也没有很好的治疗方法，只能给你开一些药，延缓病情的发展，你也提前有个心理准备。"周鹏面色凝重地看着张润泽说道。

陈总脸上没有什么表情，只是淡淡地点了点头，并未说什么。

这个结果早在张润泽的意料之中，金子虽然岁数不大，但是她的医术非常精湛，她判定的病情，一般不会有太大的差异。他也是抱着侥幸的心理带张刚强来上海看病。

所以张润泽眼神黯淡了几分说道："周叔叔您就放心吧！不管父亲变成什么样子，我都会照顾好他的。"

周鹏看了陈总一眼，后者端起一杯咖啡，漫不经心地喝着，就好像对他们之间的对话不感兴趣一样。

张润泽还以为周鹏是担心陈梦欣会因为这件事情跟着他受苦，便连忙解释道："不过周叔叔您放心，我会好好照顾欣欣的，绝对不会让她因为这件事情受苦。我给父亲请了保姆，空闲的时候我也会帮忙照料的。欣欣是个姑娘家，照顾父亲确实不方便。"

"年轻人，你说这话我就不爱听了，既然那姑娘这辈子认准了你，那你的事情就是她的事情，你们是一家人，还分什么彼此？"一直没有说话的陈总忽然抬起头看了张润泽一眼缓缓说道。

"话虽是这样说，但人家姑娘在娘家的时候也是被家里人捧在手心里的宝贝，我娶欣欣回来，是想好好照顾她的。她从小吃了这么多苦，没有享受过家庭的温暖，到了我家里，我是绝对不会让她再受苦的。这是作为一个男人最起码的责任。不然人家姑娘为什么要跟着我呢？"张润泽一反刚才的温和，表情严肃地说出了这样一番话。

等他的话音落下，陈总的脸色瞬间起了变化，一会儿青一会儿白的，像调料盘一样。他紧紧抿着嘴唇，眼睛里蒙上了一层愠怒之色。

周鹏见状连忙冲着张润泽使了一个眼色，然后打着圆场说道："我们还是来讨论一下接下来的事情该怎么办吧！我又跟杨总他们沟通了一下，他们对于合作这件事情态度还是很坚决。这几个老家伙的脾气就是这么倔……"

"哼！那就不要再找他们了，我就不相信离开他们，我们还买不到机器设备了？中国这么大，难不成就只有他们几家有设备？"陈总把心里的怒气成功转移到了这件事情上。

张润泽有些意外地看着陈总问道："怎么，陈总您也要买设备吗？"

　　周鹏对于张润泽这种反应总是慢半拍的性格简直无语了，他摇了摇头说道："陈总他不买设备，他是站在我朋友的立场来说话。"

　　"哼！这小子这么蠢，那个……"陈总狠狠瞪了张润泽一眼，没好气地说道。

　　周鹏看到他这副样子，忍不住笑了起来，说道："这就是傻人有傻福啊！这小子性格憨厚，为人正直、踏实，是多好的人选啊？"

　　张润泽完全不明白他们说的这番话是什么意思，他一心沉浸在设备这件事情上。他忽然开口说道："周叔叔，我在来之前，已经和上次去新疆参展的厂家联系过了，他们那边强烈表达了愿意和我们合作的意愿，所以我打算选择跟他们合作了。自打我们创立公司以来，您一直为我们操心，用保姆式服务来照顾我们的企业。可是我们总要自己学着长大，不去闯一闯永远都不知道外面的世界是怎么样的。我们也不能永远在您的庇佑下成长是不是？"

　　"这个厂家不在上海，我打算等明天父亲的检查结果出来了，就过去看看。若是项目合适的话，我就把定金付了，将设备这件事情尽快解决了，欣欣一个人在新疆我也不放心。"

　　转天一早，张润泽去医院拿化验单，医生又叮嘱了一番，大概情况和周鹏说的差不多。

　　张润泽表示了感谢以后，带着药往回赶，可到了小区他却看到周鹏的汽车停在楼下。

　　他连忙加快脚步赶回家中，竟然意外地发现那个陈总和周鹏两个人都在他家客厅里坐着。

　　周鹏看到张润泽回来以后，连忙笑着说道："这不想着你们今天要去浙江找厂家，这拖家带口的，你父亲身体又不好。刚好我和陈总要回浙江，就想着不如把你们顺便带过去算了。不然还要倒车，怕老爷子身体吃不消。"

　　"那多不好意思？这几天已经很麻烦你们了，其实我们自己坐高铁去就可以了。现在高铁这么发达。"张润泽一脸惶恐地看了看陈总，想着跟人家素昧平生的，这么麻烦别人多不好。

陈总像是看懂了他的意思一般，随口说了一句："就是车里可能有点挤，若是你们不想跟我这个老头子挤的话，那你们就去坐高铁。"

张润泽听了这话连连摆手说道："哪里、哪里，我们感激还来不及呢，又怎么会嫌弃呢！就是太麻烦你们了。"

"那就走吧！行李我都已经装到车上去了。"周鹏乐呵呵地站了起来，敢情他们根本不是要和张润泽商量，只是等着他回来通知他。

事已至此，张润泽再说什么也没有用了，只得乖乖站了起来，搀扶着张刚强下了楼。来到周鹏的汽车旁边时，他喊了一句："接着车钥匙，你年轻，你来开车，载着我们这群老家伙。"

张润泽连忙抬手接住了他的宾利车钥匙，攥在手里看了看，想起周鹏说的话，忍不住勾起唇角笑了起来。

张刚强从来没有坐过这么好的车，打从上了车他就一直对周鹏表示感谢，说太麻烦他们了。弄得周鹏一个劲地说没关系。

坐在一旁的陈总忍不住笑了起来，说道："您比我大几岁，我就喊你老哥了！我说老哥啊，以后咱们都是一家人，您就不要这么客气了。"

"一家人？我们怎么会成为一家人？"张刚强一脸紧张地看着陈总问道。在他心里像他们这样的普通人家，又怎么会跟这些有钱人成为一家人呢？

"老哥，陈总的意思是，我们不是合作关系吗，我给润泽投资的钱，也有陈总的一部分，说起来可不就是一家吗！"周鹏连忙在一旁打圆场。

张润泽这才知道原来周鹏的投资款里，竟然还有这个陈总的，难怪这次不管在哪里都能看到他，敢情人家也是想着了解一下他们项目的情况，好确定自己投资的钱不会打水漂。

想到这里张润泽连忙说道："原来陈总也是投资方之一，实在抱歉我是今天才知道。"

"我和老周是二十几年的兄弟了，我的钱就是他的钱，再说我也没有投多少，是我不让他告诉你们的，你也别往心里去。"陈总一脸无所谓地说道。

上海本来离浙江就不远，开车的话四五小时就到了。张润泽要去的厂家在诸暨，离杭州还有一段距离。周鹏怕他们路上不方便，便对张润泽说道："这车你们就开过去吧，等办完事了回到杭州再还给我就行了。反正我在杭州还有车，这车我也用不上。"

　　"我看不如这样吧，你去谈事情也不方便，不如将老哥和李阿姨交给我们，我来安排他们住下，等你谈完事情再返回杭州接他们就好了。你放心，这人我一定会照顾得好好的，绝对不会出任何问题。"一直没有说话的陈总忽然开口说道。

　　经过一番思想斗争之后，张润泽最终点了点头，同意了将张刚强留在杭州的事情。

第七十七章

甩掉了尾巴

　　安顿好张刚强以后，张润泽开着车马不停蹄往诸暨赶。在头一天晚上他就和诸暨这边的老板进行了联系。对方知道他要来看设备高兴得不得了。早就安排好了一切，推了所有的事情在等他。

　　张润泽心急火燎地开着车赶路，脑海之中一直盘算着去了之后要谈哪些事情。可是就在这个时候他透过后车镜忽然发现一件比较奇怪的事情。就是在他后面有一辆黑色的卡宴，好像从他离开杭州以后就一直跟在他后面。

　　因为这辆车型是他比较喜欢的，在出杭州的时候他还特意多看了两眼，所以记得比较清楚。

　　他这一路开出来少说也有 100 多千米了，难道这么巧这辆车也是和他同路的？若是换了以前这事张润泽绝对不会往心里去，可眼下发生了这么多事，他心里也有了警觉。

　　为了验证这辆车是不是故意跟着他，张润泽特意放慢了车速，从快车道里退了出去，挨着路边慢慢地往前开。若是这车只是路过的话，那肯定就会呼啸着往前开走了。

　　可等张润泽把车速降下来以后，后面那辆卡宴也随即将车速降了下来，不远不近地跟在张润泽后面。这让他确定了这辆车确实是有问题，故意跟着他的。

只是这车里坐着的是什么人？为什么要跟着他？张润泽都一无所知。这车贴着厚厚的反光膜，从外面什么也看不到。

这车既然从杭州一路跟着他，想来是来者不善，若是让他们跟到诸暨去，再搅黄了他买设备的事情，那番茄酱厂的事情可就麻烦了。

想到这里张润泽不由得有些暗自庆幸，幸亏他没有把张刚强也带出来，不然发生什么意外可就麻烦了。他突然加大了油门，宾利像离弦的箭一般，"嗖"的一下就飞了出去。等后面那辆卡宴反应过来的时候，张润泽已经跑得看不到了。

原本张润泽是想沿着高速，一直开到诸暨的路口再直接拐下去。这样会节省很多时间，可是眼下这种情况，在没有弄清楚事情的真相之前，他要先想办法将后面的那辆车给甩掉。所以他放弃了走高速，在对方没有追上来之前，直接选了一个最近的出口拐到了国道上。

等后面那辆车追上来的时候，早就看不到张润泽的车影了。

坐在车里的人连忙拨通了电话一脸紧张地说道："陈总，真是抱歉，那小子太狡猾了，他发现我们之后，便很快将我们给甩掉了。"

周鹏和陈总正坐在茶室里喝茶，他握着电话笑着说道："那你们就回来吧！"挂了电话以后，他又看着周鹏笑着说道："这个臭小子机灵得很，刚出杭州就让他发现了，将我派去保护他的人都给甩掉了。"

"我早就说了，你不用担心，听欣欣说在国外的时候，这小子被人用枪顶着脑袋，都一副不服输的样子。年轻人嘛，就应该放手让他们自己去闯。我们当年不也是这么过来的？"周鹏哈哈大笑着说道。

"话虽如此，可是当年我们没有捅这么大的娄子啊？你说我那丫头好容易看上这么一个，我再不把他保护好了，万一出点儿什么事，她不得恨我一辈子？我可就这么一个女儿，虽然她到现在还不肯认我，我以前做了这么多亏待她们母女的事情，让这个丫头没少受罪。现在我也遭报应了，有生之年只想为她多做点儿事情。我也不奢求她能原谅我，只要她能过得好就行了。"陈总叹了一口气说道。

"你们这父女俩也是没谁了，嘴巴一个比一个硬，心却一个比一个软。你那宝贵闺女可是个机灵鬼，你放心吧，她才不会吃亏呢！"说起陈梦欣，周鹏脸上露出慈爱的目光来。

"说起来这些年也是太感谢你了，若是没有你，她们还不知道会怎么样呢！你说以前我怎么这么混账呢？放着好好的日子不过，非要落得这么个孤独终老的下场才幡然醒悟，真是报应啊！"陈总感慨万千地说道。

"人……还没有找到？"周鹏迟疑地问道。

陈总摇了摇头："我通过海关的朋友查了一下，有那个贱人出关的记录，想来她早就预谋好了，直接跑到国外去了。"

"这次损失了多少？"周鹏又问道。

"三个亿……她和我的财务总监串通一气，以我的名义悄悄将钱转到了国外的账户……"陈总神色暗淡地说道。

第七十八章

相谈甚欢

　　原来这个陈总不是别人，正是陈梦欣不愿意提的那个为了和小三在一起狠心地抛弃了她们母女不管不问，害她母亲惨死的生父陈秋荣。

　　只是眼下他过得并不好。开始十几年他与现任妻子过得确实比较开心，他因为膝下无子，便一直想要和现任妻子再生一个属于他们自己的孩子，可谁知道十几年过去了，对方的肚子一直没有动静。眼看着他岁数越来越大，便着急了起来，多次要求现任妻子去医院检查，现任妻子都多番推托。后来被逼急了才说自己不容易受孕，意思就是无法生育。

　　要知道当时陈秋荣当初之所以会抛妻弃子，那是因为现任妻子说怀孕了，而且去检查了说是一个男孩，求子心切的陈秋荣才会脑袋一热娶了她。

　　谁知道他们结婚才一个多月，正在公司忙碌的陈秋荣突然接到现任妻子的电话，说是从楼梯上滚下来摔流产了，而且因为大出血伤了身体，这几年都不易怀孕了。为此他还伤心了很久。

　　可是眼下现任妻子突然说不易受孕，那当初那个孩子又是怎么来的呢？也正是因为这样陈秋荣心里起了疑心，开始着手调查当年的事情，调查的结果让他大吃一惊，就是当年现任妻子有可能是假孕，而且所谓的流产、大出血都是联合别人演的一出戏。

陈秋荣得知这些事情以后是悔不当初，他着手寻找证据，准备当面质问现任妻子。只不过没等他出手，现任妻子就察觉到了风声，联合他的财务总监，以他的名义挪用了大笔资金，然后两个人带着钱跑路了。而且取这钱的时候盖着他个人名义的私章，连官司都没办法打。

再者若是爆出他的家庭出了问题，恐怕公司会引起更大的混乱，他的现任妻子也就是认准了这一点，才钻了这么一个空子，让他吃了一个哑巴亏。

这件事情一出，陈秋荣才派人好好调查了一下现任妻子的背景。发现她原来是财务总监的前妻，两个人为了算计他的财产，才演了这么一出戏。而且这两个人还有一个儿子，眼下一家三口带着他的钱跑到国外逍遥快活去了。

陈秋荣就算是再生气也是没有用了，只是大病了一场，勉强打起精神来收拾这个烂摊子。也正是因此他更加怀念和陈梦欣母亲在一起生活的日子。

陈梦欣的母亲嫁给他的时候他还很穷，跟着他什么苦都吃过，陪着他一路艰辛地走过来，通过勤劳的双手帮助他把事业逐渐做了起来。等他们经济条件好了以后，陈秋荣觉得陈梦欣的母亲太辛苦了，可以在家里好好享点儿福了，把孩子照看好就行了。

可也就是因为这样，双方之间的差距逐渐被拉开，也越来越没有共同语言，这才让现任钻了空子，以怀孕了作为要挟，他才狠心抛弃了陈梦欣母女。

哪知道天道轮回，不是不报，是时候未到。当初他是怎么样抛弃陈梦欣母女的，眼下他就是怎么被人抛弃的，他事业上虽然成功了，却成为孤家寡人，活成了圈内人的笑话。

他只有陈梦欣一个女儿，可是这个女儿根本就不认他，宁可跟着一个穷小子跑到新疆去创业，都不愿意留下来陪他。说起来还真是他的悲哀。

也正是因为这份愧疚，他才找到周鹏说想见见张润泽，看看自己女儿喜欢的是啥样的，若是不靠谱的人，他说什么也要给拆散了。不过经过这些天的相处，他觉得张润泽还是非常稳重踏实的，并不是冲着他们家的钱来的，所以也从心里接受了张润泽。

"好了，这些不开心的事情就不要说了，我就当是花钱买了一个教训吧！这也是我的报应，我亏欠她们母女的太多，眼下这些事情我也应该承担。"陈秋荣长叹了一口气说道。

这边张润泽甩掉了身后跟踪的车辆，这才长出了一口气，按照既定的计划继续朝他的目的地行进。

等到赶到厂里的时候，这家工厂的老板杨晓已经站在大门外迎接他了。看到张润泽从车上下来，连忙大踏步地迎了上来，热情地握着他的双手说道："哎呀！真是辛苦张总了，让你这么远跑一趟过来。快进屋喝点儿茶休息一下。"

张润泽爽朗地笑着说道："没关系，本来离得也不是很远。还让杨总亲自出来迎接真是太麻烦了。"

"我们两个虽然岁数差得有点儿多，却属于莫逆之交。第一次在新疆见到你的时候，我就感觉和你谈得很投机，想着以后可能有合作的机会。没想到这个机会还真让我给盼来了。"杨晓拉着张润泽进屋，又忙着给他倒了一杯热气腾腾的茶水感慨万千地说道。

"实不相瞒，这次我也去了上海，原本想多看几家。但是因为其他的原因，上海之行不太顺利，我便想着就直接到你这里来算了，只要产品合适我就直接订了，哪里都不去了。"张润泽不是一个虚伪的人，所以把此行遇到的情况都告诉了杨晓。

"理解，理解，若是换了我也是要货比三家的，这都属于正常情况，毕竟几千万的东西。非常感谢你信任我们家，我相信我们的产品一定会让你满意的。"杨晓马上回答道。

"因为我晚上还要赶回杭州，我父亲留在那边，我害怕他晚上会不习惯，所以我们就抓紧时间把你们的产品宣传册给我看一下吧！最好有成品机让我看一下。"张润泽喝了一口热茶一脸正色地说道。

关于张润泽父亲病情的事情，杨晓也是听说了一些。所以他马上站了起来，让企划部门的人员将宣传册等东西拿了过来，又带了一台

260

电脑过来，用 PPT 和视频的形式，给张润泽做了非常详细的介绍。

张润泽一边认真倾听，一边拿着笔做了详细的记录。中间遇到不明白的问题，就及时提了出来。

第七十九章

原来他们是一家人

这一场讲解足足用了两小时才结束，对于产品的各项使用性能张润泽心里已然有数了。

杨晓见他提出的问题都非常专业，而且直指要害之处，知道张润泽来之前也是详细做了功课。这么一个年轻人涉猎自己完全不懂的东西，在短时间内还能学得这么专业，他也是从心里佩服。

了解完详细数据以后，杨晓又带着张润泽去厂房看样板机器。这样板机器属于比较老旧的版本，新产品的话在这个基础上又做出了许多的改变。张润泽研究了一下，他发现这个老旧版本的机器就制作得很不错，现在还有很多老厂子在使用这个版本。那新版本的话应该也问题不大了，对于他们来说技术上是没有问题的。

想到这里张润泽微笑着点了点头说道："不错，我把这些资料都带回杭州去，好好研究一下……"

就在这个时候，张润泽的电话突然响了起来。

他拿起来一看，见是周鹏打来的。电话接通了以后，周鹏就说了一句话："情况有变，马上赶回杭州来……"

张润泽不知道发生了什么事情，但既然周鹏这么说了，肯定是发生了什么重要的事情。

所以他只能一脸歉意地和杨晓道别，双方决定另外约定时间再进行洽谈。

等张润泽赶到杭州的时候，已经是夜里三点多了。杨总接到周鹏的电话以后，便马不停蹄地赶到了杭州，与他们差不多的时间来到了陈秋荣的大别墅里。

这么晚了，按照平日的作息习惯张刚强早就应该去睡觉了。可是今日他说什么也不肯去睡觉，非要等着张润泽回来，谁劝都没有用。这让李阿姨看在眼里，也不由得感慨这可能就是所谓的父子连心。

张刚强听到门外传来汽车喇叭声，连忙颤巍巍地打开大门走了出去，在看到张润泽从车上下来以后，马上高兴地咧着嘴喊道："润泽，你咋才回来啊？你吃饭了吗？你看我给你留了一个苹果，你小时候最爱吃的。"他说完从怀里掏出一个苹果，笑眯眯地递给了张润泽，这苹果上还带着他的体温。

张润泽看到这里，眼眶不由得一热，他连忙扭过头去用力吸了几口气，这才缓缓说道："爸爸，这都几点了，你怎么还不去睡觉？身体不好就要好好休息，保证睡眠。我走的时候你不是说要听我话，乖乖在这里等我回来的吗？"

张刚强看到张润泽不高兴了，一脸委屈地说道："我想睡觉的，可是我一闭上眼睛，就看到你被坏人给抓走了……我这心里担心得很，想着反正也睡不着，还不如坐起来等着你回来。你回来就好，我这就去睡觉。"他害怕张润泽生气，说完连忙"噔噔"上楼朝着自己的房间走去了。

在场之人看到这里都感慨万千，可怜天下父母心，想来就是这个道理吧！不管孩子长到多大，作为父母的都会为他担心。

"我说小张总啊……"杨总迟疑了一下，开口说道。

"别……杨叔叔你和周叔叔是多年的好朋友，在我心里就是我的长辈，我冒昧地喊您一声叔叔，您若是不嫌弃的话就跟着周叔叔一起喊我润泽吧！"张润泽连忙站了起来说道。

陈秋荣对于他的这番态度满意地点了点头，说道："我说老杨啊，你若是不嫌弃，就当他是你的大侄子。"

杨总哼了一声，说道："这小子很对我脾气，这个大侄子我认下了。要不就算你们两个老家伙都来说情也没用。"他这话说得也不假，当初在上海的时候，他看到张润泽拿出那套参数，直接没给周鹏和陈秋荣的面子甩手而去了。

他这种脾气性格，若非是自己认可，别人说再多也没有用。

周鹏在一旁哈哈大笑着说道："我说老杨啊，今天这事你还真得感谢这小子，若不是他误打误撞，我们哪里就能察觉到，你的这套参数竟然会在诸暨出现？"

"唉！其中的经过我已经知道了。实不相瞒，那杨晓其实以前就是我公司的人。当初我看这个小子精明能干，便有心想要栽培他，把研发部这么重要的部门交给他来管理，谁知道他竟然能做出监守自盗的事情来！当初他还装得一脸无辜，跟我说出了这件事，他难辞其咎，不顾我阻拦辞职离开了。为此我心里还难受了一段时间，想着平白断送了这么好的年轻人的前程。真没有想到事情的真相竟然是如此……"杨总摇着头一副痛心疾首的模样。

本来张润泽还有些丈二和尚摸不着头脑，这一番话听下来他总算听明白了。感情诸暨这家设备厂，竟然就是盗了杨总公司技术的那一家。

这杨晓竟然做出这样不地道的事情来，难怪周鹏会突然将他给喊回来。这样的话说什么也不能再合作了。

严词拒绝

　　陈秋荣见现场气氛比较融洽，便趁机将生产设备的事情又提了出来："我说老杨啊，这事情既然已经水落石出了，那你跟那小子合作的事情……"

　　"哟！老周你看看，我记得是谁在上海说，坚决不认这个女婿的？这才多一会儿工夫就上赶着帮女婿拉生意了！"杨总哈哈大笑着指着陈秋荣说道。

　　张润泽听了这话，瞬间明白过来，自己第一次的直觉没错，这个"陈总"竟然真的是陈梦欣的父亲。

　　陈秋荣老脸微微一红，板着脸说道："你少在这里胡说八道，挑拨我们之间的感情，我什么时候说过那样的话？"

　　"好了，好了，你们两个老家伙快别吵了，我看时间不早了，咱们还是抓紧时间谈正事，谈完好去睡觉。这折腾一天了，我都累死了。"周鹏见这两个人不依不饶地打嘴仗，连忙皱着眉头阻拦。

　　"还有啥好谈的？我说大侄子你想要的参数我都带来了。虽然我们新研发的设备被人盗取了，可是我们凭借着自己的本领又研发了一套更先进的设备。这套设备简直可以和世界接轨，绝对不会让你失望的。

你看上哪个了直接下单就好了，我们总经理的联系方式我已经发到你手机上去了。"杨总这次表现得特别痛快，而且又补充了一句说道："对了，价格给你按照市场最低价，你们年轻人做点儿事情不容易，我不赚你们的钱。我亏的钱到时候从你岳父这里赚回来就是了。"

众人听到他的话，忍不住哈哈大笑了起来。

张润泽接过杨总给过来的资料随手翻了翻，他的眼睛立刻就泛起了光芒，激动得声音颤抖地说道："好……太好了，这正是我理想之中的设备参数，太好了……"

周鹏看时候不早了，便对杨总使了一个眼色说道："老杨今晚去我那里住吧，我还有些话想跟你说。"

杨总马上心领神会地点头说道："对，今天发生的事情我还要好好问问你。还有明天你要陪我去一趟诸暨，去打听一下案情的审理情况。"

"都这么晚了，我家这么大，我让阿姨收拾两间房间给你们睡就是了，还瞎跑什么呢？"陈秋荣一脸不解地说道。

"我才不在你家住呢！你家贵气逼人，逼得我睡不着。"

"我也是……"周鹏和杨总一脸嫌弃地看了看陈秋荣，一前一后离去了。

陈秋荣又好气又好笑地骂道："你们两个老东西还不知道心里又憋了什么坏点子……"他话说了一半，一扭头忽然看到完全沉浸在机器设备之中的张润泽，瞬间明白了那两个人是什么意思。敢情他们是给自己留出单独和张润泽相处的机会。

想想也是，这陈梦欣不认他，一年到头也不回来看他一次。若是他能把这个女婿哄好了，说不定能说服那个倔强的丫头，以后常回来看看自己。

想到这里，陈秋荣扬起唇角，扯出一抹笑容，尽量让自己的声音柔和地喊了一声："我说润泽啊，咱们两个来聊聊吧！"

张润泽身体微微一抖，连忙把思绪从画册里给拉了回来，他毕恭毕敬地看着陈秋荣说道："伯父，有什么话您就说吧，我听着呢！"

虽然陈梦欣说不肯原谅陈秋荣，但是他们之间毕竟父女连心，他又是陈梦欣在这世界上唯一的亲人，所以张润泽从心里尊敬他。

"你不用这么紧张……我就是想和你聊聊欣欣的事情。你看欣欣也是大姑娘了，就这么不明不白地跟你跑到新疆去，这没名没分的岂不是让人笑话？你若是真喜欢她的话，应该给她一个合理的名分。我知道你母亲刚去世不久，现在说这些事情还有些早。但是你应该能理解一个老父亲的心。"陈秋荣这番话说得是非常诚恳，他在张润泽面前一点儿都没有摆架子，完全就是站在一个父亲的角度来谈事情。

"伯父您放心，我一定不会亏待欣欣的。这是我这些年存下来的积蓄，本来想着等我们结婚的时候再交给您，但是现在借着这个机会，我就把这钱交给您吧！这是我给欣欣的彩礼。这钱虽然不多，可是已经是我全部的积蓄了。虽然眼下我们的日子还不富裕，但是请您放心，我一定会好好努力，一定会让欣欣过上好日子的，绝对不会让她受半点委屈。至于我们两个人的婚礼，我和欣欣商量过了，眼下我们的事业刚起步，再加上我母亲刚刚过世，所以我们打算晚两年再办，关于这一点还请伯父谅解。"张润泽连忙掏出随身携带的银行卡，原本他是打算拿着这个钱给陈梦欣挑一颗钻戒带回去向她求婚的。不过眼下既然陈秋荣提到了这件事情，作为男人他就必须做出一点儿行动来。

陈秋荣看了看放在面前的银行卡，满意地点了点头说道："这钱你先拿回去，你们现在的事业刚刚起步，需要用钱的地方比较多。不过欣欣的彩礼我是一定会要的，因为我们陈家可就这么一棵独苗，我可不能让她跟着你小子受委屈。"他说到这里微微沉默了一下，又缓缓地说道："其实你们也不用这么拼，我们陈家就这么一个闺女，你们若是愿意的话也可以回到杭州来……"

陈秋荣的意思很明显了，就是希望陈梦欣和张润泽回到杭州来，继承陈家的家业。

若是换了一般人肯定会高兴坏了，可是张润泽却一脸正色地说道："对不起伯父，这个要求我没有办法答应您。作为一个男人，我有责任靠自己的双手闯出一片天地来，为我所爱的人撑起一片天，而不应该靠着欣欣的家庭背景做一个不劳而获的人。更何况我和欣欣都有自己想做的事业，都有自己想实现的梦想。所以请原谅我不能答应您的请求，但若是以后您老了，需要人照顾的时候，我和欣欣会把您接到身边好好照顾的。"

发烧了

"伯父，您若是有时间可以去我们新疆看看，看看我们的番茄基地，也看看新疆这些年的变化。"张润泽说到这里，脸上带着笑意对陈秋荣发出了邀约。

陈秋荣的眼神忽闪了一下，沉默了好半晌才说道："我记得上一次去新疆，还是二十年前，那个时候新疆还比较荒凉。这二十年过去了，也不知道发展成什么样了。等我有时间了一定去看看新疆的变化。时间不早了，早点儿休息吧！"他说完转身往自己的房间走去。

张润泽看着陈秋荣的背影，他虽然脊背挺直，但鬓角间花白的头发和孤独的背影还是出卖了他。一个人不管年轻的时候多风光，到老年的时候，总是希望儿孙能承欢膝下，而不是一个人孤独地守着这么大一个空房子，那种凄凉感是多少钱都填不满的。

他轻轻叹了一口气，看来得找个时间跟陈梦欣好好聊聊，替他们这两个人缓和一下关系了。

因为解决了生产设备的事情，这一觉张润泽睡得特别香。他一直沉睡到被一阵急促的电话声惊醒了过来，才揉着惺忪的眼睛拿起手机，见已经九点多了。

他看到是连长胡振海打来的电话，想着他肯定有什么事情，便连忙打起了精神，接通了电话："喂！胡连长早上好啊！"

"润泽，你小子走了这么长时间，究竟什么时候回来呀？"胡振海虽然尽量放缓声音，但是张润泽还是从他的声音里听到了有些急切。

他心中微微一紧，连忙问道："怎么了？可是连里发生了什么事情？我原本打算明天就回去，若是着急的话我们今天就往回赶。"

"那个……其实……算了，我这个人直性子，肚子里面也藏不住话！我跟你说实话吧，你们的番茄苗出了一点儿问题，最近都是欣欣一个人扛着，我看到她已经好几天连轴转了。怕再这么熬下去回头别再有什么事情，所以才给你打这个电话。"胡振海支吾了半天，随即实话实说道。

"番茄苗怎么了？哎呀！胡连长你就把事情说清楚吧！真是急死我了。"张润泽一边说着，一边穿衣服，人也朝着楼下冲去。

"也不知道是怎么回事，就是上次浇水过后，番茄苗出现大量枯死的现象，梁博士已经在日夜研究对策了。总之这件事情挺大的，欣欣怕你担心一直不肯告诉你，我觉得还是有必要跟你说一声。"胡振海声音低沉地说道。

听到胡振海这么说，张润泽不由得想起来，昨天他给陈梦欣打电话的时候，她的声音很沙哑、疲惫，可是因为当时情况比较混乱，他就没有往心里去。真是没有想到她一个人竟然面对这么大的困难，还不肯告诉她，这个丫头还真是……"李阿姨，赶紧把东西收拾一下，我们今天就赶回新疆去。"张润泽挂了电话急匆匆地来到客厅说道。

这个时候陈秋荣正陪着张刚强在餐厅吃早餐，他听到张润泽心急火燎的叫声，连忙走了出来问道："发生什么事情了？怎么这么着急就要回去？"

张润泽连忙把新疆那边发生的事情跟陈秋荣说了一遍，他听到陈梦欣一个人在那边受了这么大的罪，心里也是一紧，脱口而出说道："那我跟你们一起回去，我人脉多，路子广，说不定有办法帮帮你们。"

张润泽一脸惊讶地看着陈秋荣，随即高兴地说道："那太好了，欣欣若是知道你来了，一定会很高兴的。"

陈秋荣听了这话以后，神色立刻变得黯淡了下来，他声音沙哑地说道："我看这事还是不要告诉欣欣了，我害怕她不愿意见我。"

"怎么会呢？欣欣这丫头可懂事了。她对我可好呢，拿我就像亲生父亲一样对待，对你肯定是更好……"张刚强不知道陈梦欣和陈秋荣之间的恩怨，连忙在一旁打着圆场。

自打他来到杭州以后，陈秋荣对他一直礼遇有加，丝毫没有看不起他的意思。对于这一点张刚强心里一直很歉疚，总想着找机会回报陈秋荣。

陈秋荣听了这些话，苦笑着自言自语地说道："只怕在那个丫头心里，我这个父亲还不如一个外人。"

张润泽眼眸深了几许，他缓缓说道："伯父您也不要想那么多，这世界上哪有子女不认自己父母的？欣欣的性格比较好强，你要给她时间慢慢适应。我觉得您能跟我们一起去新疆蛮好的，她看到您一定会很高兴的。"

"这个丫头的倔脾气像我。得了，我这个做老子的不能和自己的孩子讲面子，谁让当初我做错事对不起她们母女呢？这次我就先低下这个头吧！"陈秋荣想了想索性也豁出去了。

他觉得张润泽说得有道理，这丫头脾气这么倔，想要等她主动示好，怕是黄花菜都凉了也等不到。反正他都这么一把岁数了，也不要什么面子了。

张润泽脸上带着笑，带领着大家急匆匆往机场赶去。

等他们赶到16连的时候，这天已经都黑透了。这一路走来，坐了六七小时飞机，又坐了三四小时的汽车，就是陈秋荣身体比较强健，也是有些吃不消，面露倦容睡了一路。

好容易到了地方，他下车的时候，感觉身子晃了晃，若不是张润泽一把扶住他，他险些一头栽倒在地面上。

"伯父，你身体怎么这么烫？是不是发烧了？"张润泽感觉到陈秋荣身体有些异样，连忙腾出一只手摸了摸他的额头，果然发现他体温高得吓人。

"哎呀！您真的发烧了，您先进屋休息，我马上去给您请大夫。"

271

张润泽吓得连忙将陈秋荣扶进了屋里，让他躺下，又贴心地给他盖上了被子，这才急匆匆往外面走。

"李阿姨，陈伯父发烧了，你赶紧烧点儿热水，我去把欣欣找回来。"他说着边走边给陈梦欣打电话。

第八十二章

面红耳赤

"喂，欣欣，那个，我把陈伯父给带回来了，而且他还发着高烧，人都有些昏迷了，我着急去找你换班，你看你回来的时候能不能找个医生给他看看？伯父毕竟年纪大了，若是烧成肺炎就麻烦了。"张润泽故意唉声叹气地说道，他把事情说得比较严重，就害怕陈梦欣会拒绝。

陈梦欣听了他说的这番话以后陷入了沉默之中，过了许久才缓缓说道："好的……我知道了。"然后就挂了电话。

陈梦欣表现得太平静了，这让张润泽心里感觉七上八下的。不过眼下也不是讨论这些的时候，所有的事情都凑在一起了，他要把所有的精力都用到抢救番茄苗上面去。若是番茄苗毁了，那这一年就算是白忙活了。

张润泽正急匆匆往前走，迎面便看到顶着黑眼圈，一脸憔悴的陈梦欣走了过来。这才多久没见，她整个人都瘦了一圈，越发显得身材娇小、瘦弱，看了让人心疼。

"欣欣……这段时间辛苦你了。"张润泽心疼地一把将陈梦欣给揽在了怀里，柔声说道。

陈梦欣的脸瞬间就有些红了，她扭捏地推了张润泽一把，小声道：

"你干吗呢！这周围都是人。16连民风朴实，他们也接受不了这么热情的拥抱，回头又该说咱们闲话了。"

"怕什么，我抱自己的老婆还怕人说闲话？"张润泽一扫木讷的模样，说了一句玩笑话。

"呸！谁是你老婆，我们可还没有结婚呢！对了，梁博士这几天火气有点儿大，他若是冲你发火，你也别跟他置气。他这也是急得。"陈梦欣红着脸啐了一口说道。

"我知道了，你放心吧！对了，找医生的事情别忘记了，陈伯父病得真的挺严重的。"张润泽忧心忡忡地说道。

陈梦欣的眼神忽闪了一下，默默点了点头转身离去了。

虽然她什么都没有说，但张润泽还是从陈梦欣的眼睛深处看到了一抹凄凉之色。想来她又想起自己母亲在穷困潦倒之下，抱恨身亡的情形。

张润泽默默地看着她的背影，心里泛起了疼痛感。这个善良的姑娘总是坚强得让人感觉心疼……

他长长地叹了一口气，用力摇了摇头，将这些纷乱的心事都抛在了脑后。因为他十分清楚，一个男人若是想保护好自己所爱之人，就必须用肩膀撑起一片天空来，只有这样，他所爱之人才能在他的保护安稳地生活。

想到这里，张润泽不再迟疑，大踏步朝着番茄田中走去。

陈梦欣离开张润泽的视线以后，那些所有伪装的坚强都被内心的痛苦击得粉碎，眼泪大颗大颗地掉落下来。她呢喃地说道："妈妈，我知道就算在你弥留之际，你都没有真正地恨过他，依然希望能看他最后一眼。虽然我从心里憎恨他，可是他老了，我不想让自己后悔……"

张润泽来到番茄地里的时候，远远的就听见梁天在发火骂人："喂！我说你们怎么搞的，都跟你们说了多少遍了，这药水不能这么配，你们为什么总记不住？还嫌这里不够乱是吧？"

张润泽紧走了几步，瞧见有一群工人正在往农药机里配农药，不知道哪里做得不好，被梁天给看到了。

这工人们想来是已经适应了梁天的脾气，被他吼了也不生气，依

274

然赔着笑脸说道:"梁博士教育得对,确实是我们做得不好,我们这就改正。"

梁天本来还想发火,但是看到工人们这种态度,他也不好再说什么了。不过依然是一副气鼓鼓的模样,想来心里的火气还没有发出来。

张润泽笑眯眯地说道:"哟!这谁惹我们梁大博士生气了?快跟我说说,我帮你教训他。"

梁天一抬头正好对上张润泽那张笑脸,他好容易压下去的火气又腾的一下浮了上来,指着张润泽劈头盖脸就骂了起来:"我说你小子走了这么多天都不回来,将家里这么大一摊子事情都交给一个女人,你也真是够可以的。若不是欣欣帮你说好话,我都想揍你一顿。"

没等张润泽答话,在场的工人都看不下去了,他们马上说道:"梁博士你这话说得就太难听了吧?人家润泽兄弟又不是出去玩的。人家不是去上海买机器设备去了吗?再说了,那张大叔都病成那样了,他不得带着去看看病啊?他也没有走几天啊!连来带去还没有一个星期。"

"你们活干好了吗?没干好还这么多废话?"梁天被怼得面红耳赤的,他气恼地说道。

张润泽瞧着梁天这副炸了毛的模样,不由得无奈地摇了摇头,他连忙冲着工人摆了摆手说道:"这事确实是我没做好,梁博士想骂就骂两句吧,我没事的。"

梁天看到他这副模样,这僵硬的脸上再也绷不住了,"扑哧"一下笑着说道:"你少来,说得好像我不讲道理一样。我跟你说我这个人最讲道理了,从来不会无缘无故发火。"

"对对,你是个讲道理的人,都是我们做得不好,你骂得对,若是没有解气,就再骂我几句,我绝对不还嘴。"张润泽嬉笑着说道。

我才不会担心你

陈梦欣带着医生回到了家中，坐在沙发上发呆的张刚强看到她回来了，连忙激动地迎了上来，抓着她的胳膊说道："欣欣啊，你可回来了！快去看看你爸爸，他好像病得不轻，人都昏过去了，连水都喝不进去，我们都急死了。"

陈梦欣还以为张润泽说人昏过去了，只是故意夸大其词，为了不让她生气，事实上陈秋荣的病情可能并没有这么严重。可是她听见张刚强这么一说心里也紧张了起来。

这陈秋荣虽然保养得好，可算起来也是这么大年纪的人了，这一路折腾过来，不适应新疆的气候也是有可能的，万一出点儿什么事情可就不好办了。

因此她连忙对医生说道："医生，麻烦您帮他看看，若是不行的话，我就送他去住院。"

医生点了点头，跟在陈梦欣身后来到了陈秋荣所住的房间。他对陈梦欣说道："你们在外面等一会儿吧，我来给他仔细检查一下。放心吧，不会有事的。"

过了好一会儿，他才从陈秋荣的卧室里走了出来。

陈梦欣连忙迎上前来问道："医生，他怎么样了？"

"你放心吧！我已经给他打了退烧针，人不会有事的。只是我通过给他检查身体，发现病人的心脏状况不是很好，应该以前做过心脏搭桥手术，所以不能受到刺激。你们在照顾病人的时候，一定要注意照顾好病人的情绪……"医生皱着眉头缓缓说道。

"心脏搭桥手术？"陈梦欣感觉呼吸一滞，她记得那几年在国外的时候，好像听陈秋荣的助理说过他住院的事情，但是当时她心里一直怨恨陈秋荣，所以根本就没有关心过他因为什么住院，也不知道他生病的事情。

一想到陈秋荣出院的第一件事就是给她打电话，声音虚弱地问她有没有钱花，不要让自己受委屈了，她心里就浮上一股内疚的情愫。她记得当时她的态度非常不好，两句话没说完就把电话给挂了。

陈梦欣当时认为这陈秋荣肯定是用装可怜的招数，来博取她的同情，想让她原谅他。她怎么也没有想到，他竟然做了心脏搭桥手术。

想到这里，陈梦欣站在陈秋荣的门外徘徊了许久，终于鼓起勇气轻轻推开了房门。她一眼便看到头发有些花白的陈秋荣紧闭双眼躺在那里，看起来身体非常瘦弱。

眼前的陈秋荣不再是那个商场上叱咤风云的人物，而只是一个生病的老人，脆弱得就像是一个瓷娃娃一般。

陈梦欣看着这样的陈秋荣心里怎么也恨不起来，她叹了一口气，在他的床边坐了下来，脑海之中不住地浮现出一幕幕幼时的情景。

在陈梦欣小的时候，其实陈秋荣是一个称职的丈夫和父亲，不管工作多忙，每个星期都会抽出一天时间，带着陈梦欣去游乐场玩，给她买各种好吃的，给她买最好的东西。

那个时候，家里充满了欢声笑语。她的母亲温婉勤俭，把家里打理得井井有条，给了她全部的爱，让她在无忧无虑之中长大。

想起这些事情来，陈梦欣心里就泛起阵阵疼痛，眼泪控制不住地往下流，一方面她为自己的母亲感到不值，一方面她又不知道该怎么面对陈秋荣。

就在这个时候，一直沉睡的陈秋荣像是感应到了陈梦欣的存在，他忽然睁开了双眼，看到了泪流满面的陈梦欣。

他以为陈梦欣是因为担心他的身体，所以才流泪。他不由得惊喜地说道："欣欣你怎么哭了？你放心，爸爸没事，爸爸不会死的，爸爸还没有送你出嫁呢！"

陈梦欣这个时候想掩藏情绪已经来不及了，她用力擦掉了眼泪，没好气地说道："你想多了，我才不会担心你会怎么样！就像当初我母亲病死的时候，也没有人会担心她一样。"

听到陈梦欣说这些话，陈秋荣的脸上又泛起了羞愧之色。

难得的好干部

"孩子，对不起，是我对不起你们母女俩，当时我鬼迷心窍竟然相信了那个女人的话，做出了伤害你们母女的事情，眼下我已经得到报应了。爸爸不敢奢求你原谅我，只希望你能接受我的诚意，让我照顾你。当时你妈妈生病我是真的不知道，你妈妈她删掉了我们之间所有的联系，又搬了几次家，让我找不到你们。若是我知道她生病了，不管花多少钱，我都会给她治病的。毕竟你母亲她陪我走过了人生之中最黑暗的那一段时间，我心里一直很感激她……"说起这些事情的时候，陈秋荣忍不住老泪纵横，悔不当初。

陈梦欣看着他这副模样，心里一阵烦躁。她冷着脸站了起来，说道："厨房里煮着粥呢，我去看看好了没有，既然醒了就吃点儿东西吧！"说完转身离开了房间。

陈梦欣听见身后传来陈秋荣压抑的抽泣声，可是错了就是错了，他的悔恨换不回她母亲的生命，这是无法改变的事实。

就在这个时候，张刚强忽然走上前来，他冲着陈梦欣招了招手，说道："欣欣过来这边坐，叔叔有几句话想跟你说。"

陈梦欣连忙擦掉眼泪，应了一声，走到张刚强身边坐下来问道：

"叔叔怎么了？有什么话你就说吧！"

张刚强叹了一口气，疼爱地摸了摸陈梦欣的头发说道："孩子，叔叔知道这些年来你心里苦，叔叔和你去世的阿姨都把你当成是自己的亲生女儿来疼爱。可是我们对你再好，都不能替代你的亲生父母对你的爱。如今你的母亲不在了，我知道那些年你们受了很多苦。可是那是你母亲和父亲之间的事情，那是大人之间的感情出了问题，他们两个才走到了这一步。"

"可是我相信这天底下没有父母不疼爱自己的孩子，就像我们对润泽一样，不管我和你阿姨最终走到哪一步，在我们两个人心里，孩子永远都是自己的。可能父亲表达爱的方式和母亲不一样。母亲会用自己特有的女性温柔去呵护、去照顾孩子长大，而父亲总是想赚更多的钱为孩子提供一个良好的生活环境，给她这个世界上最好的东西。"

"我知道一时让你原谅你的父亲也不可能，但是你可以试着去接受他。你不要认为这是在帮助你的父亲，这其实是对你自己的一种救赎。当你去恨一个人的时候，你把自己也带入了黑暗之中。既然如此你不如敞开心扉，去接受那些你憎恨的事情，慢慢地你会发现，你的人生打开了一扇新的大门，那些久违的阳光会照射进你的心里，让你余下的生命都充满温暖。孩子，叔叔说了这么多，你能理解吗？"张刚强语重心长地说道。

张刚强的这番话彻底击碎了陈梦欣的伪装，此时此刻她已经是泪流满面了，她哽咽着点了点头，说道："叔叔，您说的这些话我都记住了，我会尝试着去接受他的，但是我需要时间。"

"我走的时候这番茄苗还好好的，怎么会突然出现大面积枯死的状态？你们找到事情的原因了吗？"张润泽和梁天寒暄了一会儿，这才把话题引到了正题上。

"查到了。这件事背后有阴谋，有人故意在我们的水池里放了过量的番茄苗病菌，所以造成了此次大面积番茄苗枯死的事情。虽然我已经尽力挽救了，但是损失不可避免。你看那一片，还有那一片的番茄苗基本上都枯死了，这一次损失还是非常大的。"梁天声音沉重地说道。

"这件事情咱们有没有报警？"张润泽抬头看了看，见受灾的面积有几十亩之多，确实是损失惨重。

"甘队长已经来过了，但是目前这些事情还没有线索，咱们也不知道 16 连里还会有谁和咱有过节，唉！这些人做事真是让人防不胜防啊！"梁天非常苦恼地说道。

"你放心吧！这个人藏得再深，总会露出狐狸尾巴来的，我们只要做好防范，守株待兔就好了。眼下虽然我们遭受了损失，可是我们今年的番茄苗长势非常好，到了年底肯定会有一个不错的收成。这也算是一个好消息吧！你看这些番茄苗都已经长了 16 片叶子了，其他农户的番茄苗可没有我们这个长势好。"说起自己的专业梁天忍不住喜滋滋地给张润泽介绍着。

张润泽仔细看了看这些完好无损的番茄苗，确实是，一眼望过去乌油油的一片，长势非常喜人，若不是因为人为受了灾，那今年一定会大丰收的。

想到这里张润泽拍了拍梁天的肩膀说道："有失就有得，番茄收成减少了，我们就多收购一点儿其他农户的番茄，这也算是间接地给 16 连做贡献了。毕竟胡连长这么照顾我们。"

"说起胡连长来，他可真是一个难得的好干部。自打我们番茄地里出现病虫灾害以后，他就天天过来查看，而且还帮着我们想办法，从市里请来专家忙得好多天都没有回家了。若不是今天市里要开会，你一来就能看到他。"梁天感慨万千地说道。

"是啊！这一次也是胡连长给我打电话，我才知道家里居然发生了这么大的事情，不然我还被蒙在鼓里呢！"张润泽没好气地瞪了梁天一眼。

梁天不好意思地挠了挠头皮，说道："这事可真不能怪我，是欣欣不让我告诉你的。"

恋土难移

"你们两个在说什么呢？"这时他们身后传来胡振海洪亮的声音。

张润泽看着他笑眯眯地说道："梁博士正在夸你呢！说胡连长是少有的好干部，为了我们的事情操碎了心，一连多少天都没有回家了，吃住都在我们的番茄田里。"

"得！你小子少拍我马屁，我可不吃这一套。我们国家干部就是为人民服务的，这都是我分内应要做的事情，不需要你们感谢。"胡振海被张润泽夸得脸色微红了一下。"眼下情况怎么样了？控制住病情扩散了吗？"他又一脸紧张地看着梁天问道。

"暂时算是控制住了，不过这病毒比较厉害，中间有个 48 小时的过渡期，若是在这期间没有问题的话，那就算是控制住了。不过胡连长你们放心，我会一直在地里盯着的。"梁天皱着眉头，他说话的时候并没有用肯定句，看起来他自己心里也没有十足的把握。

"你们都回去吧！今天我在这里值班。你们熬了这么多天了，都回去好好睡一觉。"张润泽一脸心疼地看着满脸憔悴的梁天和胡振海。

"得了吧！你啥也不懂留在这里有什么用？再说了，你在外面到处跑也是很辛苦的，所以还是我留下来吧！欣欣的爸爸不是来了吗？你这个准女婿还不应该回去好好陪着。"梁天一脸嫌弃地看着张润泽说道。

"没事，欣欣在家里照顾着呢！我想伯父他应该能够理解。"张润泽倔强地摇了摇头。

这梁天已经在田里寸步不离守了一个星期了，胡子拉碴的浑身都是泥土，看起来就像是一个野人一般，再不让他回去洗漱一下，怕是身上都要馊掉了。

"我看梁博士您是真的该回去休息一下了，洗洗澡换个衣服，这天气这么热，洗干净身上会舒服一点儿。"胡振海也在一旁帮腔。

"就是，你没闻见自己都臭了吗？就像那个剩饭的味道一样，真是熏死我了，你赶紧回去吧！"张润泽故意捂着鼻子，做出一副很嫌弃的表情。

最后在张润泽的再三要求之下，梁天才一脸不情愿地离开了。他这一个星期吃住都在地里，整个人都瘦了一大圈，再加上又困又累，回到家里以后，他连澡也没洗，往床上一倒就昏睡过去了。

"我说润泽啊，这次上海之行还顺利吗？"胡振海一脸关心地问道。

思索了半天，张润泽才说了一句："还好，总算把设备给定下来了，能保证番茄酱厂按时开业。"

胡振海通过张润泽脸上变化的表情，就知道此次上海之行一定没有这么顺利。不过他见张润泽不肯说，便也没有继续追问。

他点了点头笑着说道："顺利就好。不过眼下 16 连的事情也不能掉以轻心啊！虽然甘队长来了，把咱们这边的情况详细了解了一下，也说会全力侦破这个案件。可是我觉得这件事情并没有这么简单，眼下一点儿头绪都没有。所以还需要我们自己多上心，这番茄苗到了最关键的生长阶段，再有一个多月就要开花挂果了，这段时间可千万不能再出问题了。"

"嗯！胡连长你就放心吧！我刚才寻思着去市里买一套监控设备回来，在这地的四周装上，这样便于我们随时观察，就算是出了什么问题，也能追查到人。"张润泽点了点头说道。

"我觉得你这个方法可行，不过我建议你这摄像头暂时不要架在明处，先找个地方藏起来，这样才有机会抓到在背后使坏的人不是？"胡振海给张润泽出了一个主意。

　　"嗯，这个方法好，等明天我就去把这件事情给办了，我倒要看看究竟是谁在背后捣鬼。"张润泽欣然表示同意。

　　几瓶吊水打进去以后，陈秋荣的烧总算是退了下去，人的精神也好了很多。他从房间出来以后，找了一圈都没有看到张润泽，便好奇地问张刚强："我说老伙计，这两个孩子去哪里了？好像自打回来以后我就没看到润泽那小子。"

　　"听欣欣说番茄地里出事情了，好像是被人下了药，受了很大的损失。润泽回来以后就去地里把欣欣换回来照顾你，欣欣这会儿去给他送饭去了。"张刚强皱着眉头，一脸担心地说道。

　　"哦？居然出了这么大的事情？我说老伙计你知道他们的番茄地在哪里不？我想去看看，我还从来没有见过大面积种植的番茄。"陈秋荣说的是实话，他从小在浙江长大，并没有见过新疆这样的大面积种植的情景，既然来到这里了，他心里就想到处看看。

　　"你身体能行吗？医生说了让你好好休息。"张刚强看着他说道。

　　"你放心吧！我这身体好着呢！可能就是来的时候不小心睡着了，才会有点儿发烧。这一会儿烧退了什么事情都没有了。"陈秋荣连忙笑着说道。

　　"那好吧，总是在床上躺着也会不舒服，走，我带你四处看看，让你感受一下咱们16连的塞外风情。"说到这里张刚强脸上露出骄傲的神色来，就好像他原本就是16连的一分子一般。

　　"好嘞，我一直听润泽那小子说新疆有多么好，也是他让我来看看的。那我就四处转转，看看这个地方究竟有没有他说的这么好。我记得二十年前我来新疆的时候，这里还黄沙漫天，到处都比较破败落后，那个时候我就在心里想，这里自然环境这么差，这些人为什么还不搬走，非要留在这里干什么呢？"陈秋荣说出了自己的想法。

　　"俗话说，恋土难移啊！更何况新疆这里不管自然条件有多么恶劣，这里也是我们祖国的一部分啊……"

翻天覆地的变化

20年前陈秋荣因为一单业务，受邀来新疆见一个客户。他当时是春天来的，四周一望无际的荒凉不说，还刚好遭遇了强烈的沙尘暴袭击。狂风夹杂着各种砂砾，打得人连眼睛都睁不开。出去走一圈回来满嘴都是泥沙，那种自然环境真的是非常恶劣。

就因为这样，他在新疆待了一天之后，便匆匆赶回了浙江，这边的项目说什么他也不愿意再参与了。这么多年过去了，新疆在他的印象里那就是黄沙漫天的景象，根本就不适合人居住。

可是等他这次再来的时候，却意外地发现，这里不但晴空万里，到处绿树成荫，而且现代农业非常发达，一望无际的农作物，在装有GPS定位的现代机械设备下，播种得笔直笔直的，就连一点儿弧度都没有。各种他没有见过的农业机械轰隆隆地在忙碌着，一片生机勃勃的景象。

16连的主要农作物是番茄、棉花、辣椒等经济作物，而且都是大面积种植，一块地都能有几百亩、上千亩，在浙江那样寸土寸金的地方，一个农户家里有个一两亩地就算是很多了，又哪里敢想一家一户种植一千亩地的情景？

当初陈秋荣听说陈梦欣在新疆种植了一千亩地的时候，他觉得这个丫头要不是吹牛，就是疯了，不然放着浙江这么好的生活不过，为啥要跑到新疆那种环境下去受罪？

　　可是真等他看清楚眼前的一切时，他才觉得自己过去的想法真的很狭隘。眼前青山绿水，风和日丽，哪里还有半点儿黄沙漫天的景象？说是塞外江南也不为过，难怪陈梦欣要坚持留在这里。

　　比起杭州的高楼大厦，陈秋荣也瞬间喜欢上了这里的青山绿水，处在这样的环境下，他感觉自己的内心都得到了净化。在这里没有商场上的尔虞我诈，没有人与人之间的冷漠，有的只是内心的安宁和平和。

　　这一路上遇到了很多16连的职工，大家都热情地和张刚强打着招呼，拉着他嘘寒问暖的。遇到在外面买东西回来的人，还非要给张刚强送一点儿，他们还没有走到地里，张刚强怀里已经塞满了东西。

　　这让陈秋荣非常感动，虽然他在杭州的时候，也经常有人来给他送礼，而且送的都是高端的礼品，动则几万、几十万元，但是那些人给他送礼都是有所图，为了达到一定目的才会想方设法地接近他。等真正达到了目的以后，或者等他没有利用价值的时候，又有几个人还认得他？

　　但是这里的人们不同，他们只是单纯对你好，并不想从你这里得到什么利益。这是一种久违的感觉，就像小时候他在家乡时的那种感觉。这种久违的温暖让陈秋荣心里涌起一股热气，瞬间就让他湿了眼眶。

　　想到这里，陈秋荣心里闪过一抹羞愧之色。20年的时间，早已经让新疆这片广袤的土地发生了翻天覆地的变化。

不让你管

"嘿嘿，这两个孩子有着大梦想哩。他们想要把中国制造发扬光大，走出中国，走向世界，让全世界的人都认可咱们中国生产的番茄酱呢！"张刚强与有荣焉地说道。

"这个想法好……"陈秋荣听到张刚强这样说，心里不由得微微一动。若是论外贸生意，那可是他最拿手的，他可以利用自己的渠道，帮这两个孩子早日实现梦想。

两个人说着话很快便来到了张润泽他们的田地旁，不过他们来得不凑巧，正好遇到了水渠塌方，水渠里的水汹涌着往外流。

陈梦欣眼尖第一个发现水渠出现了状况，她尖叫了一声，拿起铁锹就上去帮忙。那边张润泽刚刚坐下来端着饭菜，才吃了一口，就听到了陈梦欣的叫喊声。他连忙放下饭菜加入抢救水渠的工作之中。

新疆的土质属于那种沙土性质，比较松软，若是一个地方出现了豁口，那边会出现连锁反应，这个豁口会越来越大，需要费很大的力气才能把水渠给堵住。

陈梦欣见这豁口越来越大，情急之中一屁股坐在了豁口之处，用自己的身体堵住了冰冷的河水。

新疆灌溉用的水源都是从天山融化的雪水，即便是大夏天，这水也是冰凉刺骨的，别说一个娇娇弱弱的姑娘了，即便是一个大男人，这样坐在水里身体也受不了。

因此张润泽见了心疼地喊道："欣欣你干什么？快起来，这水凉得很，小心伤到了你的身体。"

"我哪有这么娇气？你快点儿堵水，别这么磨叽了，你看咱们的农药都放在前面，这水若是冲下来，把这些没有稀释过的农药冲到田地里，肯定又会引起大面积秧苗的枯死。这枯死病才刚刚治住了，再也禁不起任何折腾了。"谁知道陈梦欣根本不领情，她大声吼叫着说道。

张润泽知道她说得有道理，眼下只能尽快堵住豁口处，再把陈梦欣给拉起来。想到这里他一咬牙，二话不说用力挖着泥土，想要堵住豁口。

站在一旁的陈秋荣看到这样的情形，心里一阵剧烈的疼痛，一股雾气瞬间涌了上来。在他心里像宝贝一样的女儿，放着金尊玉贵的日子不过，跑到新疆来受罪。

他看到陈梦欣冻得脸色惨白，身体瑟瑟发抖，当下也顾不得那么许多了，从地面上捡了一把铁锹也冲了上去。

陈秋荣从来没有做过这种农活，所以他根本就不知道该怎么使用铁锹，他用了几下觉得不好使，直接将铁锹扔了，用双手挖着泥土，往豁口之处填。

这个时候陈梦欣和张润泽也发现了陈秋荣的存在，陈梦欣沉声喝道："你跑来凑什么热闹？回头生病了还得我来照顾你。"

虽然她说这话的时候一脸嫌弃，可是陈秋荣还是从她的话语里听出了关心的味道。他的脸上露出了一抹久违的笑容。

这边的动静很快惊动了在打农药的工人们，他们纷纷扛着铁锹过来帮忙，在大家齐心协力之下，很快便将这个豁口给堵住了。

突发事件

　　梁天这一觉一下睡到了傍晚时分，其间李阿姨来喊他吃饭，他都没有听到。这一觉睡醒之后他立马感觉神清气爽，伸了一个懒腰，见外面的天都快黑了，连忙去洗了个澡，换了一身干净的衣服。

　　这个时候陈梦欣在门外喊他去吃饭，他胡乱扒了几口，就带着张润泽的饭往地里面赶，陈梦欣拦都拦不住。

　　陈秋荣见陈梦欣吃饭的时候一直有些咳嗽，便连忙回到自己房间，将医生给他开的感冒药拿了出来，递给她说道："这感冒药是中成药，对身体损害不大，你赶紧吃一点儿预防吧！"

　　陈梦欣默默地看了他一眼，沉默了一会儿伸手接过了感冒药。

　　虽然只是一个小小的举动，这也让陈秋荣高兴不已。这说明陈梦欣已经开始尝试着接受他了，对他没有这么排斥了。他连忙跑去倒了一杯热水放在了陈梦欣的面前。

　　陈梦欣又默默地看了几秒钟，拿起水杯将他带来的感冒药吃了下去。

　　陈秋荣在一旁默默看着，唇角之间有掩饰不住的笑容。

　　张润泽想了想，给甘北打了一个电话，把最近发生的事情都和甘北说了一遍。

一是当初张润泽要承包老杨家的地，后来被人抢租的事情。二是在有机肥里动手脚让番茄苗枯死的事情，第三件事就是用"雪梨"诓骗自己拿着设备参数得罪厂家的事情。就算是丁妍妍家在苏州有一些势力，但是也不能为了自家的女儿做出这些违法乱纪的事情来。

但是这些事情又和丁妍妍所做的事情掺杂在一起，让人很难判断这些事情究竟是不是丁妍妍所为，若不是丁妍妍做的，那又是谁呢？关于这一点，张润泽觉得百思不得其解。

甘北对这几件事情的看法，基本和张润泽一样，他说："我觉得这几件事应该不是同一个人做的。你那个前女友顶多是因爱生恨，做出一些阻止你在新疆继续发展的事情，类似之前那样破坏你的名誉。若是让她做出让番茄苗枯死，又用"雪梨"来进行诓骗的事情，我觉得她一个小姑娘应该没有这么歹毒。而且这些事情策划得都很周密，算准了时间。那就说明这些人肯定经过一段时间蹲点了解你的动向的。这也不是她一个小姑娘能够做到的事情，这事我觉得应该是有人想要浑水摸鱼，趁着丁妍妍在捣乱，便打算把这些脏水都泼到她身上，从而达到自己的目的。但是我觉得不管幕后这个人隐藏得有多深，最后还是要浮上水面来的。所以我们不要着急，只需要耐心等待就好了。"

张润泽点了点头，说道："眼下只能这样做了。不过你放心，我们以后做事会加倍小心，争取不给别人可乘之机。"

这个时候一脸怒容的陈秋荣走了回来，他抓着手机身体都在微微颤抖着。

张润泽吓了一跳连忙问道："伯父您这是怎么了？发生什么事情了吗？"

"我大概已经知道最近是谁一直在背后对你们下手了。"陈秋荣声音冰冷地说道。

张润泽感觉眼皮不由得跳了跳，他生怕陈秋荣说这些事情都是丁妍妍做的。若真是丁妍妍做的，他该怎么跟陈秋荣交代？他只得硬着头皮问："是谁？"

"是一股境外势力，应该是美国那边的，小子，你在国外留学的时候是不是得罪了什么人？"陈秋荣一脸审视地看着张润泽。

张润泽苦笑了一下，便把自己写了论文，在西雅图的时候一直遭到威胁和追杀，只不过至今他也没有搞明白究竟是谁在威胁他的事情详细地说了一遍，然后一脸忐忑地说道："难不成这些人竟然追到新疆来了？"

陈秋荣郑重地点了点头，说道："那应该就是这伙人了，我得到的消息就是最近从国外来了一批人，形迹可疑神神秘秘的，我的人正在追查他们的落脚点，相信很快就有结果了。既然如此，那你们以后可真的要小心了。我不放心你们两个在这里，我已经安排公司那边派几个人过来贴身保护你们了。不要拒绝我，这是一个老父亲为了女儿的安全做的事情。"

张润泽本来想说不用这么麻烦的，现在是法治社会，哪里还需要人保护了？他就不相信国外那些人追到国内了还能翻了天不成？可是陈秋荣这样一说，他确实是没有办法拒绝。

转天一大早甘北就打来了电话。

他连忙接通了电话问道："喂！甘队长，怎么这么早就来电话了？可是有什么新发现吗？"

"嘿！让你猜对了，早上我来所里上班的时候，就看到不知道是谁往我们院里扔了一封匿名信，这信里留了一个地址，说是在这里可以找到跟你们案件相关的线索。"

第八十九章

你对我很重要

"然后我迅速安排人前往这个地址，虽然扑了一个空，但是也确实找到了相关证据。看样子这些人提前得到了风声，所以连夜逃走了。但是可能因为情况紧急，屋里来不及收拾，所以留下了很多东西……"甘北兴奋地说道。

"啊！是谁给你们投递的匿名信啊？"张润泽问这番话的时候，脑海之中浮现出陈秋荣打电话安排手下查找幕后指使之人的情景。

"目前还不知道，说来奇怪，这个人既然要提供跟破案相关的线索，为什么还要用匿名的形式呢？难不成害怕被人知道了会打击报复吗？"甘北一脸不解地说道。

张润泽声音停顿了一下，缓缓说道："可能是这个人不想让别人知道是他做了这件事情吧！"

通过这一点张润泽可以肯定，投这个匿名信的人应该就是陈秋荣，只是碍于他的身份，他不想被人知道，所以才用了投递匿名信的方式把自己掌握到的证据送到了派出所。

"这些人难道是察觉到了风声，所以才连夜逃跑了吗？听你这么说他们应该走得很急，就连东西都来不及收拾。若非如此的话，你们应该什么都查不到才对。"张润泽又疑惑地问道。

"我们去的时候,那屋里杯中的水还有余温,应该是刚走不久的样子。应该是临时得到了消息,所以匆忙逃走了。只是我们接到匿名信马上就出警了,中间一刻都没有耽搁,这些人是怎么收到消息的呢?关于这一点我还没有查明白。"甘北缓缓说道。

既然陈秋荣不想让别人知道他在插手这件事情,那他也不好明说,只是笑了笑说道:"因为我在国内没有接触过其他人,若是真有人想置我于死地那就是西雅图那帮人了。"

"嗯!你放心,法网恢恢疏而不漏,我一定会抓住他们的。既然知道他们藏身在胡杨市,而且又是外来势力,那就把我们要排查的范围缩小了很多,这样排查起来很快就能出结果。我已经请示了所里,已经在进出胡杨市的道路上设置了检查站,我相信这次他们就是插翅也难逃了。"甘北声音里透着坚定地说道。

"我也相信邪终究不能胜正,这些外来势力越是对我打压,那就越说明我所走的这条道路是正确的。正是因为我动了他们利益的蛋糕,才让他们疯狂地对我进行报复。但是你放心,我一定不会后退半步的,我一定会迎难而上,越挫越勇。"张润泽表情严肃,异常坚定地回答。

就在这个时候,门外响起了魏然爽朗的笑声:"哈哈!润泽兄弟,告诉你一个好消息,今天早上我们文旅局已经和陈总达成了共识,作为我们文旅局招商引资的项目,陈总将在胡杨市投资十五个亿建成一座专门用来从事进出口贸易的特色小镇。到时候陈总会把国内外优质的进出口贸易资源都整合到我们胡杨市来,利用亚欧大陆桥的优势,把我们丝绸之路的优势再次发挥起来。到那个时候,你们生产出来的番茄酱也不用担心销路的问题了。说不定坐在家里,就有国外的客商愿意上门来订货了。"

魏然眼角眉梢都带着笑,这件事情可是他在任职期间做得最漂亮的一件事情,也彻底圆了他心中的梦想。

因为新疆特殊的地理位置,若是这个进出口贸易基地真正建成的话,那从这里出口到欧洲,比从其他地方时间节省一半还要多,也就五六小时就能到俄罗斯。这个项目对于胡杨市乃至整个新疆、整个西北地区的进出口贸易，都将是个很大的飞跃。

陈秋荣也连忙说道："经过这几天对新疆的了解，大大改观了我的看法。我一直认为自己高瞻远瞩，能看到多少年以后的商机。但是来到新疆以后，我才发现自己简直就是井底之蛙。新疆这个地方好啊！不但地大物博、民风朴实，而且有非常大的潜力。你看咱们国家将喀什设为经济特区就是看中了新疆的地理位置。以后这里一定会是国际物流业非常发达的地方，我若是现在不入场，再等几年恐怕就没有我的位置喽！我首先是个生意人，其次才是欣欣的父亲，所以这次投资我是站在商业的角度进行考量的。"

"还真是一个奸商，什么时候都不忘记标榜自己见利忘义的本质。"陈梦欣嘀咕了一句。

陈秋荣听了这话以后脸色立刻变得非常难看。张润泽连忙补充了一句："我觉得伯父非常有眼光，就像我和欣欣看中新疆这个地方，一定要留在这里种植番茄，开办加工厂一样，都是看中了这里的发展前途。"

陈秋荣听了他这番话，脸上尴尬的表情总算是缓和了一些。

魏然轻咳了两声，缓解了一下大家的尴尬，随即说道："陈总，我看这屋里人太多了，不如我们去外面坐一会儿，继续聊聊咱们合作的事情。"

陈秋荣看了一眼脸色冰冷的陈梦欣，叹了一口气，说道："唉！好吧！"说完垂头丧气地往外走去。

等陈秋荣离开了，张润泽才一本正经地对陈梦欣说道："欣欣啊，我要给你提个意见，以后你不能对伯父这样了。就算他只是一个不相干的外人，我们也要做到尊老爱幼。你在家里冲他撒气就算了，这当着这么多人的面，说这么难听的话，你让他那张老脸往哪里搁？我觉得这件事情你做得有些过火。"

陈梦欣把脑袋一扭，一脸不高兴地说道："好了啦，我知道了，今天这事是我做错了，以后我改好了吧！"

酸甜苦辣

　　这天张润泽本来打算带着张刚强去医院复查，结果在路上接到了刘晓东的电话。

　　他说接到了设备厂家杨总的电话，说是给他们发了一套设备样品，今天就能到货了。让他们注意查收，然后把这台设备安装好以后，可以进行测试，看看哪里还有需要改进的方面。若是没有其他问题的话，一个月以后就能统一交付使用了。

　　这杨总在周鹏的监督之下，把原本两个月才能完成的工作，压缩到一个月之内完成了，整整缩短了一个月的工期。有了这一个月的时间就足够张润泽他们安装设备，测试机器了。

　　等所有的设备都调试完毕以后，刚好新鲜的番茄也要上市了，那他们就可以一边摘番茄，一边进行番茄酱的生产了。一点儿时间都没有耽误。

　　张润泽听了刘晓东的话以后，心里特别高兴，当即掉转车头，带着张刚强一路朝番茄酱厂开去。

　　等他们赶到番茄酱厂的时候，正遇上一辆前四后八的大货车过来送设备，这套设备非常重，就算是拆成很多块，也需要集合全厂的力量才能将这些设备弄到厂房里面去。

　　一时现场非常热闹，有齐心协力从车上抬设备的，有开着叉车过来装卸的。张润泽直接带着原厂过来的技术员，在厂房里安装设备。这套设备的图纸他可是前前后后研究了很长时间，所以对每一块的构造都十分熟悉。在他的配合下，设备安装进展得非常顺利，连技术员都露出赞叹的表情。

　　刘晓东帮不上忙，见张刚强站在一旁无聊，想到他身体不太好，便想着带着他去自己办公室坐坐，喝喝茶休息一下。结果张刚强不愿意去，想要他带着自己在番茄酱厂参观一下。

　　刘晓东便爽快地答应了下来，他搀扶着张刚强，一边走一边耐心地给他介绍番茄酱厂的构造，以及过去的历史。在说到自己遭遇的那些困难时，他忍不住就哽咽了起来。

　　回想起自己几次都要坚持不下来了，为了给工人们发工资，他几乎把身边熟悉的人挨家挨户都借了一个遍，但是借的钱又没有办法还上，于是他成了整个圈子里有名的骗子。大家看到他打电话来，就知道他要借钱，所以都把他的电话给屏蔽了。

　　为了把这个厂子支撑下去，这些年他身边几乎没有什么朋友了，连亲人都跟他反目。有很多次他坚持不下去的时候，都会问自己为什么要这样做，为什么还要坚持？

　　可是等他看到厂子里的工人眼巴巴地望着他的时候，他就又找到了坚持下去的动力。就这样他熬了一年又一年，拒绝了多少诱惑，终于等到了张润泽这个志同道合的人。

　　他感慨万千地对张刚强说道："张叔叔，不瞒你说，是您的儿子救了我们全厂的人啊！这些工人跟着我，这些年也没有享过福，每个月拿着微薄的工资，也只够温饱而已。可是他们无怨无悔地支持着我，是他们一直让我坚持着走到今天。这个番茄酱厂能有今天，能重新焕发新的活力，不容易啊！其中的酸甜苦辣一个星期都说不完。"

第九十一章

进退两难

　　张润泽全身心投入机器设备的安装之中去了，他就像是一个求学的小学生一般，遇到不懂的地方就一遍遍地询问，然后亲自上手去操作，一直到完全弄懂了为止。

　　这技术员原本是杨总派过来安装机器设备的，可是因为有张润泽在场，他反而闲着没有什么事情做了，只能背着手在一旁当老师。开始他还以为张润泽是厂里的技术员，看到他这么耐心地学习，还对他指手画脚的。

　　后来他才听厂里的职工说起，张润泽居然是番茄酱厂最大的老板，当时惊得他下巴都快掉在地面上了。然后他很不好意思地向张润泽道歉。

　　没想到张润泽擦了擦脸上的汗水，说道："这有什么好道歉的？不懂就问，学生太笨了老师骂几句这不属于正常现象吗？再说了我们国家几千年的文化历史都是尊师重道，严师出高徒，希望我这个学生不会让老师太失望才是。"

　　这名技术员一脸感慨地望着张润泽，嘴巴张了张一时不知道该怎么回答他的这番话。等他回到厂里的时候，马上就把张润泽的这件事汇报给了杨总。

杨总沉默了一会儿，说道："这小子以后定然会有一番作为……"当然这些都是后话了。

张润泽和梁天属于同一种人，就是钻研一件事情的时候，往往会达到一种废寝忘食的境界，把其他事情都给抛到脑后去了。等到忙完准备收工的时候，一看都已经是夜里十二点多了。他这才想起来他是带着张刚强一起来的，这一天没管他也不知道人跑到哪里去了。

他不顾满身的油污连忙掏出手机给张刚强打电话，结果电话响了几声以后，却是刘晓东接的电话："喂！润泽，大叔睡着了，你忙完了吗？"他压低声音问道。

"啊！我父亲竟然和你在一起？老刘，这事真不好意思，我这个人是个工作狂，一忙起来把什么事情都给忘了。真是太感谢你了，若不是你的话，我父亲还不知道又跑到哪里去了。我这个做儿子的说起来也是惭愧。"张润泽又是惊讶又是感激又是惭愧，心里面真是五味杂陈。

"咱们兄弟之间还说这些客气话干吗？我父亲去世早，非常羡慕你们这些父亲还健在的，和大叔待在一起啊，让我再次感受到了为人子女的快乐。今天他可教了我不少做人的道理，也让我明白了一个人身在困境的时候，应该怎么样去积极面对。所以与其说是我照顾大叔，还不如说是我需要大叔，因为他给了我无穷的力量。"刘晓东感慨万千地说道。

"你们在哪儿呢？我去找你们。"张润泽窝了一肚子感激的话，想要当面和刘晓东说。

"大叔在我家里呢！吃了晚饭已经睡着了，我看你也别过来了，都这么晚了。大叔在我这里你就放心吧！我会拿他当亲生父亲来对待的。"刘晓东沉默了一会儿说道。

张润泽咬着嘴唇思前想后说道："那好吧！我父亲就拜托你照顾了，明天早上我来接他。"

第九十二章

幸福一家人

转天一早张润泽急匆匆地赶到刘晓东的家里，他住的是一座带院子的平房，一亩见方的院子里种满了各种果树，有葡萄、苹果、李子等，在这些果树下面还种着各种蔬菜。

张刚强坐在葡萄架下，旁边放着一个石桌，石桌上摆着丰盛的早餐，他很惬意地喝着粥，抬头看着蓝天白云，听着果树上的虫鸣鸟叫，脸上都是满足的神色。

看到张润泽进来了，张刚强连忙高兴地冲他招手："儿子你咋来了？你吃早饭没有？你看这晓东媳妇给我做的早餐，可丰富了呢！"

张润泽瞧见他脸色红润气色极好，想来昨晚上休息得不错，便笑着说道："爸，看来你很喜欢刘大哥家啊？"

两个人正说着话，就瞧见一个四五岁的小姑娘端着一碗饭从屋里跑了出来，嘴里喊着："爷爷爷爷，我要和你一起吃饭，我爸爸妈妈还在厨房忙，没人管我。"说完一下就扑进了张刚强的怀里。

张刚强连忙应了一声，小心翼翼地护着小女孩的身体，生怕她磕碰到了，一脸疼爱地说道："好嘞，爷爷给媛媛喂饭。"说完接过小姑娘手里的饭碗，一勺一勺给她喂了起来。

这时，屋里传来了刘晓东的声音："媛媛，爷爷身体不好，你不要总是缠着他。"他走出门一抬头便看到了张润泽，随即高兴地说道："兄弟，你咋来这么早？还没有吃早饭吧？饭菜马上就好了，刚好和我们一起吃点儿，吃完咱们一起去厂里。"

张润泽见他这样说，也是不客气，揉了揉肚子说道："这肚子还真是饿了，那我就不客气了。"

"润泽兄弟客气啥？以后这里就是你的家，想吃啥就过来跟嫂子说，嫂子给你做。"刘晓东的媳妇是一位长相清秀，看着温柔贤惠的女人，她不等刘晓东吩咐，便主动多拿了一副碗筷出来，把筷子往张润泽手里一塞说道。

吃完早饭原本张润泽是想接张刚强走，可是媛媛抱着他不舍得让他走，张刚强也露出一脸想留下的表情，弄得张润泽是哭笑不得。

最后在刘晓东的坚持之下，张润泽只得答应让张刚强在这里多住几天。

在去番茄酱厂的路上，刘晓东看着张润泽说道："大叔这记忆力好像衰退得比较厉害，昨天发生的事情他都有点儿记不清楚了。但是对你小时候的事情他倒是记得很清楚，一直跟我说你小时候的事情。他这病真的没办法治了吗？"

"唉！上海、杭州都去看过了，眼下只能吃药缓解，没有办法治愈。眼下也只能这样了，说起来我这个儿子是真的不孝顺，他病得这样厉害，我也没有时间陪伴他。"张润泽无奈地摇了摇头说道。

第九十三章

你也有吃醋的时候

张润泽想着张刚强已经在刘晓东家里住了好些天了，便主动提出来要接他走。

结果这事还引得媛媛哭了一场。

不管媛媛和张刚强彼此之间有多么舍不得，张润泽还是得带着张刚强离开。

在回去的路上，张润泽瞧见张刚强闷闷不乐的，便说话逗他开心："爸，你这么喜欢小孩子啊？"

"是啊！我一个人没什么事，你们工作又忙，也没空陪我，连听我说话的时间都少。若是有个孩子在身边那就不一样了，我们爷俩可以相互做伴，那种彼此被需要的感觉对于我来说非常重要。"

张润泽听他说这样的话，心里也是一阵酸楚。平时因为工作忙，基本上他和陈梦欣都是到了晚上才能回家。而且累了一天了，回家就想躺在床上休息，确实是忽略了对张刚强的照顾。

想到这里，他一脸愧疚地说道："爸，这都是我的错，我因为忙工作忽略了你的感受。不过我答应你，以后不管有多忙，每周都会抽出一天时间来陪伴你。而且等我和欣欣结婚了以后，我们多生几个孩子。

现在国家不是提倡生三胎吗？到时候我和欣欣就给你生上三个孙子，让你照看他们，让他们陪伴你好不好？"

张刚强听了这番话，不由得眼前一亮，说道："欣欣真的愿意给咱家生三个孩子啊？"

"当然愿意了，现在咱们国家出生人口不多。作为新时代的年轻人，不但要在生产上支持咱们国家，也要积极响应国家的号召，为了下一代的繁荣而努力。毕竟一个国家的发展，年轻的人才才是根本。"

"只是现在我们事业才刚刚起步，妈妈也去世不到一年的时间，所以现在还不是谈这些的时候。等一切走上正轨了，我和欣欣就办婚礼，争取让你早日抱上大胖孙子好不好？"张润泽轻声哄着张刚强。

"好的好的，那真是太好了。我以为像欣欣这样的姑娘，是不会愿意在家相夫教子的！真没想到，真没想到……"张刚强高兴得都落下眼泪来。

"现在咱们国家的政策这么好，欣欣又是一个很开明的姑娘。她知道什么时候该做什么事情，您就不要担心了。"张润泽说着，眼前又浮现出陈梦欣那张总是笑眯眯的脸来，连他自己都没有发现，每次想到陈梦欣的时候，他脸上的表情都会柔和几分。

张润泽把张刚强带回来以后，陈梦欣忙前忙后招呼着，两个人一边做事，一边亲切地互动着。

陈秋荣和张刚强看到这小两口亲密的模样，脸上露出了欣慰的笑容。

陈秋荣忍不住说道："我说老哥哥，能不能跟你商量个事情？"

"以后咱都是一家人了，这么客气干吗？有什么话你就直说好了。"张刚强连忙回答道。

"以后等这两个孩子结婚了，生了孩子，能不能有一个跟着我姓陈？你看我们老陈家就这么一个闺女，眼下嫁到你们老张家了，我们老陈家连个继承人都没有了。"陈秋荣一脸紧张地看着张刚强问道。

"我还以为啥事情呢？这事简单，刚才润泽在回来的路上跟我说了，他和欣欣结婚以后要生三个孩子呢！到时候两个跟我们姓张，一个跟你姓陈你看怎么样？"张刚强一脸无所谓地说道。

"你们都说的什么呀？"陈梦欣在前面听见了两位老人的对话，忍不住面红耳赤地说道。

张润泽连忙低声把来的时候发生的事情跟她解释了一遍，并和她道歉，这事没有提前和她商量，只是为了哄张刚强开心才说了这样的话。

陈梦欣又羞又恼地在张润泽胳膊上掐了一下。

正在一家人高高兴兴的时候，张润泽的手机响了起来，因为他正在忙碌，腾不出手来接电话，便对陈梦欣说道："欣欣，你帮我接一下电话。"

陈梦欣拿起手机，看到屏幕上跳动的数字时，脸上的表情不由得呆了呆。

因为丁妍妍的电话被张润泽给拉黑了，所以她再也没有办法给张润泽打电话了。不过眼下这个陌生的号码，来电显示是苏州的号码。对于这个比较敏感的地方，陈梦欣一脸尴尬地拿着电话，也不知道该怎么处理好。

张润泽面色不变地对她说道："接听啊？看看是谁，若是广告电话，你挂掉就行了。"

"我接吗？"陈梦欣一脸不可置信地说道。

"是啊？有什么问题？"张润泽好奇地问道。

"没、没什么问题。"陈梦欣这样说着，脸上的笑容藏也藏不住。虽然她比很多女孩子都成熟懂事，但是她也像大多数女孩子一样，非常在意自己心上人对待前女友的态度。

都说前任一哭，现任必输。虽然她对张润泽有足够的信心，但是作为女孩子敏感的内心，她还是在意张润泽对待丁妍妍这件事情的态度。

她悄悄深呼吸了几下平复了一下激动的心情，装作若无其事的样子接通了电话："喂！请问你是哪位？"

"你是谁？怎么接听润泽哥哥的电话？"电话那端果真传来丁妍妍刺耳的叫声。

陈梦欣看了看张润泽，见他脸上没有一点儿细微的变化，便声音低沉地说道："我是那小子的未婚妻，请问你是哪位？找我未婚夫有什么事情？"

张润泽听到她这样回答丁妍妍，脸上忍不住露出浓浓的笑容来，那笑容里带着赞许和认同。这给了陈梦欣很大的勇气。

她自从知道丁妍妍在纠缠张润泽以后，便在心里幻想过很多种她与丁妍妍见面的事情。但是万万没有想到她们竟然是用这种方式进行第一次沟通，说起来也是极具戏剧性。

"你这个贱女人，原来就是你把润泽哥哥给迷惑了，我告诉你润泽哥哥他一直爱的是我，你只是他在寂寞时候的替代品……"丁妍妍受到了极大的刺激，在电话那端口无遮拦地开始叫骂，一点儿受过高等教育的素养都没有。

陈梦欣不气不恼地笑着说道："说起来我还要谢谢你，当初在那小子落魄的时候义无反顾地离开他，不然我怎么能找到这么好的未婚夫呢？你若是没有什么事情的话，我就挂了。"说完根本不给丁妍妍说话的机会，直接"啪嗒"一声将电话给挂了，随即将张润泽的手机给关机了。

张润泽忍不住"扑哧"一下笑出声来，说道："我还以为你一直都是这么一副不争不抢的佛系性格呢！真没有想到你也有吃醋的时候。"

第九十四章

不速之客

　　"哪个女孩子都有自己的小心思，只不过有人因为喜欢学会了隐忍罢了！"陈梦欣一脸认真地回答道。

　　她的这席话让张润泽感觉呼吸都慢了半拍，他细想陈梦欣来到新疆的时候，正值他和丁妍妍闹分手的时候。陈梦欣一边默默爱着他，一边还要照顾他的情绪，支持他的事业，照顾着他的父母。她一直就是这么一个默默付出的性格，为他做了这么多的事情，以至于让他都忘记了，她也是一个小姑娘，会哭，会闹，会吃醋，会难过。

　　在那些被他忽视的日子里，这个坚强的小姑娘一定默默流过很多眼泪吧？

　　想到这里，张润泽感觉胸口蓦然疼痛了一下，他连忙用力抱紧了陈梦欣，一脸歉疚地说道："对不起，谢谢你在我忽略你的那些日子里，你依然义无反顾地往前走，才让我完整拥有了这么好的你。若是就此错过了你，我想我会后悔终生的。"

　　他的这番话引起了陈梦欣内心的震动，随即她的大眼睛里涌上了一层泪花，她声音哽咽地说道："傻瓜……谁让你说对不起了……"

　　原本张润泽也没有把丁妍妍打电话这件事情放在心上。他照常去忙了。

可是等张润泽和陈梦欣从外面回来的时候，看着门前站立的那个纤细身影时，脸上的笑容瞬间僵在脸上。

因为站在他家门前的不是别人，正是和他分手已久的前女友丁妍妍。

张润泽坐在车里脸色铁青地看着丁妍妍，紧紧抿着嘴唇，努力控制着心中的怒气。

"她就是丁妍妍？她怎么会出现在这里？"陈梦欣一脸惊讶地问道。

"我根本就不知道她要来。更何况她也没有来过16连，是怎么准确找到咱们家的？"张润泽一脸无奈地摇了摇头说道。

"张润泽你给我下来！好啊！现在居然敢不接我电话了，你给我下来说清楚。"丁妍妍还像当初那副样子，气势汹汹地走了过来，来到张润泽车前就要把车门拉开。

陈梦欣无奈地叹了一口气，说道："既来之则安之，我陪你一起下去吧！放心吧！我相信你。"她说完还用力握了握张润泽的手。

这件事情陈梦欣相信张润泽是被蒙在鼓里的，要不然的话他也不会将丁妍妍的电话拉黑，逼得她用陌生电话打过来，而且他还主动让陈梦欣接听电话。看得出来整件事情都是丁妍妍自作主张，偷偷跑到16连来的。

至于丁妍妍是怎么找到张润泽的说起来也不难，张润泽是整个胡杨市都非常有名的人物，而且又在16连做出了这样大的动静，随便找个人都能打听到。所以陈梦欣对于这一点并不感到奇怪。

真正令她感到奇怪的是，丁妍妍这个女孩子当初她嫌弃张润泽留在新疆，自己跑回苏州去，并且很快就找了新欢，现在却一直纠缠张润泽，现如今竟然不顾身份，自己跑来了16连，也不知道她究竟想要干什么。

张润泽皱了皱眉头，硬着头皮把门打开，一只脚才踏出车门，丁妍妍整个人就一下扑了过来，直接扑进了他的怀抱，双手搂着他的腰，把巴掌大的笑脸贴在他怀里，娇声娇气地说道："润泽哥哥，好久没有

306

见到了，我可想死你了。"

　　张润泽被她的突然袭击吓得脑袋嗡了一声，他不自觉去看陈梦欣，后者正阴沉着脸，一双大眼睛里也含着泪花。他脑袋一下清醒了过来。用力将丁妍妍从自己的身上拽了下来，并且大力将她推到一边，迅速来到陈梦欣身边，搂着她的肩膀说道："我现在是有未婚妻的人了，你有什么事情就站在那里说，不要动手动脚的，免得让我的未婚妻误会。"

　　"润泽哥哥……你怎么可以这样对我？我这才走了多久，你竟然就背叛我，有了未婚妻。是不是这个贱女人她主动勾引你？若不然以你的性格不可能这么快就有了新女朋友。"丁妍妍就像是受了多大委屈一般，大眼睛里含着泪水，指着陈梦欣脸色狰狞地问道。

　　陈梦欣第一次见到丁妍妍，也是第一次这么近距离地打量着她。她发现丁妍妍这个姑娘确实长得非常漂亮，浑身上下都是名牌包装，身材纤细、高挑，大波浪长头发，一张脸属于那种典型的江南水乡养育出来的姑娘，又白又嫩，就像稍微一使劲就能掐出水来一样。浑身上下都流露出一股千金大小姐的气质来。也难怪当初张润泽为了她要死要活的，就连她这个女人看到丁妍妍都感觉眼前一亮。

　　"我警告你，对我未婚妻说话客气一点儿，我们两个早就分手了，我也跟你说得非常清楚，我和你之间再没有可能了。"张润泽听见丁妍妍对陈梦欣出口不逊，马上将她护在身后，声音冰冷地说道。

第
九
十
五
章

再次受伤

"润泽哥哥，你怎么可以这样对我？明明我那么爱你，为了你连国外的学业都抛弃了，跟着你一起回国。可是你有了新人就忘记了我这个旧人……"丁妍妍听了他的话以后，脸色苍白，一副伤心欲绝的神情。

陈梦欣在一旁看不下去了，她知道张润泽这个人嘴笨。再者张润泽已经表明了自己的立场，完全站在她这边，这让她感觉身心愉悦。

所以她冷冷地开口说道："你很爱这小子？很爱他会因为嫌弃他穷丢下他一个人跑回苏州去享福？很爱他会嫌弃他的母亲生病？很爱他会马上就投入另外一个人怀抱，一边享受着别人给你的物质上的满足，一边又妄想着霸占这小子的爱？"

"姑娘，我必须给你上一堂课，你知道真正爱一个人应该是什么样子吗？应该是不管他贫穷富贵都对他不离不弃，不管他遇到什么挫折和困难都无条件站在他这边，应该支持他、鼓励他，爱护和照顾他的家人。所以你觉得哪样你做到了呢？"陈梦欣说出来的话像刀子一样，直戳丁妍妍的内心。

她脸上伪装出来的表情瞬间就土崩瓦解，她哭泣着拉着张润泽的衣襟，哀求地说道："润泽哥哥我错了，我知道错了，你不要怪我好不好？我做这些事情都是想引起你的注意，都是因为爱你啊！我求求你不要离开我好不好？我真的不能没有你啊！"

丁妍妍这么一个倔强骄傲的姑娘，为了挽回这份感情宁可放下自尊，放低姿态，去祈求张润泽回心转意。虽然在场之人都知道他俩的感情是怎么回事，但是看到一个姑娘这样，还是会感觉于心不忍。

陈梦欣知道这事她不能说得太多，主要还是看张润泽的态度。

张润泽目光复杂地看着丁妍妍，叹了一口气，声音放缓说道："你对我有这份感情我很感谢你，也谢谢你在西雅图的时候陪伴过我。可是这一年来发生了太多的事情，我们都已经回不到过去了不是吗？我给过你机会，可是你没有要。你选择了你想要的生活。我们都是成年人了，都应该对自己选择的生活负责不是吗？感情这个东西不是儿戏，尤其对我这种重情义的人来说，承诺了那就是一辈子。我已经承诺了欣欣要娶她了，要跟她携手过完后半生，除非是欣欣不要我了，否则我是不会做出对不起她的事情。所以你还是请回吧，别在这里浪费大家的时间了。"

"若是我没有猜错的话，你又是偷偷从家里跑出来的吧？看得出来你的父母很爱你，既然如此你就应该做个让父母省心的孩子，毕竟他们年纪都大了，你也该成熟了，能不能不要这么任性和幼稚了？"

张润泽太了解丁妍妍的做事风格了，不管做什么事情都是随心所欲，完全不考虑后果。脑袋一热就去做了，然后留下一堆问题让她身边的人去给她善后。

丁妍妍目光闪烁了几下，随即又带着哭腔说道："润泽哥哥，为了来找你我已经和家里闹翻了，眼下我工作也辞掉了，也无家可归了，我现在就只有你了。你不要赶我走好不好？我也不知道该去哪里。"

陈梦欣听了这话，马上反问了一句："你那个富二代前男友呢？"

丁妍妍一脸怨恨地瞪了她一眼，说道："我们早就分手了，我不爱他，他给我买再多的名牌也不能弥补我心里的空虚。我最爱的还是润泽哥哥，我不能没有他，姐姐你把他让给我好不好？没有润泽哥哥我会活不下去的。"

丁妍妍的这套做事方法，陈梦欣在网络小说里和电视剧里见了太多了，所以她十分不耐烦地皱着眉头说道："这小子是个有血有肉的人，他又不是物品，我说让给你就让给你了？我看你还是去征求他的意见比较好。我们还有事就不奉陪了。"她说完搀扶着张刚强就要进屋去。

　　这原本就是张润泽和丁妍妍之间的事情，若是张润泽连这一点儿事情都处理不好，左摇右摆的那她也没有必要为了这么一个人伤心难过。所以她决定离开，把这件事情交给张润泽自己去处理。

　　张润泽看了丁妍妍一眼，沉声说道："该说的话我已经说了很多遍了，请你好自为之，不要再来打扰我们的生活了。"说完跟着陈梦欣往屋里走。

　　丁妍妍见状一把拉住了张润泽的胳膊，可怜巴巴地说道："润泽哥哥你不要走，我们之间的事情还没有说完。"

第九十六章

死缠烂打

丁妍妍还想着张润泽会很有耐心地来哄她，谁知道张润泽把脸一沉，冰冷地对她说道："把手给我放开……"说完一侧身大踏步往屋里走去。

他从来没有对丁妍妍这么凶过，所以她先是露出了惊愕的表情，随即张着嘴巴"哇"的一声大哭了起来。

陈秋荣看到丁妍妍的时候，还觉得自家女儿来了一个劲敌，可是在一旁冷眼旁观看到现在，只能无奈地摇了摇头。这种典型满身公主病的姑娘，怕是只有那种有钱的富二代，会花时间花精力去哄她们玩，像张润泽这样有主见有抱负的男孩子，是没有那么多精力去应付她无穷无尽的离奇想法的。

想到这里，他心里暗自好笑，这臭小子当初是什么眼光啊，居然找了这么一个女朋友？不过眼下他也知道这两个为啥会分手了，因为三观根本不在一个水平线上。这样的姑娘对自家闺女根本构不成威胁，所以他也面无表情跟着进屋去了。

在屋里的张刚强，看到丁妍妍一个人在外面哭，脸上露出于心不忍的表情来。

陈秋荣把张刚强拉了过来，在沙发上坐下，给他倒了一杯茶水说道："来老哥哥，喝点儿水休息一下，年轻人的事情，让他们自己去解决。你看我根本就不过问。我们两个老家伙把自己照顾好就行了。"

　　张刚强见大家伙都这么说，他也确实没有办法解决问题，只能叹了一口气，什么话都没有说。

　　丁妍妍见大家伙都走光了，她就是再哭闹也是没人能看到了，所以气得脸上的表情都有些扭曲了。她用脚踢着地面的小石子，嘴巴里一直小声骂骂咧咧的，连张润泽走到她身后她都没有发现。

　　"你要骂就骂我吧！这事跟欣欣没有一点儿关系，是我喜欢她，是我非要跟她在一起。"张润泽面色冷淡地开口说道。

　　"润泽哥哥……我知道这些都不是你的本意，你心里一定是喜欢我的，是陈梦欣那个女人勾引你……"丁妍妍一扭头看到张润泽站在她身后，连忙一脸尴尬地说道。

　　"你够了，丁妍妍，我的忍耐是有限度的。我再重申一遍，我和你早就分手了，而且我现在喜欢的是欣欣。她在我最困难的时候一直陪在我身边，支持着我，鼓励着我，给我拉投资，伺候我母亲，给我母亲披麻戴孝，一个女人为我付出这么多，我是不会做出对不起她的事情的。这辈子我认定了她做我的妻子，永远都不会改变的。该说的我都和你说过很多遍了，我不知道你为什么还这么执拗？"

　　"但是你再执拗那也只是你的事情，我不会给你任何承诺和回应的。请你以后不要再来打扰我们一家的生活。我给你买了回去的机票，信息稍后会发到你的手机上。一会儿我会让司机送你去机场，我能为你做的只有这么多了，以后请你好自为之吧！"张润泽努力控制着心里的愤怒，表情严肃地看着丁妍妍很大声地说道。

　　他说话的声音连屋里的陈秋荣都能听到。他对张润泽对这件事情的处理方法感觉很满意，不由得点了点头对张刚强说道："老伙计，你这儿子教养得不错，是个好小伙子。"

　　丁妍妍瞧见张润泽真生气了，而且还要把她送走，不由得慌张起来。她连连摇着头说道："润泽哥哥，其实这次我来找你，并不是来闹事的，是来跟你谈合作的。我在西雅图留学的时候，认识了一个朋友，他是做连锁超市生意的，在国外的生意做得非常大，有一千多家连锁超市。有一次我们闲聊的时候，说起你现在种植番茄、开番茄酱厂的事情，他很感兴趣。因为他正在世界各地寻找这种原生态的好产品。"

"他说以前就听说过新疆番茄酱品质非常好，但是一直没有联系到货源，只能购买意大利的番茄酱。所以他很珍惜这次机会，他让我引荐你们认识，所以我才会赶到新疆来。他已经从美国赶过来了，明天就能到达。所以我不能走，我是真心想帮助你。"她说的这番话感情真挚，并不像是撒谎的样子。

虽然她所说的这些，对于张润泽来说确实有很大的吸引力。在国外有一千多家连锁超市，每年订购的番茄酱数量肯定是一个天文数字，这对他们的番茄酱厂来说无异于是一件雪中送炭的事情。

但是对于张润泽来说，他根本就没有要利用丁妍妍来赚钱的想法。所以他面无表情，毫不犹豫地拒绝道："很抱歉，虽然你所说的资源确实很优质，对我来说也很有诱惑力，但是作为一个成年人来说，要有能拒绝诱惑的能力。因为我要用了你的这个资源，势必和你纠缠不清，到时候就会伤害到欣欣。与欣欣比起来，再多的利益都不值一谈。所以请你不必再说了，我让司机送你离开。以后也请你不要再来打扰我了，我有未婚妻了，我不想她不开心。"他说完便把司机喊了过来，让司机马上送丁妍妍去机场。

丁妍妍气得直跺脚，还想继续纠缠的时候，张润泽已经转身离去了。她原本想追过去，可是却被司机伸手给拦了下来："丁小姐，请上车……"

丁妍妍无奈之下只能眼睁睁看着张润泽离去了。事已至此她就算是再纠缠也无法让张润泽回心转意了。她眼珠子骨碌骨碌转了几圈，心中暗自腹诽："张润泽说话态度这么强硬，可能是因为陈梦欣家里人都在看着，那不如先找个地方住下来，等明天美国的合作方到了，再偷偷把张润泽约出来，说不定就是另外一种情况了。"

想到这里，丁妍妍脸上忽然晴转多云，痛快地对司机挥了挥手，说道："我们走吧！"说完背着手蹦蹦跳跳地离开了。

陈秋荣久经沙场，他看到丁妍妍这副模样，便知道这个小姑娘没有这么容易放弃。不知道她心里又打着什么坏注意。看来他还要多防备一些才是。

送走了丁妍妍以后，陈秋荣把张润泽叫到客厅坐了下来，说道："你们现在地里种植的番茄到什么程度了？"

张润泽沉吟了一会儿，缓缓说道："今年番茄总体长势还是可以，只是中间出了两次意外，造成了一部分损失。今年种植的番茄应该能收支平衡，但是我们可以通过产品深加工进行盈利。"

"第一年能维持平衡就已经很不错了，就先不要想着盈利了。你对以后有什么规划，能和我好好聊聊吗？"陈秋荣满意地点了点头，自打他和张润泽见面以来，发生了各种事情，这翁婿俩还真没有时间坐下来好好聊聊天。

眼下陈秋荣既然决定在胡杨市投资，他肯定要先听听张润泽对未来的规划，然后在特色小镇建设的时候，将他对未来的计划规划进去。

张润泽便把自己打算在 16 连进行红色农产品种植的事情详细说了一遍，又说自己打算将 16 连打造成为红色农产品基地。

陈秋荣点了点头，说道："你这个想法好啊！你推行五种红色农产品，刚好和咱们国家五星红旗相对应。若是能把这些产品都出口到国外，就像是把咱们国家的五星红旗插遍了世界各地一样。小子野心不小啊！"

产品设计

　　"我们中国有五千年的文化历史，是四大文明古国之一。有着很深的历史文化，我们可以将这些文化元素涵盖在我们的文化产品之中，然后通过文化产品输出的形式，将我们中国的历史文化也推向全世界，让全世界的人都认可我们的中国文化和中国制造。因此咱们的产品设计就要好好下功夫，这产品设计不但要有地方特色，还要有中国文化元素。现在离番茄酱厂正式开工只有一两个月的时间了，你们需要准备的事情还有很多。所以从现在开始就要积极进入筹备期了。"

　　"我要投资建设的这个进出口的特色小镇，就采用你这个红色农产品的文化元素，也是你给了我很大的启发，到时候我会在小镇里面植入这个板块，全权交给你们泽龙生态农业来运营。不过这对专业人才的需求会比较大，我看你这边现在人才比较少。一个企业年轻人所占有的比例，以及人才储备量将会决定一个企业的发展规模，这一点你也是要考虑进去的。"陈秋荣听了张润泽的规划以后，站在生意人的角度来看，觉得非常不错，所以他对这个项目是非常赞成的。

　　"这几年国家政策非常好，在进出口这一块也给予了大力扶持，可以说是制造业的春天。虽然今年番茄地里受了一些灾害，但是国家也有相应的补贴政策，比如，土地赔付险，以及农产品补贴的钱，这些钱加在一起，基本上能把我们损失的部分给补上。我跟16连的其他棉农聊了一下，这棉花的政策也非常不错，每年要补贴很多钱，那些种植大户除了自身收益以外，到了年底光政府补贴就能拿到几十万元。你说在这么好的政策扶持之下，我们还不努力好好做事，那不是傻吗？所以我相信，我们这个事业一定能做大做强的。"张润泽一说起工作上的事情来，就变成了一个话痨，滔滔不绝地讲了好半天。

"伯父，我觉得您刚才提的那几点也非常正确，我总觉得时间还早，所以暂时没有往这方面去考虑，现在看来要开始着手准备了。关于人才培养这件事情，我是这么考虑的。咱们国家眼下正在大力发展职业培训教训，咱们胡杨市也有一所职业教育培训的大中专院校，我打算去找学校谈谈校企合作的事情。看看能不能增加一个这类型的专业，我们和学校签订就业合同，只要是学校毕业的学生，从实习期开始就能来我们企业就业，我们会提供优质的实习岗位，以及高于市场价格的实习工资。这样不但能解决我们番茄酱厂人才匮乏的问题，也解决了年轻人就业的问题，我觉得是一举多得的好事。"

"至于产品包装设计嘛……"张润泽连忙把自己的想法说了一遍。他自己也是从大专院校的职业培训走出来的，不但学到了专业知识，还获得了去国外进修的机会，所以对于现在的他来说，再也不去纠结没有考上名牌大学这件事情了。

下午的时候胡振海带了许多新疆特产过来，说是给陈秋荣尝尝鲜，顺便了解一下番茄酱厂的进展工作。这16连和泽龙生态农业成立了混合制所有公司以后，张润泽用这家公司控股了番茄酱厂，那也就预示着16连也是番茄酱厂股东之一，荣辱与共。所以胡振海对于番茄酱厂的事情还是非常关心的。

不速之客

"胡连长，关于这一点我其实有新的想法，你看咱们番茄酱厂有这么多的职工，其中不缺乏党员和团员，我想在厂里成立党支部和团支部。由咱们16连思想觉悟比较高的党员来担任主要职务，带领厂里的党员和团员积极学习咱们国家的相关政策，然后再通过他们去影响厂里的其他人，发展一些想要入党和入团的积极分子，这样一个带领一个，最终让全厂的职工都能积极掌握咱们国家的政策。如此一来，再也不会出现像这次的事件，也能避免我们在管理上的不足。当然这还是一个不成熟的想法，具体的还要在咱们连队干部的指导下进行。"张润泽把自己的想法说了一下。

"你这个想法很好，我一会儿回去就找指导员商量这件事情。三天之内肯定给你满意的答复。"胡振海对他的这个想法给予了肯定的答复，双方谈得非常愉快。

在张润泽和陈梦欣的共同努力之下，一切都朝着更好的方向发展，除了……丁妍妍这件事情外。

司机回来的时候告诉张润泽丁妍妍并没有去机场，而是在胡杨市找了一家宾馆住了下来。

张润泽听完就皱起了眉头，他知道丁妍妍是个非常倔强的人，不管做什么事情，都不达目的不罢休，甚至会采用一些极端的手段。这可能和她的生活经历有关系。她的父母非常溺爱这个女儿，从小就想尽一切办法去满足她的要求，就差去摘天上的星星了。这也让她养成了一种自私、强势的性格。

这丁妍妍不肯离开胡杨市，又从美国找过来一个合作人，其背后的目的无非是想要得到他的应允罢了！其实张润泽心里非常明白，丁妍妍对他的这种感情根本就不是爱，而是一种自私的占有欲。

就像她经常挂在嘴边的说法一样，曾经是属于我的，就算是我不要了，别人也不能要。别人若是要了那就是抢了我的东西。所以她才会有这一系列近乎偏执的疯狂举动。

想着她接下来不知道会做出什么事情来，张润泽觉得还是应该提前坦诚地将丁妍妍没有离开的事情告诉陈梦欣。

原本他以为陈梦欣听到这件事情以后肯定会生气，谁知道她一脸无所谓地笑了笑，说道："其实丁妍妍留在胡杨市，还是回苏州对我来说都没有区别。若是你心里没有她，她就算是天天在你眼前晃悠也没有用。若是你心里有她，就算她远在苏州，你还是会情不自禁去想她。所以这件事情的主要问题不在丁妍妍身上，而在你自己身上，明白吗？"

陈梦欣的这番话一下点醒了张润泽，是啊！丁妍妍想要怎么样那是她的事情，关键在于他自己要坚守本心。若是他的想法轻易被别人改变，那就是他自身的问题了。

想到这里，他一脸认真地说道："欣欣谢谢你，你这番话一下就点醒了我，让我明白自己该做什么事情，该站在什么立场上。我这个人没啥大毛病，就是心软，看不得别人受委屈。这是优点同时也是缺点。前面吃了这么多的亏，以后我明白自己该怎么做了。"

陈梦欣这才满意地点了点头，说道："心地善良、心软都是优点。但是我们要明白一个道理，对敌人善良就是对自己人残忍。当然我不是说丁妍妍是我们的敌人，但是鱼和熊掌不能兼得，你总要做出一个正确的选择，然后坚定不移地走下去。"

"我不要熊掌，我就要你这只鱼，这辈子我都认定你了……"张润泽着急地说道。

"扑哧，你才是鱼呢！为啥我就不能是熊掌？"陈梦欣捂着嘴笑了起来。

"熊掌哪有你这么好看？你是我见过长得最好看的女孩子了……"

"呸……跟谁学的会贫嘴了……"

经过这一番说笑以后，两个人都很自觉地不再提丁妍妍的事情了，就仿佛她不存在一样。可是就算是他们有心不提丁妍妍这个人，该来的还是会来。

到了第二天下午刚刚吃过午饭不久，他们就看到一辆吉普车由远而近停在了办公室门外。紧接着车门打开，穿了一身名牌白色休闲装的丁妍妍从车上跳了下来，她把一头秀发扎成马尾，高高地束在脑后，整个人看起来清丽脱俗，浑身上下洋溢着青春的气息。不能否认她真是一位非常漂亮的姑娘。

跟在丁妍妍身后的是一位30多岁的美国男人，身高足有一米九，高鼻梁蓝眼睛，一头金色的短发，穿着一身迷彩装，看着精神干练。

听见汽车声张润泽从办公室里走了出来，丁妍妍看到他以后，立刻像一只小蝴蝶一样扑了过来："润泽哥哥，来给你介绍一下，这位就是我在西雅图的那个开连锁超市的朋友，他叫詹姆斯，是乘坐早上的航班过来的。我刚把人接上就赶紧带他来找你了。润泽哥哥你看我对你好吧？"她说话的时候仰着巴掌大的小脸讨好地看着张润泽。

张润泽脸上没有表情，下意识地往后退了一步，这才皱着眉头说道："既然是远道而来的朋友，那就请进吧！"说完做了一个客气又疏离的请的手势。

他在国外生活了好几年，并不排斥这些外国友人，相反还和西雅图的那对老夫妇相处得就像是亲人一般。可是不知道为什么当张润泽看到这个詹姆斯的时候，心里就泛起一股不好的感觉来。

这詹姆斯长得身强力壮、孔武有力，一双眼睛看着你的时候，让人感觉就像是被毒蛇盯上了一般。

第九十九章

詹姆斯

　　直觉告诉张润泽这个詹姆斯不简单，绝对不像丁妍妍所说的那样，他只是一个普通的商人。不过这些都是他心里的想法，从他的脸上看不出来任何异样之色。

　　詹姆斯微笑着点了点头，操着生硬的中文说道："张先生真是年轻有为，早就听妍妍说起你，今日一见……真是三……三生有幸。"说完热情地走上前来，抓着张润泽的手用力握了握。

　　张润泽把人让进了办公室，让杨萌给他们二人倒了茶水之后，又对她说道："萌萌你去把胡连长请来，就说我们泽龙生态农业来了外国友人，请他来参与座谈。"

　　杨萌看了丁妍妍一眼，点了点头转身离去了。

　　丁妍妍连忙说道："润泽哥哥，不用这么麻烦，詹姆斯今天来就是想和你谈合作的……"她说着话便从沙发上站了起来，想要挤到张润泽身边坐下来。

　　结果张润泽根本没有给她机会，看到她过来连忙站了起来，不动声色地端起茶壶给自己倒了一杯水。只剩下丁妍妍尴尬地站在那里，走也不是，坐也不是。

詹姆斯用一双锐利的眼睛将这一切都看在眼里，他微笑着对丁妍妍说道："妍妍你过来，给我们介绍一下，不然我们从哪里聊起呢？"

丁妍妍这才笑了笑，说道："你看看我见到润泽哥哥太高兴了，就忘记给你们相互介绍了……"她连忙笑着将双方所从事的事情又很熟练地介绍了一遍。看得出来她对双方的业务范畴都做了详细的了解。

张润泽通过她的介绍，才知道这个詹姆斯并不是单纯做连锁超市，他在海外涉及的业务范畴特别广泛，据说旗下还有一家由意大利商人进行管理的番茄酱厂。这也是他此次新疆之行的主要目的。

几个人正在谈话的时候，杨萌带着胡振海从门外走了进来。他正忙着察看连队里庄稼的长势，结果被杨萌直接从田地里给拉了回来。这眼下番茄已经开始打花苞了，每年到了这个时候，庄稼地里都生那种绿色的小蚜虫。

这种蚜虫繁殖得非常快，而且还会分泌一种黏液，人走在庄稼地里的时候，就会沾一身这种蚜虫的尸体和黏液，所以胡振海身上都是这种灰白色的斑点。

丁妍妍这种爱干净的人看到胡振海这一身，马上露出一副嫌弃的表情来。

胡振海连忙解释道："真是抱歉，我正在地里察看庄稼的长势，就被这小丫头给拽出来了，连身干净的衣裳都没有来得及换。"

张润泽笑着摇了摇头，说道："这才是咱们的本色，我们本来就没有住在大城市，从事的就是农业种植工作，要这么讲究做什么，是不是？来胡连长给你介绍一下，这位是美国来的商人詹姆斯，别看他年轻，他可是非常厉害，目前总产值有几十亿美元了。"

詹姆斯听见张润泽介绍自己，连忙走上前来，伸出大手，操着生硬的中文说道："胡……胡连长是吧？您好您好，我是詹姆斯……"

胡振海笑着和他握了握手，寒暄了两句，大家分别落座。

张润泽便把自己的企业是混合所有制公司的事情介绍了一遍，随即又说道："虽然我们表面上是民营企业，但是我们这个企业是在党的领导下进行经营的。关于合作这一块，我一个人说了也不算，最终还是需要胡连长这边拍板的。"

胡振海听了他的话表情微微一愣，心道虽然这个公司是混合所有制的，但是 16 连是不参与经营管理的，基本上都是张润泽独立运营。怎么到了这里反而需要他来做决策呢？

胡振海对于张润泽和丁妍妍的事情知之甚少，不过他是过来人了，等他看到丁妍妍含情脉脉地看着张润泽时，心里马上就反应了过来，敢情这小子是惹上了桃花运，然后拿自己出来当挡箭牌呢！

想到这里，他爽朗地笑着说道："我们办企业的目的当然是更好地为地方服务，让企业能赚到钱，改善职工的生活。不管是国内的合作方，还是国际友人，只要是遵纪守法的合作，我们 16 连的干部同志们还是非常欢迎的。不知道这次詹姆斯先生来到新疆主要是想和我们企业合作哪方面的业务呢？"

张润泽见胡振海反应这么快，迅速就进入了角色，不由得勾起唇角露出了一抹笑意。

业务往来

　　"我这次来主要是通过妍妍的介绍，知道咱们这边是生产优质番茄酱的，我旗下有 1000 多家连锁超市，也有自己的番茄酱厂。你们看我们双方对彼此都有需要，所以我想着能不能和你们达成深度的战略合作。"詹姆斯一脸期待地看着胡振海。

　　胡振海看了张润泽一眼，发现他脸上表情淡淡的，没有什么喜悦之色。按理说詹姆斯所说的资源对于他来说应该极具诱惑力才对，他怎么这副表情？难道其中另有隐情吗？

　　想到这里，胡振海继续问道："不知道您所说的深度战略合作主要体现在哪些方面呢？"

　　詹姆斯见胡振海感兴趣，便又说道："一方面关于成品番茄酱的合作，贵公司旗下的成品番茄酱可以和我旗下的超市签订购买协议，然后通过我们的超市直接进入美国消费者的手中。不过嘛……"他话说了一半，又故意卖起了关子。

　　张润泽脸上一片清冷，詹姆斯所有的表现都在他的意料之中。这丁妍妍目的没有达到之前，怎么可能轻易就促成这次合作？所以他什么也没有问，只是淡然地喝着茶水。

胡振海这下也是看明白了，这天底下没有白吃的午餐，看来这句话不管什么时候都用得上。他轻笑了一声，爽朗地说道："我们新疆人性子直爽，天性豪迈，又热情好客，不管天南海北来的朋友我们都欢迎。所以詹姆斯先生您有什么话就直接说好了，不用这么吞吞吐吐的。"

詹姆斯见胡振海都这样说了，他再卖关子的话倒显得他小气了，便直言不讳地说道："说实话我这次专程飞到新疆来，除了找张先生订购成品番茄酱以外，还想订购一些那种可以进行二次加工的。我知道新疆的番茄酱很好，中国制造也很好，可是在国外中国番茄酱的知名度还不是很高，相对来说销量也不高。所以我想买一些半成品的番茄酱，自己回去二次加工，然后用我自己的番茄酱厂进行包装加工。但是你们放心，我会在说明书里写上所有原料来自新疆的字样。"

詹姆斯所谓的半成品，也就是把番茄进行前期的加工，然后装在大桶里输送到国外去，然后在国外本地的加工厂里进行拆分以及精细加工以后，便被冠上国外品牌的名字。有些在生产原料里直接把番茄产地换成了意大利，根本就不体现"中国新疆"这样的字样。

当初张润泽在西雅图的时候正是因为发现了这一点，所以才花了很长时间做调研，写出了那样一篇颇具争议的论文，然后被好几拨人威胁和追杀。

他也正是因此才会回到国内，放弃一切来到新疆种植番茄，从事产品深加工的事业，就是想要堂堂正正将中国的番茄酱卖到世界各地去。

他的这些遭遇和想法，丁妍妍从头到尾都是清楚的。可即便如此她为了一己之私，还是将詹姆斯带到16连来。若是以前丁妍妍对他做的那些事情，让他感到厌烦的话，那这次事件彻底让张润泽对丁妍妍寒了心。

他不等詹姆斯把话说完，直接站了起来，大声说道："很抱歉詹姆斯先生，我想您可能来错地方了。我们16连，我们泽龙生态农业，包括我们的泽龙番茄酱厂是绝对不会把自己国家的产品卖给你们，然后让你们冠上其他国家品牌的。若是我真有这个想法的话，那我也不会写那样一篇论文，弄得连学都没有上完就回国了。我想关于这一点，丁妍妍你应该很清楚吧？"他说完冷眼看着丁妍妍，满脸都是失望之色。

丁妍妍呼吸一紧，连忙摇着头说道："润泽哥哥你不要误会我，我对做生意这些事情一点儿都不懂，再说我只是帮你们介绍，至于你们怎么合作跟我也没有关系。我一点儿好处都不得，我单纯就是为了帮你。"

丁妍妍这一番话说得非常符合她的人设，她就是一个这样做事情的人。只图自己高兴，不管她这样做事会带来什么样的后果。张润泽也领教过很多回了。

詹姆斯听了张润泽的话，也连忙解释道："我想张先生可能误会我的意思了，我没有说完全抹去新疆番茄的标记，我会在说明书里……"

他的话还没有说完，就听见身后传来一阵清冷的说话声音："够了……那小子说不愿意跟你们合作，你们没听到吗？这里不欢迎你们，请你们马上离开这里。"

詹姆斯循着声音回头望去，便看到一脸冰冷的陈梦欣和陈秋荣从外面大踏步走了进来。

这就是陈梦欣和丁妍妍不同的地方。她理解张润泽的想法，并且毫不犹豫地去支持他。哪怕她这么做永远都得不到张润泽的回报，她也毫无怨言。

张润泽一脸感激地看了她一眼，反手紧紧抓着她，眼睛里再也看不到其他东西了。

丁妍妍看着眼前两个人恩爱的模样，眼睛里迸射出怨毒的目光来。她就不明白了，这个陈梦欣哪里比她强，为什么张润泽会放弃自己选择她？她不服气，也不服输，她发誓一定要将张润泽重新抢回来。

陈秋荣上下打量着詹姆斯，忽然出声问道："请问这位詹姆斯先生，您公司的名字叫什么？坐落在什么地方？"

詹姆斯见他发问，眼神不由自主地忽闪了一下，礼貌地将自己坐落在洛杉矶的公司介绍了一遍。

陈秋荣听完以后，表情淡淡地说道："哦，您说的是 SM 公司啊？真巧，我与这家公司还有些业务往来……"

冒牌货

"詹姆斯先生，听说您是 SM 公司的董事长？可是据我所知这家公司董事长是一位与我年纪差不多的老头子，难道是我这些年的消息出了问题？那不行我要打电话过去询问一下，看看这中间究竟出了什么问题。"陈秋荣说着掏出手机就要打电话。

詹姆斯听了他的话脸上露出了一抹慌张之色，不过很快便恢复了平静，他脸色温和地说道："这位老先生，您说的那位董事长是我的父亲，眼下他因为年纪大了，身体不好，所以由我担任代董事长的职务，全面处理公司的事情。不好意思，我们是家族企业，让你们见笑了。美国和咱们中国是有时间差的，这个时间点正是美国午夜时分，我看老先生就不要打电话打扰他了吧？有什么事情我们可以明天再说。"

"哦！原来是这样。可是前两天我还跟你们董事长通过电话，他并没有说身体不适，也没有说这个代理董事长的问题啊？这是怎么回事？"谁知道陈秋荣一点儿都不领情，继续咄咄逼人地说道。

话说到这里张润泽和胡振海算是看明白了，敢情这个詹姆斯有可能是个冒牌货。他打着 SM 公司的名义，实则是为自己谋利，想要从泽龙番茄酱厂骗取半成品的番茄酱。

随着这几年国家政策的扶持，4G 网络的普及，胡杨市的乡亲们也逐渐明白了意大利下的那一盘血色番茄的残棋，给当地的番茄产值带来了多么巨大的打击。这种盲目收割的行为，对于新疆的整个番茄产业链来说那简直就是毁灭性的打击。

所以从种植番茄的农民，到生产番茄酱的厂家，为了让番茄酱这一产业链能持续性发展下去，都纷纷提高了自己的觉悟意识。比如像刘晓东这样的有志之士，宁可饿着肚子，都不愿意再继续卖半成品番茄酱。为的就是有朝一日，新疆的番茄酱能堂堂正正走向国际市场。

正因为如此，像詹姆斯这样企图投机取巧之人，再想来新疆购买廉价的番茄酱半成品，其实还是比较困难的。所以他才会顺着丁妍妍这一条线找到张润泽，想着能利用丁妍妍和张润泽的关系，将他想要的番茄酱半成品买到手，然后运回自己的国家谋取暴利。

只是让他没有想到的是，他高估了丁妍妍和张润泽之间的关系，也低估了张润泽的实力。没想到碰巧陈秋荣在这里，而且他居然和 SM 公司一直有合作关系。

"这件事情……属于我们公司内部的机密，所以暂时没有对外公布，只有我们国内的企业知道。"詹姆斯又连忙做了解释。

陈秋荣这次没有接腔，而是直接拨通一个电话，大声说道："我说甘队长啊！麻烦您来 16 连一趟，我想这边有些情况你肯定感兴趣。"原来他是拨打了甘北的电话。

詹姆斯的事情跟甘北有什么关系呢？就算是他想低价收购番茄酱，那也没有到触犯我国法律的地步，难道其中另有隐情？

想到这里，张润泽不由得看向了陈秋荣。后者冲他微微摇了摇头，示意他少安毋躁。

丁妍妍和詹姆斯都不知道这个"甘队长"是谁，詹姆斯略显紧张地问道："这个甘队长是 SM 公司的人？"

"NO、NO，甘队长是警察同志，和 SM 没有任何关系。"陈秋荣伸出一根手指摇晃着说道。

"警察？你叫警察来做什么？你是谁啊？"丁妍妍不认识陈秋荣，她一脸奇怪地问道。

"至于为什么？先不要着急，我想你很快就知道了。"陈秋荣也不解释，而是慢悠悠喝起茶来，等着甘北的到来。

詹姆斯眼神闪烁了几下，随即对丁妍妍说道："妍妍，我想这次我们来得有些突然，可能张先生他们还有其他事情要商量。我看今天就到这里吧！回头我们再找个不忙的时间过来拜访。"说完转身就要离开。

陈秋荣连忙给张润泽使了一个眼色，张润泽点了点头，上前一步说道："詹姆斯先生误会了，我一点儿都不忙，既然您千里迢迢而来，作为东道主我是一定要请您尝一尝中国菜的，我们中国人都好客，哪有让客人就这么离开的道理！"

丁妍妍是个恋爱脑，她之所以会带詹姆斯来，就是为了想办法接近张润泽，从而达到留在他身边的目的。听见张润泽这样说，也连忙在一旁附和道："对对，润泽哥哥说得对。新疆的牛羊肉特别好吃，既然你来到新疆了，就一定要尝尝这里的特色饮食。"

詹姆斯听了她的话，气恼地狠狠瞪了她一眼，一双眼睛恨不得在她身上剜出两个窟窿来。

几个人正说着话，就听见外面传来一阵汽车鸣笛声，紧接着就看到一辆警车疾驰而来，稳稳地停在了门外。车门打开，穿着一身警服的甘北带着一个警员从外面大踏步走了进来。

甘北进来以后和众人打了一个招呼，随后一双锐利的眼睛就盯在了詹姆斯身上，对着他上下打量了几下以后，立刻开口问道："这位先生是不是雇佣兵出身啊？"

"你怎么知道？"詹姆斯瞪大眼睛奇怪地问道。

"很巧，我也是军人出身。你身上有一种熟悉的味道，让我能感同身受。"甘北淡然地笑了笑随即说道。

詹姆斯眼神忽闪了一下，连忙解释道："我小的时候身体不好总是生病，我父亲便提出把我送去部队历练两年……所以才有了这样的经历。"

"来，我给你们介绍一下，这位詹姆斯先生自称是美国 SM 公司的代理董事长。这 SM 公司可不简单，它可是美国连锁超市的商业巨头，真想不到他们的董事长竟然这么年轻。哦！对了甘队长，关于这位詹姆斯先生的身份资料，我已经发到你手机上了，你可以派人查查他的入境资料。"陈秋荣扬了扬手机说道。

幕后主使之人

听了陈秋荣的话，詹姆斯的一张脸瞬间就变了，他紧张地看着陈秋荣，问道："你怎么会有我的身份信息？"

陈秋荣扬了扬手机，说道："现在网络这么发达，我们国家马上都要推行 5G 了，还有什么事情查不到呢？"

"你这是侵犯我的人权……"詹姆斯恼羞成怒地吼叫道。

"人权？你来到我们中国就该遵守我们中国的法律，你若只是一个安分守己做生意的人，谁能把你怎么样？可你来中国只是为了达到你的私利，为此还不惜伤害我的女儿和女婿。我陈秋荣就是这样的人，别人敬我一尺，我一定还别人一丈。若是别人觉得我好欺负，那我一定会让他后悔来到这个世界上。"陈秋荣说到这里的时候，身上露出那种霸道气势来。这让詹姆斯都不自觉往后退了一步。

甘北原本不知道发生了什么事情，通过陈秋荣所说的这些话，他忽然意识到，这个詹姆斯很可能是最近这些案情的关键点。因此他连忙把陈秋荣发给他的资料发去了派出所，让相关部门的同志查一下詹姆斯的入境记录。

很快那边查询信息就传到了他的手机上，资料显示詹姆斯在几个月前就已经进入中国。而且最近一段时间一直生活在新疆。甚至还有一两个月就生活在胡杨市。资料上面有他清晰的身份证使用登记记录和银行卡消费记录。

甘北看完资料以后，一脸凝重地抬头看着詹姆斯说道："詹姆斯先生，我怀疑你跟最近正在调查的给番茄苗投毒的案件有关，请你和我们回派出所调查核实一下。"

丁妍妍听到这些话，直接就傻眼了，她连忙替詹姆斯申辩："甘队长，你们是不是搞错了？詹姆斯今天才来到新疆，怎么会和其他事件有关系呢？"

甘北默默地看了她一眼，然后说道："我说姑娘，我们也算是有过几面之缘，有些话应该跟你说明白。不但詹姆斯要跟我们回去接受调查，连你也要和我们一同回去接受调查，把事情的经过都说清楚，不然你也很难和这件事情摆脱干系。你也是一个成年人了，做什么事情一定要分清善恶。别因为一己之私被人利用了，还觉得沾沾自喜。到时候悔之晚矣。"他思忖了很久，还是觉得应该将这些话说出来。

丁妍妍虽然身上有着这样、那样的毛病，但是她本质还不是很坏，他也不愿意这个跟他有过几面之缘的小姑娘，最后走上犯罪的道路。眼下他还没有办法断定，丁妍妍和这件事情有没有直接的关系。若是有直接关系的话，那她也是逃不了干系。

丁妍妍听了甘北的话，这才意识到事态的严重性，她紧张地搓着双手说道："我只是帮他们相互介绍一下，什么也没有做，为什么我也要去派出所？润泽哥哥，你快帮我说说话啊！我也是想帮你……"

张润泽深深地看了她一眼，说道："整件事情，包括你来到16连我都是最后一个知道的人。至于你和詹姆斯之间究竟是什么关系，这还需要你自己做出说明，我没有办法给你当证人。我觉得甘队长说得很对，你应该好好正视自己的问题，不要因为一时的冲动而毁了自己一辈子。"

听了张润泽的话，丁妍妍大眼睛忽闪了几下便落下一连串的泪水，她声音哽咽着说道："润泽哥哥，我所做的一切可都是为了你呀！你怎么能这么狠心不管我呢？我在新疆举目无亲，若是出了什么事情连一个可以联系的人都没有。"

陈梦欣见状拿着自己的手机，让丁妍妍打开微信加了她的好友，然后说道："在你离开新疆之前就把我当作你的姐姐吧！有什么事情可以随时联系我，我一定会给你安排好的，也会随时关注你在派出所的进展。安心跟甘队长去吧！我们绝对不会放过一个坏人，但是也肯定不会冤枉一个好人。关于这一点你完全不用担心。"

陈梦欣都把话说到这种程度了，再加上张润泽一直沉默不语，完全没有表现出想要帮助她说情的意思。丁妍妍只能含着眼泪，一脸不情愿地跟着甘北走了。

詹姆斯临走的时候，恶狠狠地瞪了张润泽一眼，就好像这两个人之间有什么深仇大恨一般。

"伯父，这个詹姆斯究竟是怎么回事？你是怎么发现这些事情的？"张润泽望着詹姆斯离去的背影，忍不住一脸疑惑地问道。

"这事啊，说来话长了……"陈秋荣故意卖了一个关子，喝了几口茶水。他见大家伙都眼巴巴地望着他，这才又缓缓说道："我了解到你们这些事情之后，就觉得这件事情背后应该没有这么简单，所以便派人在暗中调查。通过我们的调查我发现这家公司正是来自西雅图。这家公司就是詹姆斯所说的 SM 公司。"

"经过我们调查这家公司背景非常复杂，跟美国制造业、黑社会这些都有很深的渊源。他们旗下确实有着一千多家大型连锁超市，并且还控股多家食品制作公司，其中就包括润泽当初在西雅图打工的那家番茄酱厂。"

"话说到这里，你们应该清楚了。当初润泽在美国被厂家老板勒令写洗白意大利番茄酱的文章，不断威胁以及遇到持枪的匪徒都是由这家公司在幕后操作的。当年意大利在新疆的血色番茄局，这 SM 公司就是幕后策划者之一，也是最大的受益者之一。正是当年在新疆廉价收购了这么多优质的番茄，才让 SM 公司旗下的制造业，一跃成为美国领先的食品制造公司。"

原来如此

"这些番茄也让 SM 公司赚得盘满钵满的，可是好景不长，等意大利商人陆续退出中国以后，SM 公司也就失去了这种物美价廉的产品原料，因此也让他们旗下的生产厂家又从国内顶尖的食品公司行列退出了。要知道这些工厂和他们旗下的一千多家大型连锁超市是息息相关的。若是没有这些垄断的优质食品做背书，他们的超市在当地是不具备竞争能力的。所以这才逼着 SM 公司铤而走险，打算在新疆再制造一拨血色番茄局。"

"谁知道正在他们通过抵制新疆番茄酱进入他们的超市，又在国际上掀起各种舆论企图对新疆番茄进行诋毁打压的时候，润泽突然发表了那样一篇论文，并且很多被 SM 公司的竞争对手发现，双方为了抢夺市场份额，使润泽这篇论文得到了快速发酵，并且给润泽带来了杀身之祸。"

"后来随着润泽悄悄回国，这件事情在当地只能不了了之了。但是 SM 公司为了找到自己的生存之路，只能铤而走险买通中国这边的一些商人，双方以交换利益为前提，从而达到他们自己的目的。比如这个詹姆斯为什么会算计张润泽？你们真以为他是听了丁妍妍的话啊？其实完全不是这么一回事。"

"这个詹姆斯其实根本不是 SM 公司的董事长,他只是 SM 公司以商务合作的名义,派到咱们国内的大中华商务总监,名义上是进行市场拓展的,实际上是为了悄悄联络新疆这边的番茄厂家……"陈秋荣这才把整件事情的前因后果告诉了大家。

其实从在杭州开始,他就在派人悄悄调查这些事情了,只是一直到现在才有了一些眉目,所以他一直没有说。

"听您说了这些事情以后,我突然想明白了,为什么我们从一开始承包土地,明明和老杨说好了要承包他的土地,可是没过几天就被人高价承包走了。还有人先我们一步去找了梁教授,以及后来发生的许多事情,总让我们感觉像是被人盯上了一般,不管我们做什么事情,总是有人比我们快一步。看来咱们的感觉没错,还真是被人盯上了。"张润泽恍然大悟地说道。

陈秋荣随即又说道:"你们也别高兴得太早,眼下只是找到了詹姆斯撒谎的证据,至于他在背后做的那些事情,我们还没有确凿的证据。他来国内也有大半年的时间了,还不知道又被他收买了多少人。所以以后你们更要小心,不管做什么事情都要多想想,不要脑袋一热就去做,以免犯下无法弥补的过错。"

"对了,还有那个丁妍妍,这个姑娘虽然本质不坏,但是她若是一直这样被人利用的话,最终会害人害己。所以我打算这次送她去苏州,再顺便见见她的父母,把近来发生的事情都和他们说一下。"陈秋荣又皱着眉头说道。

"你要走了?什么时候离开?"陈梦欣惊讶地看着陈秋荣问道。因为她没有听陈秋荣说起过要离开的事情,怎么突然就要离开了?

"我打算明天早上就离开,不过应该很快就会回来的,你不要担心。因为要和胡杨市这边签订投资协议,做前期的准备。我这次回杭州也是回公司安排一些重要的事情,再把相关的资金调过来。这属于公司的重大决策,我不回去的话没办法解决。等这次回去我把事情处理好,以后来新疆的机会就多了,毕竟这边这么大的项目在这里。你们自己还有一摊子事,也指望不上你们。"陈秋荣见陈梦欣关心他的行踪，忍不住高兴地说道。

"谁担心你，你想去哪里就去哪里，跟我一点儿关系都没有。"陈梦欣噘着嘴，表现出一副无所谓的模样，其实她刚才问出的那些话，已经表现了她内心的真实想法。

若是这父女俩能冰释前嫌，陈梦欣也有了自己的家人，张润泽是非常高兴的。

"丁妍妍也不知道具体是什么情况，明天不一定能离开吧？"张润泽说出了内心的犹豫。

"这个小丫头一看就是被人利用了。詹姆斯就是利用她对你的这份感情，让她把自己给介绍了过来。还打算继续利用她对你的感情，在暗中做一些事情，从而达到他的目的。虽然这一次丁妍妍是无心之举，但是若她继续这么执迷不悟下去的话，以后一定会酿成大错。我也是一个当父亲的人，不忍心看到这么一个年轻的姑娘误入歧途，所以我才想去苏州见见他的父母。"陈秋荣感觉自打他和陈梦欣缓和了关系以后，他做什么事情都没有这么心狠手辣了，心里也有了柔软的一面。

第一百零四章

避之不及

傍晚的时候甘北把电话打了过来，事情确实是像陈秋荣猜测的那样，丁妍妍就是完全被詹姆斯利用，她也是好心帮张润泽介绍业务，想要借此来接近张润泽，并且企图通过这件事情将他牢牢绑在自己身边。她完全没有想到事情根本没有按照她设定的那样去走，不但没有和张润泽拉近距离，还把自己弄进了派出所，跟一个跨国经济案件牵扯到了一起。

这些事情让丁妍妍吓得六神无主，在派出所里一个劲地哭。甘北将这件事情的利害关系又说了一遍，她才感到害怕，为了早点儿离开这里，便将事情经过仔细说了一遍。甘北又反反复复问了几遍也没有发现什么问题。

丁妍妍害怕甘北不相信自己说的话，又把她和詹姆斯的聊天记录翻了出来。根据聊天记录的显示确实是詹姆斯主动找到她，说是近期要去中国考察跟番茄有关的产业，顺便来看看她。

詹姆斯在和她联系之前就应该查明了她的身份背景，所以才会挑她下手。丁妍妍没有什么社会经验，便一头扎了进来。没想到却是一个巨大的陷阱。

甘北又反反复复问了几遍，确实没有发现什么问题，又有证据摆在面前，证明了丁妍妍没有说假话。这件事情她确实是什么也不知道。所以甘北对她进行了思想教育以及法律知识的普及，最后才让她回宾馆休息去了。

至于詹姆斯嘛，情况就要复杂得多了。这个人是老江湖，思维非常缜密，想从他嘴里套出话来非常难。而且目前他们只掌握了他隐瞒了入境这一条信息。但是这一条并不足以将他关起来。

说到他为什么多次前来胡杨市，他给出的理由也很合情理，他说自己想找番茄酱厂合作，自然就要多跑几趟。还说之所以隐瞒身份，是丁妍妍让他这么做的，说只有这样做才能让张润泽对这件事情重视，她才能在张润泽心里树立起一个高大的形象来。

但是甘北问丁妍妍的时候，她说根本不知道詹姆斯在中国，两个人各执一词，也不知道谁说的是真的。不过眼下都闹到这种程度了，想来丁妍妍也没有必要在这件事情上撒谎。

那么只能说明詹姆斯从一开始就居心叵测，引诱丁妍妍上钩，然后出现在张润泽面前。目的就是想通过熟人介绍，麻痹对方抵触的心理，从而达到自己的目的。

詹姆斯千算万算还是算漏了一点，那就是他高估了丁妍妍和张润泽的关系。没想到张润泽为了撇清自己和丁妍妍的关系，从一开始就把胡振海给喊了过来。再加上陈秋荣给了他致命一击，让他满盘皆输。

但是眼下并没有确凿的证据证明詹姆斯和前面发生的几件事情有直接的关系，所以也只能先把他给放了。

听完甘北的讲述之后，张润泽紧皱着眉头，但是还不断安慰甘北让他不要着急。既然詹姆斯有了这些想法，肯定还会有其他行动的，到时候再想办法找证据。

陈秋荣在一旁补充道："我会派人暗中盯着詹姆斯的。不过这个人是雇佣兵出身，很是狡猾，怕是会费一些力气。"

眼下也没有其他办法了，只能这样做了。这时陈梦欣的手机发出了"叮咚"一声响，她打开一看见是丁妍妍发来的信息。她说自己很害怕，詹姆斯出来以后一直在找她，还要约她见面，她害怕詹姆斯会对她做出什么过激的行为，希望陈梦欣能去陪陪她。

张润泽看到这些信息以后，马上就说道："你不能去陪她，这丫头脑子想的和其他人都不一样，我害怕她再对你做出什么过激的行为，你这身上还有伤呢！"

陈秋荣见张润泽这么维护自家女儿，便微笑着点头说道："我觉得润泽说得不错。这样吧，我一会儿派人去把她接到 16 连来，明天早上和我一起去机场。"

"那我去刘大哥家里住，我不想看到她，免得她又和我纠缠不清，我不能让欣欣为了这些事情心里不痛快。"张润泽连忙站了起来，说着就要往外面走。

张刚强一见也连忙站了起来，说道："那我跟你一起去，我想去看看媛媛。"

陈梦欣看着这父子俩忍不住笑了起来："我看这样，你们谁也别走了，晚上润泽和叔叔住一个屋，她跟我住，有叔叔在，保证不会有什么事情。这是咱们的家，咱们不能因为她来了，就躲出去。倒显得咱们小气了。"

张润泽想了想是这个道理，便抓了抓头皮，一脸不好意思地说道："那就按照你的意思吧！我去公司加班，等晚上回来睡觉就好了，你们吃饭也不用等我。"说完头也不回地走了。

成长的代价

陈秋荣派人将丁妍妍接了回来，果然她一下车就到处寻找张润泽。陈梦欣只能无奈地告诉她，他去了番茄酱厂，要到很晚才会回来。

丁妍妍不死心又连续拨打张润泽的电话，但是张润泽把她的电话给屏蔽了，她折腾了好一会儿，最后只能无奈地放弃了。

在陈梦欣的坚持下，她吃完饭又洗了澡，最后和陈梦欣睡在了一张床上。

丁妍妍瞪着大眼睛看着陈梦欣说道："说实话开始我很不喜欢你，总觉得你这个人活得太理智、太真实了，一点儿都不像个小姑娘的样子。"

陈梦欣无所谓地笑了笑，说道："说实话我挺羡慕你的，一般像你这样有公主病的姑娘，都是被家里的大人宠出来的。我就不一样了，从小像个孤儿一样长大，只能靠自己。"

丁妍妍听了她的话脸上的表情僵硬了几分，她连忙道歉说道："对不起，我不知道你是这样的身世。我听说你父亲是做进出口贸易的大老板，还以为你是因为骄傲，才看不起我们这些人……"

"呵呵……我父亲家里有再多的钱、再多的资源那和我又有什么关系呢？这些东西又不是我创造的，我有什么值得骄傲的地方呢？若是我和润泽一起把我们自己的事业做起来了，那个时候我倒是可以骄傲一下。你说是吗？"陈梦欣反问道。

丁妍妍脸上的表情又僵硬了几分，她知道陈梦欣这些话是在说给她听。若是论起家世来，她的家世与陈梦欣的家世相比，充其量只能算是刚解决温饱而已。可陈梦欣并没有因为这样就一副高高在上、不可一世的样子，反而对她还尽心尽力帮忙。就这一点，她丁妍妍就输了。

丁妍妍脑海之中想着这些事情一直沉默不语，忽然她又开口问道："欣欣姐，你爱润泽哥哥吗？"

陈梦欣用乌黑的眼睛深深地看着她，表情郑重地回答道："爱，非常非常爱，他是我生命之中最重要的人，为了他我可以舍弃一切。"听她这样说，丁妍妍脸上浮现出一股迷茫之色，她又缓缓问道："欣欣姐你说什么是爱呢？开始我以为我是爱润泽哥哥的，因为离开他之后我一直感觉不开心，跟谁在一起都会想起他。所以后来我才会做出这么多过激的举动，但是我并没有从中得到快乐。现在我感觉越来越迷茫了。"

"今天在派出所的时候，我一个人待着想了很多事情。我忽然发现，我之所以这么迷恋润泽哥哥，可能并不是因为爱他，而是因为从他身上让我看到了坚持和希望。你看我从小长在那样一个家庭之中，什么事情都是父母给安排好了，我只需要按部就班去生活就好了，从来没有人征求过我的意见，想不想要这样的生活。虽然我想帮润泽哥哥，可是每次都好心办了坏事，可是欣欣姐你相信吗？我初衷是好的。只是因为我个人缺少那个能力，不懂得明辨是非，所以才给润泽哥哥造成了这么多困扰。今天看着你从容不迫地安排事情的时候，心里就特别羡慕你，我也要改变自己，变成和你一样能干的人，就一定会等来我想要的幸福。"丁妍妍很少会这样一脸正色地说这些比较深奥的问题，平时她处理问题的方法都是那种简单粗暴的，高兴就笑，不高兴就闹，丝毫不顾及别人的感受。看来今天这件事情对她的触动真的非常大。

陈梦欣看着一脸茫然的丁妍妍，心里生出了一抹疼惜，她将丁妍妍揽在怀里说道："妍妍，你要记住一句话，我们的生活、我们的未来都是我们自己的。未来的路也需要自己去走，父母的安排我们可以有选择地去接受，只要自己过得开心，过什么样的生活并没有限定。但是人生短短几十年，我们一定要努力去实现心中的梦想，不要给自己留遗憾。"

"嗯！欣欣姐谢谢你，今天你让我明白了很多道理，以后我一定会努力好好生活的。我也有自己的梦想，我以前想当一个音乐家，我特别喜欢小提琴，可是我父母说学艺术能有什么出息，他们强制性让我报考了金融系统的专业。这个岗位确实稳定，能赚到钱，但是并没有让我得到该有的快乐。就像我喜欢润泽哥哥，可是他们却认为润泽哥哥没有本事，硬生生把我们俩拆散了。直到今天我才明白，一个人若是没有能力的话，连自己喜欢的东西也守不住。以后我要向你学习，努力提高自身能力，只为了守护我想守护的人或者事情。"丁妍妍说着说着又流下了两行热泪。

陈梦欣拍了拍她的肩膀，说道："傻丫头，恭喜你，终于长大了。"

张润泽回来的时候，已经是夜里一点多了，他害怕吵醒丁妍妍，到时候又找他闹，便蹑手蹑脚钻进了张刚强的房间。

这一夜对于丁妍妍来说注定是无眠之夜，她在黑暗之中睁着眼睛，听着门外传来的细微声音，回想着以前和张润泽在一起的点点滴滴，笑着笑着便哭了起来……

她终于意识到，自己失去了这辈子最宝贵的东西。

第一百零六章

福气

转天一早陈秋荣带着丁妍妍就要离开了。这一次丁妍妍出奇的安静，没有吵也没有闹，只是走的时候眼眶红红地看着张润泽说道："润泽哥哥对不起……"

张润泽看到她这副模样，心里不由一软，无所谓地笑着说道："好了，都过去了，回去好好生活，努力工作。父母为我们操心了一辈子，现在都老了，也是我们该回报的时候了。遇到真心对你好的人，要学会珍惜，不要等到错过了再后悔。这世上是没有后悔药卖的，与其活在过去的痛苦之中，不如珍惜当下，把握未来。"

丁妍妍又依依不舍地看了他一眼，最终默默地点了点头，跟着陈秋荣上了汽车。

等汽车发动起来的时候，陈梦欣忽然从屋里跑了出来，手里拎着一个手提袋，板着脸来到陈秋荣面前说道："这么大的人了药都忘记拿了，你心脏不好，回去以后少喝酒，不要熬夜，早点儿睡觉。"

陈秋荣见陈梦欣虽然板着脸，但是言语之中充满了浓浓的关怀之情，他脸上的笑容藏都藏不住，高兴地咧着嘴巴说道："唉！知道了，爸爸回去以后每天给你汇报行程，你就放心吧！"

陈梦欣瞪了他一眼，但是并没有反唇相讥，而是默默地站到了张润泽的身后。

丁妍妍一直咬着嘴唇没有说话，可是等汽车启动了之后，她忽然哭喊着说道："润泽哥哥你等着我，我一定会变得很优秀，到那个时候我再回来找你。"

张润泽听了她的话以后，无奈地摇了摇头。他知道丁妍妍这个不达目的誓不罢休的脾气。看来她吃了这么多亏还是没有真正明白。有些人有些事一旦错过了，就再也回不去了。并不会因为你变优秀了，就会发生改变。

张润泽目送着逐渐远去的汽车，紧握着陈梦欣的手对她说道："你也别太担心，我已经给伯父身边的特助叮嘱过了，让他好好照顾伯父的身体。"

"谁担心他了，哼！这几十年他没有我在身边不一样过得逍遥快活，我瞎操那个心干吗？我只要照顾好你和叔叔就行了。"陈梦欣说完扭头回了屋。

这几天忙着处理番茄酱厂的事情，地里的庄稼都是梁天一个人在操持着。难得今天有空，张润泽连忙去地里查看庄稼的长势。

这些天梁天一直泡在番茄地里，谁说都没有用。经过他的努力，这番茄地里的病情算是被控制住了。

张润泽才几天没来，这番茄地里就发生了很大的变化。以前，这些番茄苗都黄黄的，蔫了吧唧的。如今叶面呈现出一种乌黑油亮的光泽。而且一些长势好的，都开了小黄花，看着真是让人高兴。

"呀！这才几天工夫，这番茄苗变化也太大了！"张润泽一脸惊奇地说道。

"嘿嘿，这几天病情总算是控制住了。咱们选品的时候，就选了这种抗病能力比较强，早熟又产量高的品种。虽然接连受了两次灾害，但是我评估了一下，损失并不是很大。只要咱们其他的番茄产量能上来，再加上各种补贴和保险赔偿。除了能保本以外，还有一定的盈利。"梁天笑眯眯地走过来，掏出一根烟递给了张润泽。

两个人蹲在地头抽烟，张润泽满怀歉疚地说道："真是对不起，这

343

几天接连出了这么多事情，也顾不上你这头了。"

"跟我还客气啥？这公司也有我的股份，我做这些事情还不是应该的？"梁天身上有典型的那种技术性人才的特征。

做事肯钻研，一根筋，满身的学问，可是为人孤傲，人际关系方面不懂得左右逢迎，显得不近人情。但是他认准的人、感到钦佩的人就会掏心掏肺对他，把这些人当作一辈子的知己好友。

可能这样的人并不会有很多朋友，大多数人对他的评价也不好。因为不随波逐流，所以遭到很多人排挤。但是他们活得很通透，活得很真实。不会把时间浪费在无用的社交方面，更不会为了达到什么目的而勉强自己。

张润泽从梁天的身上就看到了最真实的一面，他可以为了保护番茄苗几天几夜不休息。他也会因为不喜欢而拒绝几百万元的诱惑。若不然以他这种身份和地位，又怎么肯甘心屈居在胡杨市这么一个塞外小城呢？若是他想依靠自己的能力赚钱的话，现在少说也有几个亿身价了。

"梁博士，我能找到您这样的合伙人，可真是我上辈子修来的福气。这几次病虫害，若不是因为你在这里，这番茄不知道要遭受多少损失了。"他感慨万千地说道。

第一百零七章

等待一个机会

新的机器安装完成又进行了详细的检修之后，决定正式开机试运行一段时间，若是在使用过程中发现什么问题，可以及时反馈给杨总那边，进行设备方面的调整，以增加设备的使用性能。因为新鲜的番茄还没有下来，眼下用的原料都是去年储存下来的。虽然这些原料都是经过严格加工和消毒的，在质量方面属于合规格的产品，可是张润泽对此还是感觉不满意。

因为这些番茄在种植的时候使用了过量的农药和化肥，严重影响了番茄的品质。用这样的原料制作出来的番茄酱在口感上是有着一定差别的。

所以今年在和职工们签订回收合同的时候，他就在合同里面写的非常清楚，若是农药和化肥超标的话，他是会拒绝回收的。而且也让梁天利用空闲时间，给大家普及怎样科学进行番茄苗的管理和培育，不要盲目依赖农药和化肥。

他利用空闲的时间，去那些和他们签订了回收合同的职工地里转了转，发现大家都是严格按照梁天要求的那样，进行种植和管理。这一批番茄收获了以后，一定能大大改善番茄酱的品质。

鉴于此种原因，张润泽和刘晓东商量，这一批试运行生产出来的番茄酱，就不要作为出口产品了，全部作为员工福利，发放给厂里的职工。而出口的产品，全部等新番茄下来之后，再进行加工和罐装。

虽然去年遗留的番茄让张润泽感觉达不到出口的标准，但是这些番茄酱也都是经过多道工序消毒加工的，属于品质极好的番茄酱，若是放在市场上进行销售，一罐也要100多元。

但是张润泽对第一批上市的产品要求比较高，他认为一个企业若是想长久发展下去，一定要有属于自己的特色产品，而且第一炮就要打响自己的产品。若非如此，那就预示着可能失败。

厂里的职工分到这些番茄酱的时候，都高兴得很。这些年在厂里，能按时拿到工资已经实属万幸，他们不敢去要求额外的福利待遇。

可是没想到这一次张润泽这么大方，每个人给他们分了五六罐番茄酱。不过这些番茄酱也不是白拿回去吃的，张润泽还给他们留了作业，那就是回去以后在食用的过程之中，寻找自家番茄酱的不足之处。

凡是提出建议并且被采纳的，不但可以免费吃一年的番茄酱，而且还有一万块钱的重奖。这对番茄酱厂的职工来说，可谓是天上掉馅饼的好事。他们在这家番茄酱厂工作了十多年，对于这里面有什么问题，没人比他们更清楚了。

大家伙纷纷提出了自己的建议，张润泽花了一周时间总结了一下，这些意见大概分为三大类，一个是对于品质方面提出来的问题，包括口感、味道，以及营养程度方面的，一个是关于产品外包装方面的，包括不容易打开、不够美观等，还有一个就是价格方面的。目前番茄酱厂生产出来的番茄酱都是大罐装，最小的也是一千克装的。

这对于普通家庭来说根本就没有办法购买，番茄酱在国内主要还是属于调味料，只有在特定的情况下才会用到番茄酱，若是买一大罐回来，很长时间都吃不完，放置久了就会变味发霉十分浪费。这也是他们产品销量不好的一个主要原因。

可是因为以前番茄酱厂穷，根本拿不出多余的钱去重新设计定制外包装。借着这个机会，大家伙把自己心里的想法都提了出来。有些非常有心的员工，不但提出了自己的想法，还给出了非常合理的建议。

张润泽分别和给出建议的人进行了面谈，发现给出合理建议的都是一些年轻人。这些年轻人有自己的想法和见解，而且有眼光有抱负，浑身上下充满了青春的活力，张润泽非常喜欢他们。

经过厂里主要领导开会研究决定，从这些建议里面选出了10条作为主要的建议，并且将这10个人的名字写在光荣栏里放在大门口比较显眼的位置。

张润泽还特意开了表彰大会，把这10万元现金发到了他们手中。这10个获奖之人都是20多岁的年轻人。他们虽然进到厂子里不久，却发现了问题所在。

他们不但大胆提出了自己的建议，还针对目前番茄酱厂的管理问题提出了自己的想法。

这家番茄酱厂经营有10多年的时间了，这里面很多老职工都是无怨无悔跟着刘晓东走过来的人，所以几乎所有重要的管理岗位上都是这些年纪比较大的老员工。这些老员工做事求稳步发展，坚决不允许自己的员工轻易去尝试新鲜的事物。而且他们一直在现在这个岗位上旱涝保收，生活得非常安逸，造成业绩上不来，年轻的员工永远都没有晋升的机会。

一些有见识的年轻人，便把这一管理的弊端直接写成了报告，趁着这次机会递到了张润泽的办公桌上。这些问题其实也一直是张润泽在思考的问题，一个国家、一个企业若是想发展，那中层管理就一定要年轻化。要让这些有见识、有担当、有闯劲的年轻人担任重要的管理岗位。在他们的带领之下，整个番茄酱厂才能焕发出新的生机。

可是这些话张润泽每次在面对刘晓东的时候都感觉说不出口，因为这些管理岗位上的人都是跟随他多年的老同志，用刘晓东的话说那就是没有功劳也有苦劳。若是张润泽刚一接手就把这些老人都换掉的话，怕是刘晓东心里会有想法，所以他一直在等待一个机会。

改革浪潮

眼下还真让他等到了这个机会，张润泽打算就这些年轻人提出来的想法，跟刘晓东商量一下，然后召开一个厂里中层以上领导的管理会。

张润泽找到刘晓东，拿出这些建设性建议摆放在他面前，笑着说道："刘大哥，我这儿收到一些厂里年轻人递交上来的建议，我觉得有必要拿给你一起来看一下。"

刘晓东招呼张润泽坐下，然后打开各个文件看了一会儿，脸上果真露出了为难的表情。他说道："兄弟，实不相瞒，每年我都会接到这样的建议。中间我也试着推行了几次，但是效果甚微，最后都不了了之了。不仅改革没有成功，还造成厂里的老职工消极怠工，而年轻人的技术水平又达不到，所以那几个月连正常交货都没有办法完成。后来我也就不提这改革的事情了。"

刘晓东这话其实还没有说得很直白，现在很多工厂其实都面临着同样的问题。那就是老职工有技术，而且他们的技术水平是经过多年的一线操作积累出来的。年轻人没有几年的实际操作，根本没有办法达到他们那样的水平。但是这些老职工安于现状，不思进取，每天按时按点上下班，根本不会去考虑一个工厂的未来该怎么样发展，他们认为这和他们没有切身的关系。作为一个工人不要好高骛远，只要每个月按时拿到工资就行了。

而年轻人有思想有抱负，但是他们因为经验不足，没有办法代替重要岗位。年轻人都是跟这些老职工学技术，为了不出现教会徒弟饿死师傅的事情，这些老员工绝对不会一次性就把自己掌握的核心技术都传授给这些年轻人。所以就造成了工厂里的技术工人青黄不接的情况。

而这种情况短时间内还没有办法改变。因为这些老工人彼此之间相处了几十年，在涉及自己切身利益的时候，表现得非常团结，一致针对年轻人。把很多有志向的年轻人逼得待不下，最后纷纷离职，另谋高就去了。

这种现象很多厂里都有，你若是处罚吧，这些老工人就会以集体辞职来威胁。年轻人离开了工厂可以正常运行，若是这些技术工人都离职了，那工厂就要停工了，所以哪个老板都不敢冒这样的风险。

对于这一点张润泽是非常清楚的，所以他不等刘晓东说出自己的困境便说道："刘大哥，我有个建议，你看可取不可取……"

张润泽打算在番茄酱厂举办一个创新创业技术性能大赛，大赛分为两部分，一个是团体奖，就是一个老员工带着几个新员工共同来参加大赛，若是获奖的话将会获得最高 20 万元的奖励。另外一个就是个人奖，就算是获奖也只有一两万元的奖金。

如此一来，这些老员工心里就会算一下账，若是带着一个团队拿到了一等奖，每个人可以分四五万元，可比这个个人一等奖拿到的奖金多多了。

不但如此，张润泽还提议增加一个伯乐奖。由老员工发现新员工，并亲自带教，若是新员工的技术水平达到了一定的标准，老员工就能拿到固定的奖励。并且他还提出若是身在重要岗位之上，年龄超过 45 岁以上的中高层管理人员，若是主动从工作岗位上退下来的话，在保持原工资不变的情况之下，再额外给补贴 1500 元。

要知道胡杨市这里的消费水平并不高，人均工资也就 3000 元左右，若是拿到这补贴，就等于多了半个月的工资，有了这些工资就可以完成很多事情了。所以这一举措还是非常具有诱惑力的。

刘晓东听了他的建议之后，还是忧心忡忡地说道："你的这几项提议我觉得都非常不错，非常符合现在的发展形势。只是如此一来势必要动到一些人的蛋糕了，只怕是推行起来并不容易，你要做好心理准备。"

张润泽点了点头，说道："古往今来改革都是非常困难的，因为这意味着要去腐生肌，势必要牺牲一些人的利益。可若是我们害怕少数人的不满，而放着一个厂子的未来生死于不顾，那不管有多少资金注入，购买回来多么先进的设备，最后还是会走向停滞不前的道路的。我们这次获得的机会非常难得，也许我们这一辈子就只有这么一次创业的机会。刘大哥，你我都还年轻，难道你不想趁着年轻放开手脚好好去闯一闯吗？难道你想看着这座你辛辛苦苦创建起来的工厂，最后落得个曲终人散的下场吗？难道你忍心看着厂里这些职工失去生存的饭碗吗？"

张润泽的这番话深深打动了刘晓东，他激动地站了起来，说道："兄弟，你说得对，我觉得我们这个厂若是想要彻底发生改变，首先要从我的思想上发生转变。这些年来我墨守成规习惯了，总是想着只要能给员工发出工资来就可以了，并没有太大的抱负。但是眼下不同了，我们有资金，有销售渠道，还有你们这样年轻的人才，那就要珍惜机会好好发展。一个企业要发展必定离不开年轻人，年轻人是我们生命的延续，是未来的希望。所以不管遇到多大的困难，我都会坚定地站在你身后支持你改革。"

张润泽听了这番话不由得满意地点了点头，一脸感激地说道："有了刘大哥的支持，那这工作就好做多了。你放心吧，我一定会善待这些老职工，会给他们一个合理的交代的。"

征得了刘晓东的同意以后，张润泽马上联系了这些有创新想法的年轻人，又把自己的想法告诉了他们，得到了厂里所有年轻人的支持。大家都激动得跃跃欲试，若是能在这次创业大赛中脱颖而出，不但能拿到不菲的奖金，还可以成为备选干部，这真是一举两得的好事。

敞开心扉

可是正如刘晓东预料的那样，等张润泽召开中层以上管理会的时候，在场的管理者听了他的想法以后，就像炸了锅一般，都不顾形象地叫嚷了起来。"那些毛都没长齐的年轻人，他们懂什么是管理吗？他们连自己都管不好，还怎么去管别人？你没看到那早上迟到、上班打瞌睡的都是年轻人吗？我们这些岁数大的什么时候犯过那些低级的错误？"

"张总，年轻人有想法是好的，但是不要有不切实际的想法，不然的话就会很危险……这厂里还有几百号工人要吃饭，难不成你想害得他们都流落街头不成？"

刘晓东见大家伙越说越难听，脸色不和善地站了起来，大声说道："大家静一静听我说几句，首先你们在我最困难的时候，对我不离不弃，这让我很感动，我也会一辈子记住这份情义。其次张总他不是什么外人，他是我们番茄酱厂的投资方，合伙人，也是我刘晓东的异姓兄弟。是他带来的这几千万在我撑不下去的时候，给了我们厂新的生命。若是没有他的到来，咱们厂很可能就撑不到年底了，因为凡是能借到钱的地方我都去借了，我的能力已经到极限了。"

"所以，你们若是真为咱们厂好，那就安静下来听张总把话说完，不要这么激动。"

　　刘晓东这番话让在场之人都羞愧地低下头去，他说的这番话在座之人都有亲身体验。当初番茄酱厂没有资金周转的时候，他们也曾经想要离开这里，可是他们去找了许多工作，却没有一个合适的。因此这也是他们一直坚守在这里不肯离开的一个重要原因。

　　张润泽冲着刘晓东点了点头示意他先坐下来，然后才开口说道："在座的各位都是我的前辈，你们在从事这个行业的时候我还在念书，有些人年纪跟我父亲差不多大，按道理说我这个晚辈今天坐在这里不该说这些话。可是正因为这个番茄酱厂是你们辛辛苦苦打下来的江山，既然我接手了过来，才更应该让它在我们手里发扬光大。"

　　"各位前辈，时代在不断发展，年轻人代表着一个国家的未来，社会因为有了年轻人才会持续不断地进步。我记得我看过一个笑话，有句话说得非常好，正是因为下一代人不太听上一代人的话，所以社会才会进步。年轻人因为接受新事物能力强、模仿能力强、创新能力大等先天条件，在推动着这个世界的进步。各位前辈可以回想一下，在你们年轻的时候是不是也是如此？你们之中有不少人是兵二代或者兵一代，当初咱们国家号召开发大西北的时候，你们这些年轻的父辈，义无反顾地响应国家的号召，放弃优越的条件，千里迢迢来到新疆。"

　　"那个时候的新疆正是因为有了你们这些年轻人的加入，在你们勤劳的双手之下发生了日新月异的变化。可若是当年你们是现在这个岁数，还会义无反顾地选择背井离乡吗？我想在座的大多数人都不会去选择那样的生活，因为故土难离，在这里有你们的亲戚、朋友、工作、人际关系等，这些东西实在是让人很难放下。"

　　"你看，在座的各位前辈与咱们厂里的年轻人都有各自的优点和缺点，那既然如此为什么我们不能中和一下呢？为什么我们不能像园丁一样，为这些年轻人做好服务工作，将战场让给他们，让他们去打冲锋，而我们坐在大后方替他们守着阵地？若是他们在前进的道路上走歪了，我们就及时纠正他们。"

　　"你看那些教书育人的老师，他们把自己满腹的知识都传授给学生，然后学生毕业以后又回到了教书育人的工作岗位之上……"

第
一
百
一
十
章

不发表意见

　　"你们看这些老师从来不害怕被自己的学生替代了，你们知道这是为什么吗？因为时代赋予每个年代的人的使命是不一样的。每个人都有属于自己合适的岗位。就像那些领导干部，到了一定的年纪也会退居二线，让更多年轻人有机会展示自己的能力。我们人生体现价值的机会有很多，桃李满天下何尝不是一种成就呢？"张润泽这一番掷地有声的话语，让现场陷入沉默之中。

　　"一只站在树上的鸟儿，从来不会害怕树枝会断裂，因为它相信的不是树枝，而是它自己的翅膀。与其每天担心未来，不如努力做好现在。因为，成功的路上，只有奋斗才能给你最大的安全感。所以不管我们在什么岗位上，只要我们真正拥有一双会飞翔的翅膀，根本不用担心自己会被谁替代了。你们张总是个有情有义之人，我相信他一定会给大家伙一个合理的安排，肯定不会让你们受委屈的。"陈梦欣也在一旁帮腔说道。

　　但是不管张润泽他们三个人说什么，在场之人就像是约好了一般，谁都不发表意见，都低着头，不是摆弄手机，就是一根接着一根地抽烟，整个会议室里呛得人喘不过气来。

"你们看，我们已经发表了自己的意见和看法，对于这次创业大赛你们还有没有新的想法？你们有什么不同意见的话，可以当面提出来我们大家伙一同来探讨。"张润泽双手支撑着桌子，一脸期待地看着在场之人。

"你们话说完了？那可以散会了吗？"其中一个车间主任站了起来说道。

"这……"刘晓东刚想发表意见，就看到其他中层领导陆陆续续站了起来，找了各种借口纷纷离去了。

只剩下两个副厂长面面相觑地看着刘晓东，支支吾吾地说道："刘厂长你看这事我们也做不了主，我们是抓生产的，这管理方面的事情我们也不懂，那我们也走了……"说完冲着张润泽露出一个歉意的笑容，一前一后离去了。

偌大的办公室只剩下张润泽他们三个人。刘晓东一脸歉意地说道："你看，这是意料之中的事情……这些人……"他叹了一口气后面的话都说不下去了。

"没事，我觉得挺好啊！至少他们的反应不是很激烈。虽然没有明确表示支持，但是也没有表示反对不是吗？这事需要循序渐进，一步一步地来。我们先给他们打个预防针，告诉他们我们有这样的打算。然后再借助这次大赛，让这些有能力有抱负的年轻人成长起来。到时候这些老同志看到年轻人的能力，再和他们谈其他的事情他们也能接受。"

"其实在我看来，这些老同志更多的是担心企业的未来，害怕把重要岗位交到年轻人手里，年轻人会毁了他们辛辛苦苦打下来的江山，所以才会犹豫不决。我们要给这些老同志一些时间适应。"张润泽沉默了一会儿，说出了内心真实的想法。

三个人正在说话的时候，就看到从外面探头探脑走进来一个人。这人刘晓东认识，正是第三车间的江主任。这也是位老同志，今年52岁了，从他一建厂江主任就在，这些人一直跟着他。江主任为人忠厚朴实，整日任劳任怨的，做事细致周到，从来没有出现过大事故。

刘晓东看到他一脸犹豫不决的样子，忍不住开口问道："老江你可是有什么话要说？"

刚才开会的时候人多，这江主任碍于大家伙的情面，有什么话不好说也是情理之中的。

江主任犹豫了半天，唯唯诺诺地看着张润泽说道："我想问问张总，是不是我们主动让出管理职位，就可以多拿1500元？"

他这话让张润泽的表情微微一震，连忙开口问道："江主任你可是遇到什么困难了？有什么困难可以告诉我们，厂里能帮助你的一定全力支持。"

张润泽的这一番话让江主任潸然泪下。他听其他人说张润泽就是看不上他们这群人，认为他们是刘晓东的心腹，所以找借口想把他们换掉。但是他家里确实遇到了困难，眼下也顾不上这么多了，便想着回来跟张润泽商量一下，他让出管理岗位，多拿一点儿工资。

没想到他说完这些话以后，张润泽根本就不关心他让不让出这个管理岗位的事情，而是一眼就看出来他家里遇到了困难。看来张润泽的为人和他们口中所说的不一样。

他含着眼泪，声音哽咽地说道："张总，不瞒你说，我老婆她……得了尿毒症，每次透析血液都需要很多钱，她又没有工作，没有社保，所有的医疗费用都需要我们自己承担。实不相瞒家里能卖的东西都卖光了，眼下我就想着只要能救她的性命，让我做什么都愿意。"

张润泽听完这番话以后，马上和陈梦欣交换了一下眼色。随即他对江主任说道："江主任您别着急，我们坐下来慢慢想办法，我们对厂里的管理机构进行改革，是为了能让咱们厂更好地发展。只有我们厂发展好了，才能给大家带来更多的福利。俗话说安居才能乐业，只有我们的员工安居乐业了才能珍惜这份工作，才能更好地为厂里服务。所以你不要有心理负担，你家的情况我们已经知道了，你先回去等通知，我们马上开会来讨论一下，一定会给你一个满意的答复。"

江主任听了张润泽的话以后，感动地抹着眼泪，连声说着谢谢离开了。留下现场三个心情沉重的人。

张润泽看着刘晓东心情沉重地说道："我母亲也是生病去世的，我知道家里若是有一个患了重病的人，将会掏空一个家一辈子的积蓄。

但是又不能不救，这种痛苦我是真真切切经历过。"

　　"那你打算怎么办？这可是一大笔钱……"刘晓东也叹了一口气说道。

痛哭流涕

　　"我打算个人先拿出一笔钱来帮助江主任的爱人做透析，再跟你商量一下，先不调动他的工作岗位，但是给他涨这 1500 元工资，这是我们承诺过的，只要自愿从现在的岗位上退下来的老同志，咱们都给人家涨工资，你看怎么样？"张润泽说着从包里掏出了一张银行卡，这是他自己这些年来存的一些钱。

　　原本他是要把这个钱交给陈梦欣保管的，但是陈梦欣说他的钱让他自己处理，自己有钱花不用他的钱，所以他就只能自己装着。这钱他是打算存着到时候结婚用，只是眼下事情紧急，他便把这个钱掏了出来，塞到了刘晓东的手里。"这里面是 30 万元，应该够江主任的爱人用一段时间。"

　　"这不行，我怎么能让你拿这么多钱出来呢！我看这样吧，我也出一部分，但是我家里条件你知道，我这儿有 10 万元，你也拿 10 万元出来就行了，毕竟你也有一大家子人要养活，以后还要结婚生子，用钱的地方多着呢！"刘晓东说着忍不住看了陈梦欣一眼。

　　陈梦欣脸色微红，连忙也从身上掏出一张卡，往桌上一拍说道：

357

"这是我的存款，里面有 15 万元，你们都拿去送给江主任吧！先把他爱人的病治好了再说。尿毒症这个病，若是有合适的肾源的话是有机会治愈的。我想江主任家里一定是因为没有钱，才没有去换肾。咱们凑的这个钱，应该够换肾了，我去让爸爸打听一下，有没有合适的肾源，这样就可以彻底解决这件事情了。"

"这个办法好，只是就算有合适的肾源，做一台这样的手术也需要五六十万元吧？"刘晓东看着手里的银行卡，依然担心地说道。

"这事我看可以这样，我们可以在厂里设立一笔救济基金，对于在厂里工作十年以上的老员工，家里遇到困难的时候都可以来申请。只要符合申请标准我们就可以对外发放。如此一来便解决了员工的后顾之忧，也能极大程度地减少流动性。"张润泽皱着眉头说道。

"当初生意好的时候，我去浙江参观学习，见那边的公司会给在职五年以上的老员工的家属发一份工资，以感谢他们让自己的丈夫或者儿子能够安心在公司做事。这样的公司一般都做得非常大，员工的稳定性也很高。那个时候我就想着在我们厂里也设定这样的奖励机制，可惜后来发生了番茄危机，所以就一直没有实现……"刘晓东一脸感慨地把自己的想法说了出来。

"关于这一点我们也能实现的，只要是确实对厂里做出特殊贡献的人才，我们可以给予这样的奖励支持。欣欣，今天讨论的内容你都记下来了吗？明天整理一下发到公司管理群去吧，让人事部打印成文件，贴在公告栏上让大家讨论。若是都没有异议咱们从下个月就开始实施。"张润泽柔声对陈梦欣说道。

"放心吧！我都记下来了，一会儿整理好我就发给人事部让他们去发布。"陈梦欣连忙点了点头说道。

当刘晓东拿着三张银行卡，又把陈梦欣在帮他爱人找寻合适肾源的事情告诉正在车间干活的江主任的时候，他激动得扑通一下跪倒在地面上，忍不住失声痛哭地说道："刘厂长谢谢你，谢谢张总啊！实不相瞒，医生早就提出要给我爱人换肾的建议，可是手术费要六七十万元啊！像我们这样的家庭哪里掏得出这么多钱啊！所以就一直拖着，看着我爱人因为透析化疗，被折磨得奄奄一息的模样，我真恨自己没有本事啊！你们的大恩大德让我怎么报答啊？若真能救回我爱人这条命，这辈子我当牛做马也不会离开番茄酱厂。"他边说边哭，哭得浑身颤抖不已。

这边发生的事情很快引起了车间里其他人的围观，大家伙不知道发生了什么事情，都围在一旁议论纷纷。

刘晓东连忙将江主任给拉了起来，连声说道："老江你这是干什么？你这么大岁数了给我下跪，你这不是折我的寿吗？你赶紧起来，别让别人看笑话。"

江主任这才发现身边围满了人，便连忙站了起来，不好意思地擦着眼泪说道："对不起刘厂长，我只是太激动了。若是我老伴知道她的病有救了，还不知道要高兴成什么样子呢。大家伙，这刘厂长和张总是难得的好人啊！他们不但改善我们的工作环境，给咱们准备了免费吃饭的食堂，还自掏腰包给我老伴治病。这样关心咱们身心的老板能坏到哪里去呢？所以你们可千万别听信别人胡说八道，要坚定不移地跟着刘厂长和张总走。"他说完感谢的话，又对着围在旁边看热闹的车间工人说道。

江主任非常清楚，今天张润泽开的这个会，会触碰到厂里很多老职工的利益，这些人绝对不会善罢甘休的，到时候肯定会在背后说三道四，拉着厂里不明真相的人和张润泽对着干。所以他便借着这个机会给自己车间里的人现身说法。

这江主任为人忠厚老实，平时对自己车间的职工都非常好，所以大家伙都敬重他，也很是听他的话。再加上今天亲眼看到刘晓东拿着筹集到的好几十万元送给江主任的爱人治病。这张润泽又是给钱，又是联系医院、肾源的，若真是能把江主任爱人的病给治好了，那可是天大的喜事了。

所以大家听到这个消息以后，由衷地替江主任感到高兴，同时也对张润泽有了新的看法。

他们纷纷表态说道："江主任您就放心吧！这些年刘厂长一直对我们大家伙很好。自打张总来了以后，咱们厂里发生了翻天覆地的变化，我们都是成年人了，有判断是非的标准，不会人云亦云的。"

不耻下问

张润泽对于车间里发生的事情完全不知情，他和工人们一起忙着盯在新机器旁边，仔细观察着新机器的运转，把发现的问题都仔细地登记了下来。

杨总他们的生产技术很成熟，几乎没有大问题，都是一些细节上面的调整。自打他说要进行创业大赛以后，这厂里的年轻人积极性都非常高。以前的工作态度是，师傅让我干啥我就干啥，师傅不让我干那就偷懒。但是眼下不是了，为了能在这次技能大赛之中脱颖而出，这些年轻人都是铆足了劲在做事。

以前老师傅不教的，他们也懒得问。现在是充分发挥了"不耻下问"这个成语，就算是师傅不给好脸，他们也一个劲地追着问。

自打张润泽兑现了自己的承诺，把征集意见里面获奖的员工奖金发了以后，厂里的年轻人就像是被打了鸡血一般热情洋溢。大家都从张润泽的身上看到了新的希望。

相比起年轻人的兴奋，厂里的那些老同志情绪就没有那么高涨了。他们上班磨洋工，刁难这些年轻人，还故意找碴儿，动不动就去刘晓东的办公室闹一出，想着继续用这样的办法逼迫刘晓东对他们妥协。

但如今的刘晓东已经不再是当初那个人了，他心里非常坚定地跟着张润泽往前走。他也明白年轻的技术人才对于一个企业发展的重要性。若是他们的番茄酱厂想要做大做强，单靠一群上了岁数的老员工肯定是不行的。

不过就算他立场坚定，但也是采取着温柔的政策，并没有当场反驳他们的建议，而是笑脸相迎，耐心劝说。在他这样的态度之下，厂里的老职工闹了几次以后也觉得没意思了，便渐渐地不再来找他麻烦了。

刘晓东看着张润泽一步步走来，他从懵懂的、做事有些犹豫不决吃了很多亏一直到今天这样成熟稳重，做事雷厉风行、恩威并施的蜕变过程，也只用了短短的一年时间。

他身上天生就具备那种管理的气质，果敢，不服输，不轻易放弃，舍得付出，舍得牺牲大部分利益，在身边人都得到他的关照的同时，自身的水平也得到了快速提升。

这边番茄地里一切也都朝着好的方向发展，病虫害止住了，在梁天的精心管理之下，正发生着很大的变化，这让所有人都看在眼里，喜在心上。

这天下午处理完所有的公务，就瞧见胡振海急匆匆地从门外冲了进来，热得满头大汗的，进门就先冲到厨房，接了一碗冰凉的自来水咕咚咕咚喝了下去。

张润泽端着茶杯笑着说道："胡连长你这是做什么去了？那自来水可不能多喝，还是过来喝点儿茶吧！"

"我刚从市里开会回来，我跟你说在回来的路上，我接到了气象局的电话，说是下午会有强对流天气出现，很可能会出现大风、冰雹天气。你别在这里喝茶了，还是把大家伙都组织起来，去地里看看，有没有什么办法可以规避强对流天气带来的影响。我还要去通知其他人就先走了……"胡振海一口气说完这些话以后，又急匆匆地离开了。

张润泽惊讶地看了看外面的天气，见整个天空一片晴朗，万里无云的，这强对流天气从哪里说起啊？

陈梦欣听见胡振海的声音从屋里走出来的时候，他人已经离开了。她好奇地问道："我刚才好像听到胡连长的声音了，他人呢？"

"他说今天下午有强对流天气，可能会出现冰雹大风，可是这天气这么晴朗……"张润泽还是一脸不可置信地抓了抓头皮说道。

"天哪！我们赶紧去地里吧！你忘记了新疆这天气可是三岁小孩的脸，说变就会变。前一秒万里无云，下一秒就可能雷雨大风。"陈梦欣说着抓起一件衣服拖着张润泽就往外走。

陈梦欣这话可是一点儿都不夸张，新疆这天气还真是多变，有的时候就隔着一条马路。马路那边晴空万里，马路这边却大雨倾盆。上一秒还在下大雨，下一秒可能就云开雾散了。总之在新疆经历什么样的天气都不足为奇，当地人也都习惯了。所以胡振海在接到气象局的通知后才会这么紧张。

每年到了夏秋交接的时候，这天气总是会出现一些反常。为了保护地里的庄稼，胡杨市还专门成立了一个炮连，为的就是在出现强对流天气的时候，能把天上的乌云打散，以此来减少强对流天气对庄稼造成的的损害。

张润泽这个时候也反应过来了，他边走边拨通了梁天的电话，把情况跟他说了一遍。梁天听完也是面色凝重，连忙也往地里面赶。

等他们来到番茄地里的时候，其他地块的职工在接到胡振海的预警之后，也都纷纷赶到地里来了。

第一百一十三章

狂风大作

可是就算是知道有这样强对流的天气，望着眼前一望无际的庄稼地，大家伙也是一副束手无策的模样。

梁天紧皱着眉头，过了好半晌才开口说道："大家都别愣着了，先到周围去找一些干草、干柴来，能盖多少就盖多少吧！好歹这样还能遮挡一些。家里有那种塑料篷布之类的也都可以拿来，趁着没有变天之前，将这些都遮盖好。"

眼下也没有更好的办法，大家伙听了梁天的话，都纷纷跑回家找东西遮挡去了。

张润泽望着眼前的番茄苗，一手捏着下巴，沉思了良久才说道："我觉得我们在这里干等根本不是办法，咱们应该去胡杨市，找气象局和人武部防雹队想想办法，看看能不能在这强对流天气到来之前，人为地阻止灾害的到来。"

"你说得对，我跟你一起去，防雹队的刘队长跟我比较熟。我以前没事就去找他学习打冰雹的知识。"梁天听他这样说，眼睛不由得一亮，马上兴高采烈地说道。

陈梦欣正带着人往番茄地里铺麦草，其实这种防护起不到太大的作用。因为若真是吹起了大风，这麦草轻飘飘的肯定一下就被吹走了。但是面对这样的自然灾害，人的力量真的很渺小，只能尽力去挽救。

张润泽拉住陈梦欣对她说道："我和梁博士赶到胡杨市去，看看能不能想想办法，你在这里守着。若是真遇到冰雹了，就赶紧带人找地方躲藏，庄稼坏了还可以再种，人千万要注意安全，听到了没有？"他害怕陈梦欣不听他的话，特意拉着她的胳膊认真叮嘱道。

"我知道了，你放心了，我绝对保证大家伙的安全。再者眼下还晴空万里的，说不定这强对流天气就不来了呢！你就别操心我们了，还是赶紧忙你的去吧！"陈梦欣见大家伙都盯着他们，忍不住俏脸一红，推着张润泽让他赶紧走。

张润泽瞧着她的模样轻笑了一声，这才带着梁天一同离开了。

张润泽先去了气象局，见里面的工作人员正一脸紧张地忙碌着。他经过再三确认，气象局的同志告诉他，他们通过气象观察确实是得到了这样的消息。而且这强对流天气在一小时之内就会到来，请他们早做准备。

张润泽看看外面晴空万里、风和日丽的天气，怎么也无法将这天气和雷雨大风联系起来。

就在他左思右想的时候，外面平静的树梢开始微微晃动了起来，紧接着这微风越来越大，将窗外的树木吹得"哗啦啦"地响。

张润泽不由自主地和梁天对视了一眼，这下他不再怀疑是气象局勘测出现了错误。

他连忙跟气象局的同志打了一声招呼，带着梁天就上了汽车。

梁天探头往外看了看，一脸惊讶地指着天边说道："我的天，那天边昏黄一片是什么鬼玩意儿？"

张润泽探头往外看了一眼，果真看到天边一片昏黄之色，遮天蔽日的，连天山的形状都遮挡住了。

他惊讶地喊了一声："莫不是沙尘暴？我们还是赶紧去人武部看看吧！"说完一脚踩住油门，朝着人武部防雹队所在的方向疾驰而去。

这新疆的天气就像是三岁娃娃的脸一般，上一秒还晴空万里的，下一秒就开始狂风大作了。这狂风里面夹杂着一股泥腥气，还夹杂着一些细小沙砾，打在人脸上生疼。这狂风吹进汽车里面的时候，让人眼睛都无法睁开。

张润泽和梁天发出剧烈的咳嗽声，连忙将四周的窗户都紧紧关闭起来，可即便是这样，风沙还是一个劲地往车里吹，车窗外面的能见度变得很低，路面上飞沙走石的，让人看不清楚路况。

这时候万里无云的天空，已经被漫天的黄沙给遮盖住了，随之而来的还有跟在后面的那一大片墨蓝墨蓝的乌云。那云团之中就像隐藏着一只巨大的怪兽一般，发出轰隆隆的巨响，其间还伴随着一道道将乌云撕碎的闪电。

梁天看到这样的乌云直接就有些傻眼了，作为老新疆人都知道，农民不怕刮风，也不怕下雨，就怕这种乌云，通常这种情况下，下冰雹的可能性非常大。

他愣了好一会儿才回过神来，用力拍打着张润泽的胳膊，着急地喊道："这是冰雹云层，看来真的要下大冰雹了，开快一点儿、开快一点儿。"

张润泽被他摇晃得差一点儿握不住方向盘，他马上大声喊道："梁博士你冷静一点儿，现在路况不好，我们一定要以安全为重，这个时候我们若是出了什么事，那不是添麻烦吗！"

梁天听了他的这番话以后，才逐渐冷静了下来。他看到张润泽把车都开到路边石上了，心里不由得有些后怕。他连忙擦着额头的汗珠说道："对不起，对不起，我看到这云层太着急了。"

两个人正说着话，车窗外的狂风忽然一下停了下来，四周安静得有些可怕。因为狂风停下来的速度太快了，以至于那些飘浮在半空之中的沙砾还没有掉落下来，就呈一种诡异的姿态飘飘忽忽往下坠落。

这时间就好像突然停止了一般，四周安静得有些可怕，只有他们的汽车发出一阵阵轰鸣声。这样的情景让张润泽感觉头皮都有些发麻。

可是这种平静仅仅维持了几分钟的时间，紧接着豆大的雨点噼里啪啦地就降落了下来。这雨水大得真像是有人拿着桶往下倒一般。就算是车窗上的刮雨器拼命工作着，但这车窗上依然被雨水遮挡得视线模糊不清。

好在他们现在所在的位置离人武部不远了，张润泽咬着牙，努力控制着车身，将汽车平稳地行驶到人武部的门外。

两个人冒着倾盆大雨往人武部的院里跑，结果迎面撞上了两个行色匆匆的人武部干事。他们身上穿着黑色的长雨衣，怀里塞着鼓鼓囊囊的东西。

破冰成功

张润泽连忙抓住其中一位同志，大声问道："同志请问咱们的防雹队的同志在哪里呢？我想咨询一点儿问题。"

"大家都在忙着准备打冰雹呢！这一会儿哪有工夫帮你解决问题。赶紧找个地方躲雨去吧！等雨停了再说。"两位同志说完，急匆匆地往外跑去。

张润泽和梁天出来的时候急匆匆的，也没有穿雨衣，也没有带伞，眼下浑身都湿透了，冻得牙齿直打战。不过这个时候他们也顾不上那么多了，跟在两位人武部的同志身后就跑。

等他们离开人武部的院子，约莫跑了 1000 米，才在一块高地上看到了一群穿着黑色雨衣的人，围着几门炮在那边忙碌着。

梁天用手将了将脸上的雨水，瞪大眼睛四处找寻着，透过这一件件相同的黑色雨衣，终于找到了他想要找的人。

"刘队长，刘队长……我找了你半天了，原来你在这里啊！"梁天挥舞着手一脸高兴地喊道。

正在忙碌的刘队长听到有人喊他，回头一看见是被淋成落汤鸡一样的梁天，不由得惊讶地问道："梁博士，下这么大的雨，你怎么跑到这里来了？连一件雨衣也没有穿？来人，给他们找两件雨衣。"

很快便有人武部的同志拿了两件湿漉漉的雨衣走了过来，热情地递给了他们俩。张润泽上前一步解释道："是这样的刘队长，我叫张润泽，我们是从16连来的……"

张润泽的话还没有说完，刘队长一脸诧异地看着他说道："原来你就是从上海来咱们胡杨市投资的年轻人？还真是好样的，你别说了我知道你们为什么来的。"

梁天见状连忙问道："刘队长眼下情况怎么样？"

"我刚收到气象局同志的消息，情况非常不乐观啊！据气象站气象云图观测预报，入侵的冰雹云强度很大，是今年入夏以来最强烈的一次强冰雹入侵天气过程。我们面临的挑战不小啊！眼下咱们胡杨市一共就只有七辆防雹火箭车，这不都弄来待命了，可是就这几门炮想打散强度这么大的冰雹云层，希望非常渺茫啊！眼下我只能说尽力一试了。"

"咱们胡杨市有20万亩的农田，加上3000多亩的大棚蔬菜，眼下都进入了紧要的生长周期，若是不能把这场冰雹制止的话，那可就损失大了。所以我们面临着一场硬仗。"刘队长紧皱着眉头，把眼前面临的情况和张润泽他们说了一遍。

张润泽忧心忡忡地看着漫天的黑云，紧张地问道："那咱们怎么还不打？还在等什么呀？"

刘队长瞧见他紧张的模样不由得笑了起来，说道："小伙子别紧张，眼下还没有到最佳防雹作用区，你们看，等那一片黑云飘过来的时候，我们就可以进入战斗了。眼下这7辆防雹火箭车将会从7个不同的防雹作业点，迅速向冰雹云层密集处连续发射火箭弹，直到把云层打散了为止。但是因为事发突然，眼下我们防雹队里一共只有30枚防雹火箭弹。虽然已经派人去其他团场调取防雹弹了，但是不知道这场冰雹给不给我们这个时间。"

眼看着那一大片铺天盖地墨蓝色的乌云，张润泽一脸坚定地说道："刘队长您不要担心，我觉得只要我们齐心协力就一定能战胜这场自然灾害的。"

"说得好！大家伙都听到了吗？只要我们齐心协力就一定能打退敌人。你们有没有信心做到？"刘队长冲着张润泽竖起了大拇指，大声冲着防雹队的同志们喊道。

"有，我们有信心，我们一定能办到。"大家伙整齐的呐喊声响彻了云霄，让在场的每一个人都坚定了信心。

"刘队长，时间差不多了，马上进入最佳防雹作用区了。"一个干事跑了过来，小声说道。

"准备开炮，大家伙瞅准了再打，节约炮弹。听我命令，预备……放……"刘队长高举着右手声嘶力竭地呼喊道。

随着几声震耳欲聋的响声，一枚枚火箭炮带着红光直冲云霄，冲进墨蓝色的云层之中爆炸开来。这个时候已经有零星的冰雹开始落了下来。

张润泽望着眼前紧张的场面，他连忙跑过去，帮助其他同志运送火箭炮。随着一声声巨响，30 枚火箭炮很快就都打完了。而眼前的乌云依然还没有要消散的痕迹，冰雹更加密集地落了下来，最大的都有鸡蛋那么大，砸在人身上生疼。

满身泥泞的张润泽痛苦地闭上了眼睛，他知道防雹队的同志们已经尽力了，眼下这场灾难是无可避免了。

可就在他感到绝望的时候，四周忽然响起了各种轰隆隆的声音，一枚枚冒着红光的火箭弹从四面八方嗖嗖嗖地冲上了云霄。

"哈哈哈哈！这些老小子竟然想到用这种方式来帮我们。"原本一脸严肃的刘队长看到这样的情景以后，忍不住放声大笑了起来。

张润泽不明所以地问道："刘队长，这是怎么一回事？"

"这火箭弹是其他几个团的防雹队打出来的，他们肯定是接到了我的求救信息。但是很显然这个时候把火箭弹运送过来，时间上肯定来不及了。所以他们就从自己所在的方位，对这一大片冰雹云层发起了进攻。你们看到没，这云层被咱们的防雹弹从四面八方给包围了。我就不相信它能有多厉害，在这么强大的火力之下，它还不撤退。"刘队长高兴地对着半空指指点点，很快回答了张润泽的问题。

"意思是这场自然灾害有救了？"张润泽又惊又喜地问道。

就像是应景一般，随着他的话音落下，正在噼里啪啦往下掉落的冰雹忽然停了下来。

第一百一十五章

遭遇泥石流

"咦？这冰雹停下来了，是不是预示着我们成功把这冰雹给打退了？哈哈哈哈！"梁天高兴得手舞足蹈地站在大雨里，疯狂地大笑着。

就在刚才有那么一瞬间，看着铺天盖地的冰雹他哭的心都有了。他们辛辛苦苦大半年，经历了这么多困难才把这番茄苗保护着长到这么大，眼看着就要丰收了，若是真被这一场突如其来的冰雹给砸了，那可真是欲哭无泪啊！

梁天笑着笑着就流出了眼泪，好在雨下得比较大，没有人看到他软弱的这一面。

冰雹虽然被打散了，但是这倾盆大雨下了足足有一小时左右，才渐渐有了停歇的意思。这一小时的急速降雨，让很多低洼的地方都积了水。一想到番茄地里有好几块地势比较低洼，张润泽便一刻也坐不住了。

他能想到的事情，陈梦欣肯定能想到，这一会儿她肯定带着人到番茄地里去排水救灾了。

张润泽连忙对刘队长说道："刘队长，太感谢你们防雹队了，这次咱们人武部和气象站的同志联手，成功打退了一次强冰雹袭击，保住了咱们胡杨市种植的 20 万亩棉田和 3000 亩大棚，为咱们老百姓减少经济损失几百万元。我代表 16 连的广大农户们向你们表示感谢。"

"这雨下得这么大，农田里肯定有很多地方积水了，我们要马上赶回去协助大家伙排水，今天就不多做停留了，等以后有机会我们再来专程拜访您。"

"这是我们的职责所在，不用说感谢的话，我们防雹队的同志们就是为人民服务的。你们别耽搁了，赶紧回去吧！路上慢点儿开车，这刚下过雨，地面很湿滑，不管多着急，都一定要注意安全。"刘队长一脸真诚地说道。

与刘队长告辞之后，张润泽和梁天匆匆忙忙往回赶，等他们赶到 16 连的时候这雨也停了。果然如张润泽所预料的那样，陈梦欣满身泥水地带着工人们，正在奋力往外排水。

这雨下得太大了，以至于他们的番茄地里有许多地方都被大水给淹了，有的地方都深得把番茄苗给淹了。这种情况之下若不能及时进行排水的话，经过长时间的浸泡，这番茄苗肯定会烂根和枯萎的。这枯萎病若是发作起来，那是一片一片地死，传染得非常快，到时候恐怕会来不及救治。

想到这里，张润泽突然想起来，前面挖蓄水池的时候，曾经买过几个水泵，后来蓄水池修好了以后，这几个水泵就一直闲置了，眼下正是用到它们的时候。

张润泽连忙发动车从家里将这几个水泵拉到了地里，在大家伙的帮助之下，将水泵架在了水患最为严重的地方。随着水泵响起"突突突"的声音，一股股水流从番茄地里被引了出来。

张润泽瞧见陈梦欣浑身都湿透了，连头发上都是泥水。他心疼得连忙走上前去，揪着她的衣领将她从泥水里提了出来，放到地头干净的地方说道："你身上的衣服都湿透了，赶紧回去换一身干净的，别再着凉了。这里有我呢，你放心吧！"

陈梦欣本来还想再坚持着把水患处理完再回去，结果被张润泽阴沉着脸将她给赶回去了。

送走了陈梦欣以后，张润泽和梁天分头查看这次强对流天气给番茄地带来的损失。好在这次冰雹下的时间非常短，虽然有些番茄苗被砸掉了一些枝叶，但并不会影响整株番茄的生长。就是蓄水的地方有点麻烦，不过多花一点儿时间应该能将水全部排出去。

全部检查完以后，张润泽不由得松了一口气。这可真是不幸之中的大幸，这么大一场冰雹，竟然能很神奇地化险为夷了，到了现在他还感觉有些不可思议。

胡振海一直在各家各户田地里查看农户受损失的情况，这一会儿才转到张润泽他们这边来。

张润泽看到他过来了，便连忙问道："胡连长，咱们16连的损失情况严重吗？"

胡振海脸上带着微笑说道："还好，还好，棉田和番茄田基本上没有受到什么大的影响。蔬菜大棚有些被大风掀了顶。不过我已经安排连队里的同志去帮忙修复了，问题也不大。你们这边怎么样？听说是遭了水灾？"

"我们这儿没有什么大事……"张润泽想了想还是把自己亲眼所见到的危险情况和胡振海说了一遍："天哪！我可从来没有见过这种阵仗，当时看到那样的情景，我的两条腿都吓软了。这次多亏了刘队长他们临危不乱，再加上周边团场的支持，才能让咱们这次化险为夷啊！"

"那个刘队长在部队上的时候就是炮兵，复原了以后被分配到咱们胡杨市的人武部，他在防雹队一待就是20年，有过多次击退这样恶劣天气的经验，为咱们胡杨市挽回经济损失几千万元。只要有他在，我这心里就有底啊！"胡振海也一脸感慨地说道。

这个时候胡振海的手机忽然响了起来，他连忙接听："喂？你说什么？塌方？泥石流？好的好的，我马上就过来。"他说完挂了电话就要走。

张润泽连忙把他拉住问道："胡连长，什么情况？"

"唉！咱们16连除了种地的职工以外，还有一些少数民族同志。他们习惯了在山里放牧，为此我们也专门给每家每户规划了牧场。这不到了夏天他们就去牧场放牧，到了冬天才会转场回来。今天这雨水太大了，引发了泥石流，造成山路塌方。眼下里面的人也不知道怎么样了，也不知道有没有人员伤亡，所以我要马上赶过去看看。"胡振海匆匆忙忙解释了一遍转身就要走。

张润泽连忙说道："我也跟上去看看吧！万一有人受伤还可以帮忙搭把手。"

就在这个时候，金子突然给张润泽打来了电话。

生二胎

"喂！金子姐你有什么事情吗？"张润泽因为着急要赶着和胡振海一起去救灾现场，所以声音里不免露出着急的情绪。

"你小子在干吗？怎么听着心急火燎的？可是16连又发生了什么事情？"金子忍不住好奇地问道。

张润泽也没有隐瞒，把牧场发生了泥石流的事情说了一遍，说自己要赶着去救灾现场就不跟金子多聊了，希望她不要生气之类的话。

金子听完这番话以后，沉默了几秒，马上说道："你走的时候来医院把我接上，我带两个护士和抢救的医疗器械去。既然是去救人，万一遇到受伤的群众怎么办？那里交通也不便利，等把人送来医院，说不定就错过了最佳救助时间，那样将是一件多么遗憾的事情？我既然知道这件事情了就一定要参与，医者仁心，我不能做后悔的事情。"她的声音里充满了焦急和坚定，让人没办法拒绝。

张润泽觉得金子说得有道理，便连忙追上胡振海把这边的情况说了一遍。

胡振海沉默了几秒钟说道："那我留下一个认路的干事陪着你一同

去接金子，你们路上注意安全。我带着人先过去了。"说完转身大踏步地先行离开了。

张润泽带着那名干事往胡杨市赶，等他们到达人民医院的时候，金子早就带着两名小护士和急救的医疗器械站在医院大门外等待他们的到来了。

她看到张润泽的时候没好气地说道："你们怎么来得这么慢？我们可等了老半天了，赶紧把东西装上车我们出发吧！"

张润泽知道她着急去救人，便憨厚地笑了笑，连忙配合她把东西装上了车，在那名干事的指引下急急忙忙往出事地点赶。

走到半路的时候，金子突然接到了魏然的电话，她笑呵呵地问道："你怎么突然想起来给我打电话了？"

这夫妻俩平时工作都很忙，通常情况下没有特别的事情，两个人上班的时候是很少给彼此打电话的，就像是陌生人一般。只有晚上回家的时候才能像正常夫妻一般唠唠家常，说说工作上遇到的事情。

但这种普通人都能拥有的生活，对于他们来说也是比较奢侈的。因为不是魏然加班，就是金子加班，很少能凑到一块。

"不知道为什么刚才突然想起你来，有点儿担心你就给你打个电话，今天还是很忙吗？"魏然声音温柔地说道。

这两个人结婚多年了，早就没有年轻夫妻那种如胶似漆的感情了。所有的感情都化成了一种亲情，彼此之间也很少会说这样的情话。

所以金子的脸微微红了一下，说道："我和润泽兄弟正赶往泥石流的救灾现场，今天可能会晚点儿回去，你就不要等我了。"

牧场山区发生泥石流的事情魏然也听说了，只是他没有想到金子竟然会赶着去，因此心中的担心就更加强烈了。他沉默了片刻才缓缓说道："你注意安全，不要那么拼命，小心肚了里的孩子……不管你回来多晚，我都等你吃饭。"

为了响应国家积极生育二胎的号召，金子也带头怀上了二胎。只是因为她属于高龄孕妇，再加上工作比较忙，所以胎象不太稳，而且怀孕才三个多月，正是比较危险的时候。所以魏然听说她去救灾现场，心里还是很担心的。因为他知道金子是个工作狂，一旦工作起来什么也顾不上。

金子怀孕这件事情除了这夫妻俩以外，旁人都不知道。用金子的话说一把年纪了还怀孕生子，回头再让人笑话。虽然怀孕这件事情，等月份大了想瞒也瞒不住，但是金子不想这么快就让别人知道。

所以她连忙岔开话题说道："好了好了别啰唆了，我知道了，你就乖乖在家里等我回来好了。若是我回来得早我就给你做好吃的。"金子害怕张润泽他们听到自己怀孕的事情，连忙安慰了几句就挂了电话。

张润泽忍不住打趣说道："我姐夫是真关心你，这么一会儿不见，还打电话过来叮嘱一下，你让他放心，我一定会照顾好你的。"

"去你的，找打是不是？他呀，哪是关心我……"金子想说魏然是关心她肚子里面的孩子，不过后半截话她没有说出口，只得又咽了回去。

第一百一十七章

发生泥石流

透过车窗，张润泽看到他们的汽车已经下了独库公路，沿着一条崎岖不平的山路往里面走。经过大雨的冲刷，这里到处都是滚落的岩石留下的痕迹，看起来是一片狼藉。

这样的地方属于视野比较开阔的了，两边的山体上都长满了绿色的植被，所以没有引发泥石流，只是把松散的岩石冲了下来。这里的情况都这么糟糕，那些山体比较松软的地方，情况肯定不乐观了。

想到这些事情大家面色都逐渐变得凝重了起来，谁也没有心思说笑了。

金子感觉下腹部传来一阵阵刺痛，刚才在毫无防备之下，剧烈颠簸了一下，直接引起了她的腹部不适。

为了缓解腹部的疼痛，她双手捂着肚子，希望能通过手部的热量来缓解一下。可即便如此她还是疼得额头都渗出了细密的汗珠儿。

坐在金子旁边的小护士，瞧见她脸色不好，连忙悄声问道："金医生你有哪里不舒服吗？我瞧着你脸色不好看。"

金子连忙冲着她摇了摇头，示意她不要声张。小护士紧紧咬着嘴唇，连忙脱下自己的外套给她披上。

就在这个时候，张润泽的电话响了起来，他拿起来一看是胡振海打来的，便连忙接通了说道："喂！胡连长我们应该快到地方了。"

胡振海声音沙哑地说道："有很多人受伤，情况不乐观，你们尽快赶过来，急需医护人员。"

张润泽连忙应了一声，挂了电话以后加快速度开着车往前赶。这山路本来就不好走，再加上车速比较快所以就更加颠簸了。金子咬着嘴唇，双手抓着门把手，努力控制着身体的平衡。下腹部传来一阵阵的刺痛，眼下她只能忍耐着。

等他们一路疾驰赶到事发地点的时候，眼前的景象让大家伙都惊呆了。原本他们以为只是进出牧场的道路被泥石流给掩埋了，谁知道住在山脚下的牧民的帐篷和牛羊牲畜棚舍都被泥石流给冲得一片狼藉。

到处都是牛羊的惨叫声，胡振海正带着人在泥石下寻找受伤的牧民。有两三个浑身是血的牧民被救了出来，放在一旁的空地上，嘴里不断发出惨呼声，看起来伤得不轻。

金子根本顾不上身体的不适，连忙打开车门从车上跳了下来，抓起急救箱就朝着病人奔跑了过去。这救出来的人由金子和两个护士照看着，张润泽也就放下心来，他马上和另外一个干事加入了搜救的工作之中。

这片山体被泥石流冲刷得非常严重，牧民们都居住得比较分散，眼下不知道还没有其他牧民受伤。张润泽连忙问道："胡连长，给甘队长他们打电话了吗？这里的情况不乐观呀！"

胡振海正在徒手往下扒泥石，手指都被锋利的石头给划破了，流了好多的血。但眼下他根本顾不上去包扎，大口喘着粗气说道："这报警电话是一个牧民打的，他被困在另外一边，那边只是山体堵了路情况并不严重，所以我们也没有得到准确的消息。在得知这边的情况以后，我马上联系了甘队长他们，应该也快到了。"

"那我就放心了！胡连长你注意安全，我去前面看看。"张润泽说完马上加入了搜救的行列，他边走边大声呼唤着："有人吗？请问这里有人吗？听到了请回答，我们是来搜救的工作人员。大家别怕，我们马上就来救你们出去。"

张润泽喊了许久，他忽然听到不远处传来一阵微弱的"叮当"声，这声音就像是有人拿着石块在敲击一样，可是这声音太微弱了，他还没有来得及辨别方位就消失不见了。

他连忙停下脚步，又仔细听了听，但是四周静悄悄的并没有其他声音。

他不甘心连忙又大声呼唤道："请问有人吗？若是你们能听到我的声音，就继续敲击发出声音。"

他的话音落下了好一会儿，那种微弱的声音再次响了起来。这次张润泽听清楚了，这声音就来自他的右前方。那里有一片山体，山体的前面是一大片空旷之处。

情况危急

　　在那片山脚下有一条潺潺流动的小溪，一般牧民们喜欢在这样的地方居住，方便解决日常生活用水和牛羊饮水的问题。

　　张润泽环顾四周，见不远处有一个白色的蒙古包散落在一旁，那就证明了他的猜测。想到这里他拔腿就往声音发出的方向跑了过去，边跑还边大喊："请你们继续发出声响，不要停下来。"

　　胡振海听见他的叫声，连忙对身旁的干事说道："你们去两个人，润泽好像有什么发现。"

　　这次他赶过来的时候，开了两辆车，带了七八个人。但是眼下需要搜救的地方比较大，大家伙也都分散开了。他身边就只有这两个干事，可是他担心张润泽的安全，便让这两个干事跟上去保护张润泽。

　　两个干事忧心忡忡地看了看胡振海身后，说道："那连长我们过去了，这个位置不太安全，这山上随时有落石滑下来，您搜救的时候也要保护好自己！"

　　胡振海点了点头，说道："我会照顾好自己的，你们也照顾好自己，保护好那个臭小子，无论如何不能让他出事。"他不放心，又叮嘱了一句。

两个干事郑重地点了点头，连忙朝着张润泽所在的方向跑了过去。

张润泽循着声音，找了半天，终于在一处塌方的石碓后面找到了声音的来源。这里应该是蒙古包搭建的位置。蒙古包被泥石流冲走了以后，住在蒙古包里的人侥幸被冲到这么一块大石头后面。虽然表面上被埋了起来，但是下面还有很多的空隙。

张润泽惊喜交加地喊道："你不要着急，保持体力，我这就救你们出来。"眼下他也不知道有几个人被埋在里面，而且来的时候匆匆忙忙也没有带什么救援工具。

再者这里面全都是泥沙混杂着石块，就算是有工具也没有办法进行采挖，也不知道下面究竟是什么情况，所以他只能学着胡振海徒手开挖了。

这个时候两个干事也赶到了近前，着急地问道："张总，这边是什么情况？"

张润泽连忙指了指泥土堆，说道："这下面埋着人，但是我不知道有几个人，也不知道下面是什么情况，只能先挖开看看。"

"那就动手吧！"两个干事互相看了一眼，也加入了挖掘的行列。

这些石块、沙砾被挤压得碎裂了，边边角角都非常锋利，手不小心碰触到就是一道很深的血口子，让人感觉钻心地疼痛。这下张润泽明白为啥胡振海两手都是血淋淋的了。

不过眼下也顾不了那么多了，只能先把人救出来再说。在这种信念的支持下，张润泽全身心投入挖掘工作之中去，倒是忘记身体上带来的疼痛了。

三个人挖了约莫半小时，总算挖开了泥沙的表层，露出一个拳头般大小的洞口。张润泽着急地趴在洞口大声喊道："里面的人能听见我说话吗？有几个人在里面啊？若是无法说话的话，你们就继续敲击石块。"

随着他的话音落下，洞口里传来四下微弱的敲击声，也就预示着这里面有四个人被困。

其中一个干事着急地对着胡振海喊道："连长快来，这里面发现了四个幸存者。"

胡振海他们搜寻了半天，只找到了三个受伤的人，眼下听闻这边找到了四个幸存者，留下两个人继续搜寻，其他人都赶过来进行抢救。

人多力量大，众人经过不懈的努力，又经过了半个多小时的挖掘，终于将泥沙层彻底挖开了，露出了被泥沙埋了一半的四个人。

这是一户哈萨克族牧民，其中有两个中年男女，应该是夫妻，还有两个六七岁的男孩，被这夫妻两个紧紧保护在身下。那个母亲脸上都是血，紧闭双眼已经昏死过去了，那个父亲虽然也是伤势很重，但是他一直冷静地保持着清醒，等待着救援人员的到来。刚才也是他在配合张润泽的呼唤，给一家人争取到了得救的机会。

张润泽看到这个父亲用他瘦弱的身体将老婆孩子都保护在身下，用后背努力为他们支撑起一个狭小的空间，他的整个后背都被砸得血肉模糊，可即便如此，他还坚持等到救援人员到来。看到这里他感觉一股热泪涌了上来，心里也对这个伟岸的哈萨克族汉子生出了浓浓的敬佩之意。

这哈萨克族男子见一家人终于得救了，脸上露出了一丝苍白的微笑，双眼一闭便昏死了过去。

张润泽见状，一边帮忙往外抬人，一边大声呼唤道："金子姐，这边发现了重伤员，请你们马上过来进行救治。"

那边金子已经把伤员处理得差不多了，她听见张润泽的叫声以后，连忙应了一声，背着医药箱就要往这边来。

可就在这个时候，不远处的山上忽然响起一阵"轰隆隆"声响，紧接着一块巨石夹杂着树木泥土从山上滚落了下来。这大石块滚落的位置正是三个牧民睡卧的地方。

金子大喊了一声："快救人……"扔了急救箱扑过去抱着一个哈萨克族老太太的身体用力往一旁拖拽。其他两个护士从惊愕之中清醒了过来，也分别抱起另外两个伤员往一旁拖拽。

这个时候胡振海也发现了这边的险情，大叫了起来："金医生你们注意安全，快闪开！"说完奋力朝这个方向跑了过去。

张润泽也发现了危险，紧跟在胡振海身后，他答应过魏然一定要将金子给平安地带回去的，所以他绝对不能让金子受伤。

　　金子拖拽的这个老太太体形比较胖，有一百六七十斤的样子，而金子的体重才一百斤出头，在这样力量悬殊的情况下，她即便是用尽了全身的力气，也没有办法跑得更快。

　　因为太过用力，她感觉肚子传来了一阵剧烈的疼痛，紧接着一股温热的液体顺着她的大腿根流了下来。这剧痛让她两腿一软"扑通"一下跪倒在地面上。

一尸两命

"金子姐你快起来，快起来啊！"张润泽看到那呼啸着而来，直接冲着金子滚过去的大石头，声嘶力竭地呼唤着。

金子艰难地回头看了一眼，若是此时她放开手的话，那这个老太太就没有办法逃脱了。作为医生来说救死扶伤是她的职责，她不能将病人弃之不顾，自己独自逃生。

所以在这一瞬间，金子奋不顾身地扑在了哈萨克族老太太的身上，用自己柔弱的身体去抵挡大石头的侵袭。金子的耳边传来张润泽凄惨的呼唤声，她感觉身后传来一阵剧烈的疼痛，一股股的鲜血顺着她的脸颊流了下来，流进她的眼睛里，让整个世界都变成了赤红之色，随即她缓缓地闭上了眼睛，唇角带着满足的笑意。

等张润泽赶到跟前的时候，金子已经被压在了那块大石头之下。

"金子姐，金子姐你醒醒，你不要吓我啊？你支撑住我马上救你出来。"张润泽哭喊着用尽全身力气想要将那块石头给搬起来，可是这块石头太大了，他就算拼尽全力，大石头也是纹丝不动。

这个时候一阵尖锐的警笛声呼啸而至，甘北从胡杨市带来了消防队的战士、医院的救护车参与救援。消防队的战士经验丰富，带来了各种专业的救援工具。

甘北发现金子被压在大石块底下，连忙带着消防队的战士和专业的救援设备赶了过来，在他们的帮助之下，费了很大力气才将这块大石头从金子的身上挪开。

那个哈萨克族的老太太因为被金子护在身下，所以受伤并不是很严重。而金子的情况就非常严重了，整个后背的骨头都被大石块给压碎了，一股一股的鲜血从她的口鼻之中流了出来。不仅如此，她的下体之中也流出了一大片血。

胡振海看到这种情况以后，眼睛都红了，他声音颤抖地说道："金医生……金医生她怀着身孕……"

这个时候救护车里随行的医生和护士也赶了过来，他们大声说道："请你们让一让，我们要马上将金医生送回手术室急救。"

"金子姐，金子姐你一定要坚持住，魏大哥还在家里等着你回去吃晚饭。你说过今天要回去陪他吃晚饭的，你可千万不能食言啊？"张润泽抓着金子的手，声音沙哑地哭喊着。

他用力给了自己两耳光，他恨自己为什么没有保护好金子，让她受这么重的伤。她怀着身孕啊！若是有什么事情的话，那真的就是一尸两命了。他怎么对得起魏然？

可是不管他怎么呼唤，金子都毫无声息地紧闭双眼躺在那里。张润泽不顾一切地爬上了救护车，跟着金子一路往医院赶。

可救护车行驶到一半的时候，插在金子身上的各种仪器发出了一阵阵刺耳的警报声。心电图也逐渐变成了一条直线。虽然随行的医生进行了多番的抢救，但金子最终还是没有到达医院，在半路上就停止了呼吸。

大片大片的鲜血从她身上流了出来，救护车里到处都是鲜血刺鼻的气味。

张润泽眼睁睁看着金子从鲜活的面容，变成了一具冰凉的尸体。她的音容笑貌一直在他脑海之中浮现。

"你小子以后可不能欺负我们家欣欣，我可是她娘家人，若是你欺负她了，我绝对饶不了你。"

"喂……有什么大不了的，失败了就失败了，大不了重新来过，你放心就算全世界都放弃你了，姐姐我也支持你。"

"你放心只要有姐姐在，就没有解决不了的问题……"

想着金子过去说过的话、做过的事，张润泽再也忍不住趴在她身上号啕大哭了起来。因为情绪太过激动，他哭着哭着两眼一黑便昏了过去。

等他再次醒来的时候，看到自己躺在医院里，双手缠满了纱布，陈梦欣满脸都是泪水地守在他身边。

张润泽看到陈梦欣的时候，脑子还有些不清醒，他一骨碌从床上爬了起来，说道："欣欣，我这是在哪里？你怎么会在这里？欣欣我刚才做了一个非常可怕的梦，我梦见金子姐……"

张润泽的话还没有说完，陈梦欣便"哇"的一下大声哭了起来，而且哭得上气不接下气的，根本就没有办法回答张润泽的问话。

张润泽的头脑这才逐渐清醒起来，他呢喃地问道："难道不是做梦？难道金子姐她真的？不，我不相信，我不相信这是真的……都怪我啊！都怪我没用，没有保护好金子姐。我不知道她怀有身孕了啊！我若是知道说什么也不能让她跟着去啊！"他痛苦地扇着自己耳光，又疯狂地揪着自己的头发，陷入极度的自责和痛苦之中。

"润泽，你别这样，这事不怪你，这事怎么能怪你呢！"陈梦欣吓坏了，她连忙用力抱着张润泽的双手，想要让他冷静下来。

在张润泽昏迷的时候，陈梦欣已经和胡振海通过电话了，了解了整件事情的经过。金子的死和张润泽一点儿关系都没有。但是这件事情来得太突然了，让张润泽一时无法接受，他便将所有的过错都归咎到自己身上，想要通过这种方式来减轻心里的痛苦。

所以陈梦欣看到他这个样子，觉得特别心疼。金子的死对她打击也很大。但是因为她没有在现场，不知道当时是什么情况，所以相比起来，她的痛苦要比张润泽的轻一些。

张润泽过了好半晌才逐渐清醒了过来，他声音沙哑地说道："金子姐……现在在哪里？我要去看看。"说完挣扎着从床上爬了起来。他其实身体并没有受到什么伤害，之所以会昏迷是因为看到金子一尸两命的惨状，受到了极大的刺激才会昏过去。

这一会儿清醒过来，他不得不面对这样的现实，所以努力控制住自己的情绪，想要再去看看金子。

"金子姐她在殡仪馆，魏然大哥……魏然大哥……"

无不垂泪

说到魏然，陈梦欣哽咽着说不下去了。张润泽昏迷不醒的时候，她去殡仪馆看过。她看到魏然失魂落魄地瘫坐在金子的棺材前，满头的黑发一夜之间就白了大半，整个人的精气神就像是被人抽空了一般，浑身上下了无生气，嘴巴里一直重复念叨着一句话："你怎么这么狠心呢？你怎么能这么狠心丢下我离去了呢？"

那个钢铁一般的汉子，迅速衰老下去了。若是张润泽看到他这副模样，心里应该更加愧疚了。

陈梦欣擦了一把眼泪，继续说道："魏大哥他非常痛苦难过，你若是去了，就不要说那些更加令他难过的事情……"

张润泽含泪点了点头，说道："我只是想去看看金子姐，陪她最后一程。"

"嗯，这几天我们就留在殡仪馆给金子姐守灵吧！以前她帮我们做了这么多事，咱们也为她做最后一点儿事情。"陈梦欣扶着张润泽陪着他往外走。

因为有很多受伤的群众，所以市里的干部都在忙着抢救伤员，安排住院、住宿的事情，所以殡仪馆里静悄悄的，偌大的房间里，只有呆坐在地面上的魏然。

他就那样坐在冰冷的水泥地上，双手抱着金子的棺材，把脸紧紧贴在冰棺上，仿佛这样就能离金子近一点儿。

张润泽看到他花白的头发，以及苍老憔悴的面容，整颗心就像是被人用力揪着一般，疼得他感觉呼吸都困难。

他轻手轻脚走上前去，生怕声音大了会惊吓到这样的魏然。

他看到金子唇角带着一抹笑容，安静地躺在冰棺里。她的遗容已经被整理过了，脸上的血迹也擦干净了，整个人躺在那里，就像是平静地睡着了一般。

看到这样的金子，张润泽再次感觉心口一阵剧痛，他捂着心口，一脸痛苦地蹲在魏然的面前，揪扯着头发声音哽咽着说道："对不起，魏大哥实在是对不起，是我没有照顾好金子姐，才让她……你打我吧！我若是不去医院接她，就不会发生这样的事情了，我真不知道她怀孕了……"

"魏大哥你不要太难过了，人死不能复生，金子姐若是看到你这个样子，她也一定会放心不下的。你若是心里有气就打我一顿吧！都是我没有照顾好金子姐。"他哭得是眼泪一把、鼻涕一把的，哽咽了好几回才把这番话说完了。

魏然听到他的说话声，茫然地抬起了双眼愣了好一会儿，才看出是张润泽。

他嘴唇翕动了半天，才发出沙哑的声音："这事怎么能怪你呢？我听胡连长说了，你为了金子都哭晕过去了。你对你金子姐是什么样的感情，我哪里能不明白，若是可以的话你会用自己的命去换她的命。"

"这个丫头啊，一直就是这样不让人省心，她想要做的事情谁也拦不住的。她常说自己是个医生，医生就是治病救人，若是见死不救那还是医生吗？在那种情况下，就算是我在现场也拦不住她的。她有自己的做事原则，有自己的底线，她是一个共产党员，做了自己应该做的事情。"

"我就是心疼她，当时还怀着孩子，她是这么爱孩子的一个人，在

390

当时那种情况下，她心里一定害怕急了！在她做出反应的那一刻，心里该有多痛苦啊！你说走的时候好好一个人，说了晚上要回来陪我吃饭，怎么回来以后就变成一具冰冷的尸体了呢？我们的孩子还这么小，就没有妈妈了，以后她该怎么办呢？"

"可是我又不能怪她，因为她选择的是一条正确的道路，可是我的心里这么疼，这么疼……当我看到她整个身体就像是被撕碎了一般，我们未出世的孩子也……那一刻我感觉天都要塌了。我一直以为自己是老共产党员，什么事情都能扛过去，可是我看到她像个破布娃娃一样，毫无生机地躺在那里的时候，让我感觉活着还有什么意义？"

"我知道我是个共产党员，我不该说这些，可是若不是我们还有个孩子我真想跟她去了……你说她到了那边，一个人会害怕吗？我不在她身边保护她，她一个人能行吗？"

魏然就这样目光呆滞地说着，脸上木然的没有一丝表情。他眼睛里充满了红血丝，说话的时候喉咙沙哑就像是多少天没有喝水一般。这个铁打的汉子，看到妻子死去，整个内心都被自责占满了。

"你说当初我若是不坚持着来援疆，她就不会跟着一起来，她若是不来的话，就不会发生这些事情了吧？"魏然茫然地说着，眼睛里一点儿精神都没有。

就在这个时候，从外面"呼啦啦"进来一大群人，有四个头发花白的老人，怀里还抱着一个孩子，在他们后面跟着七八个年轻的男男女女。想来是市政府派人将金子的家里人都接来了。

"不……你来新疆援疆并没有错，我女儿她选择留下来陪你也没有错……在那种情况之下，我女儿舍生忘死地选择去救人也没有错。你的妻子她是英雄，她用自己柔弱的身体，挽救了群众的生命和财产，我们应该为她感到自豪。"走在前面的一位身材挺拔，约莫60岁的老人说道。他应该就是金子的父亲。

"爸……妈……你们都来了，都是我不好，是我没有照顾好金子，才让她死得这么惨……你们打我骂我吧！"魏然说完"扑通"一下跪倒在两位老人的面前，终于放声大哭了起来。

被抱在怀里的那个四五岁的小女孩，看到魏然哭了，便也跟着

"哇"的一声哭了起来，大声喊道："爸爸你怎么哭了？妈妈呢？我要找妈妈。"

　　她的这番话让在场之人无不垂泪，到处都是低低的抽泣声。

老家来人了

魏然抬起泪眼，看着幼小的女儿失声痛哭起来，伏在地面上都直不起腰来。

金爸看到魏然这个样子，也是老泪纵横地说道："好孩子你快起来，我知道自从金子嫁给你之后，你就没让她受过委屈。你是真的把她放在心里疼着。是我闺女没有这个福分，这不怪你。"说完用力将魏然从地面上给拉了起来。

小姑娘挣扎着从金妈的怀抱里挣脱开来，她哭着扑到魏然身边，两手抱着他的腿，仰起小脸含泪问道："爸爸，我妈妈呢？我想找妈妈！"

"芸芸乖，爸爸带你去看妈妈！"魏然用力擦了一把眼泪，踉踉跄跄将女儿芸芸给抱了起来，两个人一起来到冰棺前，掀开盖在冰棺上面的红布，露出金子那张安详的面孔。

"妈妈……我要妈妈，爸爸，妈妈为什么睡在这里呢？她不喜欢芸芸了吗？"芸芸伸开双手想要扑到冰棺上面，但是被魏然死死抱在了怀里。

他声音哽咽着说道："你妈妈她……太累了，在里面睡着了，我们不要吵醒她好不好？让她好好睡一觉。"

芸芸虽然不明白睡在里面就是永远，但她是个听话的孩子，小小年纪就知道心疼妈妈。她懂事地含泪点了点头，问道："爸爸，妈妈睡醒了是不是就会起来陪我玩了？"

魏然不知道该怎么回答芸芸的问话，只是带着浓重的鼻音重重"嗯"了一声。

魏然的母亲看着快哭昏过去的金妈妈，连忙走上前去，搀扶着她的胳膊说道："我说老嫂子，失去这个儿媳妇我们心里和你一样痛苦，但是你看芸芸眼下还小，正是需要我们的时候。所以你可要保重好身体，千万不能倒下去啊！"

金妈妈带着哭腔说道："我们家这个孩子啊，哪里都好，从小听话懂事从来没有让我们操过心。可就是太听话懂事了，她把所有的苦都默默藏在心里，自己一个人扛着。而且打小就心地善良，看到什么小动物受伤了，就心疼得跟什么似的，想尽一切办法也要救治，我们是拦也拦不住。长大了以后义无反顾报考了医科大，说是要学一身本事治病救人，让这世间少一些被疾病困扰的人……"

"她这一辈子啊，虽然活得短暂，但确实一直都在坚持治病救人，就连逢年过节也不休息，很少能和我们团聚。我和孩子她爸也埋怨过，可是孩子爸爸说了，医生和军人是一样的，都有属于自己的神圣使命，我们不能因为一己之私就耽误了孩子的前程。"

"你说我这一辈子活得苦啊！年轻的时候孩子她爸在部队上，一年到头都回不来，我一个人一把屎一把尿地将两个孩子拉扯大。眼下好容易到了晚年该享清福了，我唯一的女儿又这样凄惨地离去了。你说她这一走，留下他们爷俩以后可怎么办啊！"金妈妈说完又失声痛哭了起来。

金爸爸在一旁抹着眼泪说道："我们的女儿虽然不在了，可是她是英雄，她用自己的生命挽救了别人的性命，这是我们金家的荣耀。"

金爸爸在部队默默奉献了大半生，一直到孩子们都长大了才从部队退伍回到地方上。他虽然不经常在家，可是对于两个孩子的教育一点儿都没有耽误，每次回家都和孩子讲在部队上发生的故事。讲什么是国家、军人的使命。

久而久之，这些话在金子心里便扎了根，影响了她一生。

"说得好啊！金子同志是我们胡杨市的女英雄，值得全市人民向她学习，祭奠她、缅怀她。"这时李立军副市长带着李巧红和陶爱橘等人从外面大踏步走了进来。李副市长含着眼泪，拉着金爸爸的手声音哽咽着说道。

"橘子阿姨……"张润泽哽咽着喊了一句。自打林秀芝去世了以后，他与陶爱橘见面的机会也少了，在这样的情况下相见，让他感觉到像是见到了自己的母亲一样。

"傻孩子，这事怎么能怪你呢！这事我都听说了，你已经尽力了。你可别学你妈妈那样，因为那样一件事情悔恨终生，折磨了别人，也折磨了她自己。每个人都有自己的选择，你金子姐她这么选择，她并不后悔，也不希望你们因此而痛苦一辈子。她宁可牺牲自己也要守护别人，她肯定不喜欢你痛苦难过的。你明白吗？"陶爱橘怕张润泽想不开，连忙安慰着说道。

"是啊！金子去世我们大家伙心里都很难过。但逝者已矣，活着的人当自强，这才是对死者的最好告慰。"李巧红也在一旁说道。

她们二人与林秀芝的关系最为要好，林秀芝还活着的时候时常聚在一起，谈天说地，回忆过去，又畅想着美好的未来。可是好好一个人说不在就不在了，让人怎么不难过呢？

这才刚从林秀芝去世的阴影里走出来，金子又出了这样的事情，这些事情想起来就让人揪心。

金子去世的消息，陈梦欣都没有敢告诉张刚强，只说是自己和张润泽去谈事情，要出去几天，让李阿姨在家好好照顾着他。

林秀芝活着的时候，金子就时常来照顾她。后来林秀芝去世以后，金子又时不时过来给张刚强检查身体。而且只要家里有个啥病痛的，金子听到消息马上就会赶过来。

张刚强膝下没有女儿，一直拿金子和陈梦欣当亲生女儿对待。若是让他知道这样的事情，怕是又会加重病情。

在这样的情形之下，张润泽看到陶爱橘和李巧红心里是百感交集，眼泪哗啦哗啦往下掉。

李巧红拉着陈梦欣的手说道："丫头你劝劝润泽，让他也不要太难过了。既然事情都出了，再难过也没什么用了。"

陈梦欣也是哭得说不出话来，她带着浓重的鼻音哼了一声，算作是回答。

魏然看到李立军来了，连忙擦了一把眼泪，声音哽咽着给金爸爸和金妈妈介绍："爸、妈！这位是李副市长，他来看金子了。"

世间最痛苦的事情

金爸爸连忙含着眼泪握着李立军的手说道："谢谢你李副市长，您工作这么忙还来看我女儿，我代她谢谢您了……"他这句话没有说完，已经是泪如雨下了。

李立军用力拍了拍他的手，叹了一口气，说道："老人家，是我们不好，你们女儿来我们胡杨市参加援建，我们没有把她保护好，是我们的失职啊！我代表胡杨市向你们赔个不是。"李立军说着冲着金爸爸和金妈妈深深鞠了一个躬。

"哎呀！李副市长这可使不得。我女儿自打来到你们这边以后，时常给我们打电话，说是胡杨市的各级领导都很照顾她，让她有了一种家的温暖。还说以后都不想回来了，就想留在胡杨市了。眼下她也算是圆了自己的心愿，永远长眠在这一片她热爱的土地上了。虽然我们这些做父母的因为女儿去世了心里难过。但是我们也是共产党员，也是国家的干部，能够理解她为什么这么做。这件事我们谁也不怨，怪只怪我女儿命薄，只能留在这世上这么久……"金爸爸说着说着又哭了起来。

陈梦欣在一旁忍着心痛说道："金伯伯您也别太难过了，虽然金子姐不在了，但我们都是您的儿女，我们会代替金子姐照顾你们的。"

　　"对对，金子姐在世的时候，非常照顾我们大家。今天她走了，以后就让我们来照顾你们吧！"张润泽也连忙擦干眼泪说道。

　　"谢谢你们了，你们都是好孩子，金子能有你们这样的好朋友，是她的福气。"金妈妈老泪纵横地说道。

　　正在他们说话的时候，就听见外面吵吵嚷嚷来了很多人。张润泽连忙去看了一眼，见外面来的这些人都是金子曾经救治过的病患。其中有个六十多岁的哈萨克族老大爷，正是金子舍命相救的那个老太太的丈夫。

　　因为老太太还在医院接受治疗，所以这个哈萨克族老大爷自己先来吊唁。他走进殡仪馆大厅就发出哀恸的哭声："我说闺女啊，你还这么年轻，用自己的命救我老伴的命不值得啊！我们祖祖辈辈只知道放牧，对社会没有做出过什么贡献。你是个这么厉害的医生，救治过这么多的人，不应该拿自己的命来换我们的命啊！"

　　"眼下你就这么走了，让我们这两个老家伙怎么能安心啊！我们一家对不起你啊！你对我们的大恩大德我们无以为报啊！"这哈萨克族老大爷身上还穿着满是泥泞的衣服，应该是来到医院以后就没有离开过。他满是皱纹的脸上堆满了痛苦的表情。

　　这老大爷哭着哭着脚步一个踉跄，一下摔倒在水泥地上。

　　他在这场泥石流的灾难之中，也是受了伤的。只不过忙着照顾老伴，没有时间休息。他听说金子的尸体停放在这边的殡仪馆时，便匆匆忙忙赶了过来。因为太过悲痛，这身体再也支撑不住了。

　　魏然连忙上前将哈萨克族老大爷给搀扶了起来，他哽咽着说道："老大爷您也不要自责，在那样的情况下，不管换了谁她都会拿命去救的。既然大娘的命是金子救回来的，那你们更要好好生活，这样才对得起她的一番心意。"

　　"孩子，大叔对不起你啊！你这老的老，小的小，以后可怎么办啊！"哈萨克族老大爷操着一口生硬的汉语边哭边说道。

　　其他被金子救治过的病人也纷纷走了进来，站在她的棺材前给她鞠躬，现场一片凄惨的哭声，让在场之人的心都快碎了。

金子的追悼会在两天以后举行，作为胡杨市的英雄人物，她的英雄事迹被各类新闻媒体进行了报道。大家都被她舍己救人的举动所感动，又为她年纪轻轻就献出了自己的生命感到惋惜。

所以追悼会那天，前来给她送行的人将灵堂围得是水泄不通。几乎大半个胡杨市的人都前来送她，现场一片哭声，大家手里都拿着白色、黄色的菊花，排着队到金子的遗照前献花，以此来表达心中对她的尊敬之情。

开完追悼会金子的棺材被送去火葬场，就要进行火化的时候，四位老人都受不了这个打击，接连昏了过去。

张润泽和陈梦欣连忙对四位老人进行抢救，魏然抱着芸芸目光呆滞地站在金子的棺材前，声音沙哑得连一句告别的话都说不出来了。

芸芸流着眼泪，睁着懵懂的大眼睛问道："爸爸，他们要把妈妈送到哪里去？"

魏然张了张嘴巴，努力发出一阵嘶哑的声音："妈妈要去一个很远很远的地方……我们送她最后一程好不好？"

"我不要妈妈走，妈妈走了我就没有妈妈了。别的小朋友都有妈妈，就我没有，我不让妈妈走……妈妈你不要走……"芸芸像是听懂了魏然的话一般，发出撕心裂肺的哭喊声。

她的哭声再次引起了现场一片哀恸的抽泣声，魏然努力忍着眼泪，紧紧搂着拼命挣扎的芸芸，对殡仪馆的工作人员挥了挥手说道："推走吧！"

"妈妈……你们把我妈妈还给我……"芸芸声嘶力竭地哭喊着。

魏然感觉整颗心都被掏空了，他目光呆滞地看着工作人员将金子推走了，脚步踉跄了一下，嘴巴一张"哇"的一声吐出了一口鲜血。

那样悲痛的场面让张润泽感觉这辈子都不想再经历了……

送走了金子以后，金子的父母承受不住这样的打击，接连病倒了，这老两口两三天了滴水不进，只是抱着金子的照片一个劲地流眼泪，谁劝都没用。

魏然顾不上自己悲痛，留在医院里照顾着这两位老人。也就是一夜之间，这老两口仿佛一下老了十岁都不止。这世间最痛苦的事情就莫过于白发人送黑发人了吧！

老两口辛辛苦苦了一辈子，好容易把儿女养大，正是要享清福的时候，哪知道竟然会遇到这样的事情。

第一百二十三章

真实的目的

　　陈秋荣这次回来可是做足了充分的准备，不但自己来了，还带来了一个四十几个人的团队。项目策划、工程施工、预算、宣传营销人员的主要负责人都跟着他一起来了。

　　来胡杨市之前，陈秋荣和魏然进行了联系。因为要给他们团队安排住宿和办公的地方，所以魏然的假期就匆匆结束了，他急着赶回去做准备。毕竟文旅局招商来这么大的项目，他这个主要负责人不在现场的话，很多事情都没有办法开展。

　　虽然张润泽担心魏然的身体，想让他再多休息几天，但眼下这种情况他也不得不让他去了。

　　陈梦欣还特意给陈秋荣打了一个电话，让他派人照顾一下魏然的身体，别让他太劳累了。

　　陈秋荣早就听说了魏然的事情，所以他并没有着急回来。也是想着能给魏然一段休息的时间，等他情绪稳定了以后再工作。毕竟谁家里发生这么大的事情，都会接受不了。

　　再加上陈梦欣又特意交代了，所以他也把照顾魏然的身体当成了一件大事。

　　但是魏然是个工作狂，一旦投入工作之中以后，就完全处于一种忘我的状态，谁劝都没有用。这么大的工程上马，涉及很多部门的配合和协调工作。魏然带着文旅局的同志们，夜以继日地跑各个部门，召开协调会议，每天都忙到夜里两三点才能下班。反正他家里也没有人，索性便抱了两床被子，直接睡到办公室来了，吃住都在工作单位。

　　在他的努力协调之下，陈秋荣一行人的办公地点和住宿安排，仅用了三天时间就全部落实了。由文旅局出面，在靠近他们项目地点的位置，给他们一栋独立的三层楼作为项目筹备处，并且免三年房租，所有的费用均由文旅局来承担。

　　这栋楼比较老旧，陈秋荣认为要重新装修才能入住，所以大家伙都暂时在公寓里办公。筹备处也进入紧张的装修之中。

　　利用这个时间，陈秋荣去 16 连看望陈梦欣。其间遇到胡振海，聊到他的同学孙家起，便约定到时见见。

　　胡振海的这个名叫孙家起的同学非常守时，提前一天到达，晚上和胡振海约了吃饭，两个久未见面的老同学聊得非常开心，两个人喝得酩酊大醉，直到第二天早上才清醒过来。

　　两个人看看时间，匆忙洗漱了一下，便提前赶到 16 连等着和陈秋荣见面。

　　陈秋荣先去了张润泽的家里，他给张刚强带了许多高档的营养品，这些营养品对于提高人的免疫力有很大的帮助，也能延缓他病情的发作时间。

　　张刚强啥时候吃过这么名贵的补品，一个劲地推辞。最后还是陈梦欣发话，代表张刚强把这些东西都给收下了，他就是不愿意也没有其他办法了。

　　"润泽啊，走，跟我去趟连队办公室，去会一会那个孙家起。"陈秋荣忽然对张润泽说道。

　　陈秋荣虽然是个成功人士，但是他说话一向平易近人，让人没有距离感。他对人也是很尊重，像用这种口气和人说话的时候并不多。

　　所以张润泽也明显觉察出来，他对这个孙家起并不是很满意。只是两个人连面都没有见过，他怎么会对孙家起这种态度？

张润泽便好奇地问道："伯父，这个孙家起可是有什么不妥之处？"

陈秋荣赞许地看了他一眼，夸赞道："你小子可以啊！反应还是挺敏捷的。在来之前我调查了这个孙家起。因为他突然在这个时间节点上出现非常奇怪，作为一个生意人来说，我们可以不去害别人，但是一定要有自保的能力。对于有怀疑的事情就一定要去落实。打消了心中的怀疑，再去和别人合作，是尊重对方，也是尊重自己。"

"那经过您的查证，这个孙家起有什么问题吗？应该不会吧！他可是胡连长的同学，胡连长是个做事很仔细的人，应该不会介绍不靠谱的人给我们认识。"张润泽一脸狐疑地说道。

"呵呵！胡连长常年生活在新疆这样民风朴实的地方，他们虽然是同学可是这么多年没有见过了，仅凭借电话联系，是根本没有办法了解对方究竟是个什么样的人的。一个人的人品，是在长久的打交道之中才会逐渐显露出来的。所以这件事情胡连长也是被蒙在鼓里的，这事不能怪他。他也是好心想要把优质的资源介绍给我们。"

"经过我的多方查证，虽然这个孙家起隐藏得很深，但还是让我找到了蛛丝马迹。你们看看这个孙家起多年来频繁前往西雅图，与当地的番茄酱厂家来往密切，而且我还找到了他与詹姆斯有联系的证据。所以这个孙家起就是詹姆斯派来的爪牙。希望通过他打入我们的内部，从而达到自己的目的。你们要注意，眼下番茄酱厂处于十分关键的时期，凡是这段时间出现的人物，都有可疑之处。"陈秋荣一口气把自己了解到的情况都介绍了一遍。

"什么？这个孙家起竟然是詹姆斯派来的？他还真是一个打不死的小强，闹出这么多事情来，都被我们给挡回去了，这又找到一个胡连长的同学，真是厉害了。可是伯父我有一点不理解，那就是这个孙家起明知道你有很厉害的关系，可以查出他的底细，他为什么还一直坚持要和你见面呢？难道他不害怕你会查他吗？"张润泽惊讶之余也说出了自己心中的想法。

"呵呵！这就是他的聪明之处，他若是直接冲着你来，目的就太明显了，很可能会引起我们的怀疑。可他若是采取曲线救国的方式，装作无意识之中得知我在这边做投资，然后把他的项目嫁接进来，就不会有人怀疑他此番前来的真正目的了。你看咱们的胡连长不就被他给骗过去了？"

第一百二十四章

可疑之处

“只可惜他低估了我的智商，经历这么多事情以后，我现在做事特别小心，绝对不会引狼入室。不管是谁这个时候说要跟我合作新疆项目，我都会派人调查一番。确实没有问题的，我们也好放心和他合作。不过你们也别太担心，这个詹姆斯虽然狡猾，因为以前你们是单打独斗，又没有什么商场经验所以才会吃了亏。但是眼下我不怕了，我带过来的队伍都是跟随我多年的心腹，这些人会像忠于我一样地忠于你们。”

“好了，别耽误时间了，咱们还是去会会这个孙家起，让你见识见识商场之中的尔虞我诈。”陈秋荣说完站起来就要走。

陈梦欣一看急了，连忙追上前来说道：“你们两个等等我，我也想去。”

“你一个姑娘家家的就不要掺和这些阴暗的事情了，保持好心情，在家照顾好老人就行了。这些事情交给我们这些男人去做。”陈秋荣皱了皱眉头，显然他并不想让陈梦欣去经历这些事情。

张润泽看到陈梦欣噘着嘴，一脸不高兴的样子，连忙哄着她说道：

"都是一些男人，你去了也不自在，再说了这些别有用心的人，到时候少不了拍你马屁，你不是最讨厌人家拍马屁了吗？"

陈梦欣听了这话连忙摇着头说道："那我还是不去了，我这个人胃浅，看到人家谄媚容易犯恶心。"

出了门以后陈秋荣悄悄给张润泽竖了一个大拇指："这还真是一物降一物，我这女儿从小性格叛逆谁的话都不听，也就你说的话她能听进去。"

张润泽目光忽闪了一下，他还是没忍住说道："欣欣她不是性格叛逆，她只是缺少别人真心关爱罢了。你若是真心对她好，她能感受得到。她是一个非常懂事，非常成熟稳重的好姑娘。"

陈秋荣愣了一下，随即露出一抹苦笑，说道："好吧！我现在知道那丫头为啥对你死心塌地的了，敢情你为了维护她，连我这个老岳父的面子都不给。说起来她这种性格也是因为我造成的，若是当年我不犯糊涂，她在一个温暖的家庭里面长大，又怎么会缺爱呢？"说起这件事情来，他又自责地低下了头。

张润泽这才反应过来，感情陈秋荣是误会了，还以为自己是指责他没有尽到父亲的责任。

他连忙解释道："伯父，我想您是误会了，我不是那意思。作为成年人来说您有权选择自己想要的生活，我们不能站在道德层面上去评价您的选择，因为生活是自己的，冷暖只有自己知道。但是正因为我们是成年人了，才更要为自己选择的结果负责，您说是吗？"

陈秋荣没想到张润泽会说出这番话来，忍不住诧异地看了他一眼说道："你真的认为每个人都有选择自己想要的生活方式的权利？没有从心里看不起我这个人？"

"扑哧……我干吗看不起您啊？我妈妈曾经说过，有些选择是要经过漫长的岁月考证才知道是对是错。当时在那样的环境之下，恐怕很多人都会做出您这样的选择。虽然我并不支持您这么做。因为作为一个男人首先要有家庭责任感，要对得起那些与我们同甘共苦的人。但是谁也不能干涉您的选择。若是时间证明当初我们的选择是错的，那就应该及时回头，现在去弥补或许还来得及。"张润泽听了陈秋荣的话忍不住笑了起来，他又一脸正色地说道。

不知道为什么，陈秋荣听到他这番话，忍不住眼眶一热差点儿落下眼泪来。他觉得张润泽的母亲活得太通透了，有些选择当时确实不知道是错的，要经历很多年才能明白，当初是错的。但是等意识到错误的时候，也是悔之晚矣了。就比如他现在。

他在商场上打拼了一辈子，竟然还不如一个家庭妇女看得通透，这也是他人生的悲哀吧！若是当时他没有走错路……或许一切都会不一样了吧？

只可惜这个世界上没有卖后悔药的，眼下他只能尽可能地弥补陈梦欣，希望有朝一日她能敞开心扉，彻底地接纳自己。

"你放心，我一定会尽可能地补偿欣欣，再也不会让她受到委屈的。"陈秋荣哑着嗓音说道。

"咦……真奇怪……"张润泽不知道看到了什么，忽然一脸好奇地嘀咕了一句。

"什么……什么东西奇怪？"陈秋荣莫名地四下看了看，并没有发现什么奇怪的事情。

"我刚才好像看到老杨叔了，可是他看到我之后却快速地朝相反的方向离开了。原本我还想和他打个招呼呢！"张润泽一脸尴尬地挠了挠头皮说道。

"老杨叔？老杨叔是谁？"陈秋荣好奇地问道。

张润泽便把当初他们来到新疆的时候，原本要承包老杨叔家里的土地，后来被人抢先了一步的事说了一遍。又说因为老杨叔是自己母亲支边时候的好朋友，所以从心里很尊敬他，不知道为什么他看到自己要跑。

陈秋荣皱着眉头沉默了半天，忽然开口问道："那你知道是谁承包了老杨头家里的土地吗？依我看这人可不怎么地道，明明先答应了要跟你合作，可是看到别人给的价钱高又去跟其他人合作。这种为了利益就能背信弃义的人，可不值得你信任。"

张润泽从来没有往这方面去想过，他听陈秋荣这么一说，当时就有些愣住了，嘴巴张了张，说道："有这么多钱放在眼前，能禁受住诱惑的人可真不多。每个人都有自己的难处，算了，我也不怪他。"

"这老杨头看到你转身就跑，说明他心里有鬼，害怕面对你，感觉心虚得很，我觉得这个人有些可疑，等我找机会查查究竟是谁承包了他家的土地。"陈秋荣有天生的商业敏感力，通过张润泽的描述，他马上就意识到这件事情有可疑之处。

第一百二十五章

设局

"这个应该不能吧？他与我母亲可是有着几十年的交情，我母亲时常跟我说起他们年轻的时候，一起为了新疆生产建设奋斗的事情。在我的印象里老杨叔应该属于那种积极正直的人。"张润泽脸上露出了不可置信之色。

他还记得当初他们来胡杨市的时候，老杨跑前跑后的，又出人又出车，而且看上去他确实是一个老实本分之人。

陈秋荣看了张润泽一眼，叹了一口气，说道："你母亲与这老杨头分开几十年了，几十年的时间一个人会发生多少变化？不然为什么会这么巧，当初你们商量好工作计划，准备开始行动了，是不是每次都有人抢在你们前面，把你们想要做的事情给做了？然后被逼无奈之下，你们才会做了第二选择，来到了16连？这么多巧合加在一起，难道你心里一点儿都没有怀疑吗？"

"怀疑是有的，我们一直在找藏在幕后，暗中指使之人。但是说真的我从来没有怀疑过老杨叔，我觉得他看起来绝对不像是坏人。"张润泽急得满脸涨红地说道。

"嘁……坏人脸上还会写着'我是坏人'四个大字啊？那个雪梨看起来像好人吧？但是她是好人吗？年轻人，以后不管做什么事情，不要相信耳朵听到的，也不要相信你眼睛看到的。应该用你的心去感受，才能做出正确的判断。老杨这个事情你就不要管了，交给我来处理就行了，我一定会公平公正去看待这件事情的。你就放心吧！"陈秋荣知道张润泽宅心仁厚，让他接受这些事实还需要时间。所以他也不逼他马上就接受，等他拿到了证据，再一一摆在他的面前。

其他人算计张润泽，他心里虽然难过，但很快就接受了。毕竟大家都是萍水相逢，各自为了利益做出一些出格的事情来，他也是能理解的。但是像老杨这样的人，若真是一直在背后算计他，他心里是真有点儿接受不了。

他忍不住去想，若是林秀芝还活着，看到她日思夜想的昔日战友，竟然做出如此伤害她的事情，心里不知道该有多难受。

想到这里，张润泽感觉自己心里拧起了一个疙瘩，怎么也舒展不开。就在这个时候他的电话突然响了起来。

番茄酱厂的新设备在运送到靠近胡杨市的时候，负责拉运的货车突然抛锚了。领队下去查看了一下，见不知道怎么回事，走在前面的几辆大货车的轮胎都被扎了，而且扎得还非常严重。

这更换轮胎再加上车辆检查，怎么也要耽误五六小时的时间。所以领队无奈之下只能给张润泽打了电话，说明了这边的情况。

因为最近接二连三发生了这么多事情，张润泽现在也多长了一个心眼。他听运送设备的车辆莫名出现了故障以后，马上就想到是不是詹姆斯在暗中捣鬼。

这批设备千里迢迢运送到新疆，眼下就等着安装完毕以后，就开始试运行了，所以千万不能出什么纰漏。为了安全起见张润泽马上在电话里说道："你们把位置发过来，我马上带着人过去接你们一下。"

张润泽挂了电话，穿上衣服就往外走，迎面遇到了从外面溜达回来的陈秋荣和张刚强。

陈秋荣看到他行色匆匆的，便连忙问道："你这着急忙慌的是准备干什么去？"

张润泽连忙把拉运设备的车辆遇到故障的事情说了一遍，随后他又说了一句："我感觉这事来得蹊跷，害怕是詹姆斯在背后捣鬼，这些负责运送的师傅不知道这些背后的事情。我得赶紧去盯着，省得他们吃亏。"

"你等一下，若真是詹姆斯捣的鬼，就你一个人去能有什么用？你多带几个人一起去。"陈秋荣说完连忙掏出手机打了一个电话，让负责跟随他的几个人开车跟张润泽一起过去。

张润泽想了想，也是这个道理。到了那边若是需要人帮助的话，临时找人也找不到。他便把汪顺和张良也喊了过来，带着他们一同往事故的地点赶。

这两个年轻人经过这一年的锻炼，逐渐褪去了青涩，变得果敢坚韧了起来。现在完全可以独当一面了。有什么事情只要安排给他们，他们就能保质保量地按时完成。而且事事有着落，件件有交代，是两个非常有责任心的年轻人。

张润泽也刻意多给他们机会锻炼，好让他们能从公司里面脱颖而出，能进一步走向管理的岗位。

这两个年轻人被匆匆忙忙喊了过来，完全不知道要干什么去。他们利用空闲的时候，才好奇地问道："润泽大哥，咱们这是要做什么去啊？"

张润泽便把事情的经过又说了一遍，这两个年轻人对于詹姆斯的所作所为都非常清楚，听说车队的事情也可能和他有关系便气得摩拳擦掌地说道："若是让我看到这个詹姆斯，我绝对一拳打掉他两个门牙，让他知道我们中国血性男儿的厉害。"

"你说这个詹姆斯是不是吃饱撑的？自己国家的事情都一团糟了，他们不回去好好反省，总是盯着我们不放干什么？我们中国的事情，什么时候轮到他来插手了？"

张润泽瞧见他们义愤填膺的模样，忍不住笑着说道："就算是真看到他了，咱也不能动手。我们中国是有着五千年文明历史的国家。我们是遵纪守法的公民，有健全的法律制度，若是詹姆斯触犯法律，自然有法律会约束他。"

"润泽哥说得对，我们中国是泱泱大国，咱们不能失了大国的风度。至于这个詹姆斯他喜欢做老鼠，那就让他去做吧！咱们就来个猫捉耗子的游戏吧！"汪顺在一旁附和着说道。

这汽车抛锚的地方距离胡杨市还有四个多小时的路程，一行人风尘仆仆地赶到事故地点的时候，见他们的车辆还没有修好。

张润泽关心地上前查看，问道："师傅，眼下的情况怎么样了？这天黑之前能修好吗？"

领队的师傅问清楚张润泽的身份以后，连忙说道："说起来也是倒霉，这一路上不知道被谁埋了好多块砧板。若是车辆轻开过去就没事了，可是我们这种拉着重物的货车，便能直接轧到这些砧板上，造成我们前面三辆车，几个轮胎都损坏了。还有一辆车坏了四个轮胎，把我们备用轮胎都换上也不够。多亏了刚才有一辆过路的汽车，老板还是个美国人，他们热心地送给了我们几条备用轮胎，不然这明天早上也到不了。眼下还有最后几个轮胎，换完就能继续赶路了，大约需要半小时。张总，真是不好意思，还让您亲自赶过来一趟。"

"什么？美国人，是不是高高壮壮的，下巴上留着大胡子，戴着一副眼镜……"汪顺一听就着急了，忙不迭地用手比画了一下詹姆斯的样貌。

领队的司机努力回忆了一下，忍不住点了点头，说道："好像是你形容的模样，怎么，这个人也是咱们公司派来的？"

没等张润泽发话，陈秋荣派来的那几个人马上围了过来，一脸严肃地说道："他提供的那几条轮胎在哪里？我们需要马上进行检查。"

领队司机被吓了一跳，他完全不知道发生了什么事情，便连忙指了指正在安装的那几条轮胎说道："就是那几条，我们的司机正在安装。"

"先暂时停下来，不要进行安装了，等我们检查以后再说。"张润泽连忙朝正在安装轮胎的车辆走去，吩咐陈秋荣的手下，让他们把轮胎拿过来检查一下。

这个詹姆斯怎么会这么巧，运送设备的车辆刚出了故障，他就恰好从这里路过，而且还提供了备用轮胎？

要知道运送设备的车辆，都是那种前四后八的重型车，詹姆斯为什么会带着这么多的备用轮胎到处跑？种种巧合加起来，就只有一个理由，那就是这一切都在他的算计之中，他早就在这附近准备着。

他既然设下这个局，把他们的轮胎给扎了，又怎么会好心专程给送轮胎？这轮胎里面肯定有更大的阴谋。

张润泽马上掏出手机给甘北打了一个电话，把詹姆斯曾经出现过的消息告诉了他。

第一百二十六章

会有危险

　　甘北在电话那边沉默了片刻说道："本来这是我们内部的消息不应该告诉你的，但是既然詹姆斯再次对你们出手了，那我也不妨告诉你们，他张狂不了几天了，我们已经通过孙家起掌握到了他犯罪的证据，很快就到了收网的时候了。眼下他正四处逃窜，躲避我们的跟踪，你放心他跑不了，我们的人正跟着他。不过他给你们的轮胎一定要仔细检查，肯定有个更大的阴谋在等着你们。怎么样？你们自己能应付吗？需不需要我派人过去？"

　　张润泽连忙说道："不用不用，陈伯伯派了人跟我一起来，他们这些人做这些事情很有经验。万一有什么阴谋的话，我会带回去给你做证据。那太好了，希望能早日抓住这个詹姆斯，以绝后患。"

　　"小心点儿……"甘北不放心，又叮嘱了一番。

　　经过随行人员的检查以后，很快便发现了这些轮胎的秘密。这些轮胎确实是被人动了手脚，上面的很多螺母在安装的时候就被人用工具锯断了大半截，只有一少部分连在一起。这些小动作若不是把整个轮胎都拆了，是根本就发现不了的。

这些坏掉的螺母，在汽车负重快速行驶的情况下，会不堪重负突然绷断，从而造成轮胎突然和汽车发生分离。这样就不可避免地会发生重大交通事故，汽车不管是和别的车相撞，还是发生侧翻都会对汽车上面的设备造成非常严重的损坏。

　　詹姆斯为了破坏这些新设备，竟然企图草菅人命。这汽车高速行驶在高速公路上，一旦突然发生事故，不但这些拉货的汽车会相撞，就连过往的汽车躲避不及的话，也会发生连环相撞的重大交通事故，到时候不知道要伤亡多少人。

　　眼下这个詹姆斯已经不仅是单纯搞破坏这么简单了，这简直就是赤裸裸的谋杀了。

　　领队的司机看到眼前的情况直接就吓傻眼了，多亏张润泽他们及时赶到，若不然的话，那就避免不了发生一场车毁人亡的悲剧。

　　领队的司机吓得脸色惨白，嘴唇哆嗦着说道："张……张总眼下我们怎么办？没有多余的轮胎可以换。我们不能一直在这里等着吧？"

　　张润泽略微思忖了一下说道："我已经打电话联系了就近的轮胎销售店，让他们尽快把轮胎送过来。这样吧，其他安全的车辆由汪顺带队，你们先往胡杨市赶，我留下在这里等着轮胎店来换轮胎。"

　　"润泽哥这可不行，你带队回去，我留下来。"汪顺想的是，既然詹姆斯能提前在这里布局，那肯定还有后手，万一他再杀个回马枪，那张润泽一定会有危险，所以他不能让张润泽单独留下来。

　　谁知道张润泽心里也是这么想的，他之所以让汪顺带着其他车辆先离开，他害怕这里有危险，他不能让汪顺和张良留下来一起涉险，所以才让他们带着车队先走。

　　张润泽把脸一沉，说道："这些新机器是咱们整个番茄酱厂的希望，事关重大，你们两个必须安全地将设备送到番茄酱厂，若是出了问题我拿你们是问。别在这儿磨磨叽叽了，趁着天亮路好走，赶紧带着车队离开这里。"

　　王顺见张润泽发怒了，知道自己再说什么也没用。眼下他只能以大局为重，他非常清楚这些设备对于他们来说意味着什么。

　　便把牙一咬，对张良说道："我们走……润泽哥，你千万要注意安全……"

"我知道了，你快走吧！"张润泽没看他们，挥了挥手让他们赶快走。

原本张润泽也要把陈秋荣派来的人给打发回去的，但是这四个人根本不听他的，只是面无表情地说了一句："我们来的时候陈总说了让我们寸步不离地守护着你。"然后不管张润泽说什么，他们都不发一言了，像四座雕像一样地站在他身后。

张润泽知道他们不会离开这里，索性也就不尝试着去说服他们了。

汪顺在回来的路上觉得不放心，连忙给陈梦欣打了一个电话，把这边发生的事情跟她说了一遍。

陈梦欣在电话那端沉默了半晌，说道："你们先回来吧，其他事情就不用管了。"

虽然她的语气很平静，但是放下电话以后，拿起车钥匙就往外面跑。

陈秋荣不知道发生了什么事情，连忙将她拦了下来，着急地问道："丫头咋了？发生什么事情了？"

陈梦欣没好气地白了他一眼，忍着心中的着急把事情的经过简单说了一遍，然后对他说道："你在家里照顾好叔叔，我赶过去看一下。"

"你一个小姑娘去了能干啥？我跟你一起去。"陈秋荣说完不等陈梦欣做出反应，已经爬到副驾驶上坐了下来。他看到陈梦欣发愣，不由得催促道："还愣着干什么？走啊？"

陈梦欣其实是不想让他去的，毕竟一把岁数了，万一遇到什么危险该怎么办？但是她也明白，今天若是不让他去的话，那她也别想去，所以只能无奈地发动了汽车。

在半路上的时候，陈秋荣觉得不放心，又给甘北打了一个电话，把这边的情况复述了一遍。

这些事情张润泽已经和甘北说过了，甘北之所以没有赶到现场是因为眼下汽车坏的这个位置，已经超出了他的工作范围。他若是要赶过来的话，得先和当地的派出所进行联系。

张润泽跟他通话的时候，把事情说得很小，只说是换了轮胎就可以了，他想着既然事情不大，就不要麻烦兄弟单位了。

　　但是通过陈秋荣的讲述以后，让他想到詹姆斯应该会算到破坏轮胎有可能被发现的事情。像他心思这么缜密的人，很可能还准备了后手。

　　车轮胎换了怎么办？肯定会就近联系轮胎修理厂，若是詹姆斯派人冒充修理工，等到天黑以后再赶到现场。那张润泽说不定真的会有危险。

被狼群包围了

　　想到这里甘北连忙说道："你们先去，我和兄弟单位联系一下，马上赶过去。"说完便挂了电话。

　　陈梦欣开着车，因为担心和紧张，身体有些微微的颤抖。她目睹了魏然失去金子之后的种种痛苦。她不敢去想万一张润泽有点儿什么事情，她该怎么办？

　　张润泽是她全部的依靠和希望，有他在，不管做什么她都感到安心。若是他不在……

　　陈梦欣连忙摇了摇头，不敢去想这些事情。

　　陈秋荣看到她这副样子，不由得心疼地说道："丫头，你不用这么担心，我派去的那四个人，跟在我身边很多年，什么大风浪都经历过。区区一个詹姆斯，他们还不放在眼里。"

　　陈梦欣听了他的话，不知道为什么紧张的心突然平静了下来。她第一次发现，不但张润泽能带给她安全感，眼下陈秋荣也能带给她安全感了。

　　但是她不想让陈秋荣发现她内心真实的感受，便没好气地说道：

"哼！谁知道你派去的人是不是酒囊饭袋……"

张润泽等了半个多小时依然没有等到修理厂的人到来，他又忍不住把电话打了过去，电话那边传来一阵急促的声音："哎呀！老板真是不好意思，我们已经在半路上了，可是这里出了车祸，交警把路都给堵上了，眼下不让任何车辆通行，所以我们只能在这里等着了。我也急死了。"

"那什么时候能通行呢？"张润泽看了看天，见天色已经逐渐暗淡下来了，再过一会儿天就要黑下来了。

"我估计最少还需要一小时，其实我离你们已经不太远了，但是这路不通，我们也是没有办法。真是对不起了，还要麻烦你再等等……"对方的态度非常好，一个劲地给张润泽赔礼道歉。

这因为车祸造成的时间拖延，也不是老板一个人能解决的事情。再加上对方的态度好，弄得张润泽心里的火气也发不出来，只能瓮声瓮气地说道："那通车了以后你们尽快赶过来啊！不然天黑了什么也看不见了。"

"老板你放心吧，我们带了照明灯。我们经常做这样的事情，就是闭着眼睛也能把轮胎给你们装上。这一点你不用担心。"

张润泽"嗯"了一声就把电话给挂了。眼下也没有别的办法，只能耐心地等着了。

这陈秋荣派来的人贴心地从车上拿下来一些零食，张润泽连忙招呼那两个司机师傅过来先吃一点儿。这些司机不分白天黑夜开了五六天的车才来到新疆，原本以为今晚上可以好好休息一下，可是没有想到竟然遇到这样的事情，还差点儿把性命都丢了，所以一直处于惊魂不定的状态，整个人都显得蔫蔫的。

张润泽让他们吃饱了肚子，又喝了一点儿热水，这精神才缓了过来。人有了精神以后，话也跟着多了起来。为了转移他们的注意力，他便故意询问他们在开车的时候遇到的奇闻逸事。

眼瞅着四周的天色逐渐黑了下来，陈秋荣派来的人便在四周找了一些干树枝，在路边石下面架起了一堆篝火，又设置起来了路障。一行人便从路边挪到了篝火旁边。听司机讲着各地的奇闻逸事，喝着咖啡和饮料，气氛逐渐地欢快了起来。

四周的天色已经完全黑了下来，只有来来往往的汽车，除此之外四周静悄悄的没有任何行人。

汽车抛锚的位置在一个前不着村后不着店的戈壁荒滩上，距离两边的城市都有几小时的路程。在这样的地方平时就很少有行人出没，更别说是在这样夜幕降临的时候。

正当他们聊得欢快的时候，突然听见隐隐约约传来一阵类似于狼嚎的叫声。

这叫声让在场之人都浑身打了一个哆嗦。张润泽他们都是从外地来的，从来没有在这戈壁荒滩过过夜，他们也完全搞不清楚，在这寂静的戈壁荒滩之中会不会有野狼出现。

所以大家伙面面相觑之后，一个司机嘴唇哆嗦着问道："张总你们新疆晚上会有狼出现吗？"

张润泽苦笑着摇了摇头，说道："实不相瞒，我一直住在城市和村庄里，四周都是良田，还真没有来过这样的戈壁荒滩，不知道有没有野狼。我想这高速上车来车往的，不应该有野狼出现吧？"

谁知道他的话音刚落下，就像是应景一般，远处又传出一阵哀嚎之声，这下他们听得很清楚，这声音就是狼叫。

两个司机吓得"嗷"的一声跳了起来，抱在一起瑟瑟发抖地说道："怎么办？还真的有狼，这狼不会冲过来把我们吃了吧？"

张润泽再次皱了皱眉头，他掏出手机搜索了一下，想要看看网上有没有关于新疆野狼的报道。但是他看了一会儿，发现众说纷纭，有的说在这样几百千米都没有人烟的地方是有野狼出没的。有的却说野狼害怕汽车，就算是有也都吓跑了，会去人烟稀少的地方生活。除非是它们的肚子非常饿，才会冒险去攻击人类。

这时，野狼的叫声又响了起来，而且这野狼的叫声离他们越来越近，显然他们运气不好，遇到了这种特别饿、不怕人的那种野狼。

这下张润泽也紧张了起来，眼下他们手里没有任何武器，万一被这野狼攻击了，那肯定是没有还手的余地。所以他对众人说道："大家赶紧回到车里，把车窗都关好，相对来说会安全一点儿。"

"张老板，我看你们还是躲到我们的大车上吧！我们的车身高，那野狼就是想要攻击我们，也不太容易。"其中一个司机说道。

张润泽觉得他说得有些道理，便把人均分成两部分，一部分跟着司机上了另外一辆车，他带了两个人上了前面那辆车。他们才刚刚关好车门，就听见狼叫声又响了起来，这次声音离他们非常近。

他连忙趴在窗户上看了看，果然看到高速公路旁边不远处的草丛里，有几个星星点点的绿色光芒。

前往支援

　　"张总……狼，还真的有野狼……"就算是陈秋荣派来的人身经百战，但是他们曾经面对的都是人类带来的危险，还是第一回受到野狼的攻击。在这样的情形之下，他们也无法淡定下来了，声音里透着慌张。

　　这新疆的野狼有多厉害，张润泽也是有所耳闻的，所以他心里也是比较慌，费力吞咽了一口吐沫说道："大家都不要慌，我们在这里很安全，只要等到送轮胎的来了，我们就能离开这里了。"

　　汽车司机声音带着哭腔说道："狼群在外面，就算是修理厂的人来了，他们也不敢过来啊！"

　　张润泽眉头皱成了一个疙瘩，这些野狼看样子饿坏了，竟然连高速上来往的车辆都不怕，一心想要攻击他们。这事说起来也是有些蹊跷，不管多凶猛的野生动物，一般都会主动躲避人类的。以前也没有听说过这片有野狼，这些野狼是从哪里来的呢？

　　难不成是詹姆斯准备的野狼，就等着他们的汽车抛锚了以后，让野狼进行攻击，就算是被人发现了，也没有人会怀疑到他？

想到这里张润泽吓得激灵了一下，若真是这样的话，这些野狼还不知道被饿了多少天，难怪会不要命似的攻击他们。

就在这个时候，他的电话突然响了起来，把车内的人吓了一跳。张润泽连忙掏出手机一看，见是陈梦欣打来的。

他害怕陈梦欣为他的处境担心，便深吸了几口气，努力平复了一下紧张的心情，装作若无其事地说道："喂！你们吃饭了没有？你在哪里？怎么听着有很大的噪声？"他原本想唠几句家常就把陈梦欣给打发了，可是他忽然听到话筒里传来那种奇怪的声音，便紧张地问道。

"我给你发了信息让你把定位发过来，你怎么不理我？你赶紧把定位发来，我们再有一小时就能到你那边了。"陈梦欣一边开着车，一边说道。

"什么？你们也过来了？你听我说赶紧往回走，千万不要过来……"张润泽一听紧张得差点儿没有握住手机。

"怎么了？我们为什么不能过来？你那边是不是发生了什么事情？"陈梦欣从他紧张的话语里听出了端倪。

本来张润泽是不打算告诉他这边的危险，但是他知道陈梦欣的性格，你若是不跟她说清楚，她肯定会赶过来看看。所以他思忖再三，还是咬着牙说道："这边有危险，你们千万不要过来。我们一群大男人都被困在车里了，外面都是狼群。你来了一点儿忙帮不上，可能还会发生其他危险，到时候把大家都置身在危险之中，所以听我的话赶紧离开。"

"什么野狼？现在哪里还有野狼，你们是不是搞错了？"陈梦欣激动得一脚踩在刹车上，直接把车停了下来。

陈秋荣完全没有防备她会急刹车，若不是反应及时抓住了身边的扶手，怕是整个人都会被甩出去。

他看到陈梦欣一脸惊讶的模样，目光闪烁着危险的光芒说道："野生的不可能，但是人为的就不可预知了。"

听他这样说，陈梦欣也很快便反应了过来，她声音紧张地说道："你们就待在车里，千万不要冒险下来。甘队长他们也在赶来的路上了，他们有枪肯定能吓退狼群。你放心我们不会轻易过去冒险的，我

423

等着和甘队长他们一同会合了再过去。"

陈梦欣一向都是这种性格，不管在什么时候都会规划好自己应该做的事情，不让别人为她操心，也不会给人增添麻烦。

张润泽听她这样说才松了一口气，不过还是不放心，又叮嘱了几句："千万不要到这附近来，我瞧着有好多野狼……"他的话才说了一半，在司机那个位置，突然蹿上来一只野狼，张着血盆大口用力啃着玻璃窗，把那司机吓得发出"妈呀"的一声惨叫，随即两眼一翻，差点儿昏过去。

陈梦欣听见惨叫声，还以为是张润泽出了问题，紧张地喊道："润泽你怎么样了？出什么事情了？"

张润泽也是被这突如其来的野狼吓了一头冷汗，他用力擦了擦额头上的汗水，说道："没事，刚才一只野狼蹿上来了，好了，我不跟你多说了，我马上把定位发给甘队长，你们注意安全。"说完便挂了电话。

陈秋荣忧心忡忡地在一旁听着，等陈梦欣挂了电话，他马上就拨通了甘北的电话，大声问道："甘队长你带了多少人来？润泽他们被野狼给围住了，听说还有不少。"

"什么野狼？不能够吧？这里的人已经有很多年没有遭受过野狼的攻击了，你说沙漠、山林里有野狼还可能。那边高速上车来车往的，一般的野兽早就吓跑了，怎么会有野狼呢？"甘北听了这话也是一脸不可置信地说道。

"野生的不可能，人为的就可能了，这个詹姆斯为了达到自己的目的，无所不用其极。"陈秋荣无可奈何地说了一句。

他这么一说甘北马上就明白是怎么回事了。他沉默了片刻才说道："我就带了四个人来，看来还不够，我马上和兄弟单位联系，让他们就近派人来支援。这些野狼不处理的话肯定会后患无穷。"说完便挂了电话。

就算是张润泽他们这次侥幸逃脱没有受伤，但是这些野狼还会攻击其他落单的行人或者车辆。若真是出现野狼伤人的事情，那可就是大麻烦了。

所以甘北马上跟兄弟单位取得了联系，把在戈壁滩上发现野狼，并且有好几个人被困的事情说了一遍。兄弟单位的警察听了也是面面相觑。但是他们相信这个事情肯定是真的，而且是非常大的事情，若是在他们辖区内出现野狼伤人的事件，肯定会引起社会上的恐慌。

　　所以在负责人的一声令下，大家伙带着麻醉枪、带着装野兽的笼子，全体出动前往现场支援。

搭狼梯

　　陈梦欣担心张润泽的安全，便想着先过去探探虚实，但是被陈秋荣很严厉地给阻拦了下来。

　　张润泽他们一群大男人尚且被狼群围困在车里，他们这两个老弱妇孺若是贸然前往，不但救不了张润泽，还很可能将自己陷入危险的境地。到时候张润泽肯定会冒险出来救他们，引起不必要的伤亡。

　　在他的劝说之下，陈梦欣才赌气打消了冒险前往的念头。因为着急她在车里也坐不住，打开车门跳了下来，在外面急得团团乱转。

　　隐隐约约的她好像听见远处传来了野狼的嚎叫声，这声音让人感觉头皮都发麻。

　　陈秋荣看了看黑漆漆的四周，沉着脸对陈梦欣说道："欣欣，你上车来把车门锁好，这前不着村后不着店的，我们一老一小站在这里非常不安全，还是回到车里等比较安全。"

　　陈梦欣看了看四周，这条高速路上车辆本身就比较少，眼下更是许久都不见一辆车，到处都是荒滩枯草，风一吹就发出"哗啦啦"的响声，更加让她有些恐惧。

她连忙整理了一下衣裳，双手抱着胳膊上了车，又非常听话地锁上了四周的车门和车窗。

张润泽挂了电话以后，连忙安慰司机，让他不要害怕，他们的车身非常高，就算是野狼站起来也够不到窗户。刚才那一只要跳起来，属于个别现象，让他不要那么紧张。

可就像是应景一般，忽然又有一只野狼在窗户上露出了脑袋。这一下它不是一闪而逝，而是用锋利的前爪不停地拍打着玻璃窗，用肥大的脑袋一下下撞击着玻璃窗，企图用这种方式击碎玻璃窗，跳进来把车里的人给吃了。

司机再次发出一阵惨叫之声，吓得浑身瘫软，根本就无法动弹了。

相比之下陈秋荣派来的人胆子倒是大了许多，他们见这样下去的话，这些野狼有打破玻璃窗，冲进来吃人的可能。为了以防万一，坐在后排的两个人用力将司机从前排给拖到了后排。然后他们挪到了前排来，从座位低下的工具箱里，找出几把笨重的扳手和铁棍来，紧紧握在手里，一双眼睛警惕地观察着四周。

张润泽从惊魂未定的状态之中冷静了下来，他有些好奇车身这么高，这些狼群是怎么爬上来的，便壮起胆子趴在车窗上看了一眼。这一看把他吓得是目瞪口呆。原来这些狼群之所以能爬到窗户上来，是因为两只狼摞在一起的缘故。

张润泽以前在书本之中看到过这个现象的介绍，在狼群之中这种现象叫作"搭狼梯"，在遇到比较高大的猎物，或者猎物爬到树上，超出了狼群可以攻击的范围，狼群一般就会采取这种两只或者更多只相互配合的方式。

也就是一只狼踩在另外一只狼的肩膀上，以此来增加高度，从而通过团队协作，达到攻击的目的。

这车身是比较高，但是两只狼或者三只狼的高度加在一起，就完全能够达到车身的高度了。

张润泽呆愣了半天，才缓缓说道："都说狼群特别聪明，在狼王的带领下捕猎的成功率特别高。而且非常懂得团队协作。以前还想着不过是一群畜生，它们能有多高的智慧？真没有想到这些只能在小说看到的场景，也让我们亲身经历了一回。"

陈秋荣派来的一个人小声道："我们跟着陈总走南闯北的，什么危险都经历过，多少次死里逃生。想不到今天要葬身狼腹了，想想就觉得不甘心。"可见虽然他们一直保持着抵抗的动作，但面对这样一群饿狼，心里还是没有底气。

看到这里，张润泽拍了拍他们的肩膀，说道："兄弟，别这么气馁，陈总和甘队长他们已经在赶来的路上了。只要我们坚持着不让这些狼冲进来，那我们就不会有危险。就算是这些狼会搭狼梯又怎么样？我们的车身这么高，它们想跳上来也不容易。我们车里有四五个人，上来一只我们宰一只，上来两只我们杀一双，难道我们还怕一群畜生不成？"

他的这番话大大鼓舞了大家的气势，连坐在后排的汽车司机胆子也大了起来。他哆哆嗦嗦地说道："这些狼等天亮了以后就会自动散去，就算没有人来救我们，只要我们能坚持到天明，也就获救了。这些狼可能是太饿了才会攻击人。我车上还有一些吃的，不然先给它们扔下去，等它们的肚子吃饱了，也许就不会攻击我们了。"

这些狼看起来是真饿了，一个个饿得肚皮贴肚皮，眼睛都是红的。见到食物简直都丧失了理智，像疯了一样往上爬。虽然它们明明知道这样只是在做无用功，但是为了活下去，这些狼依然毫不气馁地往上爬着。

跌倒了，爬起来继续攻击，用爪子、用利齿、用脑袋，重复不断地击打着玻璃窗，有几只狼的脑袋都摔得流血了，但是丝毫不影响它们进攻的速度。

看到这样的场景明明应该感到很害怕的，可是不知道为什么，张润泽对这些狼群竟然产生了一种敬佩的心理。一个团队若是都能像狼群这么团结，分工这么明确，又何愁战胜不了困难呢？

他对司机说道："你准备的吃的在哪里？先给它们扔下去。这些野狼也是国家级的保护动物，能不伤害它们就尽量不要伤害它们，等待着甘队长他们来救援吧！"

司机连忙把放在座位下面的一大包吃的掏了出来，里面有馒头、火腿肠、面包、罐头等，他们这些跑长途的司机，都会在车上准备一些吃的。遇到汽车抛锚，或者前不着村后不着店的时候，可以用来充饥，没想到今天还真派上了用场。

张润泽把后排的小窗户打开一条缝隙，把手里的食物从缝隙里塞了出去。食物的香味引得狼群嚎叫着冲了过去。

第一百三十章

终于脱困了

其他人见这个方法有效，便也把窗户打开了一条缝隙，将车里的食物往外丢去。这些狼也不知道饿了多少天了，竟然连馒头也争抢，到处都是狼叫的嘶吼声，这更增加了车内人的恐惧。

可想而知若是谁不小心落入狼群的话，可能用不了半小时，就被啃得连骨头渣子都不剩了。

食物虽然能延缓狼群对驾驶室的攻击，但是毕竟食物有限，一共就那么一点儿食物，对于狼群来说简直是杯水车薪。尤其是它们尝到食物带来的那种快感以后，变得更加疯狂。强烈的求生欲望让它们再一次爬上了驾驶室。

原本结实的窗户，在经历了一次次猛烈的撞击之后，突然出现了一道裂缝，紧接着出现了越来越多的裂缝，随后只听见"哗啦"一声巨响，靠近张润泽身边的那个窗户彻底粉碎了。

就在这时，一只张着血盆大口的野狼，前爪扒着窗框，努力想从外面爬进来，而且还不忘记张嘴去咬张润泽。

张润泽强迫自己快速冷静了下来，他举着手里的扳手，对准狼爪用力砸了下去，只听见"嗷"的一声惨叫，那只企图爬进来的狼仰面跌了下来。

但也只是一瞬间，很快就有另外一只野狼从下面又爬了上来。这一只比刚才那只足足大了半个脑袋，嘴里散发出令人作呕的腐臭味，张嘴就咬了过来。

没等张润泽做出反应，陈秋荣带来的人就把手里的铁棍迅速塞进了狼嘴里，狼尖利的牙齿咬在铁棍上，发出"咯吱咯吱"的响声。

另外一个人看到张润泽那边遇到了危险，便把货车司机又从后排拉到了前排上，自己努力爬到了后排，在张润泽身后抬起一只脚，对准野狼的脑袋用力踹了下去。只听见野狼发出一声哀嚎，仰面倒了下去。

"张总，咱俩换个位置，都这个时候了，咱们保命要紧，顾不上这些野狼的性命了。按照丛林法则来说，不是你死就是我亡，没有对错之分，眼下咱们只有先活下来，才有保护别人的机会。"这人说着直接拖着张润泽后衣领，将他拽离了危险的境地，自己拿着铁棍迎了上去。

这人非常勇猛，只要是有冲上来的野狼，他对准脑袋就是狠狠一下，把好几个野狼打得晕头转向地跌落下去。车厢外传来一片野狼的哀嚎之声。一时这些野狼竟然不敢冲上来了。这也给车内的人赢得了喘息的机会。

张润泽瞧着这两个人都受了伤，连忙撕下衣襟给他们包扎了一下。可是这个宁静非常短暂，很快他们便迎来了更猛烈的攻击。

这一次狼群分散开，从不同的角度进行攻击。有了前车之鉴，这些狼也找到了打碎玻璃的窍门，所以接二连三的几块车窗玻璃都破碎了。这下所有方向都处于危险状态了。

那货车司机被吓傻了，抱着脑袋缩成一团，完全忘记抵抗了，被冲进来的一头狼在胳膊上咬了一口，发出一阵阵惨叫声。

张润泽一面要护着自己那个位置的窗户，一面还要照顾这个货车司机。眼看着两边都守不住了，他忍不住大声吼道："你振作起来，不然今天我们大家都要死在这里。你想想家里的老婆孩子、父母兄弟他们还在盼着你回家，你若是出了什么事情，丢下他们该怎么办？你就忍心看着孩子从小就没有爸爸吗？我们用力拼一下说不定还有生还的机会。"

他的这声大吼彻底惊醒了抱着脑袋哀号不已的货车司机，他想到家里嗷嗷待哺的儿子，还有七十多岁的父母，若是他出了什么事情，让他们还怎么活下去？

想到这些他浑身充满了力量，接过张润泽递给他的铁棍，对准冲进来的那头饿狼狠狠地地砸了下去。那只狼发出一声惨叫跌落了下去。

张润泽兴奋地大喊道："看到没有，只要你足够强大，连野狼都怕你。"

这次成功击退了野狼，也给了货车司机极大的信心。他把牙一咬，豪迈地说道："他奶奶的，老子今天跟你们拼了，不怕死的都来吧！"

就在这紧要关头，不远处传来一声清脆的枪响，紧接着有一颗照明弹飞向了半空之中，将这一块地方照射得像白天一样。

狼群听到枪响都吓得四处逃窜，但是随着一声声枪响，这些狼被打上了麻醉针，哀嚎着摇摇晃晃走了几步，便"扑通"一下摔倒在地上，大口喘着粗气没有办法动弹了。

"润泽，你在哪里？你没事吧？"陈梦欣见外面的狼群都倒下了，她因为担心张润泽的安全，便拉开车门冲了出来，焦急地大声喊叫着。

陈秋荣见状也连忙跟了下来，连声对她说道："你这个丫头这么着急干什么？小心还有漏网的野狼，万一攻击你可就麻烦了。"

可是陈梦欣看到地面上到处都是血，大货车的玻璃都损坏了，车窗内也流了好多血，还以为张润泽出了什么意外，吓得嗓音都变了，只想着能尽快找到他，哪里还顾得上自己的安危。

张润泽他们看到四面八方来了许多警车，一个个手拿麻醉枪的警察从车里冲了出来，对准狼群就是一阵射击。他们知道终于得救了。

紧绷的神经一下松懈下来，这几个人才感觉到浑身酸痛难忍，身体也抑制不住地颤抖着，张润泽张了张嘴巴，想要回答陈梦欣的问话。可是他努力了半天都没有发出声来，只能用尽全身力气敲打了车门，算作对她的回答。

陈梦欣听到他的回应，高兴地喊了一句："你小子没事真是太好了，真是吓死我了。"说着就往张润泽所在的方向跑了过去。

这个时候，她听见身后传来陈秋荣焦急的叫喊声："丫头……小心……"

陈梦欣连忙回头看去，只瞧见一个庞大的身体朝她扑了过来……

陈秋荣受伤

　　陈梦欣看着朝她扑来的庞大身躯，直吓得傻愣在原地，连闪躲都忘记了。两条腿就像是被灌了铅一般，连一步都挪不动了。

　　在车里的张润泽看到这样的场景，这个时候就算是下车也来不及了。

　　就在这千钧一发之际，就看到站在陈梦欣身旁的陈秋荣，不顾一切地奋力扑上前去，一把将陈梦欣紧紧抱在了怀里，毫不犹豫挡在了她的身前。

　　这个时候野狼也扑到了近前，它锋利的前爪直接从陈秋荣的肩膀抓到了他的后背之上。这一爪子下去便连皮带肉抓出了深深的一条痕迹。

　　那边警察也反应了过来，连忙掏出麻醉枪对着野狼的脖子开了一枪。野狼应声而倒直接将陈梦欣和陈秋荣重重砸倒在地面上。

　　陈梦欣听见陈秋荣发出一声闷哼，随即就没有任何动静了。

　　她哭喊着："爸爸……爸爸你怎么样了？你别吓我啊？"她奋力从陈秋荣和野狼的身下爬了出来，然后便看到后背一片血肉模糊的陈秋荣昏死在野狼身下。

那野狼还没有彻底被麻醉，还挣扎着想要爬起来咬陈秋荣。

陈梦欣也不知道从哪里来的胆子，她从地面上捡起一根铁棍，对着那野狼就疯狂地打了起来，边打还边哭喊着说道："让你伤了我爸爸，我跟你拼了……"

张润泽见状连忙踹开车门，挣扎着跑了过来，一把将陈梦欣搂在怀里紧紧抱着她，柔声地哄着她："没事了，没事了，都过去了，别害怕，我在呢！"

陈梦欣身体哆嗦了半天才扔了铁棍，哇的一声大哭着说道："快救我爸爸，他受伤了，他会不会死啊？他不能死啊！我还没有在他面前尽孝。我以前那样对他，他还拼了命地护着我。都是我不好……"她紧紧抓着张润泽的衣襟，语无伦次地说道。

张润泽松开了她，叹了一口气揉了揉她的脑袋，说道："你别害怕……不管发生什么事情我都会在你身边。"说完便去查看陈秋荣的伤势。

那只野狼原本是被打了一支麻醉针的，可是不知道为什么又突然清醒了过来，所以才有了刚才那一幕。眼下又被打了一支麻醉针，又被陈梦欣用铁棍乱打了一通，脑袋都被打破了，此时早就奄奄一息了，再也没有伤人的能力了。

张润泽走上前去用力将野狼踢到一边，反手将陈秋荣给抱了起来，仔细查看了一下他的伤势，发现他就是后背伤得比较严重，并没有伤到要害部位。

可能是因为被抓了一下，又被野狼重重砸了一下，因为严重受创才会昏了过去。

不过他后背上的伤口很深，这野狼的利爪上也有很多病菌，为了避免感染，眼下还是要尽快将他送去医院。可是这里离胡杨市还有五六小时的路程，这个时候将他送去胡杨市治疗，显然不是明智的选择。

正在张润泽举棋不定的时候，一辆警车呼啸而来，随即一脸急匆匆的甘北从车上跳了下来。

张润泽这才发现甘北并不在刚才围剿野狼的队伍之中，大家伙都忙着检查野狼，害怕再有没被麻醉的野狼出来伤人，所以一时都顾不上陈秋荣的伤势了。

　　甘北急匆匆地跑了过来，才发现陈秋荣受了伤。他紧皱着眉头说道："快把人抱上车，我送你们去离得最近的医院。这野狼的爪子上有毒，伤口很容易感染。"

　　张润泽点了点头，也顾不上其他抱着陈秋荣就放在了车上。可是他又不放心那两个货车司机，因此又回头望去，脸上露出了迟疑的神色。

　　陈秋荣派来的那几个人见状连忙说道："陈总的伤势要紧，你先送他去医院吧！这里有我们呢，你就放心吧！"

　　"把两个人安顿好，我看他们也受了伤……"张润泽点了点头，又嘱咐了两句，这才上了甘北的车，一路往就近的医院疾驰而去。

　　陈梦欣一路上抓着陈秋荣的手一直哭个不停，张润泽安慰了好一会儿，告诉她陈秋荣没有大碍，她才渐渐止住了哭声。

　　甘北有一肚子话要跟张润泽说，可是碍于陈梦欣所以他就一直忍着。

　　他看到陈梦欣终于止住了哭声，便迫不及待地说道："告诉你们俩一个好消息，那个始作俑者詹姆斯已经让我们给抓住了……"

　　"什么？把他抓住了？有证据吗？这个人坏事做尽了，一定要把他绳之以法。"不等张润泽开口，陈梦欣率先问道。

　　"嘿嘿！我就是想告诉你们这一点呢！这下证据确凿。你们知道这些野狼平白无故为什么袭击你们？就是那詹姆斯放出来的。他在一个星期之前就带人到山里狩猎，把这些野狼给抓住了，然后关在一个集装箱里不见天日地给饿了三四天。这些野狼被关着饥寒交迫，所以放出来才会这么凶猛……不过说起来这些野狼也是受害者，也是怪可怜的。"

　　"我们接到你们的信息以后，就想着詹姆斯一定就在这附近，不然野狼不会出现得这么及时。他设下这么大一个局，肯定会守在附近看热闹，在没有得手之前不会这样轻易离开的。所以我就悄悄带着兄弟们在这附近转悠，结果还真让我给发现了。"

"这詹姆斯就藏在前面一千米左右的一个山坳里，运送野狼的车也停在现场。他可能完全没有想到我们会悄悄前去抓捕他。我们赶去的时候，他正带着一群手下在喝酒吃肉，结果被我们人赃并获。暂且不说他以前犯下的那些罪行，就是他私自捕猎国家级的保护动物，并且企图用野狼伤你们这两样罪行，就够他把牢底坐穿了。这下他是回天乏术了。你们别着急，这次我会想尽办法，让他老老实实招供。他一定会为自己的所作所为付出代价的。"甘北一脸激动地说道。

詹姆斯被抓

"那真是太好了，这可是最近以来最好的消息了。把这个始作俑者给抓住，以后我们的日子就能太平了。他人呢？"张润泽听了也是满脸兴奋地说道。

"我让兄弟们把他押回所里连夜审讯去了。这不是害怕你们担心，所以赶着过来给你们说一下情况，没想到竟然遇到陈总受伤。看你们这一个个都挂了彩，看来刚才的战况很凶险啊？"甘北上下打量着张润泽，瞧见他也是一身的伤。

在与野狼搏斗的时候，虽然野狼没有冲进驾驶室，可是它们的利爪和锋利的牙齿，还是在他们几个人身上都留下了伤痕。甘北看在眼里只觉得触目惊心。

事到如今张润泽也没有什么好顾及的了，便把当时发生的事情说了一遍。虽然已经省去了许多惊心动魄的画面，可是让甘北和陈梦欣听着还是感觉惊心动魄的。

甘北深深看了他一眼，说道："好在有惊无险，这个詹姆斯真是太狠毒了，为了阻止你们番茄酱厂开工，竟然穷凶极恶到这种地步。不过说来奇怪，你们的一举一动他怎么能算得这么准，而且这么清楚？这里面看来还有我们未知的原因啊！"

甘北的话让张润泽猛然想起了陈秋荣说过的话，他认为那个老杨有问题，若不然为啥会看到张润泽就跑，很明显有点儿做贼心虚。原本张润泽还持怀疑态度，但是经过甘北的提醒以后，他脑海之中第一时间浮现出来的面孔，就是老杨。看来这件事他不能继续隐瞒下去了。

张润泽沉默了片刻，把发生在老杨身上的巧合，以及陈秋荣的猜测都告诉了甘北。

甘北听完这些话以后，忍不住皱了皱眉头，说道："你放心，这事交给我处理了，我们不会冤枉一个好人，但也绝对不会放过一个坏人……"

陈秋荣来之前，兄弟单位的负责人已经给最近的医院打了电话。所以等他们赶到医院的时候，医生护士推着急救床早就等在大门口了。

等车停稳了以后，他们麻利地将陈秋荣抬到床上，便急匆匆地往手术室去了。

甘北对张润泽说道："那我就不留在这里陪你们了，我得赶回所里去，处理那边的事情。"

"你赶紧回去吧！我在这里照顾着不会出什么问题的。"张润泽冲着他挥了挥手，也连忙跟在医生身后往手术室跑去。

这一天之间发生了这么多事情，脑子里乱成了一团麻，哪里能睡得着。正在他胡思乱想的时候，他忽然听见手机传来"叮咚"一声，这么晚了谁会给他发信息？

张润泽连忙打开信息一看，见竟然是老杨给他发来的。老杨的信息很简单只有一句话："在吗？我有话想和你说……"

但是这句话发来就一会儿的工夫，很快又被老杨给撤回了。

老杨显然是认为都这么晚了，张润泽肯定睡着了，发完以后觉得不妥，又给撤回去了。但是他没有想到的是，这句话竟然被张润泽一字不落地看到了。

张润泽握着手机，脑子里飞快地转动着："老杨想要跟他说什么呢？为什么又把消息撤回了？他到底要不要回答他呢？"他思忖了半天，还是装作什么都没有看到，然后明天早上再问问他，看老杨打算怎么回答。

不过就算是老杨不说，张润泽心里也大概明白他要说什么。若是他真是詹姆斯的人，那现在詹姆斯被抓了，他心里一定很害怕。

昏迷了一晚上的陈秋荣忽然哼了一声，然后缓缓睁开了眼睛。麻药过后让他的神情出现了片刻的呆滞，他转动眼珠子"骨碌碌"看了几圈以后，目光停留在正在吃包子的张润泽脸上，声音沙哑地问道："我怎么在这里？这是哪里啊？"

陈秋荣也是一条硬汉子，别看后背上的伤这么严重，可伤口拆了线，他马上就要求出院。特色小镇的项目已经开始启动，几十个亿的投资，再加上几十个人的团队，每天都要消耗很多的钱。

而且新疆的冬天特别冷，没有办法在户外作业，所以建筑之类的工地，一年只能干半年的活，到了11月左右就要全部停工了。

眼下已经入秋了，再有一个多月天气就要冷下来了，他们这个项目要赶在冬天来临之前，确定好地址，做出规划图，然后找政府那边审批，把所需要的土地挂网。做完这些事情以后，就等着来年春天开工了。

陈梦欣不同意他出院，为此两个人还在病房里吵了一架。这陈秋荣和张润泽一样都是工作狂，一提工作就什么都顾不上了。

陈秋荣看到陈梦欣气红了眼睛，眼看着就要落泪了，他又于心不忍地说道："你看我这身体没什么大碍，就是后背这一点儿小伤。当初我从工地的脚手架上掉下来，摔断了几根肋骨也才躺了一个星期就开始工作了，哪有这么娇气？不过我答应你，绝对不让自己累着。你要是不放心的话，你就跟着我，你让我休息，我马上休息好不好？"这话说到后半截就有些祈求和讨好的味道在里面了。

陈梦欣看到他这副模样，也不好继续再阻拦了，只是赌着气说道："我才懒得管你呢！我们马上也要进入秋收了，自己的事情还忙不完呢！反正身体是你自己的，你把身体折腾坏了，别指望以后我能照顾你。"说完气鼓鼓地离开了病房。

张润泽冲着陈秋荣眨了眨眼睛，说道："伯父你别听她的，这个丫头就是口是心非，你受伤那一天她一路哭喊着叫爸爸，不知道有多担心你呢！"

"她……真的……叫我爸爸了？"陈秋荣一脸不可置信地问道。

"我还能骗你不成，当时在场之人可都听到了。嘘！您可千万不能说是我说的，不然她饶不了我。"张润泽连忙做了一个嘘声的手势，又偷偷往外看了看，脸上带着一抹温暖的笑容。

"嘿嘿！算这个丫头还有良心。你小子也不错……接下来要进入繁忙的季节了，你们在抓生产的同时也要照顾好身体，别太劳累了，毕竟身体才是革命的本钱嘛！"陈秋荣拍了拍张润泽的肩膀，现在他越看这个女婿越满意。不得不说陈梦欣的眼光还真是不错。

陈秋荣带着他的人离开了，陈梦欣在回 16 连的路上还噘着嘴巴生气，一脸不高兴的样子。

张润泽便开玩笑地说道："别担心了，我保证每天不管多忙，我都开车带你来看看伯父。"

陈梦欣脸上闪过一抹羞涩的红晕，她噘着嘴巴说道："我才没有担心他呢！我只是在想詹姆斯的事情，也不知道甘队长审问得怎么样了。"

就像是心有灵犀一般，陈梦欣的话音刚落下，甘北就打来了电话。

张润泽笑着拿着手机说道："你看看，难怪人家都说新疆地邪，这说曹操，曹操就到了。"他说完笑着接通了电话。

他的笑意通过话筒传递了出去，让甘北都感受到了，忍不住乐呵呵地问道："哟！这是遇到啥好事了，看把你小子给乐的？"

张润泽哈哈大笑着说道："我刚和欣欣提到你的名字，你的电话马上就打过来了，有时候我都怀疑你在我身上装了监控，不然怎么这么巧？"

"哎……那你就不懂了吧！这就叫心有灵犀一点通。不过我也有好消息要告诉你们。"甘北的声音里透着浓浓的喜悦之情。

"咋了？可是詹姆斯那边问出什么来了？"张润泽连忙问道。

"哼！那个老小子简直就是茅坑里的石头又臭又硬，我和兄弟们加班加点忙了一个星期，都没有找到任何突破口。不过事情僵持到现在终于在今天早上出现了转机，你猜猜怎么着？"说到这里甘北故意卖了一个关子。

"哎呀！甘队长您就快说吧！就别卖关子了。"陈梦欣在一旁着急地说道。

　　"哈哈哈！好，我就不卖关子了。今天早上，我们才刚刚上班，就看到你说的那个老杨来到了派出所。他站在门外犹犹豫豫的半天都不敢进来。刚好我出门看到了他，便马上把他请到了我办公室。这个老杨看来是做了很久的心理斗争才决定来找我们的。开始他还支支吾吾不愿意说，我就给他讲了咱们国家的政策，告诉他知情不报属于包庇罪，是要坐牢的，他才吓得开了口。"

　　"你们猜得没错，这老杨确实是詹姆斯的人。当初你要承包他的土地的时候，不知道詹姆斯从哪里得知了这件事情，马上就找到了他。并且多给了他50万元，让他做詹姆斯的内应。面对这50万元，老杨起了贪婪之心，也因为如此，他有了把柄在詹姆斯的手中，后来虽产生了悔过之心，但也是骑虎难下了。"

第一百三十三章

激动人心的日子

"这老杨害怕自己受连累，把事情交代得很详细，而且给我们提供了很多证据。所以你们不要担心，这一次他肯定是跑不了了。"甘北激动地一口气把自己了解到的情况跟张润泽说了一遍。

张润泽听完以后眉头紧锁，过了好一会儿才开口问道："这老杨叔帮詹姆斯做了这么多事情，他将面临的是什么样的结果？"

甘北沉默了片刻，对张润泽说道："我知道这个老杨是你母亲的朋友，对你有着特殊的意义。但是每个成年人都应该为自己做出的选择承担相应的后果。他帮助詹姆斯做了这么多坏事，产生了极为恶劣的影响。好在他在最后关头及时醒悟，并且协助我们查出了詹姆斯更大的阴谋，也算是将功补过了。按照咱们国家的法律，他可以获得减刑……"

甘北已经把话说得很清楚了，这老杨坐牢是肯定的了，只是减刑以后可能不会判得这么重了。这对老杨来说也算是最好的结局了。若不是在最后关头他幡然醒悟的话，怕是也要把牢底坐穿了。

自打詹姆斯被抓了以后，不管是番茄种植还是番茄酱厂，都进入了高速发展时期。没有人在暗中捣乱，所有人都把心思用在了生产之上。

随着两辆自走式番茄采摘机的到来，这附近的人都来看热闹。他们只听说过其他地方有这种番茄采摘机，但是大家还从来没有见过。而且对于这种机械的性能也表示怀疑。这人采摘的都还有掉落、遗漏的，机器什么的能靠谱吗？所以大家伙都抱着看热闹的心态在围观，并没有人想要去试试。

不过梁天对于这些无所谓，在买这两台机器之前，他可是进行了仔细的研究，也亲自去实地考察过，他亲眼见到过这番茄采摘机将地里的番茄采摘得有多干净。

这采摘机前面有几个机械手，采摘的时候先把机械手贴着地皮放进去，然后机械手并拢以后逐渐提升进行采摘，别说是番茄了，就是番茄的叶子都露不下去。采摘完以后再进行自动筛选和分拣，最后只剩下干干净净的番茄。

以前人工采摘的时候，因为采摘工要拎着袋子在番茄地里拖行，会造成袋子底下的一层番茄破裂损坏，因此而影响番茄酱的品质。

而采摘机就不存在这些问题，番茄破损率非常低，而且大大提高了效率。以前一个人一天也摘不了一亩地，每次都需要大量的工人进行采摘，农户又要负责拉运，又要管饭，全家人都要跟着忙一两个月。既费时，又费力，品质还不能得到保证。

而用了采摘机以后，一般家里只有几十亩地的半天时间就收获完了。像张润泽他们这么大面积的种植，两台采摘机进去，也就一个星期的时间就全部采摘完了。

等他们采摘完，将番茄都送到了番茄酱厂，都开始粉碎杆子犁地整地的时候，其他农户的番茄才采摘了三分之一。

这一下大家发现了采摘机的好，不但省时省力关键还便宜。因为张润泽并不想赚大家伙的钱，这机器都免费给16连的农户用，只要自己加油就行了。这样算下来的话为农户大大节约了成本支出。把他们高兴得都跑来预约，这下谁也不怀疑采摘机不好使了。

这汪顺和张良自打采摘机运回来以后，他们俩就沉迷其中了，并

444

且很快便成为这两台机器的主要驾驶员。这两个人不但做事认真，而且在机械方面还非常有天分，一学就会，一点儿都不让张润泽操心。

番茄地里采摘结束以后，大家将所有的精力都放在了番茄酱厂上，就连梁天都赶过去帮忙了。

眼下到了大量收获的季节，每天有无数的番茄被运送到番茄酱厂，从过磅验收品质到分类存放等，都是非常烦琐的工作，所以需要很多的人手。

而张润泽把所有的精力都放在了机器安装和检修上面，因为每天下班的时间太晚，他索性要了一间宿舍，吃住都在厂里。说起来张润泽和陈梦欣都在番茄酱厂工作，但其实两个人已经有十多天没有打照面了。

张刚强见大家伙都去番茄酱厂忙，就把他一个人放在家里，他感觉很无聊，便也吵着要去，说自己可以去当门卫，替他们守着大门。

陈梦欣拗不过他，只能每天上下班都把他带着。这张刚强到了厂里以后，一点儿都没有添乱，反而带着保卫科的同志，把工作做得井井有条的。

一切都在按照计划有步骤地进行，大家坚守了一个多月之后，激动人心的日子终于到来了。

正式开业

在新机器开始运行这一天，所有人都特意起了一个大早。陈秋荣专门找人给算了一个良辰吉时，也就是早上的十点半。刘晓东跑去买了几万响的鞭炮，把厂区门口的路上都给铺满了。

胡杨市的几位主要领导也都前来进行祝贺，并且为番茄酱厂重新开业剪了彩。

自打意大利商人策划了那场"血色番茄局"之后，胡杨市的番茄种植就一直处于萎靡不振的状态。作为和棉花一样的主要农作物，番茄种植曾经给千家万户带来了不菲的收益。可是这些年番茄酱行情不景气，就直接影响了这些农户的收益。

一年忙到头，赚不到钱还赔钱。这样的事情谁都不愿意干。这一原因直接导致了番茄从香饽饽变成了谈番茄色变的尴尬境地。

而今年张润泽他们到来以后，不但和农户们签订了高于市场价格很多的回收合同，还提前预付了一部分土地款，解决了那些没有钱种地，又很想去种地的职工的负担。

而且今年他们又购买了采摘番茄机，大大降低了人力成本，可以说是今年 16 连但凡是种植番茄的用户都赚得盆满钵满，脸上的喜色是藏也藏不住。

可以说这一家番茄酱厂若是能够正常运营的话，可以养活胡杨市 16 连以及周边团场的很多人。

年初 16 连开始种番茄的时候，还有很多人等着看热闹。当然也有抱着侥幸心理跟着种植的。结果凡是种植番茄的都赚到了钱，而那些等着观望的却把肠子都悔青了。

市领导发表了热情洋溢的讲话，他用这样一段话做了开幕词："各位领导、各位来宾大家好，今天是咱们番茄酱厂重新开业的日子，为了等待这一天的到来，咱们市里的领导以及泽龙生态农业的全体员工们，为此付出了极大的努力。他们在面临境外势力的打压、破坏，同行的倾轧、破坏力极强的自然灾害等种种困难下，依然不屈不挠地坚持胜利的到来。"

"我们从泽龙人的身上看到了先辈们开垦新疆、大力发展新疆的精神。我们也从他们身上看到了现代年轻人，尤其是这一批独生子女身上的另一面。他们能吃苦，有思想，有眼界，不怕苦，不怕难，不管遇到什么困难都能积极地迎难而上。正是这种坚持到底、不怕牺牲的精神，才让咱们的番茄酱厂在这么短的时间内，就能重新焕发出生机来。这是泽龙人的骄傲，也是我们整个胡杨市的骄傲。看到你们这些年轻人，就让我们看到了新的希望。"

"希望你们在以后的道路上，能继续发扬吃苦耐劳的精神，将咱们的番茄酱推向全国，推向全世界，让咱们的中国制造成为全世界都知名的品牌。咱们泽龙的这几位领导人厉害啊！不但能赤手空拳打败野狼，还能带着这个濒临倒闭的工厂焕发出蓬勃生机。通过这件事情让我们大家明白了一个道理，只要你坚持去做正确的事情，不管我们的敌人有多强大，终有一天我们能够依靠自己的实力去打败他们……"

领导的讲话赢得了现场雷鸣般的掌声和叫好声，随即便响起了震耳欲聋的鞭炮声和欢呼声。在这样热烈的气氛之下，张润泽一声令下，所有的新机器设备发出了一阵阵轰鸣声……

番茄酱厂从今天开始，正式改写了自己的命运。因为多条生产线一

447

起上马，现有的工人根本不够用，所以在开业之前又招了一批新工人。他们培训了这么久，这还是第一回亲自上机器操作，心里十分激动。

这些新工人大部分都是从高职院校招过来实习的，张润泽提前和胡杨市几所高职院校签订了校企合作。由番茄酱厂出技术工人，手把手带教，直到将这些学生培养到可以单独上岗为止。

张润泽并没有像其他企业一样，压低这些实习学生的工资，给他们的工资和其他员工一样。而且还做出了承诺，只要是实习期结束，表现优异的都可以和番茄酱厂签订长期的劳动合同，直接留在厂里工作。这一举措大大解决了厂里工人不足的情况。

这些实习生为了毕业以后能留在厂里，一个个干劲十足。不管在哪个角落都能看到三三两两聚在一起，研究怎么样把事情做好的工人。

张润泽制定了一套非常科学的管理模式，并且在管理之中不讲人情，靠制度管人，重奖重罚。在厂门口树立光荣榜，每个月和每个季度都会评选出先进工作者。被评选为先进工作者的职工，不但可以拿到几万块钱的奖金，照片还将被贴在荣誉榜上，让全厂职工敬仰。

就是这种强烈的荣誉感，让那些有抱负的年轻人都跃跃欲试，想通过这样难得的机会来实现自己的人生价值。一时整个番茄酱厂的风气大大好转，再也看不到那些浑水摸鱼，偷奸耍滑的工人了。

生产成品的速度加快了，工作效率提高了，接下来就到了考验他们能力的时候了，那就是如何将这些产品销售出去。

虽然陈秋荣给张润泽推荐了许多家国外的购买商，但是不知道为什么，他们提起中国的番茄酱都纷纷摇头，并且不管张润泽怎么解释，他们都没有表现出强烈的购买愿望。

就算是有些合作方看在陈秋荣的面子上勉强购买了一些，数量也是极少，完全达不到张润泽所期望的那样。好在在大家伙不断的努力之下，泽龙牌番茄酱终于打开了国内的市场。

这件事情说起来也是偶然，有一天张润泽在网上看到了一条新闻，说是现在有几个大平台都在做那种主播直播带货，听说那些卖得好的产品，一晚上就能销售出去百万件。这顿时让张润泽嗅到了大大的商机。

第一百三十五章

直播带货

　　他马上把自己想要通过直播带货，向全国销售他们番茄酱的事情和陈秋荣沟通了一下，结果遭到了他的强烈反对。

　　对于陈秋荣来说，他是做传统生意的，所有的往来都依靠线下销售，这对于他这一辈人来说，是最安全的交易方式。因为他们只相信自己眼睛看得到的东西。

　　他见张润泽并没有积极回应自己的说法，便又苦口婆心地劝阻道："润泽啊，我做生意几十年，对于做生意这种事情太清楚不过了。像我们这种生产厂家本来走的就是传统销售路线。你说的那种直播带货我是知道的，那里面的水深得很，而且卖得好的都是那些美妆、服饰，以及小零食等快消品，像你们这种番茄酱根本没有竞争能力。你看着一场直播下来是卖了不少钱，可是你知道一个主播坑位费是多少钱吗？这些钱花出去以后，有的厂家连坑位费都赚不回来。你们工厂才刚刚起步，冒不得这样的风险。年轻人想要进步是好的，可是不能急功近利，一定要一步一个脚印走扎实了才行，不然有你跌跟头的时候。"

　　张润泽知道陈秋荣说这些话是为了他好，可是同为年轻人的他看法却和陈秋荣有所不同。他认为 5G 时代都要来临了，现在网络这么发达。而且网络已经变成了年轻人主要的消费阵地。他不相信只有那些快消品才能通过网络销售出去，他坚信自己的番茄酱也能通过网络销售出去。

不过既然陈秋荣持反对意见，而且他也有自己的考量，为了避免矛盾和麻烦，他假意答应了，但其实他并没有放弃这一思路。

说来也巧，好久没有露面的丁妍妍这一天突然给张润泽发来信息，说她在一个直播平台做主播，让张润泽去直播间支持她一下。

自打上次出了詹姆斯这件事之后，丁妍妍痛定思痛就再也没有纠缠过张润泽。今天发来的这一条信息应该是群发，言语之间并没有特别暧昧的意思，与之前有着明显不同。

张润泽本来就在研究直播的事情，他没有想到丁妍妍竟然先他一步开始操作了，便和陈梦欣说了一下，去丁妍妍的直播间了解一下情况。

原本张润泽以为丁妍妍才刚开始做主播，应该没有几个粉丝，所以才会群发消息，喊自己的好友都去支持她。可是等他进入丁妍妍的直播间的时候，不由得吓了一跳。

这丁妍妍也不知道从什么时候开始做直播的，竟然是个有十几万粉丝的大主播了。而且这会儿她的直播间里还有 5 万多人同时在线。

张润泽发现丁妍妍不但做直播，她还带货。她带的货和别人不一样，别人为了赚钱都带一些快消品，而她却一反常态，她卖的东西都是一些贫困山区或者红色革命根据地里产出的农副产品。

按理说像丁妍妍这么一个又讲究又娇气的小姑娘，肯定不会愿意去卖这些农副产品，可是直播间里她穿着朴素、大方，正不厌其烦地给大家介绍着这些产品的来历。而且她还别出心裁地将这些产品的生产者——那些满脸皱纹的农民请到了直播间，让他们亲自给大家介绍这些产品的种植和采摘过程。

张润泽看到丁妍妍帮助凉山的贫困人群销售车厘子，那么贵的车厘子，她挂上线 1000 斤，几乎是一秒钟之内就被抢光了，而且那些没有抢到的人还一个劲地发留言，说是让主播再上一些货。

但是很明显丁妍妍采取的是一套"饥饿销售"的模式，一晚上就卖这么多，没有抢到的就等明天，接下来就换成了其他产品。这几小时的直播做下来，丁妍妍足足销售出去了几万斤农产品。

这真是让张润泽大开了眼界，他发现丁妍妍以前做啥啥不行，哪样事情也坚持不了三个月，可是在直播带货这件事情上她却非常有天分。看得出来她也十分喜欢这种工作，整个人看起来都和以前不一样了，浑身上下都散发出自信的光芒。

张润泽由衷地为她高兴，同时通过丁妍妍这件事情，也让张润泽意识到，自己的想法和所走的路线是没有错的。他一定要在直播带货这一块找到属于自己的突破口。

为了不打扰丁妍妍工作，张润泽悄悄退出了她的直播间。然后通过各种资料去研究直播带货这件事情。

正当他看得入迷的时候，他的手机突然响了，拿起来一看见是丁妍妍打来的。

看到丁妍妍的电话，张润泽不由微微皱了皱眉头，并没有要接的意思。

陈梦欣从旁边走了过来，扫了一眼屏幕上的名字，对他说道："你怎么不接啊？她这么久没有给你打电话了，说不定是有事找你。"

张润泽看了她一眼，笑着说道："你倒是大方……别人都唯恐自己男朋友和前女友联系，你倒好，还主动帮我们联系。"

"我那是对你有信心，有我这个珠玉在前，其他什么人你也看不上啊！"陈梦欣打趣着说道。

其实她这番话说得一点儿都不夸张，在众多的女孩子当中，能比陈梦欣更出色的还真不多。

张润泽宠溺地看了她一眼，随后接通了电话，为了不让陈梦欣多心，他还特意打开了免提："喂……"

"润泽哥哥不好意思，刚才忙着做直播，你进我直播间我都没顾上和你打招呼。刚巧我有些工作上的事情要找你，所以想着不如直接给你打个电话吧！没有打扰到你和欣欣姐吧？"丁妍妍声音里带着喜悦，还有一些忐忑，并不像以前那样咄咄逼人了。

张润泽声音不变地说道："有什么事情你就说吧，她就在我身边呢！"

丁妍妍咬着嘴唇沉默了几秒钟之后，继续说道："我现在跟一家公司签约，做了她们的网红主播。但是我带货是有条件的，那就是我只帮助贫困户或者偏远山区的农户做扶贫产品……"

第一百三十六章

国际农产品博览会

"我做直播带货并不是为了赚钱，而是为了帮助那些真正需要帮助的人。以前我做了很多糊涂事，如今我都想明白了。为了弥补以前的过错，我愿意用尽全力去帮助那些真正需要帮助的人。正是通过这件事情，让我看到原来还有那么多人生活得这么艰苦，并不是所有的人都和我一样生活得无忧无虑。我以前做的那些事情太荒唐了，连我自己都看不起我自己了。"

"润泽哥哥，今天给你打电话来，是想和你沟通一下，你们番茄酱厂生产出来的番茄酱能不能和我合作？我来帮你们带货，我不要任何提成。我想用这种方式来补偿对你和欣欣姐的伤害。"丁妍妍的声音很沉重，听得出来这些话确实是她发自内心的。

张润泽沉默了片刻说道："看得出来这段时间你确实成长了不少，我感到很欣慰。只要你过得幸福我也就放心了，至于合作的事情我看就算了吧……"

"算了？什么算了？你这个人可真是的，这可是天上掉馅饼的好事，打着灯笼都难找。人家丁妍妍已经把话说得这么清楚明白了，你这个榆木脑袋怎么不开窍呢？起开，工作上的事情让我来和妍妍对接。"坐在一旁的陈梦欣不淡定了，一把抢过电话和丁妍妍说了起来。

张润泽也不知道丁妍妍在那边说了什么话，将陈梦欣逗得"咯咯咯"笑个不停，并且两个人很快做好了约定，每天番茄酱厂给陈梦欣发一千罐货。陈梦欣将价格打到市场最低，给丁妍妍做销售。

一天 1000 罐货，一个月下来可是不小的一笔订单。这一大笔订单放在眼下这种环境里，那可是足以起到振奋人心的作用的。

等陈梦欣挂了电话以后，张润泽皱着眉头说道："你怎么这么快就答应和她合作了，难道你不怕？"

"怕什么怕，她就是一个小姑娘，原本没有什么坏心眼，就是在你这件事情上看不开罢了。我想经过詹姆斯那件事情以后，她已经得到教训了，也应该成长起来了。所以我相信她是真的想帮我们……你若是觉得不想和她打交道，那就把人交给我好了，由我出面去和她对接……好了，我不跟你说了，我要去准备今天发出去的货。顺便再告诉你一声，丁妍妍已经把货款给打过来了。"陈梦欣说完像只欢快的蝴蝶一般飞出了张润泽的办公室。

张润泽紧皱着眉头，若有所思地看着丁妍妍的名字，他真不知道这次合作是福还是祸。

但是不管张润泽怎么想，丁妍妍那边很快便打开了番茄酱的销量。她不但自己进行销售，还发动了其他几个主播帮助一起带货，这样加起来的话，一天下来能卖掉大几千件货。

张润泽用事实和结果告诉陈秋荣直播带货是可行的，是可以稳定地保证销量的。在事实面前陈秋荣也没有继续再说什么，只能感叹自己老了，跟不上时代了。

自打丁妍妍通过直播把"泽龙"牌番茄酱给带火了以后，有些主播就直接打电话过来，说是要跟他们合作销售产品，开出的条件非常优惠，但都被张润泽给拒绝了。

用他的话来说就是，在他们最困难的时候，是丁妍妍对番茄酱厂伸出了援手，而且没有要一分钱的坑位费，自己努力去推广，才打响了他们的品牌，提高了销量。

因为这件事情丁妍妍还被她签约的公司给处罚了，要不是丁妍妍以辞职解约来威胁，这件事情怕是没有这么容易就解决。

　　既然丁妍妍为他们付出了这么多，那他就不能做那个过河拆桥的忘恩负义之人。所以张润泽和大家商量之后，决定将网络直播这一块，独家签约给丁妍妍作为对她的感谢。

　　"泽龙"牌番茄酱在网上火了之后，也有不少线下的商家纷纷打来订货电话，他们的番茄酱终于成功打开了国内的市场，并且得到了市场的认可。

　　可是这并不能满足张润泽的愿望，他做番茄酱的初衷，是要将中国新疆的产品销往国外，打开国际市场，而不是只盯着国内的市场。

　　就在他为这件事情愁眉不展的时候，魏然突然给他带来一个好消息。说是在美国即将举办一个全球性的农产品博览会，魏然给泽龙生态农业争取到了一个名额，他让张润泽他们好好准备一下，然后跟着市里的考察团一同前往美国，参加这次博览会。

　　这个消息对于张润泽来说绝对是振奋人心的好消息，他连忙召开了中层领导以上的会议，将这次泽龙番茄酱厂代表市里参加这次博览会的消息告诉了大家。并且让大家积极准备一下，争取拿出一些拳头产品来，在博览会上一炮走红。

　　散了会以后，陈梦欣看到张润泽一副愁眉不展的样子，便奇怪地问道："参加博览会不是你梦寐以求的事情吗？你怎么还愁眉不展的？"

　　"我在想我们若是只带番茄酱去参展的话，感觉太单一了些。我们万里迢迢去参加展会，若是只带着番茄酱去确实少了点儿什么。"他皱着眉头说道。

　　"哎！我有办法了！我记得你以前说过，想在16连这里打造红色文化基地，主要种植五红产品。那你不如趁着这个机会，将我们的红色产品好好包装一下，提前进入国际市场。你看啊，这次你可是代表咱们胡杨市，代表新疆，代表着中国前去美国参加这次博览会。那我们的五红产品，就像是我们的五星红旗一般。每卖出去一套产品，就像是把咱们的五星红旗插遍了全世界。这么有意义的事情，你怎么还犯愁呢？"陈梦欣听了他的话以后，不由得眼睛一亮，马上把张润泽以前的想法说了一遍。

张润泽高兴地一拍大腿说道："哎呀！你看我真是糊涂了，我怎么把这么重要的事情给忘记了呢！就按照你说的去办。"

正式出发

张润泽将他们订下来的计划报给了魏然，魏然又请示了上级领导。他们这一套方案得到了省领导的高度认可，让他们放开手脚去制作，从省里到市里都将给予大力支持和配合。

得到了领导的认可以后，张润泽抛开杂念和陈梦欣一起从产品包装设计，以及选品上下了很大的功夫，最终定下来了产品外包装。

这套产品的外包装采用金色系，封面上的图案是五个大红色的产品，这样的底色配上色彩艳丽的五种红色农产品，给人眼前一亮的感觉，让人挪不动步子。

这套产品设计，将五星红旗完全融入其中，并且还在其他地方用中国的传统文化做点缀，高档大方又不失典雅。这套设计方案是陈梦欣熬了多少个通宵才设计出来的。

这套方案设计完成以后，经过各级部门领导的开会研究，也提出了一系列的修改建议，终于确定下了最终的模板。

在选品上，张润泽把关非常严格，比如在对和田大枣的挑选上，他要求保证红枣表皮完整无缺，有一点点小瑕疵都不行。

在新疆这样地大物博的种植环境下，每家每户都有少则几十亩地，多则几千、上万亩地。虽然新疆的农业已经完全进入机械化种植时代，但新疆人已经习惯了这种大面积的种植，很难做到精细化管理。

新疆因为地理环境的原因，风沙比较大，这红枣又是种植在沙漠边缘，所以在恶劣环境的作用下，红枣的表面总是有一些被沙石打破了皮以后又愈合的伤疤。虽然这些伤疤并无伤大雅，但是对于对产品要求非常严格的张润泽来说，他希望在泽龙生态农业第一次参加世界农业博览会这么重要的场合，一定要拿出自己的拳头产品，让别人挑不出毛病来。

只有这样，才能抓住这样重要的机会，一次性打响他们的品牌，从而将新疆的产品、将中国制造向全世界推广。

在他精益求精的要求之下，这一批一万套的农产品礼盒套装，终于赶在出发之前的一周全部制作完成了。胡振海带着人来验收产品，看着一盒盒高端大气上档次的礼品盒，大家伙都高兴得合不拢嘴。

这次参加博览会的产品，无论是外包装还是选品上，都呈现出无可挑剔的状态，一行人仔细研究了半天，也没有找到任何毛病。那也就预示着，这一万盒礼品套盒全部百分之百达到了国际上的标准。

出发的日子终于到来了，在他们出发之前，由市领导组织，已经将所有礼盒都用国际物流的形式发往会场所在地了。

这一次胡杨市一共有两家单位入选，除了张润泽以外，另外一家是做棉纺织用品的。这家纺织厂完全采用新疆棉做原料，生产出非常多极具新疆特色的棉纺织品。

说起来新疆的棉花和番茄都面临着同样被国际形势所打压的局面，国外那些人一方面依赖新疆棉，一方面又想尽一切办法抵制和打压。

不过好在国家支持新疆棉的力度非常大，在铺天盖地的新闻宣传之下，掀起了年青一代的强烈爱国情怀。他们纷纷支持国货，购买以新疆棉为主要原料的棉纺织品，一次次粉碎了国际上那些不法分子的阴谋。

听了他们的故事以后，让张润泽激动不已。他希望新疆的番茄也有这样扬眉吐气的一天。

这次省里规定，前往参加展会的人一个企业只能去三个人。原本张润泽是打算带着陈梦欣和梁天博士一同前往，但是被陈梦欣给拒绝了，她说番茄酱厂现在刚刚上马不能离开人。再一个把张刚强一个人丢在家里，她不放心。她说由她来做张润泽的坚实后盾，让他义无反顾往前冲。

击破流言蜚语

　　来到美国以后的日子是非常忙碌的，搭建展馆、布展，协调和主办方之间的关系，张润泽他们三个人几乎不眠不休地忙碌了三四天才终于把展馆的事情全部安排妥当。三个人把自己关在宾馆里好好睡了一觉，连晚饭都没有顾上吃。

　　第二天六点多张润泽他们就按时起床了，跟着李副市长等人有序地进到了展馆里面。把他们所带来的产品有序摆放整齐，就等着八点正式开门，客人们进场了。

　　这次国际性的博览会，来参观的客人要比张润泽他们想象的多，这才刚正式营业，各个展厅里就被挤得水泄不通了。

　　张润泽他们的产品很快就引起了客人们的围观，张润泽他们的优势在于，他和梁天可以用很熟练的英语和前来问询的客户进行洽谈。而其他展位上的参展商则完全需要依赖翻译进行解说，至于翻译成什么样子，他们自己也没有办法进行把控。

　　不像他们自己能够面对面和客户进行交流，客户有什么问题他们也可以及时进行解答。所以这一上午他们的生意特别好，足足卖出去了 1000 多份，三个人高兴得合不拢嘴。

不过同时张润泽也发现了和他一同前来的那家棉纺织品遇到的困难，他与梁天商量了一下，便主动上前去给他们帮忙。

这家棉纺织品厂一上午被折腾得焦头烂额，本来新疆的棉花就受到国际市场的排挤，为了打压新疆棉，这些人没少在外面败坏新疆棉花的名声。再加上他们请来的翻译总是把他们所说的话翻译不到位，所以一早上不但没有成交多少产品，还生了一肚子气。眼下张润泽能主动前来帮忙，他们当然是求之不得。

张润泽刚刚到现场，就遇到两个身材高大的美国客商前来问询，不过他们的态度非常不好，带着一副傲慢的表情说道："你们新疆的长绒棉名声一点儿都不好，虽然你们品质好，可是你们苛待种棉花的工人，强迫他们加班，还不给工钱，我们美国讲究平等、讲究人权，一个不尊重人权的国家，生产出来再好的东西，都不会被国际市场所认可。"

张润泽早就对这些国外媒体报道的歪曲事实的东西有一肚子气了，但是没有机会站出来澄清这些事实，眼下刚好有这样的机会，他便毫不犹豫地站了出来。

"让我来告诉你，你们口中那个没有人权和平等的中国是什么样的。就在今年我们国家在脱贫攻坚上取得了绝对性的胜利。经过我们全党全国各族人民共同努力，在迎来中国共产党成立一百周年的重要时刻，我国脱贫攻坚战取得了全面胜利，现行标准下 9899 万农村贫困人口全部脱贫，832 个贫困县全部摘帽，12.8 万个贫困村全部出列，区域性整体贫困得到解决，完成了消除绝对贫困的艰巨任务，创造了又一个彪炳史册的人间奇迹！这是中国人民的伟大光荣，是中国共产党的伟大光荣，是中华民族的伟大光荣！回望来路，成绩举世瞩目，这是共产党人接续奋斗干出来的。为人民谋幸福，是中国共产党的初心使命；摆脱贫困，是中国共产党人庄严的承诺和担当。100 年来，中国共产党不畏艰难险阻，团结带领全国各族人民浴血奋斗、发愤图强，就是为了这个初心和承诺。每个贫困户脱贫背后，都是一套量身制订的脱贫方案、一个相互协同的系统工程、一场改变命运的硬仗——做到"六个精准"、实施"五个一批"，国家扶贫政策精准"滴灌"，贫困地区经济社会发展明显加快。经过全党全国各族人民共同努力，完成了消除绝对贫困的艰巨任务，创造了又一个彪炳史册的人间奇迹。"

"那么请问你们国家为生活在社会底层的贫困人群又做了哪些贡献，给予了哪些政策扶持呢？你们所谓的人权和自由，难道只是为你们这些富人而量身定制的吗？"

张润泽说着掏出手机，将他亲自录制的新疆农业生产的视频打开给围观的客户们看。在这些国外人的眼中，新疆是非常落后的，所从事的农业还完全依赖人工来进行种植，所以他们才会用傲慢的态度来洽谈合作。

可是张润泽手机中的视频完全颠覆了他们的观念，在视频里，一辆辆带着 GPS 定位的大马力拖拉机，在一望无际的农田里进行播种，就算是几千亩的大地块，也能做到笔直笔直的，丝毫没有出现紊乱的情况。

在一望无际的棉花田和番茄地里，那些丰收的景象都是由采棉机和番茄采摘机来完成的，大块的农田里根本看不到人工采摘的痕迹。

张润泽拿出的这些证据，很好地击破了那些流言蜚语，也把一个崭新的新疆推到了众人面前。

有心栽赃

　　围观的众人看着他手里的视频，内心都受到了深深的震撼，看着眼前这个充满现代化的地方，怎么都没有办法让他们与国外媒体宣传的那个野蛮、落后的新疆画等号。但事实就摆在他们面前，又让他们不得不相信。这一切都在向大家说明一个事实，那就是国外这些媒体在撒谎。

　　他们为了抹黑新疆，不惜歪曲事实，向大众描述了一个根本不存在的假新疆。而张润泽口中所说的新疆，才是最真实的。

　　通过这次参展他们就能看出来，新疆不管是棉纺织品还是番茄酱制品，品质都丝毫不比国外的差，甚至因为新疆独特的地理环境，生产出来的东西比国外的还要好。让围观的群众觉得他们被媒体愚弄了，这种情绪很快便变成了一种愤怒。

　　也不知道是谁在人群中用力喊了一声："我要购买新疆产品，你们都不要跟我抢……"随着他的话音落下，人群立刻像炸了锅一般，蜂拥而上去抢着订购新疆棉纺织品。张润泽被挤在人群中，大声回答着众人的问题，忙得是不亦乐乎……

463

有几个人正拿着摄像机在博览会上录制新闻，刚好看到了眼前这一幕，并且将整个过程都完整地录制了下来。

这一通抢购足足持续了好几小时，将纺织厂带来的产品都抢购光了，那些买到产品的都兴高采烈，没有买到的都垂头丧气。张润泽趁机又做了一番广告，让他们明天继续来购买。

棉纺织厂的负责人一再对张润泽表示感谢，并且拿出厚厚的一摞钱，作为给张润泽帮忙的提成，但是被张润泽态度坚决地给拒绝了。

他笑着说道："我们都来自胡杨市，以后就是一家人，给自家人帮忙，哪还有要钱的道理？好了，你这边没什么事情了，我也回我们的展位帮忙去了，再见。"说完挥挥手离开了。

等张润泽回到自己展位的时候，眼前的情景把他吓了一跳。只见他们展位前面挤了一大堆的人嚷嚷着要购买他们的产品，梁天和杨萌忙得是满头大汗。

他连忙分开人群挤了进去，刚刚在展位面前站稳，就看到很多人指着他像炸了锅一样吆喝了起来："看，就是他，就是他……"这让他感觉莫名其妙。

他忍不住问梁天："这些人咋回事？发生什么事情了吗？"

梁天笑着拿出手机，打开一个新闻媒体的平台，在热榜第一位的赫然就是他刚才的那一番演讲。敢情不知道什么时候，竟然有人给录了视频，并且发到了主流媒体平台上，引起了很大反响，让很多人慕名而来，购买他们的产品，因此才有了眼前的这番景象。

张润泽看着视频目瞪口呆，他真没有想到，他的一番无心之举，竟然在无意之中帮了自己。看着空空的货物仓库，让他有一种不真实的感觉。

这次展会一共是七天，原本张润泽以为带了这么多产品，应该够七天销售的，而且他还准备好卖不完就带回去。因为这种展会通常都是拿订单，现场能卖出去多少还真不好说。

哪知道事情完全出乎他的意料，展会到了第四天的时候，他们展位上基本就没有什么东西了，只剩下一些样品摆放在那里。除此之外他们还拿到了一千多万的订单。这次美国之行可谓是不虚此行，收获满满了。不但给中国制造和泽龙生态农业做了很好的宣传，而且在经济效益这一块也得到了充分的体现。

三个人守着空空的展位高兴得合不拢嘴，都觉得这次没有白来。看来再有这样的机会，应该多带一些产品来。

因为他们产品销售得快，然后在新闻媒体做报道的时候，他们就看到了一个奇怪的现象，就是不管报道哪一个展馆，都能看到手提中国标志礼盒的人，展馆里到处都有拎着他们产品四处闲逛的游客。这就在无形之中为他们的产品做了广告，也将中国红的元素撒向了全世界。

因为这四五天一直忙展馆的事情，他们三个人没吃好也没有睡好。眼下把所有产品都卖完了，打了一个漂亮仗，张润泽决定提前收了摊位，晚上带着梁天和杨萌去逛逛美国夜景，然后再带他们吃一顿好的作为奖励。

结果他们刚刚点了一桌子菜准备开吃的时候，他的电话突然响了起来。张润泽拿起来一看见是李立军打来的。他连忙接通了问道："李副市长，你们考察进行得顺利吗？吃晚饭了吗？要不要来和我们一起吃点。"

"你们还有心情吃饭，你快看看新闻吧！赶紧赶回展馆来，我在这里等着你们。"李立军那边传来一阵嘈杂的声音，他着急地说完就挂了电话。

张润泽听到电话里不断传来"退货，你们欺骗消费者……"等用英语叫喊的声音。

他狐疑地打开相关新闻，竟在头版头条上看到了有关他们生产的番茄酱，因为产品质量不达标，大肠杆菌超标，让购买的人吃了中毒的事情。难怪李立军会这么着急让他们赶回去，想来是这些所谓的食物中毒的人跑到他们展位上闹事了。

梁天满脸惊讶地说道："这怎么可能？这些产品在进行包装之前，我可是做了详细的检查和化验的，绝对不可能出现大肠杆菌超标的事情，其中一定有诈。"

张润泽脑海之中不自觉浮现出詹姆斯那张面目狰狞的面孔，虽然詹姆斯被抓了，但是他背后的公司还在。他们现在来到了美国，又在他们眼皮底下做得风生水起的，想来这些人肯定又坐不住了，这件事情肯定和他们有关系。

想到这里，张润泽面色凝重地说道："别吃了，我们赶紧赶回去吧！"

现场打脸

　　张润泽等人马不停蹄地赶回了展馆，就看到他们展位前面围满了前来声讨的人，李立军正带着一同前来的干部，大声做着安抚的工作。但是由于语言不通，这种安抚并不能起到很好的效果，反而助长了一些人的气焰，现场显得很混乱。

　　张润泽和梁天对视了一眼，两个人大踏步向前，分开众人走了进去，张润泽用熟练的英语问道："发生什么事情了？我是这家公司的负责人，有什么问题你们可以冲我来。"

　　他这话音落下，现场顿时又是一阵哗然，张润泽在这次国际博览会上可谓是出尽了风头，大家几乎都在媒体上看过他的相关报道。所以见到他出现了，有很多新闻媒体的人都纷纷跑了过来，想要拿到第一手的新闻资料。

　　那些自称是买到了质量不达标番茄酱的人，更是气焰嚣张地叫嚷了起来："你们中国制造的产品质量就是不达标，你们把有问题的番茄酱带到我们美国来销售，并且吃坏了人，今天不给我们一个合理的解释，我们就把你们摊位给砸了，你们还要按照我们美国的法律承担相应的责任……"

张润泽听了他们的话以后，脸上并未露出惊慌之色，他反而面带笑容地问道："你们口口声声说是吃了我们的番茄酱出现了中毒的现象，那么现在请你们把有问题的番茄酱拿出来。我们可以进行现场检测，若真是我们的番茄酱有问题，那我们不但会公开承认我们的产品质量有问题，而且还会承担所有的责任。"

李立军害怕张润泽把话说得太满，若到时候没有办法自圆其说，怕是会给他惹来不必要的麻烦，便连忙小声说道："润泽，我知道你着急想要解决这件事情……但是……"

张润泽知道他在担心什么，便一脸感激地冲他笑笑，面色坦然地说道："李副市长您放心，我心里有数……"

那些人听见张润泽这样说，便看到几个身材高大的壮年男子冲出来，把拎在手里的礼盒"咣当"一下扔了张润泽的面前，嘴里还骂骂咧咧地说着威胁的话。

张润泽冷冷地看了他们一眼，拎起礼盒前后左右看了看，脸上很快便露出了释然的笑容。

他打开了礼盒里面罐装的番茄酱，然后利用梁天携带的仪器对这罐番茄酱进行了检测，很快他便得出了结论。

张润泽举着手中化验的数据大声说道："这番茄酱果真是有问题，大肠杆菌也果真超标……"

他这番话说完以后，现场一片哗然，到处都是叫嚷着让他们退货赔钱的声音。就连梁天都不淡定了，他悄悄扯了扯张润泽的衣襟说道："润泽兄弟，你这是搞什么鬼呢？"

张润泽冲他摇了摇头，示意他少安毋躁，任由现场的人大声吵闹，他面色淡然地给自己倒了一杯茶，品了一口说道："我们中国的茶就是好喝，你们要不要尝尝？这种品质的茶在你们这里可是喝不到的。"

大家看到他这副模样，也不知道他葫芦里究竟卖的什么药。现场反而逐渐安静了下来，就等着他自圆其说。

张润泽见大家伙总算安静了下来，他这才放下了茶杯，指着包装礼盒缓缓说道："这罐番茄酱确实是有问题，但它却不是我们生产的产品……"

他这话说出口以后，现场又立刻跟炸了锅一般地议论纷纷。那几个彪形大汉眼睛里闪过一抹慌张，随后带着一副狠厉的表情说道："你胡说，这明明就是你们的礼盒，你们的包装。而且我们就是在你们这里买的产品，现在出了问题，你们说不承认就不承认了？事实摆在眼前，你们就是想抵赖也没有用。"

张润泽并没有急着回答他们的问话，而是对杨萌说道："萌萌，你把咱们的样品拿过来一盒，打开给大家看看……"

杨萌虽然不明所以，但她还是飞快地走到前台，随手拿起一个礼盒打开放在了张润泽的面前。

张润泽不紧不慢地指着礼盒和番茄酱上的一个不起眼的二维码说道："当初欣欣在设计这个产品外包装的时候，就想到了可能我们来到美国以后，会有人利用我们的产品搞破坏，所以特意在这个二维码上做了文章。我来给大家演示一下。"

张润泽说着拿起手机扫描了一下对方拿过来的礼品盒上的二维码，出现的只是一些跟泽龙生态农业相关的说明文字。

随后他又用手机扫了一下他们礼品盒上的二维码，出现的也是这些资料。但是他又点开了这些材料之中的一个图片，出现了输入密码几个字。他输入相应的密码以后，手机里的内容马上就链接到了现场的 LED 大屏幕上，只见一条通体金黄的巨龙腾空而起，在巨龙四周闪烁着一片耀眼的金光，随着巨龙的觉醒，又推出了"欢迎来到大美新疆"几个大字，紧接着就是一部制作精美的新疆风情宣传片。

眼前这个场景深深震撼了现场的群众，看完宣传片以后现场鸦雀无声，围观众人久久都无法回过神来。

过了许久，那几个彪形大汉满脸涨红地说道："你胡说，这就是你们的产品，谁知道你们是不是故意在样品上做了手脚，就是为了应付眼前的场景。"

张润泽见他们还不死心，还想做最后的挣扎，便微微一笑说道："既然你们不到黄河心不死，那我就再出示一个证据给你们看吧！"

说完他撕开番茄酱右下角的产品商标，赫然在里面出现了一个防伪标志，按照这个防伪标志的显示进行查询，能查到所有相关的数据。可是掀开彪形大汉他们带来的番茄酱，却没有这个防伪商标。

　　现场有许多人是看了新闻以后，拎着产品过来退货的，便按照张润泽操作的手法进行了检查，果然发现自己手中的产品都有相关的防伪标志。

大结局

　　他们再上前查看彪形大汉他们带来的产品，经过仔细对比之后很快就发现了端倪。这两个外包装看起来虽然非常相似，可是在一些细节上还是有很多不同的。比如，产品外包装上那些充满了浓郁中国风情的元素，在张润泽他们礼盒上就显得活灵活现，非常融洽，可是在他们的礼盒上就显得别别扭扭，一点儿都没有活力。

　　这可能是因为每个国家都有自己蕴含的历史和文化，只有自己民族的人才能充分认识这些历史文化和图腾的真正内涵，而那些企图想要模仿的人，只会学到一些皮毛，并不能掌握中国博大精深文化的内涵，只要仔细查看便很快就能分辨出来真伪。

　　事实摆在眼前，那些闹事之人再也无话可说。他们害怕承担责任想要偷偷溜走，可是却被杨萌喊来的警察给拦住了去路，让他们回警局协助调查整件事情的来龙去脉。

　　原本藏在幕后之人精心策划了这场阴谋，想要在美国彻底扳倒张润泽以及他的番茄酱厂，没想到却弄巧成拙反而为中国文化和新疆的农产品做了一次很好的宣传。

张润泽不想浪费这样的机会，他借此机会把埋藏在心里很久的话，当着众人的面说了出来。他说到自己当初写的那篇论文，以及写了论文以后受到的威胁。到他被迫中断学业回国创业，以及在创业过程之中詹姆斯等人给他带来的困扰和威胁。

最后张润泽大声说道："我们中国新疆是一个美丽富饶的地方，生活在那里的人们质朴、善良、勤劳、勇敢，他们用辛勤的双手将新疆建设成最美好的家园。美丽的新疆和世界上其他地方一样，这里的人们渴望和平，渴望繁荣发展。所以请你们不要道听途说，请你们去新疆看一看，请你们给我们新疆产品一个公平的评价。不管那些有心之人在背后怎么诋毁我们新疆，怎么抵制我们新疆的产品。……真正的新疆会通过各种形式展现在世界的面前……"

他的这番话在各大媒体引起了强烈的反响，街头到处都在播放关于他的新闻报道……

张润泽看到这些报道，听着人们对他善意的议论声，脸上终于露出了笑容……他终于凭借着自己的力量，依靠着强大的祖国，完成了心中的梦想。凭借着勤劳的双手，将中国红撒向了全世界。

陈梦欣得知张润泽要回国的消息，早早就把家里收拾一新，而且亲自下厨做了一桌丰盛的晚餐。她把魏然、胡振海、刘晓东等人都请到家里来，为张润泽等人接风洗尘。

等张润泽和梁天、杨萌风尘仆仆赶到家中的时候，眼前熟悉又热闹的情形让他们眼中泛起了潮湿的泪花。

在酒席间，魏然举着酒杯高兴地说道："来，我先敬你们三位英雄，你们的光荣事迹我国外的朋友可给我发过来了，你们可是替咱们胡杨市、咱们新疆增光了，真是很解气。"

胡振海见状，也连忙站了起来说道："我也凑个热闹吧！因为润泽兄弟，我们16连可是在全世界都有名气了，这些日子来了好多国外的考察团，我们连队干部天天连轴转忙着接待，而且还签下了几笔非常大的投资项目，这可都是润泽兄弟的功劳啊！"

这顿饭张润泽因为高兴喝了很多酒，他是个懂得节制的人，可是今晚却喝醉了酒，在这期间他说了很多感谢的话，最后醉倒在酒桌上。

等他醒来的时候，发现酒桌上的人都散去了，只有陈梦欣默默坐在一旁陪着他。

看到陈梦欣张润泽感觉有许多话要对她说，可是千言万语却又不知道该如何表达。

他拉着陈梦欣的手说道："欣欣，这一次去美国让我了解了很多过去不知道的事情，原来在我看不到的地方你默默为我做了这么多的牺牲。我心里有千言万语想要告诉你，可是一时又不知道该怎么表达。总之千言万语汇成一句话，我对你的爱至死不渝……"

陈梦欣的脸泛着羞涩的红晕，她没好气地白了张润泽一眼，说道："你说什么酒话呢？这么肉麻，听得我起了一身鸡皮疙瘩。我对你好，只是我想对你好，可从来没有想过要你的报答……"

两年后……

这一天泽龙番茄酱厂热闹无比，因为今天是个好日子，不但是泽龙番茄酱厂正是挂牌上市的日子，还是张润泽和陈梦欣结婚的大喜日子。

张润泽和陈梦欣商量了一下，决定将他们的婚礼就放在番茄酱厂举办。因为他们之间的感情源于番茄酱，这番茄对他们来说有着特殊的意义。

经过两年的时间，陈秋荣他们的特色小镇已经建成了，作为中间枢纽，每天都有各色的国内外商人在这里进行交易。张润泽利用这个平台将国外先进的东西引入新疆，又将新疆的物品通过平台销售出去。

16连乃至整个胡杨市都形成了自己的地方特色，各个连队之间遥相呼应相互配合，充分发挥着各自的能力，将胡杨市的社会效益和经济效益都充分发挥出来。群众的生活也得到了极大的改善。

这里社会安定，国富民强，走在街头到处都能看到各个民族群众脸上带着温和、满足的笑容……

张润泽举着手中的酒杯，含着眼泪声音哽咽地对在场之人说道："我能有今天，是因为有了你们的支持和鼓励。不管泽龙生态农业未来发展成什么样子，我永远会记得，我是一个中国人，新疆是我的第二故乡。是新疆人民成就了我，我也将会用毕生的精力为新疆人民服务……"

四周响起了潮水一般的掌声，张润泽和陈梦欣紧紧相拥在一起……

夜深人静的时候，所有人都散去了。张润泽和陈梦欣相拥着坐在窗前，看着窗外边疆的这一轮圆月。

张润泽感慨万千地说道："对不起，这一场婚礼整整迟到了两年……"

"就算是这辈子都没有婚礼，在我心里也早就认定了你……"陈梦欣深情款款地回望着他……

两个人遥望着远方，漆黑的夜色之中就像是有一条康庄大道一般，一直延伸到遥远的未来。

全文完